Unicorn

独角兽书系

作者简介

水　泡

水泡，真名臧楠，上海人。作家，编剧，2000年起在“清韵”“龙的天空”“天空之城”等网站发表作品，奇幻热门IP“九州”发起人、创始人之一。2013年起参与影视剧策划和创作。武侠短篇“细柳镇系列”收录于《龙的天空幻想文丛：不一样的江湖》《今古传奇·武侠版》。科幻短篇作品收录于《花开花落·科幻迷系列之幽默卷》，“九州”系列题材中短篇系列小说，发表于《奇幻世界》《九州幻想》等杂志。

水泡 著

新九州

舞叶组

新九州系列长篇巨作

WUYE SQUAD

重庆出版集团 重庆出版社

图书在版编目（C I P）数据

新九州·舞叶组 / 水泡著. -- 重庆 : 重庆出版社,
2025.5
ISBN 978-7-229-17123-0

Ⅰ. ①新… Ⅱ. ①水… Ⅲ. ①幻想小说－中国－当代
Ⅳ. ①I247.5

中国版本图书馆CIP数据核字(2022)第167439号

新九州·舞叶组

XINJIUZHOU · WU YE ZU

水 泡 著

联合出品:新九州
责任编辑:邹 禾 唐弋淄 陈 垦 汪滟淇
装帧设计:谢颖设计工作室
封面绘画:汪禾洋
责任校对:刘小燕
排版设计:池胜祥

重庆出版集团
重庆出版社 出版

重庆市南岸区南滨路162号1幢 邮政编码:400061 http://www.cqph.com
成都国图广告印务有限公司 印刷
重庆出版集团图书发行有限公司 发行
邮购电话:023-61520646
全国新华书店经销

开本:890mm×1230mm 1/32 印张:11.5 字数:266千
2025年5月第1版 2025年5月第1次印刷
ISBN 978-7-229-17123-0
定价:89.00元

如有印装质量问题,请向本集团图书发行有限公司调换:023-61520678

目录

舞叶组·黄金鱼

舞叶组·珍珠眼

舞叶组·黄金鱼

壹

鲑鱼号随着海浪上下摇晃，它的桅杆只剩下三分之二，上截连同船帆早已不知去向，几根绳索有气无力地耷拉在尚未折断的横杆上，很容易让人联想到竖在广场上的绞刑架。火球般的太阳高高挂在空中，毒辣无情地嘲笑这条伤痕累累的单桅船。

这是第几天了？麦门冬眯缝着眼努力思考，脑子里空空荡荡的，只有诱人的清水挥之不去。都怪那场暴风雨，难道是我的脑子进水了？他无奈地舔了舔干裂的双唇，一股刺痛的感觉随即传来。

几个家伙横七竖八地躺在甲板的阴影中动也不动，自从失去了主帆，鲑鱼号大多数时间里只能跟着海浪漂泊，食物和水越来越少，那些懒散的水手更加顺理成章地什么都不干。

响声突然打破了寂静，一个人影从楼舱里跌出来，接连翻了几个跟头，四脚朝天地躺在甲板上。楼舱口出现一个矮小的身影，手中的铁钎重重地杵在甲板上。

“你敢偷水？”霹雳焰消厉声说。河络原本丰满的脸颊深深凹陷，一双眼睛显得又大又亮，每次她瞪眼发火的时候，没人敢招惹这个河络女人。

麦门冬看清倒在甲板上的家伙是船上的水手长，这个叫王老皮的家伙在夏阳酒馆里吹得天花乱坠，为自己换来这个职位。

水手长坐起身子，可怜巴巴地说："姑奶奶，再不给口水喝，人就要渴死了。"

"每个人都渴。"霹雳焰消冷冷地回答，"一天半杯清水，定的规矩谁都得照办。"

王老皮不服气地看着霹雳焰消，最终还是灰溜溜地爬进阴影中，回到水手们的身旁。"跟了这帮陆人，算我们倒霉。"他心有不甘地嘟囔，怨恨的目光从霹雳焰消的身上移向站在另一旁的船长。

麦门冬赶紧转过头去，假装没有注意到对方的眼神。

这帮家伙也不是什么好鸟，招水手的时候，王老皮拍着胸脯信誓旦旦地保证招来的人个个都是经验丰富、吃苦耐劳的老水手，无论什么地方都能去。等离开琢玉岛，听说鲑鱼号要去外海，一个个开始推三阻四。他们就是一帮在近海混饭吃的混混，哪敢去闯外海？刚遇到第一场暴风雨，整条鲑鱼号就差点葬身鱼腹。

关键时刻如果不是秋石挺身而出替代王老皮指挥那帮九流水手，就不是"差点"的事了。

麦门冬怔怔地看着失去了船帆的桅杆，如果一直这样漂着，渴死饿死也是迟早的事。当初在夏阳港买下鲑鱼号，花了舞叶组几乎所有的积蓄。为了这件事，霹雳焰消追着他打了三条街，引来无数人看笑话。

在夏阳城里老子的名声算是被这个疯女人毁了，我就是让让她，不和女人一般见识，麦门冬想。我是没和她商量，可我才是舞叶组的头，除了我之外还有谁能给这么一帮不是臭脾气就是怪毛病的家伙做主？买船出海，霹雳焰消肯定会反对，她是沾不得水的，连洗澡都害怕吧？羽人呢？整天就会阴阳怪气地说些嘲讽的话，一脸清高的模样，连支持还是反对都吝于表达。至于剩下两个家伙……

麦门冬的眼前浮现出憨直的蛮族小伙和一脸人畜无害的呆萌秘术师，他们只会在自己和河络女人争吵的时候要么东张西望，要么呆若木鸡。

“老大!”站在船头的荆芥突然大叫了一声，麦门冬不满地狠狠瞪了一眼，壮实的蛮族小伙丝毫没有注意到，继续兴奋地指着远处，“船!”

所有人都蹦跳起来，蜂拥到船舷旁。远处的海平面出现一个迎面而来的黑点，正在逐渐变大，双桅风帆吃透了海风，看上去饱满精神，整条船破浪前行。

那些刚才看上去死气沉沉的水手此刻挥舞手臂大喊大叫。

星辰诸神佑护，麦门冬在心中默默念道，抑制不住心中的少许激动，过去这几天那些又懒又坏的水手私下里没少说恶毒话，诅咒他是死在首航中的陆人船长，麦门冬从没放在心上，他从不曾指望那些只是贪图几枚银毫，留恋酒馆和妓院的家伙能够理解和认同一场真正的冒险：寻找圣湖岛，那座传说中的失落与希望之岛。

对面的海船越来越近，张开的风帆鼓足了劲道，船首一上一下劈开海面破浪前行，一阵疾风掠过，桅杆上原本半垂的旗帜迎风招展。

甲板上的喧哗戛然而止，刚才还兴奋不已的水手们全都没了声响，麦门冬有些奇怪地看着他们。这群水手一定有演员的天赋，片刻间从颓丧到兴奋，如今又变成一脸的恐慌。

“海盗!”

有人喊了一声，顿时他们像惊慌失措的鸡群，没头没脑地乱窜，很快在甲板上消失得干干净净。

海盗船？麦门冬纳闷地想，他看了看甲板上仅剩的人，霹雳焰消和荆芥，前者一副事不关己的模样拎着铁钎，后者和自己一样茫然。

"挂黑旗的船。"秋石的声音响起，高挑的羽人从船舱里走了出来，他穿着一身干净得和周围一切都格格不入的及膝短袍，银色的长发盘在头顶扎起一个发髻，那把错金嵌玉的恣木弓背负在肩头，"啧啧，咱们的运气真不错。"

"他们是海盗？"麦门冬小心翼翼地问。

秋石用奇怪的眼神看着他。"老麦，你说你出过海，是真的吗？"

"是，咳咳，有几次。"麦门冬连忙用咳嗽掩饰，他听见身旁霹雳焰消冷冷的哼声。

"几次？"

"记不得了。这又有什么关系？"

"当然有关系。"羽人说，"我是一个天性认真的羽人。如果你出过十七八次海，从来没有遇到暴风雨和海盗，说明你是一个被大海眷顾的人，就算这次有点倒霉，我还是会跟随你一起。我爷爷说，要和幸运的人一起出海，因为幸运是星辰诸神给予的最珍贵的恩赐。不过，如果你只出过两三次海，甚至是头一次出海，就遇到那么多不幸的情况，我是要小心些的。"

秋石指了指霹雳焰消和荆芥，"你们也要小心些。"

羽人有时候冷冰冰的对谁都不理不睬，有时候简直是个话痨。

对面的船已经越来越近，黑色的旗帜在桅杆顶部猎猎飞舞，船舷旁多了不少人影，手中举起的刀剑在阳光下反射着刺目的光芒，鼓噪声隐隐约约地传了过来。

麦门冬转回头看着他的同伴们，秋石自顾自地走上尾部的船楼，那是鲑鱼号上最高的位置，霹雳焰消倚靠在断成两截的桅杆旁，身形看上去更加矮小，荆芥扶着船舷来到麦门冬的身侧不远，蹦跶了两下，对着他点点头，之前蛮族小伙一直在抱怨说，踩在甲板上的感觉就像踩在棉花堆里。

“紫苏，”麦门冬大声喊叫，“紫苏。”

“来了。”

一个柔弱的身影慌慌张张地从船舱走出，拖地的长袍冷不丁被木阶钩了一下，那人踉踉跄跄地冲出来，扑倒在地之前被霹雳焰消一把拽住。女人的兜帽落了下来，乌黑的长发散下，乱糟糟地披在肩上，她一个劲地说：“谢谢，谢谢焰消姐。”

麦门冬皱眉。“站在我身后。”紫苏立刻准备小步快跑，麦门冬连忙说：“别，小心看着脚下。”

“是哦，老板。”

紫苏用双手拉起长袍的下摆，蹑手蹑脚地走到麦门冬的身后。

她总是喜欢叫 “老板”，麦门冬斜眼看着舞叶组里唯一的秘术师。紫苏是麦门冬从秋叶城的“红胡子酒馆”带回来的，或者说是“买回来”的，他结清了秘术师欠下的一堆食宿费用，所以最初的五个月里，麦门冬一个铜子的薪水也没有发给她。紫苏从不抱怨，时刻像小鸡跟着母鸡一样紧紧跟在麦门冬身后。其实，这是一笔好买卖，秘术师的法力并不赖，准确地说，是很不错，但问题是她的脑子不太好使，和人打交道的时候简直像个白痴，好处是她还听话，只要那个河络娘们和尖酸羽人别把她带坏。

“老板，”她轻声地说，“可以了吗？”

麦门冬没有空搭理她，他挥舞双手对着海盗船大喊：“这里，这里！”

“天晓得，我第一次见到这么开心招呼海盗船的。”羽人的声音远远飘来，“你是准备和他们商量一下，让我们付钱搭船，送去附近随便哪座小岛吗？”

麦门冬假装没有听见。

海盗船靠了过来，海盗们的面目已经清晰可见，连着绳索的抓钩纷纷抛过来紧紧扣住鲑鱼号的一侧船舷，两条船慢慢贴拢在一起，几块木板条从海盗船搭在了鲑鱼号上，十来个海盗大摇大摆地踩着木板跳上了鲑鱼号。

“戆牛，带人去检查货舱。”一个满脸黑须的大汉吩咐说，“胆敢抬眼看你的，就给他一斧子。”

拿着斧子的大个子带领几个海盗奔向船舱，黑须汉子一脸嫌弃地四处打量，嘴里不断吐出脏话。“就是一条破烂货。”他终于注意到站在一旁的麦门冬和紫苏。

“你们两个还敢站着？给我跪下。”黑须汉子大声吆喝。

麦门冬摇了摇头。“恕难从命，我是这条船的船长。”

海盗头子愣了愣，狞笑起来，一口唾沫啐在甲板上，身旁的几个手下也发出音调各异的大笑声。“你是蠢还是愣？”黑须汉子拔出匕首走向麦门冬，“你马上就是个死船长了。”

他抬起手，老练地想要划开麦门冬的喉咙，匕首停顿在了半空中，麦门冬的左手紧紧攥住了他拿着凶器的手腕。

“我看上去是有些老相，其实还年轻，不想那么早就死。”麦门冬诚恳地说。

黑须汉子使劲扯动，发现自己的手像是被铁环紧紧箍住，他吃惊地朝着离自己最近的手下使了个眼色。那家伙立刻拔出腰刀，一支飞来的羽箭直接贯穿了海盗的手臂，顿时发出凄惨的叫声。

跑进船舱的海盗折了回来。“除了一群吓破胆子的水手，船舱里什么都没有……”戆牛停住话，疑惑地看着甲板上的众人，随即明白发生了什么，他冲向麦门冬，手中的斧子劈头盖脸地砍了下来。

斧子碰在了荆芥的大砍刀上，然后脱手飞了出去，一根铁钎横扫在戆牛的小腿上，大个子脸朝下直直摔在甲板上，一动不动。

“你们有种。”海盗头子比他的手下镇定许多，“可是我们人多，你抓了我也没有用，海盗的船长都是选出来的，他们不会在乎我的死活，最多重新选一个。所以等一会你们都会死得很惨，连尸体都要被喂鱼。”

“我不想被喂鱼。”麦门冬说。

黑须汉子立刻接口说：“放了我，我保证你们的安全。”

麦门冬摇头。“你们投降，我保证你们的安全。”

黑须汉子露出吃惊的神情。“你是疯了吗？我说过，他们会撕碎你们的。”他气急败坏地说。

旁边的海盗船上发出喧嚣声，登上鲑鱼号的海盗们从一开始的惊愕中恢复，纷纷拔出武器。

“紫苏。”麦门冬说。

咒语声在麦门冬身后响起，周围开始涌动奇怪的气流，渐渐凝成一个巨大的气泡，向海盗们飘去。不知所措的海盗们纷纷退后，多数人靠在了船舷边，有人试图用刀子去戳透明的气泡，发现就像捅在一堆棉花里。

下一刻，透明的气泡炸裂发出轰的响声，鲑鱼号歪了歪，一整侧船舷塌陷下去，海盗们大声惨叫跌入了海水中，他们头破血流，一边漂浮着一边大声呼救。

“你们……”黑须汉子张大了嘴，却什么也说不出来。

麦门冬没空搭理他。“荆芥。”他大声喊道。

蛮族小伙儿奋不顾身地跃起，从鲑鱼号上跳向海盗船，摇晃的甲板影响了他的跳跃，在最后一刻荆芥的手紧紧攀住海盗船的船舷。有人惨叫一声从他身旁掉下船去，胸口插着笔直的羽箭，那个海盗刚才想要砍掉荆芥的手。

“第一个。”秋石冰冷的声音响起，他依旧站在船楼上，手上的葱木弓张如满月，“谁还想死，可以试试看。”

海盗们似乎怔住了，面面相觑。桅杆后面突然闪出一个家伙，手中的十字弓对准了秋石。他依旧没能向秋石射出弩箭，羽人的速度比他快上一倍，中箭的海盗后退数步摔倒在甲板上。

“第二个。”

海盗船上再也没人敢动，荆芥顺利地攀上船去，抛过一条绳索，霹雳焰消抓住绳头迅速把它拴在了鲑鱼号上。

“你们……”黑须汉子又一次说，只不过显得有气无力，“想要干什么？”

“我们需要一条船。”麦门冬指了指鲑鱼号，“这船已经被暴风雨毁了。如果没有你们，我们肯定会死在海上的。”他的“谢谢”两字刚到嘴边，就在霹雳焰消的怒视下咽了回去，于是转头没好气地交代紫苏：“去把王老皮他们叫出来，总得有人操帆。”

贰

金黄色的沙滩像厚厚的地毯，踩上去软绵绵的，温和的海风带来了一股潮湿的气息，麦门冬舔了舔有些发干的嘴唇，下定决心要去光头老板的酒馆里喝上几杯。不过现在还没到时候，他定了定神，大踏步地走向悬崖下的船坞。

二十天前，海盗船拖着鲑鱼号来到箕之洲岛的时候，全岛的人都出来看热闹。箕之洲的巡守大人奖励了麦门冬两百枚银毫，这位大人以前一定是个商人，永远不会做亏本买卖，官府收走了海盗船，那艘船至少值一百枚金铢。

如今，麦门冬只能寄希望于箕之洲上的修船匠。

远远地，他一眼就看见停在海面上的单桅帆船正由着波浪起伏，船身用橄榄树的脂膏涂抹均匀，发出如漆一般的光亮，布制加筋的硬篷风帆悬挂在大桅上，桅顶飘着长带状的鲤鱼旗，时不时随风飘起。

真漂亮，麦门冬十分满意地点了点头。

在造船匠的小屋前，精赤上身的中年男人正蹲在一根用作船龙骨的树干上干活，他的皮肤黝黑，栩栩如生的纹身布满了整个后背，数只面目狰狞的海兽正在攻击一个貌似赤裸的美丽女人，女子露出洁白的双臂拼命抵挡，可惜她最诱人的身躯纹在了造船匠的腰部以下，被粗糙宽大的裤衩完全遮挡住了。

麦门冬的目光在造船匠的脊背上停留了片刻，才意犹未尽地又一次舔了舔嘴唇。“老肖。”他大声喊。

造船匠微微回身看了他一眼，低下头依旧继续干着自己的活。麦门冬并不在意对方的怠慢，他笑嘻嘻地走到造船匠的跟前。

“手艺真不错。”

老肖斜眼看了看他，没有说话。

麦门冬指了指单桅帆船。“那艘船能出海了吗？”

“随时。”老肖的声音低沉模糊，就像是在嘴里含着两颗橄榄核。

“太好了。”麦门冬伸出右手去拍老肖的背脊，快要触及对方背上的纹身时，他又觉得有些不妥，僵了僵，收回来拍了拍自己的左手。为哥们鼓个掌。“够朋友。欠你的修理费，下次一定加倍还你。”

老肖摇摇头。“那不是你的船。”

“什么？”

“不是你的船。”对方的声音稍稍大了些。

“那我的船呢？”麦门冬狐疑地问。

老肖扬了扬下巴，麦门冬顺着方向望过去，船坞旁的沙滩上躺着一堆破烂，折断的桅杆，还有碎裂的甲板和船舷，鲑鱼号和二十天前跌跌撞撞来到箕之洲岛时一模一样。

“你，一直没有修理它？”麦门冬吃惊地说。

这次造船师回答得很快，“拿钱来，我就修。”

“可是我答应过会给你钱的。”麦门冬怒气冲冲地说，“我还对着星辰诸神发过誓。”

老肖看着自己的眼神让麦门冬想起了那些刻薄的雇主、恶毒的税收官，还有贪婪的秃鹫和豺狼。

“我们从不赊账。”造船匠说。

麦门冬忍住没有骂出口。得罪造船匠并不是件明智的事情，岛上的确还有其他的造船铺子，可是老肖是最便宜的。虽然有那笔二百银毫的奖金，但是远远不够修理鲑鱼号。

几只贼鸥一边鸣叫一边从麦门冬的头上飞过，就像在嘲笑他的焦虑。我要把它们一只只射下来当晚饭。贼鸥好像知道他在想些什么，叫得更加起劲。它们知道我连一副弓箭都没有。他更加恼怒，也更加沮丧。

“修好我的船，钱一个子也不会少你的。”

老肖低下头去。“没有钱，我不会修你的船。”

靠海吃饭的家伙一个个都是势利眼，愿星辰诸神保佑他们一辈子除了赚钱什么都不会。“明天……”话一出口，麦门冬稍稍有些后悔，修船的钱对他或者对整个舞叶组来说都不是小数目，他不想被人笑话成一个“大话王”，尤其是这帮海民，“最晚后天我会把钱拿来，到时候你必须先修我的船。”

造船匠看都不看他一眼。

麦门冬深一脚浅一脚地离开了悬崖下的海滩。在离开夏阳前，还以为会像适应陆地一样适应海上生活，好吧，是有点小麻烦，麦门冬想。从遇见的每一个人开始，都是不一样的，那些自大的船长、暴躁的渔夫和水手，甚至下等酒馆里的老板和女招待们，他们自诩为海民，以海为父，以海为墓，喝着用甘蔗汁蒸馏而成的烈酒，满嘴脏话，比北陆蛮族还要粗鄙。海民们是不区分种族的，对于他们来说，海才是唯一的区别，他们看不起每一个从陆地上来的人，不管是人族还是羽人或者河络。

“骑马的人和只会用脚走路的人都是妈妈的小宝贝，这帮胆小的陆人。”他们放声大肆嘲笑。

最可气的，他们说我是一个陆人船长的时候，语调轻蔑得不忍入耳！好在我是一个做大事的人，不拘小节，麦门冬一边走，一边哼起柳南城里的小调。他想起自己想要寻找的地方，还有他的未来，步伐慢慢变得轻快起来。

箕之洲岛的南面是一处天然的避风海湾，用石块垒出的一条堤坝笔直地通到海湾中央，所有的海船都停靠在堤坝两侧。整座岛在外海航线的交通要道上，海皇在这里设置了巡守，归“三府”之一的外海都护府管辖。自从海皇将星脉传说带回九州大陆，商队和探险者就像一群群饥饿的老鼠，从九州的各个角落钻出来涌向广阔的外海。所以，现在连海盗的事业也昌隆了，蒸蒸日上。

正午是太阳最毒的时候，岛上的海民们躲进沙滩后面一排排的棕榈木屋里，喝酒、睡觉、聊天……水手们喜欢说“在岸上，中午是用来休息的，而夜晚属于狂欢”。可今天偏偏与往日不同，麦门冬望见堤坝上挤满了人，他有些奇怪地走过去，远远地看见一条船正在慢慢驶进海湾。

“怎么回事？”他问身旁一个黝黑的矮个子水手，对方抬头看了他一眼，爱理不理的模样。他这个“陆人船长”在箕之洲很有名气——当然不是什么好名气。

麦门冬直勾勾地盯着水手，对方终于感觉到不自在，扭了扭身子。

“是海军，他们总算派海军来对付血骷髅号了。”

又是血骷髅号。这个名字在麦门冬耳边环绕了几个月，从鲑鱼号离开涩海最东面的琢玉岛开始，它就像个幽灵般飘浮在每条在外海航行的海船头顶，不论船长还是水手们莫不带着畏惧小声谈论它，一艘凶残的海盗船，一群杀人不眨眼的恶魔，还有恶魔们的领头人，绰号“黑疤”的海盗船长。

麦门冬忍不住想，如果那天他们遇到的是血骷髅号，舞叶组是不是已经从这个世界消失?

“我只看见一条船。”他踮着脚使劲往远处眺望，“难道没有其他船了?”

“这是海武士号。”他听出矮个子语调中的嘲讽，狠狠瞪了对方一眼，矮个子改换了口气，“海武士号是外海都护府最好的战舰，你瞧，连巡守大人都亲自来迎接了。”

果然有一群羽人士兵站在堤坝上，也许巡守大人就站在他们中间。

看见海武士号入港的盛况，麦门冬愈发想念自己的鲑鱼号，还有一天半的时间去搞到修船的六百枚银毫，这太难了。他转身准备离开，熟悉的身影一下子跳入眼帘，紫苏和荆芥两个人肩并肩坐在棕榈树下的岩石上，一边欢快地啃着烤玉米一边看热闹。

为什么只有我在为我们的船奔波焦虑?麦门冬愤愤不平地想，大踏步地向两人走去。

“你们俩干什么呢?”他大声呵斥。

紫苏和荆芥慌慌张张地站起来。荆芥把手中啃了一半的玉米递过来。“老大，你吃。”蛮族小伙憨厚地笑着说。

“我不吃。”麦门冬劈手夺过荆芥手中的烤玉米，抬起手想要扔出去，他的动作在最后一刻停顿下来，玉米的香气扑鼻而来，一个上午都没有吃东西，肚子果然饿得有些发慌。他把它塞进自己的嘴里，一边大口地啃着一边嘟嘟囔囔地问：“哪儿来的?”

“紫苏姐买的。”

紫苏细声细气地说：“老板，我再去给你买一根。”

“你还有钱吗?”麦门冬说。

“有，我这就去给你买。”

“我问你身上总共有多少钱?”

“所有吗?”紫苏怯生生地问。

当然是所有，我每个月给你们发薪水，荆芥从来是拿到多少花多少，秋石比他还厉害，霹雳焰消呢？我若是问她要钱，这个河络娘们会用铁钎撬开我的脑壳。麦门冬什么都没说，只是目光坚定地看着紫苏。

“我有二十四枚银毫和三十一个铜子，老板，你要吃多少根烤玉米?”

“吃，吃，你们就知道吃。”麦门冬把啃完的玉米使劲扔向远处，玉米梗翻着跟头落入了海面，激起一小片水花。太少了，加上自己钱包里的二百六十枚银毫，修船的钱也只攒了不到一半。麦门冬瞪着眼愣了半天，钱没法子变出来，现在只能找河络想办法了，她不能见死不救，让我们都困死在这座小岛上。

他对着两个家伙翻了翻白眼，问：“霹雳焰消和秋石在哪里?”

“大概在客栈吧，我们出来的时候焰消姐还没起床。”荆芥回答说。

“我现在去找他们。”麦门冬看着眼前的两个家伙，“我说你们俩去找点正经事干。”

两人面面相觑。“找什么正经事干，老板?”荆芥问，他望着正在入港的海武士号，好像还没有看够。紫苏的表情似乎是在犹豫到底要买多少根玉米。

“这么大的人还要我来教你?”麦门冬几乎大吼起来，“我们没钱了，不想死在这里，就去弄点钱来。”

那两人几乎落荒而逃，麦门冬望着他们的背影，愤懑地摇摇头。他离开了海湾，沿着山坡走向旧镇。

旧镇在新镇的西南面，如今新镇才是箕之洲岛最热闹的地方，围绕巡守官邸搭建起整排的屋子，用石块和木头垒砌的建筑要比旧镇的木屋气派很多，还有宽敞的道路可以直接通向海湾，每天都有新到的海船带来各式各样的货物，商人们也更喜欢新镇的那些酒馆和风月场所。尽管如此，旧镇依旧是一些老水手盘踞的地方，至少在这里的花费要比新镇便宜许多。

舞叶组住的“捕鱼人”客栈在旧镇的西北角，一排木屋用树桩撑起，与杂草丛生的地面大约有半人高的距离，客栈外面围着一圈低矮的墙，用箕之洲岛上特殊的暗红色碎石搭建而成，上面覆满了绿色的苔藓。麦门冬觉得是因为这堵红绿相间的围墙，才让霹雳焰消答应住在这里。

在岛上找一家让河络满意的客栈真是不容易，不能太潮湿、不能离海太近、不能有酒鬼和妓女，天晓得，她以前从来没有这么骄纵过，到了海上就像变了个人似的，比秋石还挑剔。所有的河络离开大地都会感到恐惧不安，所以凡事都要迁就迁就她，我真是一个善解人意的好队长。麦门冬又被自己感动了一下。

没等他走回客栈，便听到旁边传来的声音。

“喂，陆人船长，进来喝一杯呀。”

两撇小胡子，头顶锃亮没有一根毛发的酒馆老板笑嘻嘻地冲他招手，麦门冬稍稍犹豫了一下，拐进了路旁的小酒馆。

屋子里都是些麦门冬不想见到的老面孔，鲑鱼号上的水手们自从来到岛上之后，再也没有离开过酒馆。箕之洲岛上所有关于“陆人船长”的传闻都来自在这个酒馆，其中王老皮居功至伟。

麦门冬大步走过他们身旁，来到卖酒的柜面，光头老板在看不出原来颜色的酒盏里倒了一杯酒，推到麦门冬跟前，麦门冬拿起酒盏一饮而尽，又甜又烈的古怪滋味顺着喉咙一直烧到胃里，他忍不住大声咳嗽起来。周围立刻传来了嘻嘻哈哈的笑声，麦门冬擦了擦嘴，毫不示弱地转过身子，两只胳膊肘向后撑着柜台，一脸不屑地扫视面前这帮家伙。

“这酒怎么样，是不是灌进嘴里和海水一个味?”坐在角落里的王老皮讥笑说，他的话又一次引来哄笑声。

“说话小心点，我可是你们的船长。”麦门冬板着脸说。

“我们不干了，陆人船长，我看你的船永远别再想出海了。”

王老皮冷笑了一声，身旁的水手一起向麦门冬投来充满敌意的目光。

“我们签了合约，我也付过钱。”麦门冬冷冷地回答，“你们如果想去巡守的大牢里发几个月的霉，我倒是没什么意见。”

王老皮和他的同伴们互相看了一眼。“没错，我们是签了约。只要在你的船上，你就是我们的船长。”王老皮咧开嘴露出黑牙，恶狠狠地笑着，“可你的船在哪里？别指望我们会在这里陪你待上一年半载。”

酒馆里发出一连串支持的嘘声，他们又开始大笑起来，碰杯喝酒，互相说着粗鲁下流的玩笑话，绝大部分是在嘲笑除了海民之外的所有人。

这帮无赖，等我修完了船，一定会给他们点颜色看看。麦门冬转过身，光头老板又给他斟满了一盏酒。

“船还没修好呢?”光头老板低声说，他大概是这个酒馆中唯一不想得罪麦门冬的人，为了再能多赚些酒钱，“老肖是个好手哎。”

麦门冬沮丧地摇摇头。“那家伙是个吝啬鬼，钱不够他就不肯干。”

“钱不够？那肯定是没戏了，靠海吃饭的人从不赊账。”光头老板像是在替造船匠解释，“这是海民们的规矩，谁知道明天你还能不能活着从海里回来？愿诸神保佑我们。”

麦门冬又一口喝完了酒盏里的甜烈酒。

“这帮家伙是靠不住的。”光头老板一边擦着酒盏，一边冲坐在那里嬉笑的水手们努努嘴，“就算和船长签了合约，但是没有船出海，他们就可以解约，到头来你是人船两空。现在最要紧的是找个赚钱的活，等赚到了钱，船有了，人自然也就有了。”

“你有赚钱的营生？”麦门冬看着光头老板。

“我是一个卖酒的，只能养活自己。”老板笑了起来，光秃秃的脑门也跟着发出亮光，好像一枚大号的银毫，“不过你可不一样，你手下的那几个兄弟也不一样。”

“怎么不一样？”

“说实话，老兄，这么多年我还从没见过有谁能用一条破船抓回海盗，更别说你是个陆人船长，看人这件事上我可不会走眼。”

对方的话让麦门冬有些飘飘然，光头老板下一句话却又让他感觉别扭。

“陆人不会驾船，这是天生的。”老板看了他一眼，丝毫不知晓他心里的一番活动，只是压低了声音说：“但是你们的刀子耍得好，心眼也厉害。湾口有条刚到的船，叫铁锤号，正在招人，他们去的地方有些凶险，不过开的价很高，一个水手两枚银毫一天，如果你们愿意可以去试试。”

“这么高？”这个价是普通水手的十倍，麦门冬心里盘算着，“去什么地方？”

“普通人可干不了。”老板没有回答麦门冬的问题，眼神滑溜地撇向一边。

哼，还怕我不敢去？我要去的地方，说出来会吓坏你们的，麦门冬想，这是个机会，五个人一天就有十枚银毫，出一次海来回至少一个多月，修船的钱全有了，反正闲着也是闲着。他敲了敲柜台，光头老板又给他添满了酒。“我好歹也是个船长。”他说。这总得多算些酬劳吧。

“人家不招船长，只招水手。”光头老板脸上堆起笑容，一双眼睛仿佛在说：不是有船的家伙就能叫船长。

麦门冬走出酒馆，目光望向“捕鱼人”客栈，那里静悄悄的，他想了想，反身又向海湾走去。

堤坝上的热闹已经消退，与平日每一个炎热的午后毫无区别，沙滩上静寂无声，偶然一只海鸟一边鸣叫一边掠过天空。整排的船只随着海水起伏，唯一的变化是那艘新来的海皇战舰，它停靠在显眼位置，海皇和羽族的旗帜在桅杆上飘扬，发出瑟瑟声响，一个哨兵如雕像般站在船头位置一动不动。

麦门冬沿着堤坝向前走去，两旁是大大小小的船只，单桅的大渔船、双桅和三桅的商船，离岸越远的地方那些家伙的块头越大。麦门冬终于看见了铁锤号，三桅纵帆船独自停在堤坝的尽头，比鲑鱼号大了足足一倍。他突然明白了这艘船的船名取自何处，一个黑色的金属圆头从船首伸出，如同巨大铁锤一般面目狰狞地指向前方。

两个水手懒散地趴在船舷旁，麦门冬仰起头大声问：“是你们的船在招人？”

水手们看着他，互相耳语，其中一个离开船舷消失在麦门冬的视线里，另一个甩手抛下一段绳梯。“上来吧。”水手大声说。

麦门冬伸出手一把抓住绳梯，绳梯软绵绵地在他头顶上方晃来晃去。其实，所有那些摇晃的东西，绳索、甲板、风帆……都让他感到恐惧，麦门冬觉得自己对于大海的感情和霹雳焰消并没有太多的区别。他手脚并用，费力地爬上了船舷。

“你是水手?”抛下绳梯的水手带着一丝疑惑地看着他。

“刚才喝多了。”麦门冬掩饰说，使劲打出一个酒嗝来证明自己所言不虚，对方没有继续盘问。麦门冬转过头打量着这艘船，胳膊粗细的绳索杂乱地躺在甲板上，像剥了皮的蟒蛇奄奄一息，还没送进船舱的木桶横七竖八地靠在船舷边上，几个水手坐在上面，时不时用逛窑子时的目光向他打量过来。

一个赤身穿着坎肩的魁梧男人从高大的船楼走了下来，浑身的肌肉乌黑发亮，布满了长长短短的伤疤，像一座高塔，就算荆芥站在他身旁也像个小弟弟，男人的年纪似乎和麦门冬差不多，长长的头发编成了无数根小发辫，上面挂着各种形状的银饰，一堆海螺、海星和珊瑚，甚至还有一只海龟。

“以前在哪条船上干活?”

麦门冬愣了愣，“鲑鱼号。”他小心翼翼地说。光头老板说过，铁锤号刚来箕之洲岛，未必会知道二十天前的事情。

“鲑鱼号……”对方拉长的声音让麦门冬稍稍放松，魁梧男人转过脸望向后方，麦门冬这才发现男人的身后跟着一个瘦小干巴的老头，满脸皱纹，右腿短了半截，一瘸一拐地走到近前。

“我知道，是条在近海跑商路的船，不过运气不太好，上一次听到它的消息是三年里死了四任船长。”跛脚老头说，“星辰诸神佑护。”

“诸神佑护。”魁梧男人连同周围的水手一起跟着诵读。

怪不得付钱买船的时候那个掮客笑得又古怪又得意，麦门冬恨恨地回忆。“这艘船陪了我整整四十年，从没有离开我身边，现在儿子死了，我不想让自己的孙子也死在海上，只有辜负这艘船了。”白胡子的老头泣不成声地编了一个凄惨的故事，掮客跟在旁边落泪，于是自己还很仗义地又为老船长多添了个零头。

呸，这世道真是人善被人骗。

满头辫子的魁梧男人一屁股坐在木桶上，旁边的水手立刻躲闪开。他们害怕他，如果我的船员能像他们那样害怕我，鲑鱼号就不会再像一堆破烂一样躺在沙滩上。

“你在船上是干什么的？”魁梧男人问。

麦门冬犹豫了一下。“水手。”

“你爬绳梯的样子像个新手蛋子。”

“我有力气，还会用剑。”

还好，他没有继续纠缠这个问题。“是谁告诉你我们在招人？”

“旧镇上的棕榈酒馆，那个光头老板。”

魁梧男人点了点头。“他有没有说我们准备去干什么？”

麦门冬摇摇头。“去哪儿无所谓，只要你们价钱开得好，我急等着钱用。”

对方脸上露出稍稍惊异的表情，随即咧嘴笑起来。

“你为什么离开鲑鱼号？”这次问话的是跛脚老头，他始终盯着麦门冬。

“鲑鱼号遇到了暴风雨，桅杆断了，出不了海。”麦门冬老老实实地说。

“我们明天就出海，收拾收拾你的东西，晚上来。”跛脚老头说，“一天一枚银毫，但是会有风险，说不定还会丢了小命，所以你自己掂量。”

麦门冬露出一副“别以为我不知道”的表情，抗声说：“说好两枚银毫一天……”

跛脚老头立刻打断了他。“那是老水手的价钱，你嫩得像个陆人。”除了麦门冬，船上所有的人都笑了起来。“后悔还来得及，只有真正的海民才配接受大海的拥抱。”

不要小瞧人。麦门冬没有把这句话说出口，所有的言语都应该留在嘴里滚三滚，就会知道哪些该说哪些不该说。他很久以前就知道这句话，不过不是每次都能做到。

“好吧，你是船长，你说了算。”他对跛脚老头说。

跛脚老头挑了挑眉。“你怎么知道我是船长?”

“我猜的。”麦门冬没有解释。只要跛脚老头一开口，先前那个魁梧大汉就会恭敬地看着他，所以谁是船的主人一目了然，“我觉得船长都应该老一些，经验丰富。”

“我不会因为你会讲笑话就给你加薪水的。”跛脚老头说，“想要多拿钱，在船上只有一条规矩，比别人做得好。”

“明白。”麦门冬说，“我还有四个同伴。”

“一起来吧，我们缺人。”跛脚老头又追问了一句，“他们怎么样，比你强吧?”

“都很厉害，不过我是最好的。”麦门冬略有得意地说。

跛脚老头转头吩咐满头辫子的同伴。“记下，尤镰，他们是一样的薪水。”

麦门冬没有了那份得意。对方是个老狐狸，再狡猾的猎手也赢不过老狐狸，他自嘲地想，接下去的事，是说服那几个家伙上船了。

叁

傍晚时分，落日慢慢西沉，天空一片通红，远处的铁锤号上也早早挂起了几盏风灯。

“很少有商船会去添加这样一个撞角，除非它有一个好斗或是别有用心的船长。”秋石看着铁锤号那个黑色的金属圆头，“老麦，你肯定它是去出海做生意?”羽人又换了一身干净的短袍，就连肩头背着的恣木弓也擦拭得一尘不染。

天呐，他哪里是去做水手，更像一个意气风发去打猎的羽人贵族。

“管他去干什么，只要不是杀人放火。”荆芥接着话说。

“啧啧，这可不是我们的风格，小荆。不管舞叶组接什么活，都要有一个道义上的理由，这句话当年是老麦自己说的，唉，人穷志短马瘦毛长呐。可是我不一样，我是个天性有原则的羽人。”

走在队伍后面的麦门冬想上去撕秋石的嘴。

“老板是迫不得已吧，他要攒钱去修船。”紫苏说，秘术师走起路来蹦蹦跳跳的，永远像个长不大的孩子。

总算她还是个有良心的孩子，知道我做的一切都是为他们好，麦门冬想。

“其实把咱们的船驶进暴风雨里也不能全怪老板，他又不懂这些事情……”有良心的孩子继续说。

“够了。”麦门冬低低地吼了一声，紫苏被吓着了，哆嗦了一下，目光怯生生地投过来。“不许再提我们的船，一个字都不许说。”紫苏一个劲地点头，麦门冬听见身旁霹雳焰消的冷笑声，不自觉地软了下来，近乎哀求的口气地说：“我们就要上人家的船了，是吧，没必要提以前的事。”

河络没有说话，只是一言不发地向前走着。麦门冬原以为她会竭力反对，河络本来就不愿意出海，现在还要到别人的船上听别人的使唤，想到这儿他心底生出一丝愧疚。

五个人来到甲板上时，周围站满了人，几乎整船的水手都在好奇地围观他们，尤其是对着紫苏和霹雳焰消窃窃私语，时不时传来几声略带猥亵的笑声。

“为什么有娘们？”尤镰指着紫苏，“还有个河络，居然也是女的。”黝黑的魁梧汉子看着麦门冬，“我们的船从来不搭客。”

麦门冬用手比画了一圈。“我们五个，都是来做水手的。”

尤镰神情古怪地看着麦门冬和其他四个人，片刻之后忍不住大笑起来，周围的水手跟随水手长爆发出此起彼伏的笑声。

“砰”的声音一下子响起，把笑声拦腰截断，河络把手里的铁钎重重捣在甲板上。“笑什么？”霹雳焰消厉声说，“是没见过女河络还是没见过女水手？”

水手长愣了愣，脸上的笑容开始慢慢消退，“都没见过。”他说。

跛脚的船长一瘸一拐地出现在众人面前。“你没说过有女人。”船长沉着脸对麦门冬说。

“她们都是好手，绝不比我差。”

跛脚老头指着紫苏。“她能干什么？”

“除了力气活，力气活我们四个干，其他的她什么都能做，洗衣服、灭虫子、给厨子打下手……”麦门冬皱眉看着紫苏，后者正躲在荆芥身后四处张望，“她还懂医术，能治病。”

“你懂不懂规矩？在海上带着女人很麻烦，和这些男人吃在一起睡在一起？”跛脚老头指了指周围的水手，“还有尿在一起？”

他的话语再次引来了一阵哄笑声和口哨声。

“我们出过海，在船员舱的角落里挂一张帘子就可以。”麦门冬坚持说，“我们五个是一起的，要么一起上船，要么一起走人。”

船长的脸上闪过一丝嘲讽。“好，我可以定下规矩，告诫所有人不许碰女人，但是难免会有个别家伙色胆包天，懂吗？如果真的不幸发生这种事情，我会割下肇事者的话儿，同时，一样把你们赶下船，因为我不想让我的所有船员都变成太监。”

·“嘿，船长，不光是女人的问题，还有小白脸。”有人阴阳怪气地说，麦门冬循着话音瞧见坐在扶梯上的瘦削男人，一边用手轻轻扯着脸颊上黑痣的痣毛，一边冲着秋石努努嘴，身旁的几个水手露出猥琐的笑容。

秋石转过头看着黑痣脸。“你是在说我吗？”羽人笑着问。

麦门冬感到不妙。

黑痣脸继续猥琐地笑着说：“难道是在说我自己吗？”

霹雳焰消突然举起铁钎又一次重重捣在甲板上，所有人的目光都朝她看去。下一刻，一支羽箭呼啸而过，贴着黑痣脸的脸颊钉在了旁边的木板上，箭尾兀自不停地抖动。黑痣脸的手中只剩下了半截痣毛，他惊恐地想要站起来，双脚在扶梯上打滑，整个人顺着扶梯滚落，然后躺倒在甲板上。

“下一次我再听到这种话，断的就不是你手里的那根毛了。”羽人说话的声音依旧温柔，“记住，不要随便惹我，我是一个天性冷酷的羽人。”

“以后张开狗嘴的时候先掂量掂量自己的分量。”跛脚船长冷冷地对黑痣脸说，然后转过脸打量秋石，“箭法不错。”

羽人没有搭腔，收起悠木弓。

“带他们去船舱，在最后面安排一个位置。”老头向高大的水手长吩咐说，“再扣掉他们两天的工钱，告诉他们规矩，我的船上可以打架，但是打完架就得挨罚。”

老头一瘸一拐的背影消失在船楼，尤镰冲麦门冬摆手，众人跟着水手长钻进甲板下的船舱，阴暗拥挤的空间弥漫着难闻的气味，他们经过一张张凌乱的吊床，不停从精赤身子的男人们面前走过。

“不许偷懒、不许偷盗、不许无故伤人、不许在值岗的时候喝酒，在海上船长的话必须无条件服从，还有，船长室是禁地，不经允许绝不可以进去。”尤镰停下来，指着后舱的角落，“你们就待在这里。”

这个开始还不算太坏，麦门冬一边想一边张罗安顿，这点地方要躺下五个人有点挤，他拉起布帘子，给霹雳焰消和紫苏留下足够的空间，剩下的三张吊床绑在一起，就像上中下三层的床铺。

他跳上中间的那张吊床，躺下轻轻摇晃着。除去气味外，其他都还不错，既来之则安之，这是我最大的优点。麦门冬惬意地转过脸，一不小心看见霹雳焰消的表情，他连忙把身子又侧了回去。

铁锤号在第二天凌晨时候离开了箕之洲岛，静悄悄地驶入大海深处。麦门冬站在甲板上，海湾堤坝两旁林立的船桅最初还像一片黑暗的树林，渐渐变成了低矮的灌木，最终在他的视线中完全消失。弯月已经变成了白色，黯淡地挂在深蓝的天空，几只海鸥把铁锤号当作了出海的渔船，围着桅杆盘旋鸣叫。

趁着吹来的西风，几个水手熟练地操纵绳索，将铁锤号的船帆撑到最大，船首破开海面，激起一道道的浪花，在船后留下泛着白沫的痕迹。比起几个月前，麦门冬已经慢慢适应了摇晃的船身，他离开了船尾的甲板，遇见正在巡视的尤镰。水手长换了一件干净的坎肩，依旧精赤上身，一脚把角落里的小木桶踢向麦门冬。

“不知道该干什么的时候，就去擦甲板。”尤镰吼道。

让一个船长去擦甲板？麦门冬跪下身子，拿出木桶里的鬃毛刷子在甲板上使劲地来回搓着。没关系，反正所有那些耳熟能详的英雄都是从卑微中成长起来的，光明王、界帅界明城、佣兵公会的东川律、谜之云纹……还有那位二世祖姬承，我总该比他强吧。

太阳从海平面上慢慢升起，箕之洲岛早已在身后消失不见，海水变成深蓝色，无边无际。一个人影在麦门冬身旁蹲了下来，荆芥笑嘻嘻地拿起另一把刷子，随着他一起干活。

“你们用不着都来。”麦门冬对荆芥关照说，“让紫苏和霹雳焰消去找厨房的‘尹肥娘’，以后她们俩只要跟着那家伙干活就行了。”

麦门冬不准备告诉大家自己用六枚银毫换来这两个差事。

“好的，老大。那秋石哥呢？”

“那家伙像个会干脏活累活的人吗？”麦门冬训斥说，他偷眼看了看四周，“这里活少人多，别傻干。”

这不是一艘商船。他已经在船上转悠了一圈，货舱里塞满了腌肉、硬馍、泡菜和一桶一桶的甘蔗甜酒，除了补给品没有任何货物，船上的水手比其他的船多出了整整一倍。只有寻宝船才会有这样的装备配置，去那些没有人踏足的蛮荒小岛寻找珍奇异兽或是宝物，一路上往往充满了无法预料的危险，不过赌注越大，机会也就越大，所以那个跛脚船长才会说什么有可能要送命。

这倒是无关紧要，我们都是喜欢冒险的人。

中午时候，麦门冬回到了自己的吊床上，腰酸得要命。同伴们都在，紫苏给了他一碗用腌肉、土豆和卷心菜煮的浓汤，汤的滋味还可以，腌肉硬邦邦的可以当作榔头用。

“这艘不是商船，是去寻宝的。凡事我们都得小心些，发财当然好，可不值得丢了性命。”

“真巧，你不是为寻宝才来到海上的吗？”霹雳焰消坐在靠近舷窗的位置，侧过头一双浅黄色的眸子盯着麦门冬，她的脸色有些发白，是因为晕船呕吐的关系，即便刚刚出海，河络也已经受不了这份颠簸，“合乎心意？”

要来的迟早要来，麦门冬在心底叹了口气。“我很抱歉，焰消，这样的境遇的确出乎意料。”他拿出最诚恳的语气，“可是相信我，一定会有转机的，我保证。我们会挣到钱，然后修好船继续出海，发现宝藏，成为英雄。”

“我被辟先山的野猪踢了脑门，才会跟着你出海。”她愤愤地说，“是盘瓠大神惩罚我，信了你的连篇鬼话。”

“我是为了大家好。”

“麦门冬，鬼才信你。”

这是一个必须解决的问题，他想。“不要让它有缝隙，哪怕是最细最小的，有朝一日都会变成折断剑的元凶。”这是卢老爹手把手教他削出第一把木剑时说的。那时候他七岁，和一群没人要的孩子混在柳南城的十三坡，整天趴在墙头看佣兵营里的打斗操练。

所以，舞叶组绝不能有裂痕，我们在一起就像一把真正的剑，一把最好的剑。

麦门冬从怀里掏出一张叠得四四方方的纸片，递向河络，河络没有理睬他。麦门冬没有收手，这是解决问题的唯一办法。

羽人的手从上面的吊床伸了过来，抽走了麦门冬手中的纸片。

“既然河络姐不要，就给我吧，我是一个天性好奇的羽人。”秋石打开折起的纸片，发出哗哗响声，“是个河络，我可以说画得好丑吗？”

霹雳焰消猛地站起来，从秋石手中夺过那张已经摊开的纸，她的双眉紧紧纠结在一起。“是谁画的？”她抬起头，眼神难以名状。

“虽然画得丑，可是关键点都画到了。”麦门冬有些得意地说，“左眉当中的伤疤、残破的右耳、一双小眼睛，还有嘴角的痣……”他伸出手去指了指，“我在苒山的酒馆中遇到一个老水手，他向星辰诸神发誓见过这个河络。我肯定，他一定在海上。”

画像上的河络是霹雳焰消的隐痛，他背叛了部族，还偷走了部族的圣物，更多的细节麦门冬也不知晓，在舞叶组还只是他们两个人的时候，他无意中发现霹雳焰消在四处寻找这个老河络，于是暗中留了心，七七八八地收集到一些零散的信息。

霹雳焰消突然用力撕扯那张画着河络像的纸，她推开舷窗的木板向外伸出手去，纸片就像一群受惊的蝴蝶，忽地在空中飞散。

“盘瓠大神在上，麦门冬，你给我少管闲事。”河络一字一顿地说。她坐回自己的位置，脸上没有任何的表情。

这不是我想象的画面，虽然不算好，但不是最坏的结果，麦门冬保持住自己的笑脸，望向大家，荆芥和紫苏连忙低下头。这两个蠢蛋，以为这样就能装作什么都不知道吗？

我们每个人都有过往，唔……或许紫苏没有。出海，一半是出于互相之间的情谊，一半是为了内心的渴望，每个人都得明白这一点，信任彼此，才能在大海上得到自己真想要的。

之后的整个下午，舞叶组的每个人都显得格外安静，但麦门冬能够感觉到，大家在努力适应这艘船，适应自己的新身份。这终归是个好的迹象，他满意地想。

即使漫长盛夏，深夜的海风依旧会让人感到阴冷，麦门冬裹紧了身上的罩袍，在后甲板上来回走动。这只是铁锤号驶入大海的第一晚，他在睡梦中被叫醒，睁开眼就看见一张脸凑在自己面前，尤镰满头发辫如同榕树的气根般垂落下来，甚至触到了他的鼻孔，他竭力忍住不让自己打出喷嚏。

水手长命令他去后甲板值守，把“山羊脚”从岗位上换了下来。

“山羊脚”走起路总是在蹦跶，因为没有脚趾——据说全都留在了冰极岛。他吹嘘说整整一船人只有他和另外两个家伙活了下来，到了最后他们不得不靠焚烧同伴的尸体取暖。

弯月和群星在夜空中闪烁，为黑黝黝的海面带来一丝光亮，除了海水“哗哗”的声响周围再无其他动静，麦门冬百无聊赖，他很想找个人聊聊天打发这个漫长的夜晚，不过前甲板的家伙已经不知躲到什么地方去了，麦门冬又走了两圈，在后桅杆下停住了脚步，他靠在桅杆上，换一个舒服的方式站在那里。

片刻的宁静，那些逝去的瞬间就像张开双耳的耳鼠一般迫不及待地跳出他的脑海。

海港的鱼市、佣兵营、大叔和伙伴们，还有小沫的笑脸。“你找得到我吗？”她说完，转身跑开。他不服气，“躲猫猫”的游戏他从来没有输过，他从城门口遗弃的塔楼开始找起，市集上每一个摊位、每一个箩筐和马车，海边的礁洞，还有星辰神庙的碑林。可是这一次他输了，到处都没有小沫的身影。长日将尽，他孤独地走回十三坡，隔着很远的地方，他看见小沫坐在那里笑吟吟地看着他。

我会找到你的，每一次，无论你走到哪里，哪怕在海的另一边。

想到这里，麦门冬轻轻哼起小调。“柳南风，柳南风，我送阿郎行。轻帆舟影远，心念晚云停……”

“嘿，这可是宛南的歌谣。”

他吓了一跳，抬起头看着头顶上方传来话语的地方，一个人影坐在主桅杆顶端的横杆上，轻轻晃荡着双脚。

“你在上面干吗？”

桅杆上的黑影笑了起来，对方的脸庞笼在一片黑暗中看不真切，声音听上去并不苍老。“我是船上的瞭望哨。”

“黑灯瞎火还要看什么？”麦门冬又问。

“海面、风向、天气，还有很多莫名其妙的东西，你永远不会知道下一刻大海会给你惊喜还是灾难。”

鲑鱼号从来没有在夜里设置瞭望哨，谁也没提过，甲板上值守的家伙也常常偷懒睡觉，有一天早上醒来，鲑鱼号偏了航线，因为夜里的风向变了。这帮杀千刀的！

“你知道我哼的歌？”

“我是在和镇长大的，宛南的歌谣一听就知道，你那首歌韵味还要偏南一些，不是通平就是柳南。”

“是柳南。”麦门冬说，有个人可以说说话是件好事，他换了个站姿，对着主桅杆仰起头，“上面一定很冷。”

“多穿点就没事，再加上一壶酒。”桅杆上面发出拔盖子的清脆声响，然后是酒入喉咙的下咽声。

“花瓣子说，值守的时候不可以喝酒。”

“那是别人，我除外。”桅杆上的人说，“你敢给水手长起绰号？胆子忒大。”

“水手都该有绰号。”

这是海民的风格，头顶上方传来笑声，“你学得挺快啊，陆人船长。”

麦门冬吃了一惊。“你怎么知道？”

“每到一个地方，老头子……呃，船长都会让我上岸去溜达一圈，你太有名了，还有你那些古怪的同伴，女人、女矮人、会射箭的羽人、北陆蛮族的傻小子，不用脑子都猜得出。”

“那个，船长也知道？”

“我告诉过他，不过我觉得他没什么兴趣。”

麦门冬闷闷不乐。一小团黑影从半空落了下来，他眼明手快地一把接住，那是个装酒的皮囊，里面至少还有小半袋，他拔开酒囊的塞子，对着嘴灌下了一大口。被海风吹多了之后，平时涩口的酒现在也觉得像佳酿一般，又辣又热的感觉从喉咙口一直烧到胃里，让人精神一振。

“谢谢。”他举着酒囊冲桅杆上面摇了摇，“怎么还给你？”

“你先拿着，等天亮了我会来找你。”桅杆上的声音说。

麦门冬把酒囊别在自己的腰间。“我叫麦门冬。”

“我知道，在这条船上你们也已经大大有名了。”

“你叫什么？”无论在哪里朋友必须越多越好，这是永远颠扑不破的真理，在铁锤号上尤其需要，“等到值守下岗，我们可以一起喝一杯，而且我的朋友很会做饭，我觉得她们可以从厨房弄到些好吃的。”

“女人还是女矮人？算了，偷吃会挨鞭子的。老头子是我见过最严厉的船长。”

“老头子……船长是叫这个名字吧？”

对方笑起来。“你是在和我开玩笑吧。”他随即说下去，“他叫欧烈，不管你在背后叫他什么，只要他在你面前你就得乖乖叫‘船长’，否则就会挨鞭子。用海水浸过的长鞭抽在背上可痛了，我再也不想有第二次了。”

天色已经没有刚才那么昏暗，远处的海平面开始慢慢发亮。麦门冬听到左侧后船舷传来的奇怪声响，他张望了几眼。

“你听到什么了吗？”他抬头问。

“嗯……”头顶传来不确定的声音，“是有些奇怪的动静。”

一道炫目的光亮伴随着惨叫声，随后是有人落水的声响，桅杆上的黑影立刻吹响哨子，尖锐的哨声在黑夜中尤为刺耳，麦门冬跑到出事地点，趴在船舷上向下张望，船尾的风灯发出黯淡的光芒，他依稀看见两个人头在海面沉浮。

整艘船都被惊醒了，远处的脚步声此起彼伏，麦门冬回过头，突然看见紫苏靠在船楼外侧的阴暗角落里。

“你怎么在这里？”他急忙冲过去，“看见什么了？”

紫苏面无表情地摇摇头。“不怪我。”

和往常多数时候一样，不好的预感开始冒了出来，麦门冬仔细看了看紫苏，她手里拿着一件短上衣，白皙的脖颈处有一道淡淡的血痕。

“出了什么事？”他焦急地问。

海面上一直传来落水者的呼救声，甲板上出现越来越多的人，火把照亮了甲板，桅杆上的瞭望哨指挥几个水手拉动船帆调整位置，铁锤号开始慢慢转向。

“我想给你送件衣服，那两个人骗我，说你在这里，让我不要出声，其实……”紫苏的脸微微红了一下，麦门冬立刻明白了。

霹雳焰消和荆芥出现在人群中，他悄悄地冲两人招手，河络看见了，拉了一把荆芥，两人悄悄走了过来。

“真不错，你选的船很热闹……”看见紫苏的模样，霹雳焰消立刻停了话语，用疑惑的眼神看着麦门冬。

“把她带回船舱去，别让人看见。”麦门冬低声吩咐，“荆芥留在我身边。”

霹雳焰消回了个手势，她拉起紫苏的手，两人贴着船楼的暗处慢慢移动，没人注意到她们俩，直到两人的身影完全消失在下层船舱口。

麦门冬回头。“去看看人捞上来了没有。”蛮族小伙一言不发地紧跟在他身后。

出海第二天就来事，反正更糟的事情也遇到过。麦门冬瞧见高大的水手长正站在船楼上指挥，甲板上已经变得有条不紊，气灯被一一点燃，绑着浮物的绳索抛下海去，落水者奋力游近，将绳索捆在身上，船上的人一起拉动绳索，将落水的两个家伙拉出海面，他们攀上船身，绳梯也被抛下，两人手脚并用地向上爬，直到翻过船舷，坐在甲板上大口喘气。

深蓝的黎明正在慢慢浮现，水手们让开一条道路，跛脚的老头出现在众人面前，他穿着睡衣，两把匕首插在腰间，整张脸阴沉着让人不寒而栗。

“鲁杜、小鸡盖梁，谁来告诉我是怎么回事？什么都行，就是别说你们只是想去海里游个泳。”

两个落水者面面相觑，其中一个抢先说：“我们在甲板上开玩笑，只是打个赌，赌一枚银毫谁能站在船舷上的时间更久。”他长着一张尖脸，湿发耷拉在额头上，整个人瘦小如鸡，“我输了，原来应该摔在甲板上，不知怎么的往海里倒了，鲁杜想要抓住我，可是他也不够稳。船长，饶了我们，昨晚我们俩的酒都喝多了。”

这家伙可以靠演技赚钱，做水手有些浪费。麦门冬真心希望他们就此过关，这样大家都可以少很多麻烦。

欧烈冷冷地哼了一声。“知道吗，盖梁，你说谎的时候就会不自觉地眨眼睛，刚才你的眼睛就像船上的尿桶盖子一翻一翻的没个完。”周围哄笑起来，跛脚老头指着两个人的衣衫说：“这又是怎么回事？”两个落水者的衣衫布满了裂痕，只有麦门冬明白，之前那道光亮是紫苏教训他们俩时用的秘术。

盖梁转动眼珠，也许是还想顽抗一下，长鞭呼啸着抽在他身上，“小鸡”惨叫了一声，水手长又一次举起鞭子，盖梁鬼哭狼嚎般地大叫：“不要打了，我说，我说，是新上船的女人干的，她是个会妖术的巫女，一下子就把我和老鲁扔到海里。”

太阳猛地跃出了海平面，周围变得清晰起来。跛脚老头的目光扫视过来，停在麦门冬的身上，麦门冬不知道该回以什么样的表情，于是耸了耸肩。

“她干吗要把你们俩扔海里？”船长继续问。

“她，她，我们……”回答稍一迟疑，水手长的长鞭就又一次落到“小鸡”身上，尤镰的长辫随着他的动作摆动，只需要船长一个皱眉，他就明白该如何做。

盖梁蜷缩起身子，用手抱住头连声惨叫。“不要打，我和老鲁看见她准备上甲板，就陪着她到处看看……”又是“唰”的一鞭子，“是真的，我们觉得她想玩玩，不要打了，呜呜。”那家伙像个女人一样哭起来。

“一人十鞭子。”欧烈简单地发号施令，剩下的事情水手长自然会去完成，他转向麦门冬，“你是后甲板的值守？”

除了荆芥，麦门冬身旁的水手全都往旁边退散。麦门冬看着船长，点了点头。

“你看见了？”

他又摇了摇头。

“酒囊是怎么回事?”

麦门冬愣了愣，手摸向腰间的酒囊，眼神悄悄地越过船长，一个棕色短发的年轻人正从主桅杆上慢慢滑落，年轻人停下了动作，表情有些惊恐地微微晃头。

“后半夜风大，我想喝口酒御御寒。”

“三鞭子。”船长交代完，又低沉声音对麦门冬说：“我说过别惹事。”

“我们是来赚钱的，从没想过要惹事。”麦门冬解释说，“她只是想上甲板给我送……”

“我不管原因，只管结果。”欧烈打断麦门冬的话，“出了事你们就下船。女人在船上就会让人变坏，那两个蠢蛋是第一个，后面还会有，我不想每天早晨都要经历一场鞭打船员或是阉割的仪式。”

“有过这件事之后就不会再有第二次。”麦门冬坚持，“不会有人喜欢挨打，更不会有人敢碰会秘术的女人。”

“你小瞧了海民，他们会弄死她，然后再碰她。”跛脚老头的眼神中满是嘲讽，“所以你们必须滚蛋，立刻。”

肆

在舞叶组众人面前，水手们拖出了一艘四桨的小木船，又往里面放进了两个木桶。

“一桶是酒，一桶是食物。你们往回划，别偏离航线，三天时间就能回到箕之洲岛。”尤镰甩动他的发辫，那些银饰就像飞起来一样，“算你们运气好，小木船送给你们了。”他瞅了一眼麦门冬，“你的三鞭子也省了。”

“这算什么，流放吗？”霹雳焰消愤怒地说。

尤镰没有理睬河络，转而向水手们大吼：“把那两个家伙绑结实了。”四个水手架起“小鸡”盖梁和他的同伴，把他们的双手绑在船头的惩处柱上，有人脱下两人的上衣，往光光的背脊上浇了一桶水，盖梁开始低声哭泣，另一个家伙腿抖得站都站不稳。

水手长甩了甩手中的长鞭。“等把你们放下去，这两个家伙就得挨鞭子了。”他嘿嘿笑着说，“没有哪条船比铁锤号更赏罚分明。”

麦门冬冷笑了一声。“没有哪条船比铁锤号更胆小了。”

“你说什么？”尤镰好像没听清的样子。

“连女人都害怕的船，也敢吹嘘自己?”麦门冬大声说，附近的水手们停下手中的动作望了过来，麦门冬露出一副更加嚣张的表情，“来呀，和这个女人打一打，只要打赢了，我们这就跳下海去，连你们的小船也不要。”他推了一下紫苏，紫苏向前踉跄了几步，不知所措地站住，又往麦门冬身边慢慢退步。

“你疯了，想要干吗?”霹雳焰消用只有她和麦门冬听得见的声音说。

“相信我，没错的。”麦门冬同样低声回答，“我不想划着小船回去。”

“你想做什么?”

尤镰沉下脸，眉间出现怒色，如同高塔般的身躯向麦门冬慢慢逼近。

“打一架，输了，我们立刻滚，赢了，我们就得留在船上。”麦门冬笑嘻嘻地说，“怎么样，只不过是打一个女人而已。害怕了? 要不换一个矮的试试?”他又推了一把霹雳焰消。

水手长的脸因为气愤涨得通红，他握紧拳头，指节发出“噼啪”的响声，怒气冲冲地看着他。“我和你打。”尤镰低声吼道。

“铁锤号靠的是纪律和服从，尤镰，不是蛮力和诡计。”

麦门冬向船楼望去，跛脚的船长脸色平静地站在扶栏后面，似乎对自己的小算计了如指掌，他顿时有些灰心丧气。

尤镰回头看着船长，然后退后了几步，挥手甩了一个响鞭，水手们一个接一个地从腰间拽出手弩，对准麦门冬和舞叶组的其他人。

“是你们自己下去，还是我把你们扔下去?”水手长恢复了平静，冷笑说。

“我们自己走。”

麦门冬做了个手势，低身抬起小船的一角，荆芥、霹雳焰消和秋石走上前，各自抬起。

头顶上忽然传来声响。“海里有情况。”麦门冬抬起头，看见坐在主桅杆上的棕发年轻人正指着船的一侧。

靠近船舷的水手往外张望，尤镰大踏步地走过去探出头，随即转头望向船楼。“船长，您看一下。”

麦门冬偷眼看去，海面上漂浮着破烂的木板，一块、两块……又漂浮过来一大波残片，半截木桶、折断的桅杆，还有一大块像是船舵东西。

“转帆，方向正北。”船楼上的跛脚老头厉声说，“动作快。”

水手们呼啦一下跑开，桅杆上的风帆随着他们的拽拉动作移动位置，甲板中间一下子空空荡荡，只剩下舞叶组的几个家伙站在那里。

“傻站着干吗？”霹雳焰消跨进四桨小船中坐了下来，其他几个人跟着坐了进去。麦门冬东瞅西望，不知道该干些什么，叹了口气，也在小船里坐了下来。

“老大，出了什么事？”荆芥悄悄地问。

麦门冬摇摇头。

看上去似乎是性命攸关，水手们一个个像烧着屁股的猴子一样焦虑忙乱，没有人再来关注他们，他们变成这艘船上最最无关紧要的人。

“钧青，眼睛盯紧点。”跛脚老头对主桅杆上的瞭望哨大声说。

麦门冬抬起头望向主桅杆上的瞭望哨，旭日已经冉冉升起，棕发的年轻人浑身染上了一层金黄颜色，他站在桅杆顶端的横梁上，探出头仔细观察海面。麦门冬的目光寻找到船楼上的跛脚老头，后者的手中拿着一支婴儿手臂粗细的金属长筒，麦门冬知道金属长筒里是打磨过的水晶镜片，远处的一切会在水晶镜片下放大，但凡有钱的船长都会有这样一个玩意。

“船长，出了什么事?”他大声问。

欧烈低头看了他一眼，直到麦门冬以为他不会理睬自己之际，跛脚老头突然说了句：“海巨蟒。”

“海巨蟒是什么?”荆芥低低的声音又一次问。

“海兽。”霹雳焰消回答说。

麦门冬竖起耳朵仔细听着，除了传说中的龙渊阁，河络们知道的最多，他们把游历中的所见所闻全部记录下来，然后世代相传。

“成年的海巨蟒比这条船还要长，身体有三个木桶那么粗。它们喜欢袭击海上的船只，小船会被海巨蟒粗大的身体绞碎，而大船也抗击不住它们身体的抽打，直到破碎，然后它们吃掉所有掉入海中的船员。刚才海上漂浮的那些残骸大概就是前一艘倒霉的船。”

“我们会被……吃掉?”荆芥的语气阴晴不定。

“也许吧。”

麦门冬猛地从甲板上的四桨小船中站了起来。“船长，需要我们做些什么吗?”他大声说。

没有人理睬他。

主桅杆上传来棕发年轻人紧张的声音。“左侧尾后方，大约一百五十箭尺有东西。”

跛脚老头立刻把手中的金属长筒贴在眼睛前，往船尾方向看去。“全帆顺风。”他大吼，“准备弩机。”

甲板上的水手再次扯动绳索，现在不用顾及航向，只需要不断将风帆调整到最合适的顺风位置。又有几个人奔跑着从船楼中拖出一个带木轮的架子，架子上是连着绞盘的巨大弓弩。

麦门冬想起秋石的话。“很少有商船去添加这样一个撞角，除非它有一个好斗或是别有用心的船长。”这艘船真的是全副武装。

“越来越近了，现在是一百箭尺。”钓青大声喊道。

麦门冬疾步来到船舷旁，蔚蓝的海面平静如常，他的视线里没有任何东西，船长和水手们的紧张神情让他不得不信海水中一定藏着怪兽。漆黑的脊背在海面上突然浮现，乍看像是海水中分出丘壑，瞬间又滑入水下消失不见。

“真是个大家伙。”麦门冬喃喃自语说。

弩机被推上船楼的平台，尤镰自己动手拉紧绞盘，将一根弩箭卡进弩槽，弩箭是胳膊粗细的木棍，前端装着令人生畏的铁叉头。跛脚老头依旧端着金属长筒，他的声音并不响，但充满威严。

“不要急，听我的指令。”

铁锤号和海中怪兽的距离慢慢缩短，麦门冬现在可以看清它在海面留下的痕迹，潜入、浮起，又一次潜入，再次浮起，他甚至看清了海巨蟒灯笼大小的眼睛，它正在凶残地观察着铁锤号。

“六十箭尺。”

“五十箭尺。”

“四十箭尺。”

主桅杆上传来的声音一次比一次急。

“放！”船长说。

尤镰大吼一声，使劲拽动弩机的扳机，弩箭发出尖锐的呼啸声向海里的怪兽飞去。很准，麦门冬在心底情不自禁地喝彩。在弩箭就要扎中海巨蟒的瞬间，露在海面上的黑色脊背突然往下沉了一沉，弩箭撞在了海巨蟒的脊背上端，黑色鳞片异常滑腻，铁叉尖头完全无法刺入，越过海巨蟒的脊背掉入海水中。

船上发出一片叹息，高大的水手长立刻抓起第二支弩箭。“它在哪里？”尤镰大喊。

水面上不见了海巨蟒的黑影。

“它潜下去了。”钧青喊道，“我看不见它。”

“都到船舷边上，发现黑影就用弓弩射，还有鱼叉，绝不能让它靠近。”跛脚老头大喊，“去拿几个火罐出来，给我小心些。”

一阵忙乱的脚步声后，船舷旁站满了人，手中拿着弓弩和鱼叉紧张地盯着海面。麦门冬发现周围突然安静下来，没有任何言语响动，耳旁只剩下铁锤号破开海面前行的声音，他听到自己心脏“怦怦”跳动的响声。麦门冬回头看着同伴，他们依旧滑稽地坐在甲板上的小船中，他做了一个只有他们之间明白的手势。

“它来了，左舷。”钧青尖声大叫。

左侧船舷的水手们将手中所有的武器投向海中，海水阻碍了这些武器的威力，海巨蟒丝毫没有受到影响，麦门冬看见面前的黑色影子沉了下去，从铁锤号的船底穿越而过，一条粗壮的尾巴突然从海面中蹦出，直直落下砸在船舷上，顿时木屑纷飞，有人惨叫，两个水手径直飞出重重撞在了桅杆上，随即落在甲板上一动不动。

船身一阵剧烈的晃动摇摆，船长的双手牢牢抓住船楼的扶栏，大喊：“右舷，注意！”

第二波撞击很快来到，船体右侧剧烈地震动，铁锤号晃动得更加厉害，有人摔倒，顺着倾斜的甲板滑来滑去。

“船舱，报告损失。”船长对着身前的传声木管喊叫。木管直接通往甲板下的船舱，欧烈把耳朵伏上去，甲板上的人全都把目光投向他，船长抬起头大声宣布：“船体稳固。”

水手们的焦虑不安稍稍好转，但是铁锤号依然无法从险境中脱困。

海巨蟒的下一次撞击，麦门冬眼看身旁一个站立不稳的水手从船舷翻了出去，他伸出手想要抓住那水手，却只碰到了对方的衣襟。水手在海水中探出头，脸色吓得发白，是那个嘲笑过秋石的黑痣脸，他哭喊着大叫："救我，救我。"

麦门冬抄起身旁的绳子扔了出去。"抓住。"他大喊。

黑痣脸拼命游向绳子，一把牢牢抓住，麦门冬立刻拽着绳子往上拉，三四个水手跑来帮他，一起将黑痣脸拉离了海面。就在这一刻，骇人的影子突然从黑痣脸脚下的海面窜了出来，黑洞般的血盆大口从黑痣脸的双脚开始吞噬。

"扔掉绳子。"

麦门冬耳畔传来船长厉声的呼喊，他忙不迭地松开绳子。海巨蟒高高跃出海面，那个倒霉的黑痣脸在它的嘴里依旧露出半截身体，拼命挥动双手。随着海巨蟒落下，一人一兽瞬间消失在众人眼中，溅起的水花像一阵疾雨将甲板上的人淋得浑身湿透。

用来拽落水者的绳子被带进海中，如果麦门冬没有松手，此刻也一定掉进了海里。

尤镰冲到船舷边，他一只手拿着火把，另一只手上捧着黑色的圆口小罐。

海面恢复了平静，很长一段时间里就像什么也没有发生过。甲板上的人不知道该干些什么，心有余悸地互相张望。

"海巨蟒还会再来，它的目标是整条船。"欧烈说，他的声音出人意料地平静，"我要你们每个人齐心协力。"水手们慌乱的情绪开始稍稍缓解，船长继续吩咐说："老烟斗、疤脸老四、宋成，还有洋葱皮，你们各带人守住两边船舷，发现海巨蟒就大声喊叫，扰乱它的注意，掩护尤镰。"欧烈的目光落在水手长身上，"一定要候准时机。"

高塔般的汉子点了点头。

"那东西是不是施过郁非法术的鬼火罐?"霹雳焰消突然大声问。

尤镰没有回答，他望向船楼上的人。"是的。"船长回答说。

“海巨蟒的皮肤很厚，表面还有保护作用的黏膜，火对它有伤害但不足以致命，只有眼睛是它的弱点。”河络说。

欧烈凝视了一眼河络，立刻对着水手长说：“想办法扔中它的脑……”

他的话还没有说完，铁锤号又一次受到撞击，剧烈摇晃起来。尤镰站立不稳，身体撞在了船舷上，但两只手各自紧紧攥住火罐和火把。

甲板上的水手们大声喊叫，不断把弩箭射入海中。海巨蟒的影子在船的四周不断游动，却始终不露出海面，它在水下继续撞击着铁锤号，间隔时间更短也更猛烈。

一块隔板被人推开，有人从甲板下面探出头大吼：“船长，下舱开始渗水了。”

这样下去迟早要完蛋，只要那个海怪不出来，我们永远对付不了它。麦门冬抬起头，看着主桅杆两侧的横杆和上面的绳索，他突然有了一个主意，很冒险但是值得一试。

“焰消、荆芥。”他一边招呼两人，一边拔出匕首割断了一根从横杆上垂下的绳索。

“你在干吗?!”霹雳焰消和尤镰同时大喊，后者冲过来恶狠狠地挥舞着手中的火把。

“尤镰，等一等。”

船楼上的跛脚老头制止住水手长，他的目光投向麦门冬。

请相信我。麦门冬的脑海里翻滚过千军万马，替他鼓劲呐喊。快些决定，趁我还没有想起害怕的感觉。

老头似乎微微点了点头。

“我要引它出水面，你们负责干掉它。”麦门冬把绳子往腰间缚紧，狠狠打了个死结。绳子的另一头从横杆上垂下，他把它交到霹雳焰消和荆芥手中。

“盘瓠大神在上，麦门冬，你考虑清楚了？”霹雳焰消炯炯有神地看着他。

“反正有你们掩护我。”麦门冬大大咧咧地笑了一下，转头看着欧烈，“船长，有赏金吗？”

欧烈的眼神中闪过一丝迷惑，他点头说：“三百枚银毫。”

“一条船，一船命，三百枚银毫真不算多。”麦门冬一边抱怨一边爬上船舷，他还没站稳，船身又被撞击了一次，紫苏发出一声尖叫，麦门冬摇晃着身体差点栽下海里，幸亏霹雳焰消和荆芥拉紧了绳索。

“给我一把鱼叉。”他喊道，有人立刻抛了过来，他抓在手中掂量了几下。“来吧。”他往海面啐了口唾沫。

黑影再次出现，巨大的身躯在海面下游动摇摆，就像一条丑陋的鳝鱼。它可比鳝鱼大太多了。麦门冬深吸一口气，猛地跃到半空。“星辰诸神佑护。”他大喊一声，整个身躯向海里落去，手中的鱼叉重重扎在那个粗厚滑腻的黑皮上，没有刺入的感觉，但是海巨蟒剧烈地扭动起来。

“拉我起来。”麦门冬大喊，“快啊。”

船舷上也传来霹雳焰消的声音。“拉。”

麦门冬感觉到腰间一紧，挂在横杆上的绳子把他拉离了海面，他在半空中荡来荡去，几乎和船舷一个高度。

“再高些，别让那家伙咬到我。”他指了指脚底下的海面。

“太高了，它根本不会出来咬你。”霹雳焰消站在船舷旁边，不知为何尤镰的火把和火罐到了她的手里，水手长带着几个水手和荆芥一起拽着绑住麦门冬的绳子,河络回头吩咐说：“把他再往下放一点。”

“什么?”麦门冬疑惑地看着河络，突然腰间一松，整个人往下坠了一坠，他连声大叫起来，“焰消，你疯了？!”

“小心。”河络说。

麦门冬往脚底看去，海巨蟒游动身体，粗黑的脑袋就在他的下方，麦门冬甚至能够看清那双犹如灯笼大小的眼睛。“快，拉我上去，它就在我下面。”

“不要急。”霹雳焰消的声音传来，“麦门冬，你现在像个吓破胆的娘娘腔。”

这个疯婆娘想害死我，麦门冬听到脚底传来的水花声响，霹雳焰消的声音同时响起。

“拉!”

绳子再一次猛地把他往上空扯去，海巨蟒钻出海面的水花泼溅了他一身，他甚至闻到了海巨蟒嘴里吐出的气息，那是一股充满恶臭的死亡气息。麦门冬使劲勾起双脚，那个血盆大口在他的屁股下方停顿住，随后心有不甘地沉入海去。

“你们……你们打中了没有?”麦门冬一边晃在半空一边兴奋地大叫，他转过头，看见霹雳焰消手中的火罐，“你，你怎么没扔那玩意?”

“角度不行。”霹雳焰消平静地说。

“那怎么办?”

“什么怎么办?”河络冷笑，“再来一次。”她回过头大喊：“放。”

绳子一松，麦门冬再次滑向海面，这次他终于号叫出来，“霹雳焰消，你这个疯婆娘，想要害死我啊。”

“别叫得像个娘们似的，麦门……”霹雳焰消的话语戛然而止，换成一声尖锐的“快拉”。

麦门冬感觉到水面的沸腾，系在腰间的绳子把他拽向半空，但是巨大的嘴巴如影随形，他的脚碰触到软绵绵的东西，难道是海巨蟒的舌头？麦门冬一边大叫一边将鱼叉用力往斜下方插去，几乎同时，一个黑色的圆口小罐落在海巨蟒的两眼之间，红绿色的火苗立刻蹿了出来，海巨蟒发出沉闷的吼声，麦门冬感觉到一阵恶臭的热浪将他的身体高高托起，竟然是海巨蟒喷出的气息把他抛出了它的嘴巴。麦门冬眼角的余光看见鱼叉留在了海巨蟒的嘴里，死死卡住了它的上下颚。

海巨蟒再次钻入海面之下，然而海水无法熄灭被秘术师施过法术的火油，发狂的海巨蟒不断从水中跃起落下，拍起的海浪将铁锤号推得东倒西歪，船上传来欧烈的呼喊声，指挥水手们稳住铁锤号。

麦门冬腰间紧绷的绳索时而绷紧时而松软，他在半空中被甩来甩去，铁锤号又是一次剧烈的震动，麦门冬忽然感觉到身体一轻，原本绑住他的绳子终于不堪重负地绷断了，他的身体在空中打着转，不知要飞向何方。

星辰诸神佑护，我一定能落回甲板的，麦门冬扭着脖子望向铁锤号，在一瞬间看见秋石将那把错金嵌玉的恣木弓拉至满圆。

麦门冬从空中跌落，重重摔在甲板上，脑袋不知磕在什么东西上，他一下子失去了知觉。

“他会死吗……”一个模模糊糊的声音从遥远的地方传来。

谁不会死呢？他想，只是死的方式多种多样而已，一切皆有星命，但是星命并非不变，以顺从的姿态去做最大的努力，这才是我的命运。

“盘瓠大神在上，他不会死的。”另一个声音说，他喜欢这句话，只是不喜欢这个声音，“只是撞破了脑袋而已。”

“我以前听说过，有一个脑袋受伤的人会记不得以前所有的东西。”第一个声音说，“还有一个人从此变成了傻子。”

“他不会的。”

“真的吗，焰消姐?”

“是啊，他还能比以前更傻吗?”

麦门冬终于忍不住睁开眼睛，霹雳焰消和紫苏的两张脸在他面前晃动，他想说“还是让紫苏来照顾我”，出口的话语却是一堆含糊不清毫无意义的字眼。

“老板醒了。”紫苏刚刚露出笑脸，又变得担忧起来，看着河络，“他在说什么？我听不懂。”

“抱怨，还能是什么呢?”霹雳焰消叹了口气，“你不会有事的。”她对着麦门冬说完这句话，然后站起身走开了。

麦门冬感觉到身体一晃一晃的。是了，我们还在海上。“海……巨蟒……”这次他含糊地说了出来。

“死了。”紫苏眉开眼笑地说，“焰消姐的那瓶火罐把它烧惨了，它在海里一阵折腾，差点把我们的船也给弄翻了。那时候老板你已经晕过去了，还好有荆芥守着你，否则你早就掉海里了。”

“它被烧死了?”

谢天谢地，舌头逐渐开始利索了。

“不是，那罐火弄伤了它，可是一时半会弄不死它。它拼命撞我们的船，怎么躲也躲不开。不过它也潜不下去了，焰消姐说，被火烧伤的眼睛到了水里更疼，还有它的嘴也被老板你的鱼叉给弄坏了，反正它就在海面上拼命折腾，折腾我们的船，有那么一小会儿，我觉得船要被它撞散架了。”

“后来呢?”

“后来，后来秋石哥出手了，一下子就射爆了它的两只眼睛。”

紫苏瞪大了眼睛说，她的眼睛里闪着光芒，就像在描述一个伟大的英雄，界明城或者是光明王，她最喜欢听这两个人的故事，“秋石哥好厉害，那只海巨蟒在海面上不停扭动身子，足足有一炷香的时间，最后终于不动了，死得透透的。”

麦门冬舒了口气，他这才注意到自己是在船舱而不是甲板上，周围没有那股臭烘烘的气味，这里不是他们原来待的地方。

“我们在哪里？”

“在船长室。”

苍老的声音响起，随着一瘸一拐的脚步声，跛脚的船长出现在麦门冬的眼前，脸上的道道皱纹就像海底沟壑，是不是饱经沧桑的脸庞都不会笑？

“幸亏有你和你的人，我的船还能在海上漂着。”老头说，“你们会得到酬金，还有一船人的感激。”

能不能把感激也换成银毫？那样我就可以修船了。麦门冬眨了眨眼，忍住没有说出能不能送我们回箕之洲岛。

“船医检查过你了，除了头上的伤其他都没事，星辰诸神佑护我们。”

“船上有医生？”麦门冬虚弱地问，他觉得自己还需要些药，受伤的地方总是隐隐地疼。

欧烈指了指紫苏，“你们带来的医生。”

“哦，是的。”麦门冬嘟囔了一句，“我感觉好多了。”他从船长的床上慢慢地坐了起来，身体稍微晃了晃，紫苏连忙扶住他。

“你可以继续在这里休息，直到复原。”

“没事，我还是想和他们在一起。”他指了指紫苏。

船长点点头，没有继续挽留。

紫苏搀扶着麦门冬走出船长的房间，穿过船楼狭窄阴暗的过道，眼前突然一亮，船舱外是晴朗明媚的天空，太阳高悬在头顶上，蔚蓝色的大海重新变得友好可爱。有人向他走来，是一头棕色短发的年轻人钧青。

“嗨，你好些了吗？”年轻人有一双和头发一个颜色的眼睛，微笑的时候很可爱。

麦门冬挺了挺胸，骄傲地说：“再来一条海巨蟒也没问题。”

“你很厉害，不，你们都很厉害。”年轻人由衷地说，他稍稍停顿了一下，“谢谢你。”

“不值一提，用不着把我当英雄，我们是一条船上的兄弟。”

钧青愣了愣。“噢，不是。”他指了指麦门冬腰间，“我挨过一次打，有些害怕，谢谢你没有在船长面前揭穿我。”

麦门冬低头看见酒囊，恍然大悟。“这个还给你。”他伸手去解系在腰间的酒囊。

“不用，你留着喝。”钧青对他摇摇手，走开了。

甲板微微摇晃，迎面而来的海水吹乱了麦门冬的头发，也吹走了刚才的尴尬。他忽然感到一阵兴奋，一个念头跳了出来，于是甩开紫苏的搀扶，大步向前走去。半途中他差点摔倒，勉强扶住了船舷。

紫苏有些诧异。“老板，你要干吗？”她跟了过来。

“我杀了一只海巨蟒。”他低声对自己说。

“那只海巨蟒，是秋石哥射死的。不过，没有那两箭的话，焰消姐的火罐也可能会要了它的命。”紫苏轻声又认真地纠正他。

麦门冬假装没有听见紫苏的话，眼前幽蓝色的大海中浪花叠着浪花，翻滚着吐出一道道白色水沫。

“没有什么能够阻挡我。”

他瞬间对未来满是信心。

伍

铁锤号在海上晃晃悠悠地前行，海巨蟒撞击后造成的船体渗水无法得到完全修复，它的速度慢了许多，显得力不从心。

麦门冬站在船尾甲板上，一个念头突然间冒了出来：这条船现在就像它的船长一样，一瘸一拐的，他忍不住“嘿嘿”地笑出声来。

有人朝他走了过来。“心情不错呀。”那人说。

老烟斗在铁锤号上的资历很深，据说是最早跟着欧烈的一批人，整个人就像条被晾干的马鲛鱼，瘦高干巴，其实这家伙的年龄并不大，只是满嘴的牙已经被烟果叶熏得发黑。

“已经十几天了，还没看够大海？”

“要是看得够，就不到海上来了。”麦门冬一边说一边继续打着水手结，这是水手长吩咐的。

“啧啧。”老烟斗瞅着他打水手结的手势，“港口里的那些洗船小弟都比你做得好多了，吊绳大人。”满口黑牙的家伙说。

吊绳大人是水手们给自己起的新绰号，他们可真没良心，就这样嘲笑他们的救命恩人。

“我也是这样认为的。我应该去做一些更合适的工作，譬如再杀一条海巨蟒，不过我不会太早出手，希望那条海巨蟒能够多吞掉几个不知感恩图报的死水手。”麦门冬反唇相讥。

老烟斗咧开嘴发出“嘎嘎”的笑声，连舌头都是黑的。

“你的嘴可比你的手灵活多了。”

“等我的手拿着剑的时候，你肯定不会这样认为，老小子。”

“拿着剑当拐棍用吗，吊绳大人？你在甲板上站都站不稳，也许每一次你都应该把自己吊在桅杆上才能无敌。”老烟斗伸手从麦门冬手中拽过绳子，麻利地打好了一个结，“关键时刻这玩意是要救命的。”

麦门冬叹了口气，接过老烟斗打的水手结，重新拆开后笨拙地继续练习起来。

老烟斗从怀里掏出卷成细长条的烟果叶，敲打火石点燃了叶子，他狠狠地吸上一口，青烟从鼻腔里喷了出来。

“我以为海民不会抽那玩意的。”麦门冬说。

“烟果叶吗？我原来也不抽，直到有个家伙送了我几片，他说是从中州商人那里弄来的。”老烟斗咧嘴笑起来，“没想到抽着抽着就离不开它了。我一直有个想法，等攒够了钱就到陆上去看看，听说烟河平原上到处都是烟果树，是不是真的？”

麦门冬点点头说：“你会喜欢上那里的。”

老烟斗吐出一口烟，没再说话。

“打听件正经事，我们要去哪里？”麦门冬问。

“这种事你得去问船长。”老烟斗斜眼看着他，“着急了？”

麦门冬笑了笑没有回应。他有过早些回到箕之洲岛修好鲑鱼号的念头，不过现在被另一个想法替代，跟着铁锤号也许更合适，在大海面前，他们必须先学会足够多的东西。

“船往哪里去只有船长知道，一出海就是几个月，你就安心吧。”船上的水手们就像那个跛脚老头忠实的猎狗，嘴巴严严实实的，“我记得你上船的时候，根本不在乎去哪里。”

“赚到了钱，当然会考虑得多一些。”麦门冬终于打好了一个水手结，虽然样子难看了些，他一边拨弄着绳子一边心不在焉地说：“等到航程结束，我要回箕之洲岛修好我的鲑鱼号。

“你的鲑鱼号?”

麦门冬愣了愣，看来钧青只把自己的情况告诉了欧烈，普通的水手并不知晓。他告诫自己，管不住舌头的人也会管不住自己的命运。

“是的，我买了它，价格好像很优惠，我正巧又有些闲钱。我已经做了十六年的佣兵，从宛州到中州，从澜州到越州，我去了太多地方，那些你所知道的大城市，天启、淮安、秋叶和青石，还有无数不知名的村庄、峡谷、山林，然后我觉得应该去海上看一看，那些船、那些岛，还有从来没有体验过的东西，总之，我想让自己的经历更多一些。”

这些话都是事实。

“我第一次听到这种出海的理由。”老烟斗哈哈大笑，“吊绳大人，你一定可以成为优秀的海巨蟒杀手。”

“这有什么好笑的？你不是还想去烟河平原逍遥，度过自己余生嘛。”

“不，海民是不会死在陆上的。”老烟斗摇摇头，收敛起自己的笑容，“我出生的时候，我老爹是狂怒号上的水手长，六年了。他一直想要一艘自己的船，因为他的老爹在某次出海以后就再也没回来，他要有条自己的船，可以去找回老爹。”

“后来呢?”

“后来？当然是没有后来。我老爹自己也没有回来，所以我连他长什么模样都不知道。那年的大飓风毁了无数的船，留下了许许多多的寡妇和孩子。知道有艘无畏寡妇号吗？男人们死了，没人养活了，只好自己去干，那条船从船长到水手都是女人。”老烟斗往海里啐了一口，一团浓浓的黑色漂浮在海面上，“这就是海民，生于海，死于海，以海为父，以海为墓，我们不会悲伤和抱怨，因为这是星辰诸神赐给我们的命运，我们也享受这样的命运。不过，吊绳大人，据我所知陆人可不一定喜欢。”

麦门冬沉默下来，身后突然传来尤镰的声音。“号叫杀手。”这是麦门冬的另一个新绰号，“船长要见你。”

比起外面的阳光明媚，船长室就像昏暗的牢房，一盏烛灯发出黄色的微弱光芒，跛脚老头坐在烛灯后面，拿着尺子和笔在占据整个桌子的牛皮纸上画着什么，麦门冬隐约觉得似乎是张地图，上面满是大洋和小岛。

“坐。”欧烈没有抬头，麦门冬四处看了看，在靠近角落的一张破旧板凳上坐了下来。水手长悄无声息地关上门，离开了船长室。

“你的伤怎么样了？”

“如果再遇到一次海巨蟒，我保管它还是有去无回。”

“我可不想重复一次这样的经历。”欧烈抬起头，眼神从烛光背后扫视过来，像两道利剑，“为什么要到海上来？不会是每次都想用一条破船抓海盗吧？”

终于到正题了，幸亏早有准备。

“我和我的同伴以前都是佣兵，我们买了鲑鱼号，想出海探险。我在夏阳港招了一批水手，不过他们好像不太喜欢我，我得承认，对大海我不在行，鲑鱼号遇到了暴风雨，船桅断了，还撞上了暗礁，幸亏遇到一群稀松的海盗来打劫，我们才有机会到了箕之洲岛。鲑鱼号必须大修，而我们也没有多少钱了，所以想赚一笔钱回去可以修船。”

船长没有发出任何声音，麦门冬想了想，继续说下去。

“至于为什么要到海上来，冒险、寻找财富、追逐刺激，或者跟随自己的命运，谁知道呢？船长，并不是每一个决定都需要理由的。”他语气轻松地说。

“我一向不喜欢油嘴滑舌。”跛脚老头冷笑了一声，“大海的脾性变化莫测，它养育我们，也会随时随地毁掉我们，所以在海上最重要的东西除了勇气，还有同伴之间的信任，而你们是几个来历不明的外乡人。”

换了自己是雇主，也会想尽办法搞清楚手下人的来历，麦门冬心里想着，嘴上却说：“那你为什么要收下我们呢？”

“我的船是去探险和寻宝的，需要人手，但是你们这几个家伙的能力超出了我原本以为的范围。”老头子直言不讳，“我必须为接下去的航程做准备，我不能在身边留着别有用心的家伙。”

“你担心我们？”

“我做了三十八年的船长，对船员一向严厉甚至无情，但是我很公正，每一次的冒险所得我都和他们共享，我善待我的船员，他们也为我奉上忠诚。可是我犯过错，每个人或多或少都会失败于自己所擅长处，我受到的背叛令我终生难忘，别无所怨，我只能痛饮自己酿下的苦酒，告诫自己，永远不让它再发生。”

“我明白你的意思。” 麦门冬直视船长的双眼，“在陆地上，我们佣兵管那玩意叫投名状，可能是一袋金子，也可能是一个人头，总之要让别人相信你并不是件容易的事情。我和我的人来到海上四个月了，我们见过的所有眼神都在说一句话，这几个家伙是不是疯了？我认为，每个人都会有自己必去之地，必做之事，我们只是按照星轨，一路完成自己的使命。”

欧烈摇头。“这种话人人都可以说。”

“言语无法成为投名状，它是世上分量最轻的东西，但是，它也有可能成为最重的东西。我们是刚上船只有十几天的异乡人，如果那条海巨蟒还不足以成为投名状，我只能说，航程还在继续，船长。”

欧烈沉默了一段时间。“你几乎把我说动了，”他又一次开口说，“但你还是没有告诉我，你们的必去之地和必做之事。”

必须有足够的真诚，否则老头子真的可能把我们再一次赶下船，我可不想划着小船回箕之洲岛，麦门冬想。

“我们在寻找某些东西。”他正色地说，“我的河络朋友在找一个人，虽然我并不知道她和这个人之间的恩怨，而我自己在找一座岛，我觉得那座岛上有我想要的东西。至于其他的三位，他们也许并不在乎去哪里，大陆或者海上，他们只是认为我们应该在一起。”

“我以为他们是你的手下。”

“不，他们是我的同伴，也是我的朋友。”麦门冬说，“其实，你给我的三百枚银毫已经足够修好鲑鱼号，不过现在我有些新的想法。大海并不宽容，只有熟悉它的人才能游刃有余。我们在铁锤号上获得的不仅仅是薪金，我想只要有足够的时间和旅程，我可以成为一个合格的船长。所以，如果你能继续带着我们，我们以星辰诸神和佣兵的荣耀保证，我们忠诚于雇主，也就是你。当然，前提是你的所作所为没有违背世间的道义。”

船长思量了片刻，缓缓地点头。“好，我接受你的解释，还有你的誓言。”他伸出手，麦门冬站起身走过去握了一下老头的手，虽然瘦骨嶙峋，却很有力。“希望这是一桩好买卖，我们能各有所得。”欧烈说。

麦门冬觉得自己差不多可以离开了，他朝船长室外走去，来到门旁时他停下脚步，想了想回过头。

“船长，能透露一点接下去的行程吗？”

“去长弓岛休整一下，我们的船要修补，在那里还要等着和另一艘船会合，然后我们会去黑潮群岛。”

“黑潮群岛？”霹雳焰消皱着眉头，落日在她身后慢慢西沉，站在船尾甲板上的河络浑身就像镀了一层金粉。

“那是个什么地方？”麦门冬大咧咧地问。

“等回到鲑鱼号，我来做船长。”麦门冬觉得霹雳焰消的语气不像是开玩笑，于是装出认真的模样看着她，“船长们管它叫‘魔鬼群岛’。水手们更直接，他们说那里的小岛就像一座座坟墓。的确是坟墓，十艘到黑潮群岛去的船大概能够回来一艘半。”

“凶险的地方，奇珍异宝也更多，这条船肯定有桩大买卖。”麦门冬微微露出憧憬的神情，“我喜欢发财。”

“盘瓠大神在上，麦门冬，我们必须小心些。”河络的声音比平日严肃许多，“该死，这里不比在陆地上，大海比我们之前遇见过的所有凶残匪徒更可怕。”

“我知道，上一次我就说过了，犯不着为钱搭上性命。”用勇猛来形容一个女人不太合适，麦门冬觉得霹雳焰消完全担当得起，可是有的时候，她也会冒出些莫名其妙的忧虑。唉，这就是女人。“不过，我们什么时候害怕过冒险，我们不就是来干这个的吗？”

霹雳焰消脸上的表情让麦门冬一度担心她会用铁钎敲他的脑门，河络最终并没有这么做，她摇了摇头，然后又摇了摇头。“你这家伙……”她没有把话说完，掉头走开了。

麦门冬看着霹雳焰消的背影消失在舱门口，脑子里没由来地冒出老烟斗说过的话：生于海，死于海，以海为父，以海为墓，我们不会悲伤和抱怨，因为这是星辰诸神赐给我们的命运。

“焰消姐在担心什么呀？”声音打断了他的思绪，紫苏不知什么时候来到身后。

“大概是在担心你们的小命吧。”紫苏脸上的困惑表情并没有褪去，于是麦门冬不耐烦地挥挥手，“去，给我弄袋酒，悄悄的。”

铁锤号在海上又走了两天，第三天黄昏的时候，船头方向出现了岛屿的轮廓。海鸟多了起来，围绕着铁锤号的桅杆盘旋鸣叫，空闲没事的水手全都来到了甲板上，十几天的航程之后，每个人都期待着靠岸之后好好地休息放松一下。

麦门冬在船尾遇到正在抽烟果粉的老烟斗，他的手里拿着一个真正的用海泡石制作的烟斗，青烟从斗钵冒出，缓缓地在空中消散。

“抽烟斗和抽烟果叶卷有什么区别？”麦门冬好奇地问，他偶尔也抽过别人给他的烟果叶，舞叶组的其他人对这些东西并没有什么兴趣。

“烟果叶卷是为了缓解疲惫还有紧张，而这个，”老烟斗晃了晃手里的海泡石烟斗，“你只有在闲散没事的时候才会抽它，那就是一种享受。”他把烟斗递了过来，“来一口？”

麦门冬接过烟斗吸了一口，略带苦味的香气在舌尖缭绕，他闭上双眼，从鼻腔里缓缓喷出烟气，一股惬意的感觉蔓延到整个身体。

树上的叶子卷曲着，将快要成熟的沉甸甸的果子围拢在中间，仿佛是在小心呵护自己的孩子，烟果林外是流淌的河水，带着泥土的芬芳一路西流而去，几只水鸟掠过水面，消失在河对岸的堤坝后面。麦门冬睁开眼，烟河平原的景象瞬间不见了，只有老烟斗似笑非笑的脸。

“怎么样?”老烟斗露出满嘴的黑牙，笑嘻嘻地问，麦门冬点点头，把烟斗还给对方。“好好享受享受阳光，”老烟斗指了指天空，“再过几天就没有好日子过了。”

“是因为要去黑潮群岛吗?”

“连海水都是黑色的地方。”老烟斗往海里啐了一口又浓又黑的唾沫，“跟着老头子我才会去，否则，哼。”他没有继续说下去。

一阵唐突的铃声从桅杆顶端传来，是瞭望哨敲响了警戒铃。麦门冬和老烟斗同时抬起头，隐隐约约看见钧青坐在桅杆顶上。

满头辫子的水手长大步地走过来，仰起头大吼：“怎么了?”

“好像有情况。”桅杆上传来钧青闷闷不乐的声音，“我看到了烟。”

“古怪。”尤镰嘟囔了一声，朝船长室走去。不一会儿，欧烈走了出来，他登上船楼，又拿出了那个望远筒。过了许久，他脸色阴沉地放下了望远筒，什么也没有说。尤镰犹豫了一下，大声指挥甲板上的水手。

铁锤号继续靠近长弓岛。现在站在船舷一侧也能看清那些缭绕的青烟，一部分是从靠近海滩的渔船上冒出来的，它们中的大多数吃水线以上已是一片灰烬，剩下的部分无助地在海面上漂浮。另一部分烟来自岛上的村庄，所有的木屋都已经变成了黑色的焦炭，一栋孤零零的石头建筑伫立在小山坡上，布满了火焚后留下的痕迹。目之所及，麦门冬看不见任何人影或是移动的活物。

“岛上发生了什么?”一个水手问。没有人回答。

铁锤号在靠近浅滩的地方落锚，水手长开始布置登陆上岸，水手们从船上放下两艘划桨小艇，欧烈又一次出现在甲板上，船长的脸上看不出有太多异常的表情，唯有紧紧纠结的双眉表露出一些情绪。尤镰指挥众人搬出吊轮和用粗绳编成的篮子，看样子是专门为欧烈上船下船用的工具。

船长叫着几个水手的名字，目光扫到麦门冬。“带着你的人一起随我上岛。”他跨步站进了篮子里，两个水手拉动吊轮绳索，将欧烈慢慢从铁锤号放到下面的小船上。

其他人顺着绳梯陆续爬下。

划桨小船慢慢靠向海岸，老烟斗和另两个水手跳下船，推着它停在细白的沙滩上。欧烈从小船上跨步而出，跛脚并没有影响他的动作。

“都给我小心些。”他低沉声音说。

所有人都带着武器，小心翼翼地走进村子，更准确地说是村子的废墟，尚未燃尽的木炭依旧冒着青烟，没有人、没有动物，也没有尸体，烧毁的房屋里除了灰烬都是空荡荡的，这里似乎已经被完全遗弃。

欧烈向山坡上的石头建筑走去。“那里是什么地方？”麦门冬跟在后面好奇地问。

“祭祀星辰诸神的庙宇，岛上住着一个长门修会的修士，花了两年时间独自造的。”老头子回答说。

他们来到庙宇前，木门已经化为灰烬，里面黑洞洞的。“丙修士。”欧烈探头进去大声喊着，除了回音没有任何的声响。

“有动静。”霹雳焰消指向庙宇后面的树林，“秋石，能看清楚吗？”

“有人。”羽人飞快地回答说，“还不少。”

水手们围拢在欧烈身旁，簇拥船长小心地向树林靠拢。“是芮修士吗？”老头子又一次大声说。

一个老人从树后露出半张脸。“你们是谁？”对方的声音颤抖。

“铁锤号，我们以前来过，芮修士认识我。”

老人打量他们，又回过头去说了些什么，之后从树林中走了出来。“星辰诸神保佑，你们不是海盗。”两个十几岁的孩子犹犹豫豫地跟随在老人身后，他们手里拿着木棍，用警惕的目光看着水手们。

“我们不是。”欧烈回答说，“你应该还记得我，村长。”

老人摇摇头，满脸的惊慌疲惫也许是影响他记忆的原因。“他们把村子烧了，还有所有的渔船，能抢走的东西都抢走了，还抓走了男人。芮修士被他们沉到海里了，和石头一起装在袋子里，他们说修士就应该去服侍众神，不管是天上的还是海里的。我们躲在树林里看见的，没人敢去救修士，阿财和葛叔也被一起沉海了，因为他们想要保护修士。”

“是海盗？”村长点头，欧烈追问，“他们在哪里？有多少人？”

“他们是昨天夜里来的，刚走不久，往东面去了，星辰诸神保佑你们，幸亏没被他们撞见。”村长说，“是一条很瘆人的大船，都是海盗，一百多个。”他转过头去问身后的孩子，“你们看清那艘船的名字了？”

“血骷髅。”说话的孩子满脸脓疸。

麦门冬望向船长，老头子的脸色变得铁青，眼神中迸出一股令人吃惊的寒意。

“我们来这里是和另一条船会合，远游号，一条单桅船。”欧烈说。

“那条船比你们早来了两天，就停在那里。”村长指着空荡荡的海面，“海盗们把它带走了，还有上面的船员，全都被带走了。”

欧烈瘸着腿走向一块低矮的岩石，在怀中拽出帛布摊开，那是一张画满岛屿的海图。“朝东去，是龙王岛的蛟陵水寨。”船长的手指在帛布上不断移动，“带着远游号会影响他们的速度，抓紧时间修理铁锤号，我们能够在石笋屿伏击他们。”

麦门冬计算着铁锤号和海盗们的人员对比。老头子有点疯，他想。

“这个，有点难对付啊。”老烟斗慢吞吞地说。

“必须把远游号和上面的人救回来。”欧烈斩钉截铁地说，“不管什么代价。”

“明白了。”这次老烟斗的回答没有丝毫犹豫。

更多的村民从藏身的树林中走了出来，大多是妇女和孩子，他们的脸上带着惊恐、胆怯和哀伤的表情。这世上到处都有良善之人，也从不缺野兽和恶魔，麦门冬默默地看着他们，直到感觉人影来到身旁，他转过头去。

“这些村民真可怜。”荆芥说。

“可怜。”紫苏接着他的话。

“你们可以在打海盗时候为他们出气。”任何时候，羽人总是一副漫不经心的样子，所以永远弄不清秋石说出来的话是嘲讽还是出自真心。

荆芥一副跃跃欲试的样子，麦门冬发现霹雳焰消盯着自己，他感到浑身不自在。

“又怎么了?”

“他比你还要疯。”河络指的是欧烈，“我可不想送死。”

“才不会。”麦门冬觉得自己说得有气无力，“他应该是个好船长。”

霹雳焰消冷笑了一声，不再说话。

伸出海面的山岛星罗棋布，犹如笔直插入水中的羽箭或是长矛，有的覆满了绿色植被，有的光秃秃寸草不生，林立的岩柱把这里变成了一座海上迷宫。

麦门冬望着不远处一根巨大的岩柱，茂盛的草藤遮挡了视线，他只能想象着那几个家伙躲藏在上面的样子：疯狂的女河络、尖酸的羽人，还有机灵的观察哨。这几个人是除我之外最有头脑的家伙，他想。

铁锤号躲在岩柱的阴影下，随着波浪起伏，似乎和麦门冬一样百无聊赖。

昨晚刚到石笋屿，欧烈就在船长室召开了作战会议，麦门冬并不诧异船长让他一起参加，他还带上霹雳焰消，船长室里站着铁锤号上的骨干们，除了尤镰和老烟斗，还有一头白发的船需长和矮个子的舵手。

要对付海盗，老头子很疯，但绝不傻。

“我们熟悉整片海域，在这里和他们躲猫猫，把他们引进伏击圈，用一波偷袭打掉对方甲板上的精锐。”欧烈的目光投向麦门冬，“岩柱居高临下，我需要那位羽人神箭手负责消灭对方的头领。”

擒贼先擒王，这足以瓦解掉对方的士气，造成最大的混乱，战术安排上没有问题，麦门冬想。

“你们有什么意见?”船长问。

麦门冬刚想说话，有人比他更快。

“除了偷袭之外，我们还有没有后手？”霹雳焰消问，“譬如火罐。”

麦门冬环顾左右，笑着耸耸肩。我就是这个意思。

“火罐足以毁掉海盗船，但是对那些被掳的人来说风险太大，如果我们营救不及时，他们有可能被活活烧死。”船长说，“我们最重要的目的是救人，不是杀人。”

“对方有两条船，火罐会有用处的。”河络固执地说。

“在搞清楚人质位置之前，我们不能用火罐。”欧烈环顾周围的人，“人质在血骷髅号上的可能性大得多，我们终究是要对付这个家伙。”

麦门冬想起铁锤号船首那个黑黝黝的金属圆头，撞锤并不是用来装饰的，它足够击毁一侧的船舷。这算是一个好方案吧，问题是双方人员差距太大，铁锤号上总共只有四十多名水手，海盗们两倍于己方，就算一开始的偷袭得手，要想营救出被掳的远游号船员依然困难。

“一旦铁锤号和血骷髅号短兵相接，我们的人手不到对方的一半。” 河络毫不客气地说了下去，“你有没有想过这个?”

“我们的伏击必须有效。”欧烈说，“我会把船上的两条划桨小艇都放出去，老烟斗带队，负责骚扰和机动，三方策应，打海盗一个措手不及。”

“你有把握?”

“两军相争勇者胜。”接话的是向晏，沉默寡言的矮个子舵手。他的个头只到麦门冬的肩膀，手臂的粗细却一点也不逊于水手长。

霹雳焰消终于沉默，不再说话。

只要能让我们在甲板上站稳，根本用不着担心对方有多少人。麦门冬想，他转脸看着欧烈，“谁负责岩柱上的指挥作战?”

“尤镰可以。”欧烈说。

“我待在船上，荆芥和紫苏跟着我，负责短兵相接。”麦门冬对欧烈说，“霹雳焰消和秋石去岩柱上帮大个子。”他假装没有注意到河络和水手长同时投来的恼怒目光，“霹雳焰消脑瓜好，见识多，我们一起参加过很多次战斗，她能够随机应变，在上面指挥战斗绝对没问题。”

岩柱上的伏兵是取胜的最大因素，何时进攻，如何进攻都会关系到战斗的成败。

“我同意。”欧烈说，“如果是这样，尤镰在身边我更放心，岩柱上的指挥权就全权交给你的人。”他望向河络，“我让钧青给你做助手，他很机灵。”

河络面无表情地点点头。

所有的安排都确定了，船长室的气氛稍稍轻松了下来。老烟斗憋了很长时间，终于从怀里掏出了烟果叶卷，他递给众人，除了霹雳焰消，每人都拿了一支点燃。烟果叶的香气在房间里缭绕，麦门冬感到一阵惬意。

“远游号上是些什么人？”他问船长。

“它是天然居雇佣的考察船。”

一个出版各种古怪游记的组织，由一群喜欢到处走动冒险的古怪家伙组成，麦门冬对此只有这一点的印象。“他们和铁锤号有什么关系？”他喜欢想到什么就问什么，既然好奇，那就打破砂锅问到底。

欧烈稍稍停顿了片刻。“我们这次出海是和天然居一起去寻找黄金鱼。”

房间里的大部分人没有反应，只有河络露出吃惊的神情。

“真的有那种东西？”她说，“我一直以为那是传说。”

“没有用双眼看见之前，所有的都是传说。”欧烈看着河络，“你知道它？”

“我在部落的书典里见过关于它的记录，神奇的生物。”霹雳焰消伸出手比画了一下，“半个手掌大小，金光闪闪的鱼，只要离开水面，它就会变成金属，而且是纯正的黄金，回到水里又会恢复到鱼的形态。但是我请教苏行时，她也不能确认这是不是夸大其词的传说，因为记录者也非亲眼所见。”

“我和天然居一直有合作，他们会时不时地提供那些传说中的古怪地区或是动物的线索，而我带着铁锤号负责去求证。他们对这次的黄金鱼非常感兴趣，原来约好在长弓岛会合后一起去黑潮群岛，没料想会在途中遇到海盗。”

“那玩意听起来就很值钱吧?”麦门冬忍不住插嘴，他迎着众人投来的目光，“别把我想得那么贪财好不好？我只是想知道，海盗们在长弓岛袭击了远游号，究竟是意外，还是一次预谋?”

船长沉吟说：“你说的没错，我差点疏忽了。”

陆

远处蘑菇形状的岩柱顶上闪了几闪，那是霹雳焰消发来的信号，麦门冬同样用镜子的反光传递着“收到”的讯号。欧烈带着尤镰匆匆走来，麦门冬有些纳闷地看着欧烈。

“焰消说，只看到了一艘船，是单桅船。”

“再等等看。”船长皱起眉头。

麦门冬望向四周，刚才还看见老烟斗带着的两条划桨小艇，此刻它们已经不知躲藏到哪里去了。过了半晌，霹雳焰消再次发来信号，他们确认了那条船是远游号，但是海面上仍然没有血骷髅号的踪迹。

“怎么办?”水手长问欧烈。

没办法预料这是好事还是坏事，两艘船分开了，正好可以各个击破，可是如果它们相距不远，对远游号动手难免会暴露所有的埋伏，再想对付后面的血骷髅号就完全没有机会了。

“用最快的速度捕获它，”欧烈斩钉截铁地说，“尽量不要暴露岩柱上的伏兵。”

远游号越来越近，铁锤号升起风帆，从藏身之处驶出，斜对着远游号的航行线路向它靠近过去。麦门冬观察着远游号的动静，单桅帆船依然按照自己的航道行驶，也许已经有人注意到铁锤号，他们会有些疑惑，但是并不明白铁锤号的意图。

远游号上没有挂任何显示身份的旗帜，他们以为可以掩藏海盗的身份。

几百箭尺之后，铁锤号和对方的距离近到可以互相看清甲板上彼此的脸庞。有人大声叫嚷："喂，小心些。"远游号的甲板上出现几个水手，朝着铁锤号挥手示意，"你们走偏了。"

铁锤号毫无动静地继续前进，对方的甲板传来纷乱的脚步声和咒骂声，他们开始解开帆锁，调整风帆角度以改变航向。

"靠上去。"欧烈下令。

远游号慢慢调转船头，但是已经晚了，铁锤号像一座小山般靠拢过去。

"你们是什么人?"对面船上传来大声的询问，"别搞错了。"

"没错，就是你们。"麦门冬站在船舷笑嘻嘻地低头看着，远游号的甲板上站着七八个身佩武器的水手，其中一个像头领的家伙戴着飘着缎带的华丽草帽，刚才问话的就是他。

"动手。"船长的声音传来。

连着绳索的抓钩纷纷从铁锤号上抛出，搭住了远游号的船舷，两条船死死地纠缠在一起。远游号上的水手拔出刀，想要去割断抓钩绳索，被戴帽子的头领拦住。

他们以为我们也是海盗，所以不准备抵抗，麦门冬想。

水手长第一个从铁锤号上的船舷翻越过去，麦门冬学着他的样子，从铁锤号跳到了远游号的甲板，摇晃的船身让他一时站立不稳，幸亏及时拉住了一根绳索才没有摔倒。数名铁锤号上的水手跟在麦门冬的后面，包括荆芥，他们的人数远远超过了远游号上的海盗。

“嘿，小心你的斧头。”戴着华丽帽子的男人不满地指着一个铁锤号的水手说，“别弄坏了船。”海盗头目有一张年轻白皙的脸，更像一个花花公子，他上下打量着闯入者，略略露出狐疑的神情，“你们是哪个寨子的？”

尤镰不理睬他，手中气势骇人的铁锤重重砸在甲板上。“扔掉武器，趴在甲板上，让我看见你们的手。”

海盗们面面相觑，戴华丽帽子的男人终于沉不住气。“朋友，大家都是舔血的老海，别自家人打了自家人。”舔血的老海是海盗们自称的一句黑话。

“舔血的老海？”麦门冬在旁边哈哈大笑，“你说自己是，就是了？”

对方哼了一声，从怀里掏出一块黑黝黝的铁牌。“这个你总该认识吧？”

麦门冬装作看不清的样子，冲男人勾勾手，对方犹豫了一下，又恼怒又无奈地抛过铁牌。

“进出龙王岛蛟陵水寨的海牌。”戴华丽帽子的男人沉下脸，半带威胁的语气说：“我们是血骷髅号的，你们小心点。”

铁牌上雕着繁琐的花纹，一只虎头蛟身鹰爪的海兽在巨浪中咆哮。麦门冬把铁牌扔给了尤镰，水手长冷笑。“找的就是你们血骷髅号，我们替长弓岛的乡民来讨债。”对方的脸色一下子变了，尤镰大吼：“想活命的，扔下武器，乖乖地趴在甲板上。”

戴华丽帽子的男人飞快拔出腰间的佩刀，一支羽箭贯穿了他的小臂，佩刀掉落在甲板上，男人踉跄着退步，坐在桅杆下发出哀号。

秋石的箭瞬间就摧毁了海盗们的战斗意志，几个家伙纷纷扔出武器趴在甲板上。麦门冬转脸和尤镰互视一眼，当先走向下层船舱。

一股混杂着人体各种腐臭的气味扑面而来，麦门冬的双眼慢慢适应了船舱里的阴暗，大约二三十个成年男人坐满了狭小的空间，他们戴着用铁链串起的手镣，就像被绳子捆绑在一起的螃蟹。

有人投来惊恐的目光，麦门冬突然意识到危险的降临，他猛地弯下腰，一柄带着风声的斧子从他的头顶劈过。“小心。”他大喊提醒尤镰，同时扑向角落中的黑影。

麦门冬的左手紧紧抓住对方拿着斧子的手腕，右手举刀就劈，腰刀卡在了低矮的舱顶，麦门冬来不及咒骂，对方的拳头砸在他的眼眶上，麦门冬一阵金星乱冒，松开手往后退步。袭击者跟了上来，斧子再一次举起，麦门冬弯腰纵身扑了过去，抱住了对方的腰，两人同时摔了下去，袭击者的背重重撞在舱壁上，麦门冬一只手摁住对方拿着斧子的手，另一只手戳向对方的眼睛，袭击者闷哼了一声，用力翻身把麦门冬压在身下，把斧子向下压去。对方的力量比麦门冬想象的大得多，他看见闪着寒光的斧刃离自己的脖子越来越近。

呼啸的风声传来，麦门冬听到“啪”的声响后，不知什么东西溅了自己一脸，对方的手腕松弛下来，斧子落在了地上。他稍稍抬起头，看见铁锤从一张粉碎的脑袋前移开。尤镰的手伸了过来，麦门冬抓住他的手晃晃悠悠地站起来。

“谢谢。”他喘息着低声说。

“是你喊得及时。”

旁边倒着另一具海盗的尸体，水手长的胸口也多了一道血痕。舱门口出现了人影，几个铁锤号上的水手冲了进来，船舱中被囚禁的人开始连声地呼救。

“救人。”尤镰对着水手吩咐说，然后拍了拍麦门冬的肩膀，“上去透透气。”

刚才的战斗让他一时有点恍惚，麦门冬走上甲板，耀眼的阳光晃得人睁不开眼，他扶着桅杆喘了片刻。“老大，你怎么了?”耳畔传来荆芥闷闷的声音，他摇摇手表示没事。“紫苏、紫苏。”北陆小伙儿大声喊叫。

“老板，你看，这是几?”

麦门冬睁开眼，看见紫苏晃着三根手指对自己说话。“没你的事。”他恶狠狠地说。

紫苏点点头，对身旁的荆芥说：“我觉得他脸上的血和脑浆都不是自己的。”她停顿了一下，“只有那个黑眼眶是。”

戴着华丽帽子的家伙是血骷髅号上的小头目，带着十几个手下押送远游号的船员和长弓岛上的村民。如果不是得救，这些船员和村民的命运是成为海盗船上的奴隶。被解救的人中唯独缺少了天然居的两名游历者，根据海盗们的交代，血骷髅号带着两名游历者先行前往了龙王岛。

“海盗就是冲着黄金鱼来的。”麦门冬说，他的左眼眶乌黑一片，就像戴着块墨晶的镜片。

欧烈脸色阴沉。“就算没有黄金鱼，我也必须去救出明青石。”明青石是被掳的天然居游历者之一，船长的语气说明两人的关系并不一般。

“蛟陵水寨，那是海盗们的老巢。”说话的是一头白发的船需长，大家都称他简叔。

船长室里安静下来。

在陆地的时候，麦门冬也听说过一些海盗的故事，来到了海上以后听到的更多，就像从前人们总是在酒馆中聊那些盘踞山中的恶匪，或是某一位残暴的领主。

溯洄海的逡巡群岛是名声在外的海盗之乡，那里并非人们想象中的邪恶之地，逡巡群岛的海盗们有自己的一套律法，不随意伤人，不取穷苦人之物，反对任何一个政权的控制，有时候还会劫富济贫，这些古怪的海盗更愿意把自己的行径看作是替天行道。

并非人人都是任侠之士，那些真正的恶人，以及因为违反海盗条规被惩罚和驱逐的家伙会远离逡巡群岛和溯洄海，在涩海和溟海作恶，这种情况一直延续到海皇建立了都护府，在各大岛屿设置了巡守，海盗们才被驱离到更远的外海。

龙王岛成为那些凶狠残暴的外海海盗的聚集地，他们建立起了蛟陵水寨，一个供海盗们交易和休整的窝点。海皇的外海都护府曾经清剿过数次，海盗们总是预先嗅到危险，在海军到来之前一哄而散，清剿一直没有起到什么作用，此处已经在海皇势力范围的尽头，缺乏足够的补给和安全保障，海军无法在此驻守，等他们离开之后，用不了多久海盗们就能死灰复燃。海盗们不停地加固他们的堡垒，甚至大半年前外海都护府的最后一次清剿，海盗们凭借固守蛟陵水寨，竟然让海军无功而返。

欧烈看着手中那块黑黝黝雕着海兽的铁牌。“有了这块海牌就能混进蛟陵水寨，我们趁夜驾驶远游号进去，然后想办法救出天然居的人。”船长环顾四周，“这是一次自愿行动，远游号不到十个人就能操纵，你们用不着陪我去冒险。”

“我去。”尤镰大声说。

老烟斗点点头。“还有我。”

向晏闷声说：“去。”

简叔叹了口气，刚想说话，欧烈摆手阻止他。“铁锤号需要人指挥，你得留在上面，带着大家回长弓岛。”

老头子很得人心，我说过，他是一个好船长，麦门冬迎向欧烈的目光。

“至于你们，陆人，回去吧，修好你们的船，去你们的必去之地，还有必做之事。”

冒险是家常便饭，我们需要钱，也需要经验，顺便做些除暴安良的事。麦门冬看了一眼霹雳焰消，河络也正朝他看来，在一起的时间足够长了，彼此的想法了如指掌。

“我有一个建议，船长，我们是佣兵，也是赏金猎人，抓贼或是救人的事情非常在行，当然，我深信除暴安良会得到星辰诸神的祝福。”

他看见欧烈眼神中闪过一丝光芒。“我付不出太多的酬金。”

“酬金不是问题，”麦门冬耸耸肩说，如果有时间，可以和大家讲讲在尚井山狼堡那次营救镇长女儿的经历，“像蛟陵水寨这种海盗窝，一定有很多不义之财吧。”他觉得自己的笑容可能有点猥琐。

尤镰和向晏果然摇了摇头，只有老烟斗哈哈大笑。

“还有黄金鱼，我们想一起去试试。这种稀奇古怪的东西一辈子能见过一次，以后老了，在酒馆里也能有和别人吹牛的资本。”

“你好像很有信心。”欧烈认真地看着他。

“我喜欢凡事都往好的方面多想想，”麦门冬笑嘻嘻地回答说，“否则这辈子过得多憋屈。”

欧烈的目光落向霹雳焰消，“你们都愿意？”

河络一反常态。“这家伙说了算。”她沉稳地说。

黎明时分，麦门冬望着铁锤号在视线中慢慢远去，它载着获救的水手和村民，还有海盗俘虏。简叔将他们带回长弓岛后，立刻转向去黑潮群岛，欧烈和他约定在进入黑潮群岛前的最后一座补给岛橄榄岛会合。

远游号上此刻人员精炼，总共十二个人，黑仔头和疤脸老四都是老烟斗挑选出来的，和他一样是跟着欧烈很多年的老水手，钧青坚持跟着一起来，欧烈答应了他。除此之外，船上还有一名俘虏，血骷髅号的小头目“花帽子”高丁，这家伙对所有的帽子着迷，所以海盗们给他起了这个绰号。

欧烈花了一晚上的时间审讯高丁，听说远游号要去蛟陵水寨，高丁露出奇怪的表情，随即哈哈大笑，对自己知道的蛟陵水寨的一切直言不讳，有问必答，统统告诉了船长，被押解离开的时候，他还笑着给船长行了个脱帽礼。

那家伙心里大概盼着我们去送死。

麦门冬抬起头，看见栗色头发的年轻人依旧坐在桅杆顶端，海风吹起钧青的头发和衣袍，他一动不动全神贯注，麦门冬解下腰间的酒囊，使劲扔了上去。

钧青在桅杆上稳稳接住，对麦门冬笑了笑，拔出塞子喝了一大口，又扔回给了麦门冬。

欧烈解除了禁酒令，反而没有人喝酒，虽然谁也没说什么，麦门冬依然感受到整条船上的紧张气氛，并非儿戏，这场冒险比此前任何一次经历都有可能丢掉性命。

当然，除了荆芥和紫苏。

两人兴高采烈地站在船尾啃着烤玉米，就像那天在箕之洲岛的海滩上时一模一样。麦门冬走过去，一把抢下荆芥吃了大半的玉米，塞进嘴里狠狠啃了几口，然后扔进海里。

“你就不会好好待他们俩？”霹雳焰消不知从哪里冒了出来。

“我最喜欢他们俩了，”麦门冬使劲摁了摁两个人的脑袋，笑嘻嘻地说：“是不是？”紫苏和荆芥迷茫地抬起脑袋，又一次被麦门冬摁了下去，“他们就是听话，比其他人好多了。谁让我心肠好，忍得了一些臭脸。”

河络没有理睬他。

麦门冬更加得意，嬉皮笑脸地继续说：“知不知道海女巫？她们是大海上的星相师，有预知的法力。这可是我好不容易打听到的……”

“在灵心岛。”霹雳焰消打断他，“你想说什么？”

“原来你知道。”麦门冬讪笑了一阵，“等这一次完事之后，我陪你去找海女巫，找那个老河络的下落。”他拔出酒囊的塞子，对着嘴灌下一大口。

“为什么不问问黑骨罗盘和金银香？”

麦门冬吃惊地想要说话，然后被嘴里的半口甘蔗酒呛着了，他竭力忍住想要不吐，甘蔗酒一下子从鼻腔里喷了出来，他随即大声地咳嗽起来。“你，咳咳，你说，咳咳，什么，咳咳……”

“圣湖岛，你不是要去圣湖岛吗？”霹雳焰消看着他，那双眼神仿佛能看穿他的心底，“黑骨罗盘、金银香，还有古血兄弟之书，拥有这些东西才可能找到圣湖岛。”

甲板上陡然安静，麦门冬满脸惊讶地望着霹雳焰消。“你怎么会知道？”她没有回答，于是他又问：“你是什么时候知道的？”还是没有回应。

太阳慢慢跃出海面，麦门冬转过身一言不发地站在船尾，海面一片波光粼粼，如果真的有什么黄金鱼，它的鳞片就会是这样吧。片刻之后，他听到身后传来怯生生的话语。

“焰消姐，老板的样子好像有些难过耶。”

“那个家伙哪里会难过？你别被他骗了。”

“我们何尝不是戴着面具来隐藏自己的内心？焰消，你用愤怒把自己与大家隔离，而秋石是戏谑和冷漠。”麦门冬转过身，满脸的严肃正经，“如果不知晓一个人的故事，就无法理解那个人。”

“很久以前你自己说的，在狼堡的那天晚上你喝醉了，胡言乱语了很长时间，说要带我们去海上赚大钱。”

一点都不记得了，所以他们早就知道，还是跟着我来了海上。

“别这么假惺惺地看着我，我是自愿的，这个世界上没人能够强迫我做不愿意的事。我要去海上找一个从我手中骗了部落圣器的家伙，所以和你没关系。”河络眯着眼睛平静地说，“其他人，他们也是自己愿意来的。盘瓠大神在上，麦门冬，以后你少耍些小心眼。”

有那么一瞬间，麦门冬觉得身体的某一处变得柔软了，他突然笑起来，大声说：“我当然要去圣湖岛，那是真正的财富之岛，我要带着你们开眼界，还要赚大钱，发大财。”

“麦门冬，你去死吧。”河络用低沉的声音说。

“我可舍不得，你们肯定也舍不得。”麦门冬嬉皮笑脸。

船长和水手长正走上甲板。“你们在说些什么？”老头子有些疑惑地看着大家。

没人回答他。

夜幕下的龙王岛闪烁着无数的亮光，与远方的星空连成一片，那些亮光下却是人间的污秽罪恶之所。麦门冬和其他人一起站在远游号的甲板上，看着船首劈开灰黑色的海面，向龙王岛悄然驶近。

“从鬼鸦口进去，过疙瘩道，水寨的大门就在后面。”高丁低声说，他依然戴着那顶飘着缎带的华丽草帽，右臂的伤口包扎得有些难看，紫苏已经很尽力了，“守门的人看见我，就会放这艘船进去。”他快速地瞥了一眼身旁的欧烈。

“我们把被抓走的人弄出来，你就能活命。”欧烈语速缓慢地说，“千万不要耍花招。”

“你们不可能把人救出来。”海盗摇头说，“他们是血骷髅号的俘虏，是黑疤大人的俘虏，没有人能够对抗他，从来没有。”

黑疤大人，麦门冬脑海中浮现出对海盗头子的想象，这家伙究竟是个什么样的恶魔？

“我见识过他的手段，不止一次。”欧烈冷笑说，“我向大海和星辰诸神发誓，这个家伙会付出代价的。”

高丁没有愚蠢到想去回嘴，海盗低下头沉默不语。大片的岩石山脊越来越近，树影在黑夜中张牙舞爪，远游号靠近了山脊中间的缺口，波涛翻滚拍击岩石，风浪将远游号快速推向如同黑洞一般的狭长甬道。麦门冬回头望去，向晏稳稳地掌着舵。

风势逐渐减弱，远游号的速度慢了下来，两侧高耸的山脊让人感到阵阵压抑。

前方出现了光亮，一堵用巨木搭建的木墙阻挡住了去路，燃烧着熊熊火焰的灯塔照亮了水面，从木墙上传来大声的吆喝。

“快开门，是我，花帽子高丁。”麦门冬和尤镰各自站在高丁的身侧。只要海盗有一丁点不对劲的地方，就会被立刻干掉。

守卫们低下头看着他们。“他们都说你们做了桩大买卖，高丁，原来就这么条破船，还以为你抢了一艘海军的战舰。”其中一个家伙不屑地说，木墙上爆发出一阵大笑。

“一张嘴别没大没小，古大牙，你不怕我家老大割了你的舌头？”

古大牙发出一声冷哼：“别人怕血骷髅号，我可不怕。”他的声音还是小了下来，“海牌。”

高丁骂了一句脏话，说：“你不认识我啊？”

“规矩就是规矩。”古大牙冷冷地说。

高丁低声对尤镰说：“扔给他。”

水手长掏出那块通行的海牌抛了上去。古大牙接住海牌，看都不看又扔了下来，他只是想故意刁难一下。“开门。”古大牙喊了一声，“让血骷髅号的老爷们进来。”

木墙后面发出铰链的声响，中间的一排木头慢慢从水中升起后向两边打开，露出足以让船只经过的通道，远游号重新张起帆，缓缓驶入了蛟陵水寨。

这是一个巨大的礁湖，停满了各式各样的船只，唯一的相同之处是桅杆上都飘扬着黑色的海盗旗帜。四周环绕的海礁将湖区包围得严严实实，倚靠岩石搭建起来的一座座长脚木屋上下叠加，彼此用狭长的走廊相互连接。到处挂满了风灯，照得水寨犹如白昼，上层的木屋是栖息游乐的场所，下层是更多的码头工棚和船坞，而在海礁顶上，依稀可以看见低矮的防御箭塔。

麦门冬终于明白海皇的舰队为何会铩羽而归，海盗们把这里改建成了一座海上堡垒。远游号缓缓地在一座空着的码头靠岸，周围没有任何动静，也没有人注意到他们。出奇地顺利，连麦门冬也感到被幸运笼罩。

矮小的人影走到他的身旁。“进去容易出去难。”霹雳焰消皱眉说。

就算到了海上，咱们那些老法子照样管用。麦门冬望着远处停靠的一艘艘海盗船，冲着霹雳焰消挤了挤眼，河络心照不宣地点点头。

甲板上的众人聚拢在欧烈身旁，高丁看上去有些不安，貌似诚恳地说：“你们有本事也有胆量，放了我，我替你们说情，你们可以留下来干一番大事业，要金子有金子，要女人有女人。”

尤镰在海盗的脖颈上狠狠揍了一下。“呸。”他啐了一口。

“我们说话算话，”欧烈低声对高丁说，“带我们去找你的主子，离开以后放你自由。”

“黑疤大人知道了，会杀了我的。”

“你是现在就想死？”

高丁露出犹豫的神情，最终屈服了。“我带你们去。”他低声说，“你们要保护我。”

“我们是好兄弟，要紧紧在一起，一步也不能分开。” 老烟斗走上去钩住他的肩膀。

众人鱼贯走下远游号，在码头的第一个岔口麦门冬停下脚步，回过头说：“小心些。”

霹雳焰消瞥了他一眼，大步走进黑暗中。

“照顾好你自己吧，老麦。”秋石背着他的恣木弓从麦门冬身旁走过。

最后一个是荆芥。“老大，我走了。”北陆小伙儿傻笑了一声，小碎步追上两名同伴。

“跟着我走，他们要去干吗？会闯祸的。”高丁有些吃惊地问。

“关你屁事。”尤镰移动身体挡住高丁的目光。

欧烈的手中拄着一根木杖，有点像秘术师们喜好的长杖，只是杖头多了一个小小的青铜龙头，质地古朴、神情凶恶。船长没有问话，只是用眼光询问麦门冬。

放心交给我们吧，麦门冬用眼神回答老人。

欧烈大踏步地向前走，老烟斗用手肘轻轻一戳海盗的腰眼，高丁往前踉跄了一下，老烟斗疾步扶住他，两人并肩向前走去。

麦门冬回头，身后只剩下紫苏和钧青，向晏带着剩下的两个水手黑仔头和疤脸老四留在码头负责看守远游号。“星辰诸神佑护。”他低声说了一句。

一行人沿着木栈道蜿蜒向上，逐渐走进蛟陵水寨的热闹之中。

柒

这个时间点正是属于寻欢作乐的时候，挂在屋檐下的风灯随风摇摆，到处是浓浓的酒香和此起彼伏的喧闹声，时不时传来男人女人放浪的笑声。一个人影窜了出来，扶着栏杆大口地呕吐，身后的同伴发出肆无忌惮的笑声。

和陆上的那些风月场所一模一样，麦门冬四下打量，他的布靴子不知什么时候进了水，两只脚都潮乎乎的。老烟斗和其他人早就嘲笑过他，应该穿一双把鞋底绑在脚趾和脚踝上的鞋，他们管那叫“水鞋”或是“凉鞋”，麦门冬觉得自己永远不会穿它，穿着水鞋怎么战斗？

他几乎听不见身后紫苏的脚步声，霹雳焰消给她准备了一身从头到脚的长袍，斗笠上的黑纱放下来遮住脸庞，天晓得，戴着那玩意怎么能看清脚底下的路？在船上，霹雳焰消又用那只该死的铁钎砸他的脚趾，告诫他一定不能让紫苏掉一根头发，否则，她就要他的好看。这个疯婆子，也不仔细想想，他们中间谁能比紫苏更厉害？

老烟斗紧贴着高丁，两人走上另一条木栈道，尤镰大步跟了上去，木板在他脚下发出不堪重负的吱扭声。

“大个子，来玩玩吧。”一个站在屋檐阴影下女人在他们经过时试图去挽尤镰的手臂，被水手长一把甩开。“有毛病啊。”她不满地说，又用疑惑的目光扫视后面的人。

麦门冬靠上去，用手指钩起对方那张满是厚厚脂粉的脸。“乖乖，我们刚上码头。”他挤出一个贱贱的笑容，“等收拾好了宝贝，马上就来。”

女人立刻换了面孔，拍了拍麦门冬的胸膛。“说话算话哦。”她笑起来的时候，脸上的粉止不住地掉落。

摆脱了拉客的妓女，他们走上一条稍稍僻静的小道。“老板，这些女人也是海盗吗?”身后的紫苏轻声地问了一句。

“她们不是海盗。”麦门冬想了想，又加了一句，“她们是海盗的家眷。”他忽然不满意起来，责备说：“我不是关照过，不许说话，也不许做任何事，跟紧了我。”

面纱里发出细微的“哦”声。

前面的人停下脚步。“下面的就是血骷髅号。”高丁轻声说。

众多停靠的舰船中，血骷髅号犹如鹤立鸡群，高大整齐的船舷和尾楼让它看上去就高人一等，船首令人生畏的金属撞角如同象鼻，三根笔直粗壮的主桅杆利剑般插向半空，隐约可以看见两面旗帜在风中摆动，一面是黑色的海盗旗，另一面血红的底色上有一具白色的骷髅。它安静地停靠在海面上，随着海浪微微摇摆。

“每天晚上船上只会留下值守的人，最多四五个，其他人都在寨子里喝酒找乐子。”高丁低声说，海盗现在已经没有了之前的局促不安，似乎已经接受了命运的安排。“我带你们上去救人，送你们出水寨，之后你们得放了我，不能把我交给海军。”

“我答应你。”欧烈爽快地答应。

换了我也会答应的，虽然这家伙足够上绞架。麦门冬很久以前就明白公正这个词多数时候是诸神用来蒙骗所有善良无助的人们，这样说真是渎神，可事实就是如此，一个凡事都想做到公正的人在这个世上绝无立足之处。

他们重新走下了码头，悄悄来到血骷髅号的跟前，海盗船在他们面前像一堵高大的城墙。“有人吗？”高丁喊了一声。

过了一小会儿，船舷上出现了光亮，提着风灯的人影问：“谁？”

“我，高丁。”

“花帽子回来了。”上面的人一边说着一边放下了船上的绳梯。欧烈做了个手势，尤镰第一个往上爬，然后才是高丁和老烟斗，其他人跟在后面。

“今天船上哪几个人值守？”高丁翻过船舷站在甲板上。

“我和苏骨头，还有顺家兄弟。”提着风灯的是一个中年水手，胡子灰白，一张饱经风霜的脸更像农民而不是海盗，“这几个……”他疑惑地看着其他人。

“冒险家号上的兄弟，他们想见咱们船长谈点生意。”高丁随口说，他四下张望，“其他人呢？”

“都在船舱里窝着。”

“船长呢？”

“他可没和我说。”中年海盗耸耸肩。

高丁亲昵地拍了拍对方的肩头，麦门冬以为他准备走进船舱，高丁猛地从中年海盗腰间拔出对方的短刀，重重捅进他的胸口，另一只手捂住了他的嘴巴。

紫苏发出一声轻轻的惊呼声，老烟斗第一个反应过来，手中的匕首顶在高丁的脖颈。高丁丝毫不在意，他受伤的右臂微微颤抖，手中的短刀又一次深深刺进中年海盗的躯体里，鲜血喷射。中年海盗睁着惊恐和不解的眼睛，慢慢往甲板上歪去，高丁紧紧贴着中年海盗的身体，让人感觉他们俩已经合二为一。直到中年海盗咽气，高丁才慢慢站起身子，老烟斗的匕首始终架在高丁的脖子上，麦门冬看见一道血水从匕首尖慢慢滑落。

“别紧张。”高丁举着双手，他没有拔出短刀，把它留在了中年海盗的胸口。

“你想干什么?”老烟斗压低声音厉声问。

“我可不想留下活口，让人人都知道是我出卖了黑疤大人。”高丁轻描淡写地说，“是继续下去救人，还是在这里把我干掉?”

老烟斗的匕首从海盗的脖子上慢慢挪开。

“走吧。”高丁露出一丝笑意，往船舱里走去，“里面有三个人，下手要快。”他像个头领般吩咐说。

麦门冬听见尤镰重重哼了一声，跟随在老烟斗身后走进船舱。“你们俩守在这里。”欧烈低声对麦门冬说。

他比我更不信任这家伙。麦门冬一言不发，拉着紫苏缩进船舱口的阴影中。

欧烈瘸着腿快步跟上尤镰，手中的木杖拄在地板上，发出轻微又规律的哒哒声，钧青像一个跟班，寸步不离地跟在船长身后，几个人的背影一一在麦门冬眼前消失。

风中飘来一丝血腥味，甲板上那具一动不动的尸体正对着麦门冬，他听见身旁面纱里传来的叹息声。

“这个人真可怜。”紫苏轻声说。

“他是血骷髅号上的海盗，杀过无辜的人。”

“可我还是觉得他可怜。”

每个人都会死去，如果星辰诸神对我有些慈悲心，我想死在敌人手里，而不是同伴刀下。

“不要整天活得像个没见过世面的孩子，你是个战士，舞叶组的战士。”麦门冬用教训的口气说，“等会我还要去杀了那个黑疤，替天行道，为民除害。”

紫苏脸上的仰慕表情让麦门冬很受用。船舱里隐约传来杂乱的声响，还有短促的哀号，麦门冬连忙握紧腰间的剑柄，稍稍探头望向船舱的过道，很快传来脚步声，人影急匆匆地走了出来。

“天然居的人不在船上，被他们带走了。”老烟斗低声说，他的匕首上沾着血水。

老烟斗身后的海盗脸色不安，被尤镰扯着衣领。

“原先我们都是把人关在船上的，”高丁悻悻地说，“谁会想到这次黑疤改了习惯？”

两只水鸟从海面上扑腾着飞起，掠过血骷髅号的桅杆，很快消失在黑暗之中。“已经走到这一步，你和我们都没有退路，”欧烈低沉的声音说，“带我们去黑疤在岸上的窟。”

高丁使劲揉了揉他的脸，然后恶狠狠地咒骂了一声。“走，老子搏命了。”他露出一脸狰狞的表情。

从低水码头回到高处的木栈道，他们一语不发地快步行走，周围依旧是灯红酒绿的花花天地，没有人注意到这支疾走的队伍。爬上几段阶梯之后，他们偏离了喧闹的区域，这里是水寨最上层，略微显得安静，几间木屋彼此隔了很远。

“有身份的头领才有资格住在这里。”高丁说，他用眼神示意了一下众人前面不远处的那间两层木屋，“平时黑疤就住在这里，他养了两个女人。”

“有几个守卫？”欧烈问。

高丁摇头。“这可说不准。”他的神情不像是在说谎。

屋里突然传来低低的声响，像是垂死之人无力地惨叫。欧烈看了左右一眼，老烟斗、尤镰和钧青各自掏出了手弩，“你负责破门。”船长对麦门冬说，“动作要快。”

“别让我进去。”高丁近乎哀求的语气说，“背叛他的人会死得很惨。”

“我来看守他。”紫苏轻声说。

其他人都露出古怪的表情。“她可以。”麦门冬说。

黑纱中传来紫苏轻轻念动咒语的声响，周围空气开始诡异地流动，一根闪动着光芒的气索突然凭空出现，瞬间将高丁的双手双腿和身躯紧紧缚住，海盗张大嘴，没有出声，露出又吃惊又害怕的神色。

水手们面面相觑，他们从未见过这样的秘术手段，只有欧烈轻轻点头，随即挥挥手，紫苏和高丁留在了原地，其他人悄悄逼近木屋。

他们在门前分散开，一股混合血腥恶臭和脂粉香的古怪气味在四周弥漫，麦门冬贴在门前，透过木板上的缝隙往里偷窥。

地上躺着两个被捆绑住手脚的囚徒，血水淌满了一地，老的那个似乎还在喘息，年轻人面朝下一动不动。三个赤身大汉或坐或站在屋里，也许还有第四个，他看不清，看守们一边喝酒一边骂骂咧咧，在他们的身后露出一截通向二楼的楼梯。

麦门冬看了看身边的同伴，拔出腰间的短剑，微微点头。

尤镰一个跨步，铁锤猛一下砸在木门上，门板应声而倒。钧青闪身而出，双手各持手弩，朝屋里的人扣动扳机，箭矢没入身体发出轻微又沉闷的声响，就像扎紧的口袋突然漏气。麦门冬从钧青身旁蹿进屋里，手中的短剑刺向一个铁塔般的男人，对方来不及反应，用手直接抓向他的短剑，麦门冬感觉到剑身传来的力量，男人的双手满是鲜血，凶狠地盯着他，麦门冬抬脚踢在对方的裆部，海盗痛苦地号叫，麦门冬用肩头重重撞在他的胸口，顺势将短剑刺入海盗的腹部，海盗后退数步，倒在了楼梯前。

二楼发出响声，麦门冬眼角余光扫视到屋里站着的已经没有敌人，他几步蹿上了二楼。

房间只有一张拉着红纱的大床，床下是横七竖八的酒罐，两个衣裙不整的女人慌张地遮挡自己袒露的胸脯，发出低声的惊呼。

一个赤裸上身的男人从床上坐起，那是一张令人印象深刻的脸，斜长的伤疤从左眉一直到右嘴角，像一只壮硕的蜈蚣趴在他的脸庞上，连右边的深黑色胡须也被切成了两半。他的肤色黝黑，一双眼睛犹如凶恶的鹰隼盯着猎物般看着麦门冬。

“黑疤？”如果能有选择，再也别见到那张脸。

“你是来杀我的，还是救人的？”男人的声音就像锈掉的铁块互相摩擦。

他的反应很快，麦门冬意识到，是个难对付的家伙。“你害人太多，该有报应了。”楼下应该清理得差不多了，他稍稍犹豫，是拖够时间，还是直接干掉这个家伙？

男人的脸色变得更加阴沉，脸上的黑疤如长虫，微微颤动。

“不要杀我们。”披着白色薄纱的女人冲着麦门冬轻声哀号，黑疤冷冷哼了一声，一巴掌抽在女人脸上，女人从床上弹了起来，又重重摔了下去，匍匐在床上大口喘气。另一个红裙女人惊恐地爬下床，往角落缩去。

“我最讨厌打女人的男人。”麦门冬骂了一句，向黑疤冲了过去。

躺在床上的白纱女人茫然地抬起头，麦门冬突然感觉到一丝危险。女人的外表和举动完全是弱不禁风，但她的眼神却像看到猎物的猎手。最后一刻麦门冬脚步迟疑了一下，女人猛地从床上跃起，袖口闪过寒光，麦门冬硬生生停下脚步，女人的匕首依旧在他的胸前划出一道长长的口子，麦门冬感觉到涌出的血水立刻浸湿了衣襟。

白纱女人露出妖艳的笑容，轻轻舔着匕首上的血水，盯着麦门冬的双眼。麦门冬几乎又一次被迷惑了，直到身侧传来异样的风声，一柄斧子差点砍中他的右臂，他狼狈地翻身躲过红裙女人的偷袭，白纱女人配合默契地冲上前，匕首刺向麦门冬的脖颈。麦门冬就地翻滚，趁机将红裙女人绊倒，斧子落在地板上，差点劈中他的小腿。

麦门冬来不及站起，胸口挨了白纱女人的重重一腿，他直接从楼梯翻了下去，滚落到一楼。他狼狈地抬起头，看见一白一红的人影据守在楼梯上方。

“抓住他，要活的。”锈铁块摩擦的声音响起。

有人大力拽起麦门冬。“走了。”钧青说。

两人朝屋外跑去，危险的风声如影随形，麦门冬一把推开钧青，斧子翻滚着从钧青刚才的位置飞过，重重劈进木墙中。年轻人转身射出手弩，弩箭呼啸而出，紧接着传来一声女人的惨叫。麦门冬来不及细看，拉着钧青窜出木屋。

船长在不远处边走边回头。“快。”他扬起手中的木杖，在欧烈的前方，尤镰的背上趴着一个人影，跟随跌跌撞撞的紫苏和高丁一路奔跑。

木屋二楼的窗户猛一下被推开，黑影探出半截身子，他的脸庞一半在风灯的光亮中，一半在黑夜的阴影里。

“你们跑不掉的。”血骷髅号的头领厉声喊叫，“我会让你们后悔一辈子。”

“先让你们这帮家伙后悔吧。”麦门冬低声说。

他从怀里掏出一个弹丸，捏碎外面的封泥，用力抛向半空。弹丸在半空中犹如烟花炸裂，迸出星星点点的火花，构成叶子般的形状，然后四散飘落。

一连串异常的响声并没有惊醒这座海盗水寨，几个看见信弹的家伙探出头去，叫嚷着或是吹起口哨，以为是某条海盗船上的烟火表演。

他们疾步行走，再次走进喧嚣吵闹的中心区，丝毫不理会旁人投来的奇怪眼神。水寨看似危险，一旦能够混迹进来，反而像是有了护身符，海盗们松散惯了，又互相争斗，彼此间打闹斗殴是常有的事。

麦门冬时不时回头张望，没有人追来，这让他心头稍稍不安。黑疤绝不是肯轻易就范的家伙，他一定会有反击。

终于响起一阵急促的磬声，是从海礁石顶的防御塔传来的，清脆的声响刺破了夜晚的喧嚣。“这么快就发出警报了。”高丁喃喃地说，他腿上的秘术光索已经被紫苏消除了，只有一双手还反绑在背后。

“会发生什么？”麦门冬问。

“敲响水寨的警报之后，寨门封闭，任何船只不许进出。”花帽子海盗脸上浮现出绝望的表情，“他们会一艘船接着一艘船地检查，我们躲不掉的，迟早要被搜出来，然后黑疤会用酷刑折磨我们，让我们求生不能求死不得。”

海盗们纷纷从木屋中走了出来，没有人知道发生了什么，他们大声喧哗或是窃窃私语，有些人往船坞码头走去。

“先回船上去。”船长的镇定足以平复其他人的情绪。

麦门冬第一个看见远处的火光。开始的时候它只是一个闪烁的小点，就像不幸落入海礁的一颗星星，或是一盏在风中挣扎的风灯，然后它慢慢长大，变成了一个堪比初升太阳的光球，再下一刻，它霍然爆发，火焰高扬，张牙舞爪，将一条单桅帆船完全吞噬。

“这火烧得好快啊。”老烟斗狐疑地说。失火的帆船在礁湖的另一侧，烧断的绳索和帆布在风中四散，看来停在旁边的船也难逃厄运。

“是火罐。”麦门冬低声说，“一旦火势起来了，停泊的海盗船必须离开礁湖，否则就会被烧得一干二净。”

欧烈立刻明白了。“我们可以混杂其中闯出去。”他看着麦门冬，“干得好。”

更多的火点出现在不同的位置，就连礁湖这一侧也有船只开始燃烧。报警的磬声一阵急过一阵，整个水寨一片沸腾，嘈杂的声响此起彼伏，到处是人影晃动。没有人理会麦门冬一伙人，海盗们关心的是自己的船会不会被殃及，有几艘海盗船已经升起了风帆，向礁湖中央驶去。

尤镰最先奔到远游号面前，背着一个人对他而言没有丝毫影响。“快起帆。”他大喊。

船舷上露出向晏的脑袋，焦虑的表情变成了欣喜。“老四、黑仔头，起帆。”舵手一边转头吩咐，一边放下了绳梯。

“这个人怎么办?”紫苏指了指高丁，高丁的花帽子不知掉到哪里了，满脸说不清是紧张还是解脱的表情。

“解开他。”秘术师念动咒语，绑住高丁的光索消失不见，海盗晃动了一下自己的手腕，看了看麦门冬和紫苏，然后爬上了远游号。

麦门冬最后一个登船。“霹雳焰消他们回来了吗?”他跳下船舷时大声问。

向晏摇摇头。

大火在整个水寨熊熊燃烧，海风助长了火势，就连一部分船坞和码头也烧了起来。一条三桅帆船刚刚离开码头，便被邻近一条船烧断的桅杆砸中，瞬间也燃起了熊熊大火。几艘海盗船向水寨门驶去，寨门依旧没有打开，吵闹声随之而来，更多船正在升帆划桨，蜂拥向寨门涌去。

火光已经映红了夜空，一道道浓浓的黑烟冲天而起，越来越多的船无法逃脱被烈火吞噬的命运。

快些，霹雳焰消，让我看见你。麦门冬站在船头，焦急地注视着远处的一片黑暗。

水寨大门的方向突然传来一阵巨大喧哗声，寨门开始缓缓打开。

“火势蔓延过来了。”麦门冬听见老烟斗的声音，他转过头，看见右舷一侧烈火还隔着五六条船的距离。

“你们快起航呀。”高丁大声喊叫，“寨门已经开了。”

没有人理睬他。

“等我的指令。”欧烈平静地说，他看向麦门冬，“他们一定会回来的。”

船上的人沉默地看着身旁的海盗船一艘接着一艘地启航离开。“你们疯了吗？”高丁冲到欧烈身旁，“快走啊，再不走就死在这……”高丁的话语说到一半，欧烈抬起手杖砸在他的脸上，满脸是血的海盗摔倒在甲板上。

“等我的指令。”老头再一次说。

麦门冬转头看向船长。“麻烦你照看一下紫苏。”他越过船舷，抓着绳索跳了下去。“你们先走，我们会合了再来找你们。”他动手解开拴在码头上的缆绳。

头顶上方发出奇怪的声响，一个透明的气泡出现在远游号的甲板上，裹在气泡中的紫苏慢慢飘浮，直到落在麦门冬身旁。气泡消散，秘术师盯着他。“老板，”她轻柔的语气中带着些许责备，“你忘了我们是一伙的？”

麦门冬低下头，使劲松开缆绳，冲着远游号摆摆手。

就在这个时候，突然传来老烟斗的声音，他指着前方大声喊道：“来了，他们来了！”

欧烈亲自掌舵，远游号灵巧地躲避过几条已经燃起火焰的海盗船，离水寨门越来越近。麦门冬回头又望了一眼身后，大火已经沿着码头和船坞烧向了沿礁而建的木屋区，十数股浓浓的黑烟翻滚着直冲夜空。

“再多几个火罐，我们就能把整个水寨一锅端了。”荆芥兴奋地说，他的一张脸被熏得又黑又亮。

照荆芥的叙述，看见麦门冬发出的信号后，焰消姐立刻带着他和秋石动手放火，不费吹灰之力就点燃了半个水寨。唯一的差错是返回远游号的时候不小心迷了路，那时候水寨里已经是一片鬼哭狼嚎。

“你们差点就赶不上船了。”麦门冬故意板起脸教训说，“注意纪律，纪律。”

荆芥吐了吐舌头，做了一张鬼脸。

“你带着紫苏下船干什么？”霹雳焰消冷冷地说。

“我？我当然是要带着你们一起走。”

“盘瓠大神在上，我感动得想要哭。”

河络的言语和她的表情完全不是一回事，麦门冬哼了一声：“我是大人大量，不和你一般计较。”远游号已经靠近了水寨门，麦门冬忽然望见了寨门上站立的人影，他低声咒骂了一句，大声警告身边的同伴们，“是黑疤，站在正中间的那个家伙。”

麦门冬敢肯定，黑疤也看见了他，不仅如此，他也认出了远游号。

黑疤大步走向水寨门旁的塔楼，使劲拉动上面的锁链。向两边打开的木门摇晃了一下，开始慢慢合拢。他想干什么？关上门阻止我们出去？不可能的。麦门冬紧紧盯着黑疤的一举一动。“秋石。”他低声呼喊羽人。

也许用不着秋石。麦门冬听见前后几艘海盗船上爆发出的大声咆哮和咒骂，水寨门上，几个守卫向黑疤奔去，黑疤指着远游号对他们说着什么，守卫的头目——古大牙，麦门冬记起他的名字——疑惑地看着黑疤，一个劲地摇头。

他们不会立刻相信他的，而且这个时候关掉寨门，留在里面的船全都保不住。

水寨门还在合拢，底下逃命的海盗船上传来更多的咒骂声，不知是谁放了一箭，羽箭划过寨门众人的头顶，算是一次警告。古大牙突然拔出刀指着黑疤，黑疤的脸色越来越阴沉，他松开了锁链。水寨门终于停止不动，海盗船一艘接着一艘地从寨门通过。麦门冬看见黑疤一把抓住古大牙的手腕，将对方手中的刀子戳进古大牙自己的肚子。古大牙发出一声厉吼，从高处摔落下来。水寨门上一片混乱，更多的守卫们出现，用刀剑指着黑疤，可是没人敢率先动手，又是一个人影出现，是那个白纱长裙的女人，她换了一身短装，护卫在黑疤身旁。

趁着这一段的混乱，远游号顺利冲出了水寨大门。

船上的人回过身，紧紧盯着水寨门上的一举一动。黑疤的身影再次出现，他的脸上没有任何表情，只是眼神中有一股令人颤抖的凶狠，女人来到他的身旁，弯弓搭箭。

“秋石。”麦门冬大声呼喊。

女人松开了弓弦，羽箭疾速飞向掌舵的欧烈。船尾的尤镰跨步挡在欧烈身前，想要用身体掩护船长。斜旁飞来的另一支羽箭准确地击中女人射出的箭，两支箭翻滚着落入海水中。

秋石放下了手中的恣木弓，女人恶狠狠地盯着他，又抽出了一支箭。黑疤突然伸出手拦住她，恶狠狠地吩咐着什么，随即女人消失在了寨门上。

黑疤站在那里目送远游号离去，一动不动宛如石像。

直到水寨门在视野中消失，麦门冬长长出了口气，海风吹来，他发现自己的额头满是汗水。

捌

借着夜幕，远游号悄悄躲开那些逃离出蛟陵水寨的海盗船，独自向西绕了一个大圈后，重新向东北航行。欧烈下令鼓足风帆全速航行，等到第二天夜色降临，身后的大海一望无际，船上的人都舒了口气。

远游号暂时脱离了险境。

后面的事就交给船长和那些能干的水手了。麦门冬躲进船舱沉沉地睡了一觉，醒来时外面似乎已经天光微亮。他躺在吊床上，久久凝望着眼前的一根圆柱，它满是疤痕，原本的涂漆已经斑驳残破，一道足有小指宽的裂缝从柱子中间斜斜的一直裂到根部。这根柱子真像黑疤的那张脸，他想，真好奇黑疤到底向那个女人交代了些什么？

他没法忘记黑疤那张毫无表情的脸，可怖的伤疤，凶残的眼神，就像被恶魔塑造出来的怪兽。

麦门冬从吊床上蹦跶起来，我需要呼吸一些新鲜空气，他想。

外面天色微明，远游号随着海风破浪前行，钧青依旧在桅杆上值守，船舵后站着一丝不苟的向晏，昨晚是他们俩值班。麦门冬转过身，忽然看见船舷旁站着陌生的老人，他皱眉思考，记起对方是那位天然居的游士。

对方也看见了他，麦门冬走上前。

“早。”

“早。”老人的声音还有些虚弱，稀薄的白发耷拉在脑门上，脸上的皱纹细密如乡间田埂，欧烈和他比起来恐怕要年轻二十岁。

“你应该在船舱里休息，我是说，这些天你在海盗手里受了不少罪。”

“躺在床上或是地上的时间已经够多了，以后只会更多。”老人望向大海，叹了口气，“贾理喜欢大海，他是个好孩子，假以时日，他肯定会成为一个比我优秀的游历者。愿他享有星辰诸神的宫殿。”

“愿他安息。”麦门冬说。

贾理是那个死去的年轻人，他们来晚一步，年轻的天然居游士没有挨过海盗们的拷打。

“老头子已经经不起拷打了，所以他们想折磨可怜的贾理来逼我就范。其实我已经把知道的全都告诉了他们，但是他们不相信。”

“那孩子真可怜。”麦门冬脱口而出，马上又有些后悔，“我的意思是，任何一次探险都难免有意外。”

老人点头。“我懂你的意思。”他转向麦门冬，“我还没有向你们道谢，年轻人。”

“我可不年轻。”麦门冬微微一笑，荆芥和钩青这样的小伙儿才配称作年轻人。

“在老头子的眼里，你们都和它一样。”老人指了指海平面上初升的太阳，“活力，耀眼，不知疲倦，充满希望。记住，年轻人，当你一心只想用自己的经历和知识而不是行动来教导别人时，那才意味着你老了。譬如，我正在做的事。”

麦门冬笑起来，他开始有些喜欢这个天然居的游士。

船长出现在甲板上，一瘸一拐地向他们走来。“算你运气好，青石兄。”欧烈指了指麦门冬，“我出发前他们几个刚刚加入，如果没有他们，我们都会死在龙王岛。”

“这不是我的运气，欧烈，诸神早就安排好每个人的星轨。”明青石平静地说，他看着麦门冬，眼神中有一种本该如此的坦然，“是星辰诸神安排我们的相遇。”

甲板上略微沉默了一小会儿，直到欧烈打破安静。“我说老朋友，”船长问，“关于黄金鱼，那些海盗知道了多少？”

“知道我知道的一切。”明青石回答。

“他们也会来黑潮群岛？”

“幸运的是天然居的情报也仅仅是大致的海域，剩下的就看你的了。”麦门冬向明青石投去不解的目光，老人解释说：“天然居有一条线索，而老欧烈弄到了另一条线索，合二为一才会有正确的位置。”

欧烈没有解释另一条线索是什么，麦门冬也没有问。

一路无事，航行数日，远游号在橄榄岛与铁锤号会合。麦门冬发现欧烈回到自己的船上时，才会露出久违的笑容。

接下来，远游号交给了原来的船长返航。铁锤号则在橄榄岛休整了最后两天。

孤零零的橄榄岛有一个“回头岛”的绰号，是那些探险船的船长和水手们命名的，要么掉头回去，要么从此进入一个充满危险的海域。所有准备前往黑潮群岛冒险的船只都会在橄榄岛休整最后几个安稳的夜晚，水手们喝得酩酊大醉，互相打赌谁会是第一个葬身黑潮群岛的人。铁锤号也不例外，离开前夜，欧烈放了大家的假，每个人都痛饮了一顿又甜又烈的甘蔗酒。

第二天起航时，因为宿醉还有些头痛，麦门冬来到甲板散步，看见他的几个水手友好地向他行礼。真是大不一样了，麦门冬有些得意地想，先前杀死海巨蟒得到了水手们的信任，而闯蛟陵水寨之后，他隐约觉得自己和几个同伴的地位大概仅次于船长和水手长。

不远处的船舷，老烟斗和钧青在一起挤眉弄眼，他走过去。

“你们俩又在动什么坏脑筋？”

“知道昨晚的赌注吗？”老烟斗脸上带着鬼祟的笑容。

“这样不好吧。”栗发年轻人说，老烟斗摇头，“没事，他们这种家伙才不会介意。”

两个人的话激发了麦门冬的好奇心。“什么赌注？”他问。

“赌谁会是铁锤号上第一个葬身黑潮群岛的人，除了你们这几个新来的怪胎，船上每个人都下注了。”

“难道是我？”麦门冬故意露出恼怒的表情。

老烟斗哈哈大笑。“真有自知之明，不过，你只是被下注第二多的。”

麦门冬并无所谓这些无伤大雅的小玩笑，不过他很想知道超过他的那个人是谁？

“谁是第一？”

老烟斗诡异地笑着。“小巫女。”

麦门冬一下子笑出来，背地里水手们把紫苏叫做小巫女，对她畏惧有加。“为什么是她？”难道是大海更讨厌或者更喜好秘术师？

“不为什么，”老烟斗点燃了一片烟果叶卷，“水手们的恶趣味。”

船帆升起，借着激荡的潮汐流和海风，铁锤号顺风而行。麦门冬突然看到一顶漂亮的帽子在船尾后面一晃而过。“我看见谁了？”他诧异地说，“那个花帽子的海盗也在船上？”

“你还不知道？”老烟斗吐了口烟，“高丁向老头子要求兑现承诺，老头子同意放了他。这家伙不肯留在橄榄岛，也不肯跟着远游号一起走，说那样的话必死无疑。现在他就是条丧家犬，黑疤和血骷髅号的那帮海盗绝不会放过他的。船长关照黑仔头和老四轮流盯紧他，反正就一个人，掀不起什么风浪。”

换了我可不会这么做，麦门冬想，这小子怎么看怎么像个祸害。

铁锤号继续朝着东北方向航行，海水的颜色变得更深更暗，给人一种墨蓝漆黑的感觉。前两天风平浪静，唯一的意外是遇到了鲸群，那些几乎和铁锤号一样大小的巨鲸成群结队地从船旁游过。欧烈船长命令降下风帆，整个铁锤号保持肃静，尽量不去招惹这些庞然大物，它们不会主动攻击。一个上午，麦门冬站在船舷旁看着鲸鱼一只接一只从身旁游过，气孔中喷出的水柱犹如毫不停歇的喷泉。

没有人能够保证自己明天能从海上安全归来，麦门冬想起棕榈酒馆光头老板的这句话，眼前的大海蕴藏着无可抵挡的威力，无论一个人如何英勇或者智慧，在它面前全都渺小得不值一提。

驶入蓝黑色的海域后，船上的气氛开始变得紧张，甲板上不再像以前那样时刻充满喧哗和吵闹声，尤镰在每个岗位都安排了最好的水手，确保不出任何纰漏。

舞叶组的人反而空闲下来，整天缩在船舱角落的区域里，很少被人打扰，每个人除了吃吃喝喝无事可做。

不干活也有钱赚，真是好日子，我们算不上好水手，嗯，秋石勉强能算半个吧，可是他又懒又傲。麦门冬一边想着，一边快乐地在吊床上翻身，眼光扫到荆芥正在快乐地啃着一张面饼，在他的身旁，霹雳焰消背靠船壁坐着发呆。

“想什么呢?”河络白了他一眼，没有说话，麦门冬一边摇晃着吊床，一边嬉皮笑脸地继续说：“黄金鱼肯定很值钱，我们五个应该有一大笔酬金吧。”河络还是没有理他，麦门冬抬起脚碰了碰睡在上面吊床上的羽人，“秋石，有钱了准备干吗，讨个媳妇呗?”

说实话，除了紫苏之外，羽人的来历他也是一无所知。那个家伙在做佣兵之前干过水手，当过有钱人的保镖，甚至在越州贩卖过河络的武器，天生就带着一股古里古怪的气质。

秋石慵懒的声音回答说：“老麦，讨媳妇这件事必须先轮到你，老大不小的岁数了，我的那份酬金给你和你媳妇买个房，将来我们还能有个地方落落脚，喝喝酒。”

“你舍得?”

“我可是一个天性大方的羽人，老麦。”

荆芥傻乎乎地笑起来，就连霹雳焰消也微微露出笑容。

船舱摇摆得比刚才厉害了，光线也一下子黯淡了。“外面开始下雨了。”紫苏从船舱的另一头走了过来，“水手长说，暴风雨要来了。”秘术师的斗篷有些湿，霹雳焰消点燃一根蜡烛，紧紧关上了舷窗。

之后的几天再也不见太阳，雨水倾盆而下，时不时出现的闪电只是让黑暗变得更加阴森，风声如同海怪的吼叫，铁锤号的船帆时收时放，比风声更响的是水手长的咆哮，麦门冬上过一次甲板后就不再动这样的心思。

把事情交给最正确的人去做，剩下的就是听随星辰诸神的安排。他们挤在船舱里，秋石教大家把自己和任何一件不会移动的东西绑在一起，铁锤号一次又一次被海浪高高托起，然后重重砸下，从上层甲板涌下来的海水在船舱中肆虐妄为，把每个人都弄得潮乎乎的，比起现在的风暴，当初在鲑鱼号的经历就像是一次郊游时意外遇到的雷阵雨。

麦门冬竭力忍住不去想水手们的赌约。你是下注第二多的一个，大海会给你想要的一切，作为回报，它也会取走它想要的一切。

甲板上传来巨大的响声，紧接着舱门一下子被打开，风雨声中夹杂尤镰大声的吼叫："活着人都给我出来，船帆的索具断了，我要人手，都给我快些。"

有人开始往上层的甲板蹒跚而去，也有人留在自己的位置没有动，这没什么，即便是海民也会在风浪面前惧怕。麦门冬看了看同伴们。"荆芥和我一起去，"他说，"其他人都留在这里，去了也没用。"他的话音未落，羽人已经从上面的吊床跳了下来，"你干吗？"麦门冬质问。

"风向、海流，还有索具，你懂吗？"秋石的话永远那么伤人，"我才是一个什么都会做的羽人。"

麦门冬看着秋石的背影摇摇头。"喂，你行吗？别逞强。"霹雳焰消看着他，河络的脸色因为晕船像殇州的雪原一样苍白。

"我才没那么容易被大海吞掉。"麦门冬"嘿嘿"地笑着，转身向舱外走去，船身又是一番剧烈的摇晃，他摔倒在地，翻滚着滑向舱门。

天际线的云层闪烁了片刻，终于变了耀眼的金黄色，所有的人都松了口气，犹如蛋黄般的旭日慢慢跃出海面，虽然海水依旧起伏不定，大雨终于停了。铁锤号在风浪中摇摆前行，暴风毁掉了几乎所有的帆具，所幸几根桅杆都无大碍。另外，奇迹般地没有一个人伤亡。

太阳很快又躲入厚重的云层后面，天色阴沉，整个白天尤镰指挥着水手们修补撕裂的风帆，把备用绳索绑上桅杆，等到天色慢慢暗淡的时候，铁锤号已经重新拉起了风帆。

麦门冬和荆芥、老烟斗站在一起，使劲拉扯绳子，将最后一面尾帆拉扯到桅杆顶部。

“我说过，只有跟着老头子，我才会到这种鬼地方来。”老烟斗嘟嘟囔囔地说，麦门冬望了一眼船楼，从暴风雨最猛烈的夜晚开始一直到现在，跛脚船长始终站在那里，就像一座雕像岿然不动。“昨晚的风浪差点让我尿裤子，只有老头子才是真正的海民，我们都不算。”老烟斗啐了一口唾沫，颜色总算不那么黑，他根本没有时间抽烟果叶。

“我们还会航行多久?”麦门冬看着风帆上的补丁。

老烟斗摇摇头。

“也许一天，也许一个月，星辰诸神知道。”一个声音从麦门冬身后传来，他回过头，看见明青石摇摇晃晃地走过来，老人的脸色有些苍白，头发更加显得稀疏，“差点把老骨头都颠散了。”

“你说过，船长有线索，合二为一就会有正确的位置。”麦门冬说。

“是的是的，我们现在就在那个正确的位置上。”

麦门冬看着明青石，老人的表情不像是在开玩笑，他转头四下张望，空荡荡的海面上只有铁锤号在逐浪而行。“哪里？我看不见有什么岛屿。”

“我也看不见。”明青石叹息了一声，“诸神的考验才刚刚开始。”

甲板上渐渐昏暗，只有摇曳的风灯发出微弱的光芒，麦门冬四处张望，这些年他觉得自己的眼神在忽然间差了不少，再也不是当年的神眼了。眼角余光中一团黑影突然从桅杆上落了下来，他忙不迭朝旁边跳开，黑影在即将摔落时停了下来，单手抓着绳索在半空中晃来晃去，然后轻轻落在甲板上。

“你想要吓死我啊？”他对着羽人骂骂咧咧之后，又狐疑地问，“你在上面干什么？”

“感知星辰的力量。”秋石回答，“你不懂的，老麦。”

“我是不懂，你最厉害。”麦门冬哼哼着说，“我们下去……”

秋石突然伸手打断了他，羽人微微仰着头，在甲板上转动身体。“瞧见了没有？”

“什么？”

“果然起雾了。”

麦门冬四下张望，近处的海面上飘浮了一层如同薄纱般的烟气，妖娆地缭绕，雾气越来越浓，渐渐地弥漫到铁锤号的甲板上。

“落帆，全都落下。”浓雾中传来了尤镰的喊声。铁锤号准备停泊下来，浓雾中再好的瞭望哨也没有任何作用。

“是不是没有我们的事了，可以回去安稳地睡大觉了？”麦门冬停顿下来，皱眉看着秋石，“刚才你为什么要说‘果然’？”

“我也很好奇想知道。”明青石插话说。

“反常的星辰力。”秋石懒洋洋地说，“这片海域不同一般，所以嘛……”他没有说下去。

明青石的眼睛亮了亮。“你是星相师？”

“只是做过水手而已。”

“但是你了解海上的星辰变化。”秋石无所谓地耸肩，没有表示异议，老人招招手，“年轻人，来船长室，我有个问题想讨教。”

秋石看了一眼麦门冬。“一起去。”麦门冬挥挥手，推了一把身旁的荆芥，“去把焰消和紫苏都叫来。”

船长坐在书桌前紧皱眉头，看见走进来的一大拨人，欧烈的脸上并无异样，他逐一点燃了烛台上的蜡烛，房间变得明亮许多。桌子上放着一张很大的海图，画满了大小不一的岛屿。明青石并没向欧烈解释什么，直接拉着秋石来到海图旁。

“黑潮群岛以险恶著称，不过千百年来还是有无数探险船深入其中，天然居积累了一些资料，这张海图上绘制的是现有最详细的黑潮群岛。”明青石在海图上重重点了一下，“我们这次要找的黄金鱼大致就在这个区域。”

欧烈打开书桌上的抽屉，拿出一个类似匣子的古朴器具，船长抽开匣盖小心翼翼地拿出一张轻盈的薄纸。纸张宛如透明，上面似乎画满了星星点点的痕迹，欧烈将它放在海图上方，松开双手，纸张顿时悬浮在海图上方，微微颤动。

“盘瓠大神在上，这是踪尘帖。”霹雳焰消低声惊呼。

“什么？”麦门冬连忙小声问，河络没回话，目不转睛地盯着那张奇怪的纸。

大概又是什么秘术之类的东西，麦门冬想，打仗也好打架也好，还是要靠真刀真枪，这种古里古怪的玩意真的有用吗？

麦门冬的思绪被那张薄纸打断，纸张上星星点点的痕迹像是有了生命，从纸上飘浮起来，如同一颗颗闪亮的尘埃，麦门冬猛然醒悟它是在幻化成漫天的星辰，一道细微但是明亮的光束在这些闪烁的尘埃中慢慢形成，投射到下面的海图中。

“这是明月系的踪尘帖，留下过黄金鱼的痕迹，它就是船长的那条线索。”明青石解释说，“海图是由天然居的秘术师制作而成，幸亏海盗们不懂它的价值。两者合二为一，才可能找到黄金鱼的位置。”

秋石的手指指向海图上的被光束投射到的那个点。“这里就是我们要去的地方？”明青石点点头，羽人继续说：“我们已经到了这个位置，却没有任何发现？”

"是的。"说话的是欧烈船长，"海图、星相仪、指南针都已确认了位置准确无误，这里应该有座岛屿，但是……"他没有说下去，双眉纠结在一起。

秋石俯下身子，在航海图上仔细看着，他的手指和踪尘帖落在海图上的光芒重合起来。"海图上写着，岛屿的名称叫越十二?"船长点了点头，羽人露出迷惑的表情，"我从来没有听说过。"

"是羊舌悟，四百年前的航海探险师。"霹雳焰消突然开口，"他和他的河络搭档星盘果悦在海上前后漂泊探险了十九年，就是他最早发现黑潮群岛的。羊舌悟在这片黑潮海里发现了几十座小岛，他是越州人，就用'越'加上数字来为这些岛命名，从越一到越三十三。"她看着大家，又解释了一句，"星盘果悦是我们河络族的传奇，我从小就看她的书。"

"我虽然没有来过黑潮群岛，也知道一些它的情况，你说的越一到越三十三我从来都没有听说过。"秋石说。

"羊舌悟的探险毕竟已经是几百年前的事了，这么多年来还是有不少探险船、寻宝船来到这里，很多岛尤其是有些名气的岛都被后来的探险者冠以新的名称，譬如木鱼岛、绿宝石岛，还有天空之镜岛，而那些更加神秘危险又不为人知的岛，应该依旧保留着羊舌悟最初的命名。"

明青石赞许地点头。"是的，其中有几个岛还是我们天然居后来命名的。"

秋石不再发问，拿起桌上的直尺和圆尺在海图上不断摆放，又从怀中掏出一个小器具，那是个乌黑发亮的小罗盘，看不出质地，但似乎和麦门冬以往见过的都不一样。羽人不停转动罗盘上的刻度，再次调整海图上的木尺，最后他抬起头，"有意思，你的航向和坐标都没有错。"

欧烈和明青石相互看了一眼，没有说话，船长室里一片安静。

“那么问题出在哪里？”麦门冬忍不住问。

“还会有一种情况。”无论什么时候，秋石的口气总是带着一种让人听上去不怎么愉快的轻佻，“藏着越十二岛的这片海域被十二主星的某一颗所控制，任何确定海上位置的仪器都变成一种徒劳，星辰用它的力量遮掩住属于自己的岛屿，不让世人打扰。”

“有这种事？”欧烈的语气中充满怀疑，“这么多年在海上航行，我从来没有遇到过这样的情况。”

“有。”明青石和霹雳焰消几乎同时说，两人互相看了一眼，河络继续说了下去，“秘术师们相信，在九州的某些地方不管是大陆也好，大海也好，会受到星辰的感应，星辰在这片区域投下一个特殊的结界，相应地，这片区域也因此受到星辰力量的影响而变得不同一般，譬如海皇的星相师们就把它们叫做星脉。秘术师们相信在这种地方修行能够提升他们对星辰的感应，由此增强他们的力量，在我们河络族的文献记载中，这种神秘之处少之又少，而且它们的位置还可能随着星辰的变化而变化。”

麦门冬清清嗓子，自己终于有了插嘴的机会。“如果这座岛真的是受星辰之力守护……”他拉长了声音，但是没有人接口，他只好挠挠头继续说：“我们应该怎么样找到它？”

“如果知道是这片海域被哪一颗主星遮掩，秋石就有可能计算出航线的偏差值。”霹雳焰消的目光投向羽人，“据我所知，羽人很早就有这方面的研究，齐格林有专门的海军学府培养羽族海军人员，教授各种海上的技术，其中有一门课程就是‘星辰力对航海术的影响’。”

“这也是你们河络族的文献记载吗？”秋石干巴巴地说，“那么肯定也记载了什么样家伙才能有资格进那所学院并且读到那门课程。”

“你骗不过你的河络老姐，秋石。”霹雳焰消指了指秋石手中拿着的乌黑罗盘，“盘瓠大神在上，谁能随随便便拿出一块黑曜石罗盘?”

秋石怔怔看着手中的罗盘。“是了，它是你们河络的手艺。”羽人露出一副放弃的表情，“告诉我影响这片海域的主星名字，我试一试计算出航线偏差值。”

霹雳焰消愣了愣。“我怎么会知道?”她望着欧烈和明青石，“海图和踪尘帖，它们会有感应吗?”

明青石摇摇头。“每一项法器都只有它专一的功能。”

船长室里再一次安静下来，麦门冬好像听见秋石叹了口气。“那我就无能为……”

“填盍。”耳畔传来怯生生的话语，所有人的目光都集中到紫苏身上，秘术师立刻变得紧张起来，“是填盍，我能感觉到。”

秋石和霹雳焰消互视一眼，麦门冬瞧见河络对着羽人微微点头，他们怎么就一点都不尊重我呢?他略微烦恼地想。羽人转动手中的黑曜石罗盘，船长室里悄然无声，只有秋石偶尔挪动木尺发出的轻微声响。

麦门冬还没有见到过秋石这样一脸认真的样子。这小子，如果肯好好干活的话一定能赚大钱，要是再经常打扮打扮，能迷死多少女人哪。他还来不及多想什么，羽人抬起了头。

“我的测算未必精准，但是可以试一试。”秋石直接在航海图上写下几个数字，欧烈和明青石探过头去看着，互相交换眼神，“如果风向适合，只要再花不到一整天的时间。”羽人说。

船长张望了一下舷窗外。“现在的雾更加浓了。”他说。

“是填盍在搞鬼。”秋石又露出招牌般的轻佻笑容，“不过没关系。”他晃了晃手中黑乎乎的罗盘。

“你的罗盘可以不受影响?”船长又问。

“河络的工艺，再加上了羽族秘术师的精神力。”

麦门冬听见欧烈叹了口气，不知是因为遗憾还是羡慕。“开始吧。”船长说。

外面的雾气依然浓得伸手不见五指，铁锤号仿佛掉进了一碗柳南的黑米粥中，风灯变成一个个昏暗模糊的光点。他在甲板上闲逛了一会儿，听见水手长大声地命令起帆，浓雾中传来各种声响，铁锤号开始微微晃动。

一个人影突然从麦门冬身旁冒了出来，彼此都吓了一跳。“重新起航了。”对方直愣愣地说了一句，麦门冬看清那人头上戴着的妖艳帽子，插满各式各样的羽毛。

这些天，高丁一直老老实实地待在船上，暴风雨的时候他在甲板上卖力地忙活，就连尤镰也不得不承认这家伙有两把刷子，技术娴熟。他还和几个水手混熟了，晚上一起边喝酒边讲些低俗的笑话，至于头上戴着的新帽子，是从简叔那里弄来的。

走了歪路只要能改就行，谁没做错过事呢？麦门冬听见简叔对船长这么说。

“听说你们以前是陆地上的佣兵?”高丁凑近过来，海盗——准确地说是前海盗，他已经在水手们面前发誓从此和海盗生涯一刀两断——看上去消瘦了一些，留了胡子，比以前更像一个普普通通的水手。

“是的。”麦门冬回答。

“怪不得，船上的水手都说你们几个又古怪又厉害。他们提醒我，永远不要去招惹那个小女巫。”高丁比画着紫苏的样子，“我告诉他们我已经见识过了。”

麦门冬笑了笑，这家伙肯定为搭讪做了准备。“你们的水寨里没有秘术师吗？”

“不多，大部分是装腔作势的笨蛋。”高丁说，“以前血骷髅号倒是有一个厉害的，是郁非系的秘术师，脾气火暴，后来和黑疤大人闹翻了，扬言要烧了血骷髅号，所以黑疤派人趁他熟睡的时候割了他的喉。”

他说得若无其事，换成霹雳焰消听到这段话，一定会扭头就走，她厌恶黑暗就像一个人需要吃饭喝水那样天性使然。

“这可不是一个好故事。”

“是的，这是以前的事了，我承认。所以在这条船上，我每晚都能睡好。”高丁似乎有些警觉，他立刻笑了笑，岔开话题，“以前我在商船上做水手，船长是个又苛刻又凶暴老家伙，说实话，一点也不比海盗好到哪里去。后来，我们的船遇到了海盗，打劫过后老家伙一副死样地讨饶，这群海盗倒也有意思，让我们这些船员选择他的命运，要么留下来继续跟着原来的船长，要么加入海盗，反正，我们都选择加入了海盗。”

“船长呢？”

“我不知道，在外海想把没有配给养的小舢板一个人划到最近的岛上，大概……”

“从此你成为血骷髅号的一员？”

“不，这是我上的第一条海盗船。”高丁摇头说，“弱肉强食，大自然的法则，海盗们也一样。时不时我们会被更强大的海盗吞并，很多人死了，还有一些突然不见了，你想继续活下去的时候，就必须适应这样的规则。”

这句话如此耳熟，让人感觉仿佛回到了柳南城的佣兵营，那些已经长高了的孩子围坐在卢老爹的身旁。这是你们要学会的第一件事，老爹拿着酒杯，话语轻缓。星辰诸神带给世间的并非只有良善、公平和正义，也有邪恶、凶残，唯有强者才能生存。

“他们教给你很多。”

“学不会的人只有一种结局。”高丁望着远处，好像能从浓雾中看到些什么，“你们呢，来海上做佣兵？”

“每个遇到我们的人都会问相同的问题。”麦门冬笑起来，“探险和赚钱，这是佣兵的爱好，与陆地还是大海无关。”

“这次真能发财吗？”高丁踌躇了一下问，“我是说，不知道我有没有资格和你们一起去找黄金鱼，我的积蓄都留在血骷髅号上了，让我重新回去做个穷水手真有些不甘心。”

“这件事要船长说了算。”

我帮不了你，也许，我是不想这么快就把你视作自己人，麦门冬想。即便前海盗现在一副谦卑老实的模样，高丁身上总有一股让他不太舒服的邪气。

“嗯，是的。”高丁说，他环顾四周，“又是暴风雨，又是浓雾，我们找得到目的地吗？”

“星辰诸神会佑护善良正义的人。”麦门冬回答。

玖

午后，站在主桅杆上的钓青第一个看见海平面上露出了岛屿的轮廓，铁锤号像是抽了烟果叶一般，亢奋地驶向它的目标。水手们纷纷挤上甲板，既兴奋又忐忑地看着越来越近的陆地。铁锤号沿着岛绕行了小半天，在东南角找到了适合停泊以及登陆的位置。

整座岛被茂盛的林木覆盖，绿色的阔叶林和藤蔓植物，还能远远看见色彩鲜艳的巨大花株。尤镰指挥铁锤号有条不紊地落帆下锚，放下船上的划桨小艇。麦门冬趴在靠近尾部的船舷旁，看着水手长带着第一批水手划向海滩。

简叔从尾舱爬了上来，“你们上不上岸?”不等麦门冬回答，简叔自顾自地说下去，“这座岛上肯定会有水源，告诉尤镰让他给我带淡水回来，别光顾着找宝贝，如果回不去找到什么宝贝都没用。”

“我瞧甘蔗酒还多的是。”

“你们这些年轻人啊，”简叔揉着发红的鼻子，用责备的语气数落麦门冬，“什么事都要有个准备，别不相信老人家的话。”

甲板上站满了人，划桨小艇一批批把水手送上岸，只有简叔带了几个人留守在船上。

“舞叶组”是最后一批上岸的，紫苏享受了和船长同样的待遇，坐着滑轮吊篮降到小艇上。靠近小岛的时候，麦门冬发现简叔完全没有必要为淡水操心，一条内河河口就在他们的眼前，现在是退潮的时候，清澈的河水汇入蓝黑色的大海中，泾渭分明。

海滩边搭建起了简易的营地，每个人都兴高采烈，度过了几十天的海上艰辛之后，终于目标就在眼前。麦门冬独自在海滩边走走停停，夕阳染红了西方的天空，就像烈火和鲜血，麦门冬并没有觉得特别高兴，反而有些惴惴不安，连他自己都说不清是什么原因。

有人走近麦门冬。“别傻站着，大家都在等你喝酒。”老烟斗冲他招手。

“老头子允许吗？”他刚才瞧见欧烈和明青石攀上一座高大的礁石，两个人对着岛屿内陆方向指指点点。

“有人守夜就行。”老烟斗说，“上岛的第一晚，没有禁酒令。”

人人都知道，但凡宝藏所在之处都会有凶险，凶恶的猛兽、难以逾越的天险，说不定还有各种陷阱。麦门冬决定不再去猜想这些没法预料的东西。“好，喝酒去。”他搭上老烟斗的肩头，兴高采烈地说。

第二天大早，两条划桨小艇存放了可以食用七八天的干粮，载着水手们出发，整支队伍总共二十一个人，剩下的另一半人都留在了铁锤号和海滩上。欧烈把船上大部分精干的水手带了出来，其中并没有戴花帽子的前海盗。

两条小船欧烈指挥一条，另一条由尤镰负责。一前一后沿着内河而上，河道一路弯弯绕绕，两岸的植被树木渐渐茂盛，停靠在海边的铁锤号很快就被密林遮挡住。

河水清澈见底，不时有细长如柳条般的鱼从桨下窜过，一群被小船惊扰的水鸟从河面飞起，掠过众人的头顶后进入树林中，远处传来几声不知是禽鸟还是动物的叫声。此外，除了船桨划水的声响，没有人说话，麦门冬不喜欢这样的沉默，会让人感到无聊……或是紧张。

“我们怎么才能找到黄金鱼？船长，这座岛看上去很大。”他忍不住发问。

“水，鱼总是生活在水里，所以我们沿河而上。”说话的是天然居的游士，明青石坐在船头，老人换了一身短袍还有绑腿，一副跋山涉水的模样。“但是也有可能它只是生活在一个小水潭里，谁知道呢？星辰诸神会为我们指引方向。”

“这座岛，越十二，是不是今后应该有个新名字?”听到麦门冬的话，小船上的气氛一下子有些活跃。

明青石微笑着。“你有什么好建议？佣兵麦门冬。”老人喜欢这么称呼他。

“黄金鱼岛。”

麦门冬的提议换来一片嘘声。“太普通了。”明青石评价说，“看来大家都不满意。”

“铁锤荣光岛。”老烟斗说，换来了水手们的一阵喝彩。

“虽然听上去不太像一座岛的名称，但是我个人觉得很棒。”老人说，“也许我们可以花一个晚上讨论一下，将来这座岛和你们的冒险故事都会变成天然居的某本游历书。”

“啊哈，我们的名字就会永世流传。”钧青兴奋地说。

“不，除了星辰诸神，没有什么是永恒的。”明青石纠正说，“所有一切都会湮灭，只是时间长短而已，知识、书本、代代传唱的那些英雄和故事，总是有新的替代旧的，于是古老的会消失在时间的长河中，终有一天被遗忘。不过没关系，生生不息才是最重要的。”

船上安静下来，麦门冬细细回味着老人的话，他发现霹雳焰消和秋石也各有所思。

小船随着河水转过一个弯，巨大的黑影突兀地出现在众人面前，另一条船上的尤镰喊了一声，声音既吃惊又警惕。每个人都看见了那艘正在慢慢腐烂的大海船，它斜斜地搁浅在河岸旁，船帆早已经腐烂不见，只有几根如同飘带般的东西依附在残破的桅杆上，船的底部爬满苔藓，青绿的杂草和藤蔓从船身的各个部位冒了出来。

“靠近它。”欧烈简短下令，声音中听不出有任何情绪。

两条小船慢慢接近残骸，靠上了浅滩，船上的人纷纷跳下将小船拉上岸。周围静悄悄的，没有任何活物的迹象。船长做了个手势，老烟斗带着八九个水手向周围的树林分散开，其他人默默无语地跟随在他身后向朽烂的海船走去。

海船底部烂出的洞口足够让成年男子钻入，尤镰走到队伍前列，当先钻了进去。麦门冬跟在船长的身后，一股潮湿腐烂的气味扑鼻而来，苔藓、蔓藤和蛛网覆盖了下部的船舱，踏出去的每一步必须小心，因为脆弱的木板随时都会破裂。十几个木桶整齐地排列在船舱里，尤镰上前摇了摇其中一个，里面发出晃荡的水声，水手长拔出腰刀砍在木桶上，水哗哗地流淌出来，空气中弥漫一股腐烂木头的气味。

“是酒。”水手长说，已经腐烂的木材绳索堆放在角落，布满了蛛网。

“去船长室。”欧烈低声说。尤镰用腰刀砍断垂下的蔓藤为众人清理出一条通道。

船长室里同样空无人迹，书桌上保持着许多年前的模样，几卷羊皮纸卷整齐地放在桌子的右侧，旁边放置着制作精巧的指南盘，三四把直尺和圆尺交错叠在一起，一把锡制的酒壶横倒在桌上，所有的东西都蒙着厚厚的灰尘。

尤镰将酒壶拿给船长看，欧烈将手杖递给水手长，接过酒壶。麦门冬看出那是一个制式老旧的羽族酒壶，至少有十几年的历史。

欧烈看了看壶底，快步走向书架，所有的书籍和纸张同样满是尘埃，船长仔细辨认着黯淡的字迹。“我的眼睛不行，”他转头问身旁的钧青，“能看清吗？”

“是航海日志。”年轻人说。

“看得出是什么船吗？”

钧青凑上去仔细辨认。“好像是叫炎夏号。”

麦门冬瞧见欧烈回过头，和明青石交换了一下眼神，随后船长从架子上小心翼翼地拿下那本航海日志。

二十年前，九州大陆尚未经历盟邦之乱，从外海带回星脉传说的海皇还只是一个没有长大的羽族小姑娘，在大航海时代不曾到来之时，炎夏号已经是大名鼎鼎的探险船。它的船长查惕宁是个不安分的逡巡群岛人，做过羽族海军的雇佣水手，加入过针对海盗的剿猎队伍，年纪轻轻就成为一条单桅大帆船的船长，有一批忠心耿耿的手下。后来不知道什么原因，他和天然居签了探险合约，从此开始了外海的探险生涯。

查惕宁最令人惊叹的是连续参加了三次“至尊大会”的海赌宴。聚宝岛上的“至尊大会”向来吸引众多商人、冒险家甚至海盗们的参加，每个人都可以交换或是购买心仪的奇珍异宝，那里也是打探海上各种传闻消息的盛会。

海赌宴是“至尊大会”上最为疯狂的一场游戏，每位参赌人各用一件足够贵重的宝物作为赌注，而最后的胜者赢得所有宝物。查惕宁接连三次都在最后时刻功亏一篑，输掉了手中的宝物，也落下“不服输的查惕宁”的绰号，当然，还有人管他叫“倒霉蛋查惕宁”。

人们最后一次见到查惕宁和炎夏号，是他在聚宝岛输了第三次的海赌宴之后扬长而去，潇洒地留下一句“等我回来”。

然后，他再也没有回来。

月亮宛如黄金圆盘，明晃晃地挂在空中，周围看不见星辰。在离开河岸的宿营地里，火塘里燃烧的枯枝不时发出噼啪的声响，围坐在篝火旁的一张张脸或明或暗。天然居的老人讲述着故事，时不时抿一口杯子里的酒，明青石说自己早已不是年轻人，再也不会——或者说是不能——像喝水一样大口大口地灌酒。

麦门冬把酒囊交给身旁的荆芥，蛮族小伙子仰起脖子喝了一口酒，默默地把酒囊递给了下一个人。

“所以查惕宁和炎夏号也是来找寻黄金鱼的吗，为了参加下一次的海赌宴?”霹雳焰消忍不住问，她和紫苏坐在火塘的一角。

“也许吧，他是‘不服输的查惕宁’。”明青石回答。

“他真傻。”紫苏小声说。

明青石微微摇了摇头。“我相信他并非在意赌局，而是为了探险而生。”

麦门冬转过头去，不经意地发现欧烈直勾勾地盯着篝火，船长的眼神和往日不同，显得有些……空洞，用这个字眼形容他真是有些古怪，但的确如此，此刻的一切似乎都与他无关，要么他正在思考，要么他陷入了某种回忆。

关于查惕宁的讨论还在继续。

“那么他现在……”河络停下了话语，腐朽的海船已经悄悄暗示了探险者的命运。

“珍奇之物所在的地方，难免会有异常的凶险。”

明青石的目光投向黑黝黝的密林，没有人出声，有时候，未知的危险如同毫无声响的寂静，更让人感到忧虑和恐惧。

“一路向前，大家务必谨慎小心。”声音传来，欧烈站了起来，突然间他已经恢复了常态，就像一个罗盘或是星相仪，总之是那种没有生命没有情绪的东西，永远有条不紊地行动着。“从今晚开始守夜的人要翻倍，四人一班，别给我抓住谁在守夜的时候打瞌睡。”

水手们散开，离开火塘或近或远倒下大睡。

舞叶组的人凑在一起，点燃一处小篝火，最好的位置留给霹雳焰消和紫苏，三个男人轮流守夜，习以为常的规矩。

麦门冬刚刚躺下，荆芥已经发出了鼾声，他翻来覆去，发现自己一时睡不着。

“刚才有没有发现船长有些不对劲?”

“嗯?”麦门冬抬头，看着坐在树杈上的羽人。“你什么时候发觉的?”

“说起至尊大会和海赌宴的时候，他就这样了。”秋石说。

除了一只觅食的小蚁兽不小心闯入营地成了第二天的干粮，这一夜过得毫无波澜。早晨醒来时，阳光透过树叶洒在脸上，明晃晃的，耳畔回响着一群燕尾鸟的鸣叫声，麦门冬瞬间觉得自己又恢复了活力。黑暗是恐惧的源泉，光明则带来无穷的勇气和力量。他一边哼着小曲一边站起身子，用脚尖踢了踢荆芥的屁股，后者还在发出微微的鼾声。

“起来了，小伙子，我们要去找黄金鱼了。”他大声说。

坐在火塘旁的欧烈和明青石同时转头看着麦门冬，他冲着两人得意地笑了笑。

用过简单的早餐，探险的水手们继续划着小船逆流而上，两旁河岸渐渐出现了几百箭尺高的陡峭石壁，河道越来越窄，有时候头顶上的天空只剩下狭长的一条，水流时而平稳时而湍急，有几次他们不得不靠上河岸，拉着小船经过险滩。

在下一个浅滩，老烟斗带着两个人攀上一座不算高的山头去查看路线，其他人围坐在一起休息。麦门冬独自坐在一块岩石上，居高临下看着周围的人，他注意到霹雳焰消坐在岸边，河络的脸色有些苍白，一副精神不振的样子。

在澜越之地做佣兵时，他们也经常坐这样的小舟，河络从来不晕船。经历了海上的大风浪，河络已经不再因为船舱的颠簸而大吐特吐，没想到会被这样的小河流弄得狼狈。麦门冬冲着紫苏招招手，秘术师迈着轻柔的步伐走过来。

“老板，什么事？”她轻声问。

麦门冬从怀里掏出一个小布包扔给紫苏。“干橘皮，你去拿给焰消。”

“哦。”紫苏温顺地点头，转过身子。

麦门冬又轻轻喊了一声，秘术师回头不解地看着他，麦门冬不耐烦地挥挥手。“别说是我的，还有，路上多照顾照顾你的焰消姐。”

紫苏再次“哦”了一声，向浅滩上的众人走去。麦门冬看见秘术师来到河络身旁，把小布包递给河络，两人交谈着什么，然后霹雳焰消转脸看向自己。

真是个教不会的笨蛋。麦门冬一边暗暗骂着一边转过头，假装在看河面上的风景。等他再次回头，霹雳焰消和紫苏并排坐着，两个人一起吃着布包里的橘皮，河络的脸色看上去好了一些，秘术师则一脸开心，一片接着一片吃得飞快。

奇怪的声音就在这个时候响起，从遥远处传来，像是号角低沉的吹奏，又像冬天凛冽的风声，绵绵不绝。麦门冬猛地从岩石上站起来四下张望，除了这古怪的声响周围并没有其他变化，他望向浅滩，众人站在那里面面相觑，欧烈和明青石脸上的神情说明他们俩并不比他知道得更多。

下一刻，响声戛然而止，就像什么都未发生。

“是什么?”好几个声音在互相询问，没有答案。

麦门冬往山头跑去，那里是声音传来的方向，他手足并用爬上山顶，眼前是茂密的一望无际的树林，从他的脚下一直延伸到远处的山谷。人们一个接一个地爬上山头，太阳挂在天空的正当中，树林一片寂静。

只要一丁点的声响都会让人引起警觉，麦门冬拔出腰间的短剑，他瞥见身旁的秋石已经将羽箭搭上了弓弦。随着动静从树林中出现的是老烟斗和他的同伴，麦门冬舒了口气，把短剑重新归鞘。

“怎么了?”老烟斗狐疑地看着他们，“一个个好像见了鬼的样子。”

“没听见刚才的怪声响吗?”麦门冬说，“我们来看看你是不是被吃掉了。”

“是从山谷那里传来的。”老烟斗抬手指了指远处，“看见那道白色的东西了吗?”

麦门冬努力想从整片的绿色的辨识出老烟斗所谓的“白色”。

“看见了。”有人插嘴说，论目力谁又能比过船上的瞭望哨呢?“是瀑布。”钧青大声说。

“看来，我们该上岸走了。”明青石转头对着欧烈说。

森林不会比河道更好走，麦门冬心想，拜托，我为什么会有这么奇怪的想法？我又不是海民，脚踩大地才让人感到心安。他一边纠正自己的想法，一边和荆芥一起将阻住去路的所有植物劈开。荆芥拿着大砍刀，如同切菜似的劈砍，蛮族小伙仿佛有使不完的劲，当然，是在陆地而不是甲板上。

尽管如此，行进的速度让人沮丧，花了整整一个下午，登岸时的山头依旧在他们身后不远的地方，如果山有表情的话，它肯定是一张咧嘴大笑的脸。

随着烈日偏西，浓密的枝叶遮挡住已不再炽烈的阳光，周围变得逐渐黯淡。不断有人点起火把，驱散汹涌而来的黑暗。在一棵麦门冬从未见过的巨树下，欧烈叫停了队伍，宣布今晚在这里宿营。

众人在树底下燃起篝火，夜晚随即降临，带着寒意的风总是突如其来地不请自来，在林间随意穿梭掠过。比起昨晚，今天大家都显得很沉闷，除了酒囊在手中传递之外，再也没有多余的动作和话语。

麦门冬站起身伸了个懒腰，然后往一旁的树丛走去。

“干什么去?”老烟斗看着他。

“放水。”

“小心点，命根子别被什么东西咬掉。”

老烟斗的话引来稀疏的笑声，这家伙还记得中午的玩笑，麦门冬做了个鬼脸，走进树丛后。他松开裤腰，畅快淋漓的感觉。透过树叶的间隙，月光如水银泻地般洒下，麦门冬一边哼着小调一边四处张望，一道不起眼的光亮忽然在他眼前闪了闪。

麦门冬系上腰带，好奇地走过去，在厚厚的落叶下面有什么东西正在反射着月亮的光芒，他蹲下身子伸手拂去周围的杂草落叶，小心地捡起那件发出亮光的东西。手中是一柄闪着幽暗光芒的匕首，外面的皮套早已腐烂成丝缕，匕首毫无斑痕印迹，锋利如初。

他拿起一片落叶轻轻划过匕刃，叶子顿时碎成整齐的两半。

有意思。麦门冬抬起头，一颗惨白的骷髅头突然跳入眼帘，两个黑洞洞的眼窝直勾勾地对着他。亡灵战士！麦门冬几乎喊出声，他连退了几步，抬起左臂护住胸前，右手持着匕首搁在左臂上，对准了骷髅。

半晌，白骨丝毫未动。哪是什么亡灵战士？就是一具遗骸而已。

麦门冬舒了一口气，放下匕首。身后响起动静，火把的光芒伴随着脚步声飞快地出现，霹雳焰消和秋石火速蹿到了他的身旁，两人一脸严肃，各自握紧了铁钎和弓箭。

“你没事?”河络厉声问。

麦门冬点点头，更多人赶了过来，火把照亮了四周，麦门冬这才看清就在他捡起匕首的树旁，一具尸骸背靠树木坐在那里，破烂的衣物残片挂在白骨上，几只甲虫从骷髅的头骨中钻进钻出。

“你是尿到人家了?”老烟斗不怀好意地瞄向麦门冬的裤腰下面，麦门冬很想给他一脚。

“奇怪。”霹雳焰消说，她蹲下身子去拨拉尸骸身旁的乱石碎叶和凌乱散落的骨头。

秋石说：“他没有腿。”羽人站着那里，居高临下地看着。

霹雳焰消伸手捡起半截骨头仔细辨认。“不是没有，是断了。”她伸手把骨头递给了麦门冬，“被咬断的。”

河络递过来的白骨是大腿骨的根部，参差不齐的伤口的确是动物的咬痕，麦门冬连忙把白骨交给走来的欧烈手里。

“等一等。”霹雳焰消阻止住刚刚走到尸骸身旁的尤镰，从水手长的脚旁捡起一块乌黑的东西。

“一块石头?”水手长看了看她手中的东西，闷声闷气地问。

“是的。”河络认真地擦去石头上的污垢，“上面有东西。”

麦门冬凑到近前，扁平的石头上有人歪歪扭扭地刻着几个字：“不要被它看见。”

他们挖了墓穴，埋藏了骸骨。

尸骸应该属于那位参加过三次海赌宴皆铩羽而归的名人，不服输的查惕宁，也是倒霉的查惕宁。麦门冬捡到的匕首在靠近手柄的地方镌刻着“惕宁”的字样，至于其他属于尸骸的东西，早已被时间吞噬成了尘埃。

麦门冬把玩着手中的石头。“不要被它看见。”他抬头看着欧烈和明青石，“这是什么意思?”

“我猜一定是岛上的猛兽。”老烟斗在一旁回答，“凶恶异常，这位大冒险家死在了它们的嘴里。”他做了个吞吃的手势，“咔嚓，咔嚓，连骨头都不吐，大冒险家先生在临死前为我们这些后来者提个醒，要想办法避开那些猛兽。”

“狰？唳螭？虎蛟?”麦门冬一边说一边摇头，“不会那么简单，查惕宁见多识广，如果是他认识的怪兽，直接写下名字更为简单，用不着留下这么奇怪的提示。”

霹雳焰消赞同地点头。“按照他的经验和能力，每次探险都会有充足的准备，寻常的恶兽未必能够奈何他和他的手下，至少不会是全军覆没。”她补充说。

“天然居有什么线索记载吗?”欧烈的目光投向明青石。

游士摇摇头。“我知道有一种情况，”明青石的神色虽然严肃，却带着某种兴奋，“还记得我们在找寻这座越十二岛的时候吗？羽人小哥说过，这片海域被星辰力量所影响。”

“填盍。”麦门冬和霹雳焰消几乎同时说。

“是的，填盍。星辰力不仅会影响地理环境，也会影响生存其中的物。”

“就像踏火马。”秋石低沉声音说。

“踏火马就是属于郁非系的生物，脚下能够踩出火焰。秘术师们一直相信宁州和瀚州交界的某个隐秘之处，被郁非星辰所控制，所以才造就了这种古怪强大的生物。可惜这已经是千年以前的传说，没有亲眼所见，真是一种遗憾啊。”

秋石冷冷地哼了一声。“违背星辰诸神意愿的所生所养，皆为魔物。”

“踏火马曾经点燃整个澜州森林，羽人们把踏火马视作恶魔，难怪羽人小哥的口吻对它如此讨厌。”明青石对秋石笑了笑，“不过对于像我这样充满好奇的游历者来说，能目睹这些异兽，是一种幸运。”

“即使前途险恶，甚至有性命之忧也无所谓?”麦门冬问。

“求仁得仁。”

每个人都有自己所追逐的东西，麦门冬想，他继续问：“那么填盍系的怪兽又是什么样的?”

“星辰对每个地方的影响都不同，谁也不知道这里会有什么样怪兽……”老人稍稍停顿，“商人因为填盍的色彩与黄金相近而将它视为能够带来财富的神祇膜拜，事实上，秘术师和星相师们认为填盍代表谨慎、细致、周密，是一颗内敛之星，它会改变形体的各种状态，所以上次小姑娘说起这片海域是被填盍所影响，”明青石指了指坐在一旁安安静静的紫苏，“我这才恍然大悟，黄金鱼正符合这样的特质。”

入水为鱼，出水为金，黄金鱼可不会咬断查惕宁的双腿。麦门冬犹豫了一下，转向紫苏。“填盍系的秘术比你的亘白系，谁更厉害?”

“什么，老板?”紫苏一副始料未及的模样。

“就是说，你和一个填盍系怪兽……算了，我问你，如果你和一个填盍系的秘术师对打，谁能赢?”

“那要看对方有多厉害。我见过填盍系的秘术，会让人变聋变哑，或者动作变快变慢，如果被他的法术控制，我就没办法……”

低沉的吼声一下子打断了紫苏的话语，连绵不绝如同号角的吹奏，从远处滚滚而来。这就是填盍系怪兽发出的声响吗？它们是不是已经知道我们的到来？麦门冬猛然注意到周围不再有人说话，一张张脸上各有神情，除了天然居的老人，其他的人更多的是紧张和不安，即使冷静如欧烈，也不例外。

拾

第二天清晨，队伍继续开拔，路途出乎意料地顺利，他们离山谷越来越近。在一个林木稀疏的小山冈，麦门冬停下脚步，擦去额头滴下的汗水，不远处的瀑布如白练般挂在笔直的山壁上，水汽四散，在阳光下反射出一道漂亮的彩虹。

这种地方真的会有怪兽？麦门冬一时没法把眼前的风景和凶残暴戾的野兽联系起来。

霹雳焰消从后面跟了上来，略湿的发梢紧紧贴在脸颊上，原本白皙的皮肤微微泛红。“太阳落山前就能到达瀑布。”她看了一眼前方。

“只要我们没遇上什么鬼东西。”老烟斗的声音响起，远远就能闻到他身上散发出的烟果叶味。

“该来的永远逃不掉。”麦门冬说。

“看样子我不该心存侥幸。”老烟斗嚼着嘴里的烟果叶，“不过昨天夜里我做了一个梦，那只咬死大冒险家的怪兽已经寿终正寝了，毕竟过去二十年了。”

"希望你的美梦能够成真。"麦门冬拍拍老烟斗的肩膀。

昨晚之后，他们再也没有听到令人不安的绵长声响。山冈上后续者接连不断到来，尤镰、钧青、紫苏，他们坐在石头上休息或是直接躺倒在草丛里，欧烈和明青石在队伍的最后，一个瘸子和一个老人，他们始终紧随众人的步伐。

"你们有没有发现奇怪的地方？"麦门冬问身边的人，"天上什么都没有，空荡荡的，自从我们靠近山谷，我再也没有看见鸟儿在天空飞过。"

"这说明什么？"霹雳焰消问。

麦门冬咧嘴笑着说："我怎么知道？"

"早做准备胜过瞎猜。"欧烈用他的那根木杖在地上画出线条，"我需要一队人最快速度赶到瀑布侧方的山丘，既是斥候也可以作为掩护，大部队继续按照原来方向前行，在瀑布下会合。"

"我们可以。"麦门冬伸手拍向霹雳焰消的肩膀，却一掌拍在河络举起的铁钎上，顿时龇牙咧嘴，"我们到了会给发信号，确认是否安全。"

欧烈点了点头。

"走吧，舞叶组。"麦门冬叫喊了一声。

荆芥风风火火地站起来，拿着砍刀向前走去。开路先锋总是该让小伙子来，麦门冬刚准备迈步，河络从他身旁挤了过去，扛着铁钎跟在荆芥身后。

"荆芥，眼睛睁大些。"

"放心吧，焰消姐。"

错金嵌玉的恣木弓伸了过来，挡住麦门冬的身子。"中间的位置是我的。"秋石平静地说。约定俗成的规矩，不管什么时候羽人都要在队伍的中间。

你们都是大爷。还好，紫苏什么话也没说，小碎步地跟上了羽人。

水手们看热闹似的目送他们。“一路小心。”钧青对着麦门冬招招手。

在年轻人的身旁，老烟斗神叨叨地吐出一口烟。“别担心，现在不是在海上，他们都是老手。”

山谷和瀑布在正西的方向，领头的荆芥往北稍稍绕道，花了些时间穿过一大片的茅草地和尖叶林，还有几条没过脚踝的小溪，登上一段山坡，巨大瀑布突然出现在眼前，震耳欲聋的水声如同战鼓，一声声敲击着耳膜。

北侧的高地，和欧烈预先确定的位置分毫不差，麦门冬探出头去俯视山谷，瀑布下方是一汪深潭，除了几块高大的岩石外周围是大片平坦的草地，大如手掌的花朵在深绿色的草丛中随处盛开，红的、黄的、蓝的，更多的是白色的，就像在陈旧的画板上泼洒了一片片鲜艳的色彩。

霹雳焰消趴在他的身旁，她只有大着嗓门才能盖过瀑布的喧嚣声。“有没有觉得哪里不对劲?”

有不对劲，可是我不知道是什么。山谷里看上去安宁、平和，甚至是生机勃勃，花儿怒放的模样就像是在欢迎我们，欢迎我们踏进危险的深渊。

“老麦。”秋石突然大声说。麦门冬转过头去，发现秋石正搀扶住紫苏，秘术师紧闭双眼，脸色苍白，身体摇摇晃晃，在秋石的帮助下慢慢坐下。

“她怎么了?”麦门冬看着秋石，羽人摇头。

“气味。”秘术师睁开眼睛，“血腥气。”

亘白秘术师对于气体的感受比常人敏感许多。“哪里来的血腥气？”麦门冬问。

“到处都是，这座山谷是血腥之地。”紫苏深深吸气，勉强地又站了起来，“我准备好了，老板，战斗吧。”

“战斗？”真是让人伤脑筋，“和谁？”麦门冬挥挥手，“等到战斗的时候会召唤你的。”他原本打算问问她能不能用秘术发现什么异常的地方，现在决定还是把紫苏留在关键时刻。他回到霹雳焰消身旁，“我准备下去看看。”河络的眼神中满是不赞成，“干坐在这里不会找到黄金鱼，也不会发现怪兽。有你们掩护，我不会有事的。”

河络紧皱双眉，片刻后大声说：“秋石警戒，荆芥随时准备策应，紫苏，你来我身边。”她利索地安排着每个人，“各就各位，麦门冬要下去了。”最后她看了一眼麦门冬，“虽然你不是河络，我希望盘瓠大神与你同在。”

“盘瓠大神佑护，星辰诸神佑护。”麦门冬严肃地说。他整了整腰间的短剑，查惕宁那把锋利的匕首如今在自己的右脚靴子里，一切准备就绪。

“好运。”他对着同伴们说了一句。

这句话也是对自己说的，有时我也会冲动，但并不鲁莽，而且足够爱惜自己的生命。麦门冬一边想一边弯着腰以“之”字形的路线慢慢接近谷底，半人高的茅草足以遮蔽行踪，他小心翼翼，无比谨慎。不一样的气味扑面而来，是的，血腥味，还有浓浓的腐臭味，在山顶时有瀑布的气流冲散这股异味，而谷底淤积了太多的沉疴，挥之不去。

他悄悄地接近了谷底，眼前的异样让人大吃一惊。原本以为遍地白色的是花朵，走到近前才发现其实是大小不一的白骨。他弯下腰，野草叶子上深色的斑斑点点是鲜血干涸后留下的印迹，难怪那些五颜六色的野花盛开得如此绚烂。

这里简直是一处修罗场。

麦门冬拔出短剑，手指有些微微发抖。星辰诸神佑护，他深深吸了口气，握紧剑柄四下张望，除了不远处的瀑布和眼前的深潭，草地一直延伸到远处稀疏的树林，目力所及的地方，没有任何异常。不，肯定有隐藏的秘密没有被发现。他悄悄来到深潭边，俯下身子看着眼前的潭水，水面清澈如镜，甚至可以看清潭底深处嶙峋的石块。

眼前突然一闪，金黄色的影子从潭水中慢慢浮现。那是一条有着蝴蝶翅膀般漂亮尾鳍的鱼儿，足有手掌的大小，浑身层层鳞片散发出如同黄金般的光芒，每一次摆尾，搅动潭水泛出一圈一圈的金光。多漂亮的小家伙，麦门冬几乎忘了呼吸，鱼儿似乎也发现了水潭边的外人，它毫无畏惧，反而好奇地游近，下一刻金黄色的鱼跃出了水面。

麦门冬始料未及地退步，眼前的黄金鱼突然变得僵硬，在半空中保持着离开水面时的形态，它真的变成了黄金！从小巧的头部开始，整个身躯、背鳍、尾巴，每一片鱼鳞都成了坚硬的金属，就像是一位河络工匠大师雕琢的作品，每处细节都栩栩如生。麦门冬“啊”了一声，金色的雕像又一次落入水中，它又活了，在水中惬意地摆尾游荡。

太神奇了。麦门冬忍不住把手伸进潭水之中，黄金鱼并不躲避，反而向麦门冬游来，它围着水中的手掌不停绕圈，似乎充满了好奇。麦门冬将自己的手掌慢慢放平，黄金鱼摇摆着尾巴游到他的掌心，麦门冬屏住呼吸，慢慢提起自己的手掌，黄金鱼瞬间游开，他空空的手掌离开了水面。

可惜。麦门冬低头看着，黄金鱼并没有被他的举动惊扰，继续在附近游来游去，似乎是和他做着游戏。麦门冬脱下外衣扎成网兜的模样，把“渔网”摁进潭水中。来吧，来吧，他看着黄金鱼慢慢游进“渔网”。

绵长的嘶吼声就在这一刻响起，巨大的声响盖过了瀑布的喧哗，黄金鱼嗖地钻进了潭水深处，不见踪影。麦门冬松开了“渔网”，双手紧紧捂住耳朵，耳膜依旧感觉剧烈的疼痛。嘶吼声连绵不绝，麦门冬摇晃着站起身，声音是从瀑布后面传来的，他向前走了几步，隐约看见瀑布后面有一个巨大的黑乎乎的洞口，他回头张望山顶，小如一节手指的河络正在使劲向他挥手。麦门冬犹豫了一下，转身往山顶跑去。

一大群体形庞大的野牛突然从树丛中窜了出来，像无头苍蝇般四处奔跑，阻挡住麦门冬返回的路线，其中一头径直向麦门冬撞来，麦门冬忙不迭地躲闪过去，紧接着又有一头出现在他的正前方。麦门冬不得不后退避让，很快他发现自己又退回到水潭旁。

在古怪的嘶吼声中，野牛们躁动不安地继续跑动，甚至撞在一起。奇怪的是无论它们怎么奔走，始终停留在这片满是白骨的草地上不再离去。

嘶吼声终于停歇下来，野牛们就像得到号令似的一下子全都停了下来，庞大的身体像筛糠般发抖，有的已经屈起四肢跪在草地上。

危险的信号！麦门冬没有丝毫犹豫，纵身跳入深潭中。潭水冰凉入骨，他咬紧牙关向前游了一段，紧紧贴在潭水边缘。

犹如黑云遮挡住太阳，巨大的黑影从瀑布后面一跃而出，水潭中的麦门冬感觉到大地的颤抖。冷静，他对自己说，不要被它看见，还记得石头上刻着的字迹吗？他屏住呼吸，直到阴影离开了水潭旁。

麦门冬游到水潭边，小心翼翼地探出半截脑袋。阴影在他的右前方走向野牛群，那是一只体形比野牛足足大上两三倍的怪兽，浑身披满铠甲似的厚皮，四肢犹如短柱，咧开的大嘴露出两排锋利的尖牙，古怪的是它的眼睛，唯一的眼睛长在吻部的上方，如同一面闪闪发亮的镜子。

所有的野牛都僵立在原地一动不动，甚至没有发出任何声响，怪兽像检阅部队似的从它们身旁走过，它在一只公牛面前停下脚步，突然张嘴咬去，强壮的公牛像一坨稀泥似的顿时被咬成两截，随着怪兽的每一次咀嚼，鲜血如溪水般从它的嘴里流淌下来。

麦门冬感到一阵恶心。

不要被它看见，他再次对自己说，但是眼前的情形实在有些蹊跷。怪兽身后的野牛们不由自主地颤抖身体，它们害怕得就像看见绞刑架的死囚，然而在怪兽面前的那些野牛没有任何动作，没有颤抖、没有哀鸣，就连眼珠的转动都没有，它们简直就是一尊雕像。

怪兽很快吃完了那头可怜的野牛，走向前去找寻下一个目标，眼看它就要脱离自己的视野，麦门冬轻轻地把左手手肘靠在潭边的岩石上，微微支撑起身体。岩石突然松动倾斜，麦门冬的半截身体甩落在岸上，岩石滑入水中，溅起了一片的水花。

怪兽猛地回过头，如同镜子般的眼睛狠狠地注视着麦门冬。

一种异样的感觉瞬间传遍了整个身体，就像被绳子紧紧勒住似的，又似乎是掉进了冰窟之中，全身都被冻僵了，手、脚、肩膀、脖子，就连眼皮都无法动弹，自己变成了一个石头人。麦门冬睁着惊恐的眼睛，看着怪兽转过身子，向水潭奔来。他开始慢慢向潭水里沉去，冰冷的水面一点点淹没过脖颈、下巴、嘴巴、鼻子、眼睛、头顶……

当他完全沉入水中时，身体的束缚感一下子消失了，他试着动了动自己的手脚，依然还有些麻木感，但它们又重新属于自己了。感谢星辰诸神佑护，他来不及庆幸，立刻屏住呼吸拼命地划动手脚，从水下潜游向前方的一块岩石，肺部疼痛得像要炸裂一样，他使劲地克制住想要跃出水面的冲动，游到岩石后面才慢慢探出头去。

呼吸到空气的感觉实在太美妙了，麦门冬深深吸了口气，他不敢有丝毫大意，再次潜入水中，躲在岩石后面悄悄观察。独眼的怪兽已经站在水潭旁，因为寻不见刚才发现的猎物，它恼怒地甩着头，发出低低的吼声。

它是填盍系的怪兽，它有可怕的能力，紫苏说填盍系的秘术会让人变聋变哑，或者动作变快变慢，那么，也可能会让人僵直不动，就像刚才的这些野牛，就像刚才的我。

麦门冬脑海中飞快地闪过所有的念头。

想想查惕宁的话，不要被它看见，不要被它看见……一旦被怪兽看见，不管是人还是野牛都无法动弹，任由它宰割。而当我落入潭水离开它视线的时候，立刻又恢复了正常。是了，它的力量源自它的眼睛，那只可怕的独目，不要被它看见，不要出现在它的视野中，是它的眼睛让你不能动弹。

麦门冬又一次悄悄地浮出水面换了口气，哨声从远处传来，尖锐得足以在独目怪兽的低吼和瀑布的喧哗之中撕开一道口子。

这么多年，麦门冬只有一次听见霹雳焰消吹过她的骨哨，因为泥石流阻碍了大路，他们不得不护送商队穿过迷雾笼罩的夜沼，因为某个愚蠢家伙的自说自话，他们被神秘的幻象所困而相互失散，所有人都陷入危险的幻境。河络吹响了骨哨，麦门冬一辈子也忘不了那刺耳的哨声，足以将每个人从幻象中拉扯出来。

她要引开那只独目怪兽，为了让我脱离险境，可是除了我，谁也不知道这只独目怪兽的可怕之处。

他躲在岩石后面听着独目怪兽“咚咚”的脚步声，它被骨哨吸引，它转过身子去了，它开始离开水潭。麦门冬希冀霹雳焰消是躲在某棵树后或是草丛下吹响她的哨子，无论如何，绝不能出现在怪兽的视野里。

哨声戛然而止。

麦门冬感觉到心脏猛地颤了颤，他想象着水潭外的场景：站在山顶的霹雳焰消一动不动，骨哨在她的嘴里，她再也无法吹响它。三个同伴觉察到她的异样，每个人都想来帮助她，他们纷纷走出隐身之地，接连暴露在独目怪兽的视线中，而那只残暴的家伙正在一步一步走向他们，就像无数年前走向炎夏号的船长和水手们。

这样的事情绝不能发生！

麦门冬探出身体从水潭中爬了出来，独目怪兽的背影正在走向山坡，他暂时没有看清同伴的踪影，但他肯定他们一定陷入了险境。

“来呀，在这里！”他鼓足全身气力大声喊叫。独目怪兽的脚步停了下来，在它回头的一瞬间，他躲进身旁的树后。

这一点点的时间不足以让山顶上的同伴领悟到什么，麦门冬一边喘息一边想，他谨慎地探头观察，独目怪兽没有发现他的踪迹，继续走向山顶。

必须让它看见我，它才可能反身回来。麦门冬闭上眼睛，深深地吸了口气。

他从树后蹿了出来，手脚并用爬上水潭旁的岩石上，独目怪兽的背影已经爬上半山坡，麦门冬依旧看不清楚山顶的情况，也没有发现他的同伴们，也许他们比他想象的安全，但是任何时候都没有也许，为了他们，他必须冒险尝试。

麦门冬在岩石上站直了身体，他高高举起双手，发出大声的呼喊：“不要……被它……看见……”随即用尽气力，从岩石上高高跃起。独目怪兽回过头，麦门冬原本鱼跃到半空中的姿势瞬间僵持住，和上次的感觉一模一样，全身都被紧紧勒住丝毫无法动弹，他像一块没有生命的石头从空中笔直落入水潭。

身体在没入冰冷潭水的刹那一下子又恢复了自由，麦门冬早有准备，迅速地划水躲进刚才的避难所。即使在水潭中他也能感觉到大地的震动，独目怪兽奔跑的脚步声越来越近，它再次回到了水潭边。

麦门冬静静地躲在岩石后的水下，每当觉得气闷时，就偷偷仰起脖子仅仅把脸露出水面，吸一口气然后继续沉下去。他听见独目怪兽的走动声，还有恼怒的吼声。

它在找寻我，而且为我几次三番地出现又消失而恼怒，他想，霹雳焰消他们现在肯定已经脱离了怪兽的视线，她和秋石是不是已经发现了怪兽的秘密？他们俩比我聪明多了，而且还有紫苏可以帮助他们更快地理解。

然后，我们一定会找出对付它的办法，就像上次陷入狼堡的强盗巢穴中，上上次在豆子谷被恐怖将军和他的手下围攻，上上上次在夜沼与迷雾和幻兽搏斗，每次我们都能化险为夷……麦门冬不知道为什么会想到这些，是因为此时此刻自己的心虚吗？那只独眼的家伙实在太过诡异，根本无法接近，又谈何对付它？

他又一次浮出水面，睁开眼深深吸了一口气，他仰看着天空，云朵像鱼儿的细鳞，片片银白，排列有序。

巨大的脑袋突然跳进他的视线，遮住了蓝天白云，那只妖异的眼睛比他的脸庞还要大，麦门冬甚至在它黑色的瞳孔中看见了自己吃惊的表情。独目怪兽发出低低的吼声，张开了血盆大口。

麦门冬浑身动弹不得，身体慢慢往水潭中沉下，他的心也沉向了水底。

周围黑漆漆的，只有头顶上的那片光亮。他听到有人在轻轻地唱歌，清脆、悠长。

柳南风，柳南风，我送阿郎行。轻帆舟影远，心念晚云停……

小沫。他想喊，胸口像压着一块石头，什么也喊不出，他使劲扭动身体，循着声音的地方去。

我要走了，你会来找我吗？

一定的。

他伸出手想要抓住那声音，它又飘远了，继续唱着那首柳南的歌谣。他看到了，他看到模模糊糊的背影，飘向自己头顶那个亮点。他像条鱼，拼命向那个亮点游去，亮亮的点变成了一个圆，越来越大，变成了一个圈，越来越大，变成了一个光明的天地。

麦门冬猛地从潭水里探出头，声嘶力竭地咳嗽和喘息，他挣扎着游到岸边，像一摊烂泥似的趴在那里，嘴里和鼻子不停地呛出水沫，空气似乎是甜的，他贪婪地吸吮，直到肺部的压迫感完全消失。

周围安静得让人感觉奇怪，他恍惚地回忆着自己身在何处，大海，小岛，铁锤号，黄金鱼，独目怪兽……天呐，怪兽。他一下子紧张起来，回想起自己被怪兽瞪着慢慢沉入水底。

为什么我没有死？

他在草地上匍匐前进，渐渐闻到了腥臭气息，依旧没有任何声响，他小心翼翼地抬头，视线慢慢超过一地的杂草。两条粗壮的腿一下子映入眼帘，麦门冬吓得连忙低下头，他倒退着往回爬，直到退回一块岩石后面。他背靠岩石坐起身子，整个脸颊贴着岩石，一点点往外蹭出去。

不要被它看见，不要被它看见……

麦门冬不断提醒自己，独目怪兽的后半截腿出现了，然后是粗壮的身体，前半截的腿，它的头部……麦门冬缩回身体，他的位置在独目怪兽的后侧方，只要它不回头，他是安全的。

可是，刚才的情形好像有些奇怪？

麦门冬再次慢慢探出头去，他看清了它的整个身躯，独目怪兽仰着头站在野牛群的后面，一动不动，像一只看守着羊群的牧羊犬。不对，肯定有什么不对劲的地方。

它一动不动。

野牛群在独目怪兽的视线下一动不动，独目怪兽自己也一动不动。

麦门冬深吸了一口气，把整个脑袋探出岩石，视野一下子扩大了，他可以看清前方的一切。古怪的感觉随即而来，他的心往下一沉。我又中招了，这是第三次了。他苦闷地一动不动地想。

当身体完全僵化不受自己控制之后，麦门冬才看清楚前面的情况。在独目怪兽和野牛群的正前方，是另一群野牛和另一只独目怪兽。他立刻明白了眼前的状况，两只独目怪兽互相出现在了对方的视线中，也各自被对方的视线所僵化，而自己也是因为出现在了对面那只独目怪兽的视野中而失去了行动能力。

这是一种什么古怪诡异的情况？于是就这样永远地僵立在这里，直到地老天荒？他想。

真是时运不济。他想。

唯一的好消息，是我暂时不会被吃掉，但是可能会饿死。他想。

希望霹雳焰消他们不要和我一样蠢，赶快离开这里。他想。

等一等。他想。

霹雳焰消他们躲藏的那座山到哪里去了？为什么对面的一切看起来这么奇怪？真是见鬼，难道那个家伙还损害了我的眼睛和智力？我是不是会变得比紫苏还要笨？他想。

为什么除了野牛群和独目怪兽，我又看见了瀑布和水潭？它们不应该是在我的身后吗？他想。

这是……这是一个镜像。他一下子明白了。

远处似乎有一面巨大的镜墙，把独目怪兽、野牛群、水潭和瀑布全部装了进去，独目怪兽看见了镜墙里的自己，镜墙里的独目怪兽，视野中又包含了镜墙前的所有东西，于是一切都被僵化了，怪兽、野牛群、花草树木和麦门冬。

镜墙是怎么来的？他想。

为什么镜墙里的那只独目怪兽正在变得越来越大？是了，那面镜墙正在移动，正在慢慢地向着独目怪兽和水潭靠近。他想。

星辰诸神佑护，一定是你们！一点也没有女人味的臭脾气河络、尖酸刻薄自大狂的羽人，还有蛮族傻小子和比他还要傻的秘术师，我爱死你们了，他想。

镜墙如同空气一般轻便地越过了野牛群，来到了独目怪兽面前。麦门冬兴奋地看着两只独目怪兽面对面站着，他甚至瞅见镜墙中躲藏在石头后面露出半截脑袋的自己。随即，镜墙开始发生变化，它的两端扭曲起来，迅速向着独目怪兽的身体合拢，变成一个椭圆形状将怪兽裹在中间。

自己的影像消失之后，束缚感立刻消失，麦门冬缓慢地活动了几下手脚，连蹦带跳地从岩石后面蹿了出来，他一眼看见脸色苍白的紫苏伸出双臂，仿佛正在用力推着什么，另外三位伙伴全神贯注地保护在秘术师身旁。

“紫苏，真有……”麦门冬的话还没说完就被霹雳焰消紧张的话语打断。

“现在怎么办？”河络大喊道，“紫苏只能困住它，而且……”

麦门冬知道霹雳焰消要说什么，这堵硕大的镜墙已经消耗了秘术师太多的精神力，紫苏的脸色变得苍白，操控镜墙的双手也在微微颤抖，她已经是强弩之末。

麦门冬深吸了一口气，稳定了一下心绪。“我们弄死它。”他狠狠地说，“四个人四个位置，那家伙永远只能面对一个方向。”

河络立刻明白了他的意思，“秋石、荆芥，各就各位。”她一边大喊一边往独目怪兽的正前方走去。

麦门冬一把拽住她。“那是我的位置。”他伸出三根手指，“被这家伙盯住的经验，我比你丰富得多。”

霹雳焰消注视着他。“给我小心些。”她说。

麦门冬嘿嘿笑着，正准备走向前，悠木弓伸过来把他推到旁边。“傻瓜。”羽人从他身旁走过，口气轻蔑地说：“你在前面有什么用?”

“什么?”麦门冬暴跳如雷地想要抓回羽人。

“等等。”霹雳焰消伸手阻止他，河络若有所思，“秋石说得对。”

“见鬼，对什么对?”

霹雳焰消没有解释，秋石径直走到怪兽的正前方，他和怪兽之间依旧隔着紫苏的秘术镜墙。羽人退了几步，又退了几步，然后搭箭拉弓。麦门冬终于明白了，他拔出短剑站在右侧，河络默默地走向左侧，荆芥留在怪兽的后方。

秋石喊道：“紫苏，听我的口令，我数三声，数到三的时候你就撤掉你的秘术镜墙。”

“一。”

“二。”

“三。”

秋石一边喊着一边松开弓弦，镜墙顿时消失，麦门冬听见独目怪兽发出的嚎叫声，他咆哮着扑上去，短剑深深地刺入独目怪兽的肚子，他甚至可以感觉到在那一瞬间，霹雳焰消和荆芥的武器同时刺入怪兽体内。

独目怪兽发出一声惊天动地的叫声，但是它没有转头，直接向正前方扑去。

“秋石。”麦门冬大叫着，不停戳动自己的短剑，眼角的余光看见独目怪兽眼睛上插着秋石的羽箭，而羽人站在那里一动不动。

“小心。”他喊着，但是没有用，怪兽受伤的眼睛依旧还能发出致命的魔力。

怪兽张开血盆大口向羽人咬去。

“完了。”麦门冬疯狂地挥动短剑，每一剑都会带出一堆血肉内脏。秋石，他悲哀地想。

独目怪兽终于瘫倒下来，空气中弥漫着一股腥臭的味道，到处是血肉的痕迹。“秋石。”麦门冬从怪兽身上爬起来，踉踉跄跄地向前走去，他想象着羽人被咬成两截的惨样，眼泪终于控制不住地淌了下来。然后，他诧异地看见秋石毫发无损地站在那里，一个透明的气泡包裹着他，羽人很不习惯地用手指去戳了戳气泡，气泡满是韧性地弹回了他的手指。

秘术师瘫坐在地上，一副萎靡不振的模样，包裹住秋石的气泡慢慢消失。

“紫苏。”麦门冬欢喜地叫道，“我就知道你最厉害。”他控制不住地大笑，“劫后余生，来，庆祝一下。”

他张开双臂准备给同伴一个热情的拥抱，面对秘术师凹凸有致的身材时稍稍犹豫，于是转向了羽人。

秋石看着他，慢慢地摇头。“老麦，用不着这样，”羽人的声音听上去有些虚弱，“我是一个天性冷漠的……”他好像用尽了气力，话没有说完就坐倒在地上。

不抱就不抱，只要你高兴就好。麦门冬兴冲冲地看向荆芥，北陆小伙儿浑身血淋淋的，像是从怪兽身体里捞出来似的，散发着一股腥臭味道，麦门冬皱皱眉，越过荆芥向霹雳焰消冲去。

“盘瓠大神在上，你别来烦我。”河络疲惫地说着，抬起铁钎对准他。

拾壹

点点的火星盘旋着涌上黑色的夜空，和闪烁的星辰遥遥相应，燃烧的篝火温暖如春。不知为何，麦门冬总有一种恍惚的感觉，周围众人开怀的话语时远时近，仿佛隔着一层厚厚的帷帐，他举起皮囊喝了一口酒，辛辣的刺激顿时让他觉得清醒了些许。

有人在他身旁坐了下来，一把抢过他手里的酒囊大口喝着。

“你破例了。”麦门冬对霹雳焰消说。平时两个女人都不喝酒，紫苏不像是会喝酒的模样，而河络也坚持不喝。

看上去，霹雳焰消已经恢复如初。“你坐在这里的时间太久了，”她说，“大家以为你被那家伙看多了之后给弄傻了。”

大概是有那么一点，因为足够幸运才没有蒙恩星辰诸神的召唤。麦门冬从霹雳焰消手中拿回酒囊，还来不及说话，两个勾肩搭背的家伙摇摇晃晃地走了过来，荆芥的脸颊两侧各多了一根细长的发辫，上面扎着原本是水手长的饰物。

尤镰把手中的锡酒壶伸向麦门冬。“敬勇士。”水手长的声音满是真诚。

麦门冬用酒囊碰了碰对方手中的锡酒壶。“敬大海。”

两人大笑着一起喝酒，荆芥的脸颊已经通红，浑身散发着喷香的酒气。“这是我们的老大。”荆芥口齿不清地说着，又指了指霹雳焰消，“这是老大的老大。”

“敬……”尤镰肯定没有荆芥那么醉，麦门冬发现他注视河络时的神情有些稍稍扭捏，不过他很快掩饰住自己的不自然，“敬女勇士。”水手长大声说。

麦门冬赶紧把酒囊塞回霹雳焰消手中，河络白了他一眼，又看了看尤镰，低低的声音说：“敬铁锤号。”

两个家伙终于唱着不成调的歌离开了。

“焰消，有没有觉得水手长好像对你……”

河络没好气地说：“你想不想脑袋开花？”

“我就是瞎说说。”麦门冬讪笑。

火光映照着河络的脸，连她的脸颊也有些微微发红。“那家伙叫独目霹蜚，在它视线范围内的东西，不管是人是鸟是兽还是花草，总之所有一切都会僵化，动弹不了，然后任由它宰割。它是这座岛上的霸主，那些野牛听到它的吼声就必须乖乖过来，随它挑选食用。”霹雳焰消抬手阻止麦门冬的问话，“别问我是怎么知道的，这些都是天然居的老头说的。”

“你在水潭里的一举一动我们在山顶都看见了，我们觉得你可能有危险，我吹响骨笛引诱独目霹蜚，等那个家伙转身来对付我们的时候，我们一下子全都不能动弹了。当时没人知道是怎么回事，然后是你的出现救了我们，当你第二次在岩石上喊叫出‘不要被它看见’，并且引走了独目霹蜚，我和秋石大致明白了是怎么回事。”

霹雳焰消喘了一口气，她的双眉紧紧皱在一起，原本松弛的神情变得紧张起来。“那段经历真可怕。”

“被那个独眼什么的家伙瞪着往水底下沉的时候，那才叫可怕。”没办法挣扎，没办法呼吸，那种被水灌进肺部慢慢窒息的死亡过程，还不如被怪兽一口咬死。

“当时真的很绝望，好像一点办法都没有。”河络晃了晃头，“还好，我们有紫苏。”

“亘白秘术师大战填盍怪兽。”麦门冬说，“你们是天才，想出用镜墙对付怪兽。”

“是秋石的想法，其实他才是我们中间最机灵的一个。紫苏在我们身前凝成一面镜墙，镜面对着独目霹蜚，我们跟在镜墙后面走，我继续吹响骨笛，等待独目霹蜚的再一次回头。既然那家伙的眼睛可以凝固所有的东西，同样也会凝固自己。”

“真的很妙，”麦门冬由衷地说，“可是也很危险，万一你们的想法错了，大家就全完蛋了。”

“是的，最坏的结局，但是我们不想换一个新队长。”

麦门冬愣了愣，他举起酒囊狠狠地喝了一大口，稍稍平复一下心情。“紫苏呢？还有秋石？”

“紫苏在休息，她消耗了太多的精神力，不光是独目霹蜚，还有怪兽背后的填盍力量。秋石帮船长他们去捕黄金鱼了。”

喧嚣吵闹的声音远远传来，人群簇拥着欧烈和明青石走了来，欧烈把手掌伸到麦门冬的面前，他的手中捧着一块金光闪闪的物件，那条鱼保持着被捞上时的形态，扭动的身体，如蝴蝶翅膀般张开的尾鳍。麦门冬伸出手轻轻碰触了一下，冰凉又坚硬。

欧烈攥着黄金鱼，将它高高举过头顶，周围爆发出一片欢呼雀跃声。

营地里已经安静下来，只剩下酣睡的声音，经历了数天的紧张劳累，绝大多数人已经踏实地进入了梦想。不知为何，麦门冬却没有睡意，把玩着手中的锡酒壶，他记不得壶是尤镰什么时候塞进他手中的，里面的酒早已经喝光了，但是上面的雕刻却让人甚为好奇。

图案栩栩如生，一男一女的鲛人面对而拥，漂亮的鲛尾缠绕在一起，注视着对方的眼神含情脉脉，男鲛人的面孔雍容高贵，头上戴着漂亮皇冠，然而女鲛人的一只手却在背后紧紧攥着一把匕首，匕首尖上不停滴着血。在她的鲛尾下面，是几张若隐若现的面孔，木然呆滞，如同鲛人身旁的贝壳水草之类毫无生气。

这应该是一个悲情的故事吧。

黑暗中出现的人影打断了麦门冬的遐思，秋石手中拎着一个硕大的布袋，甩手扔进麦门冬的怀里。袋口用绳子扎紧了，麦门冬掂了掂分量，并没有自己想象的那么重。

“什么东西?”他问，看形状是个椭圆的物件。

“弄干净了。”羽人的回答让人好奇。

麦门冬打开袋口，一只巨大的眼珠安静地看着他，他忍不住哆嗦了一下。

“秘术师们梦寐以求的东西，做法器的好材料。”秋石在他身旁坐了下来，难得没有轻佻的话语。整个营地都醉醺醺的，唯独羽人清醒得像麦门冬的短剑，一双眸子闪闪发亮。

“独目霹蜚的精华所在，带着填盍的力量，找个识货的商人可以换条大船。”

“给紫苏呢，会提升她的精神力吗?”

“也许有用，也许没用，她只是亘白的秘术师。”

两人暂时陷入了沉默。“去撒泡尿，老麦。”秋石突然说。

“什么?”

“不要憋得时间太久，对身体不好。”秋石一本正经地说，“去林子后面，离远点。”羽人挥了挥手，然后闭起眼睛靠在树干上一动不动。

“你说什么呢?!”麦门冬摸不着头脑，但是秋石似乎已经睡着了，再也不搭理他。被这家伙一说，果然有些尿意，麦门冬想。他把装着怪兽眼珠的口袋放在一边，站起身往林子里走去。

借着营地的火光，他走到稍远处，在树后解开裤带撒了泡酣畅淋漓的尿。正准备离去的时候，隐约飘过来的争执声让麦门冬忽然意识到羽人为什么要说刚才的言语了，他犹豫了一下，没有走开。

“……太冒险了。”

不知是谁的声音，麦门冬没有听清前面的话。

“无论如何，我必须试一试。”船长斩钉截铁的声音传来，“所以很抱歉，这一次黄金鱼不能给你们。”

“老欧，我们从来不是为了获得什么奇珍异宝才和那些探险者合作的，我们更在乎去发现那些未知的东西，然后让世人了解它，享受它。”麦门冬终于听清另一个说话的人是天然居的游士，“你要留下黄金鱼，没问题，天然居不会因为这个与你有任何的冲突，我们还会一如从前那样合作。我对你的劝阻，只是出于一个老朋友的关心，我并不希望你去参加什么至尊大会和海赌宴。”

“这是一次机会，我不想错过。”

偷听终究不是什么光彩的事情，黄金鱼还有至尊大会，这是别人的选择，麦门冬觉得自己应该离开，就在转身的一刻，他听见明青石轻轻的咳嗽。

“可是已经过去了那么多年，你的血骷髅号已经不在了。何必再去纠结那些早已经可能烟消云散的东西，这样做值得吗？”

麦门冬停住了脚步。明青石的最后一句话让他产生些许的迷惑，血骷髅号？他们是在说那个凶狠的海盗头子和他的船吗？明明是，却又不像。

“我想过，诸神的归诸神，凡人的归凡人，大海奔腾，从不会为任何人留下什么。可是有一些东西是不能背弃的，就像你们一刻不停追寻的步伐，对于我来说，立下的誓言是不会轻易消逝的。”

带着些许寒意的夜风忽然刮起，吹得树叶哗啦啦地抖动，刚好扑上了麦门冬的脸上。麦门冬忍不住打了喷嚏。

“谁？”欧烈警觉地问。

没办法躲开了，麦门冬走出树林，船长和天然居游士的脸色稍稍有些尴尬。“我只是来放水。”麦门冬解释，说“并不想打搅你们。”

欧烈和明青石同时点点头，三个人沉默了片刻，明青石叹了口气。“好吧，我没办法说服你，”老人对欧烈说，“那只有献上祝福，希望这一次能够找到他。”

明青石转身离开了树林，欧烈看着麦门冬，想要说些什么，却终究什么也没说，伸手拍了拍麦门冬的肩膀，拄着手杖一瘸一拐地走远。麦门冬站在黑暗中，直到又一阵风刮过，他忍不住打了个哆嗦，回想起火塘边的温暖，转身走向营地。

返回海滩宿营地的路上，钧青一直走在麦门冬身旁，栗发的年轻人似乎很遗憾，因为错过了和他们一起猎杀独目霹蜚。

“你肯定不会喜欢的。”麦门冬告诉他。

“我可不是胆小鬼。”

麦门冬笑了笑，没有说话。

“今后你们会有什么打算?”走在前面的老烟斗回过头，像是不经意地问。

“修船，出海，成为海巨蟒杀手。”

“你们要离开铁锤号?”钧青诧异地问。

我还没决定，在这里我学到了很多东西，我也喜欢这里的兄弟。可是，铁锤号有铁锤号的航向，而我们有我们的。

“他们是要去找圣湖岛的。”老烟斗说。麦门冬记不清自己是什么时候告诉老烟斗的，反正这也称不上什么秘密了。

“圣湖岛，怎么可能?他们都说那座岛是会自己移动的，是漂浮之岛，没有人能找到它，只有可能……”

“它来找你。”麦门冬说出钧青后面的话，“所以才想去试一试，我们喜欢冒险，也有自己想要得到的东西。”

老烟斗点燃了一根烟果叶卷，又把另一根递给了麦门冬。

队伍重新回到河边，登上两条小船顺流而下，再一次路过炎夏号的残骸时，欧烈上岸在船边留下了一壶酒，这是船长们之间的约定俗成，向逝者致以敬意。

回去的速度快了许多，黄昏时分，麦门冬已经远远看到海滩边的棕榈树林。今晚又会是一个狂欢夜，甘蔗酒和烤野牛肉，温暖的火塘会让人昏昏欲睡，他们也许会在海滩边再休整一天或者两天，不过很多人的心已经飞回了箕之洲岛。

至尊大会和海赌宴，麦门冬的脑海中莫名地跳出这几个词，还有血骷髅号。秘密就像一个调皮的小精灵，会时不时在你心里挠上几下，让你觉得痒痒却又无计可施。还好，我是一个天性本分的人，用不着去知道太多。

“老大，你在想什么?”坐在旁边的荆芥投来迷惑的目光，“你的样子看上去很奇怪。”

“划好你的船，别胡思乱想。”麦门冬板起脸教训说。

两条小船在内河的出海口靠上了金黄色的沙滩，落日如同一个巨大的蛋黄挂在远处的天空，它即将沉入海底，就此拉开星辰诸神闪耀的帷幕。即便是白日，星辰诸神也在注视万物，没有什么可以逃脱神的眼睛。而夜晚时候，星辰诸神必须亲自照亮世间，因为黑暗总会乘虚而来，从不放弃将人心拖入邪恶。

海滩边的宿营地早已燃起了篝火，很远就能看见来回走动的人影。

“她们俩干什么去？”老烟斗指了指正走向一旁棕榈林的霹雳焰消和紫苏。

“女人嘛，这种事比我们麻烦多了。”麦门冬笑着回应说，“你懂的。”

“我怎么会懂？”老烟斗不满意地哼哼说。

麦门冬一边微笑一边快步跟在欧烈和明青石的身后。

“嘿，我们回来了。”尤镰走在队伍的前面，大声向宿营地里的伙伴打招呼，宿营地那边也有了回应，几个人影对着他们招手。水手长身后的同伴欢呼起来，看样子，他们迫不及待地想要坐在火塘边喝一口够劲的酒。

“简叔，我们抓到黄金鱼了。”尤镰第一个走进宿营地。简叔没有回应，他依旧坐在篝火前，身侧是一个垂着头的黑衣人。“简叔？”尤镰又喊了一声。

麦门冬猛地发现简叔的嘴里被勒了一根布带，似乎他的手脚也被捆绑起来，除了投来焦急又愤怒的眼神什么也做不了。

“小心。”麦门冬猛扑向前，把欧烈和明青石推倒在地。

一支箭扎进了尤镰的左肩，水手长摇晃了一下，更多的羽箭呼啸而来，夹杂着弩机射出的短矢，刚才还兴高采烈的水手们接二连三地倒下。

“有埋伏，快走。”麦门冬对欧烈喊叫。

他半蹲起身子抽出腰间的短剑，两三个黑影举着武器向他们冲了过来，麦门冬一个前滚翻，将短剑插进最前面那个家伙的腹部，对方哀号了一声倒在地上。第二个家伙疯狂地挥动斧子朝麦门冬乱砍，麦门冬左手捏起一团黄沙，撒向对方的面门，那人猝不及防，捂着眼睛哇哇乱叫，麦门冬用脚把他钩倒在地，扑上去一剑结果了对方的性命。第三个人直接倒在了麦门冬身旁，咽喉插着的羽箭还在微微晃动。

麦门冬抬起头，看见秋石又搭上一支箭，荆芥和老烟斗一前一后保护在他身旁。宿营地的周围冲出更多的人影，这些人一直躲在临时的屋棚或是旁边林子里。

“停。”阴沉的声音喊叫了一声。

停下的人影各持武器将水手们团团围住，地上已经躺满了刚才的死伤者，多数是铁锤号的水手。欧烈和明青石慢慢站了起来，浑身是血的尤镰忠心耿耿挡在两人面前，插在水手长肩头的羽箭折断了一半，他怒目圆睁，威风凛凛地看着周围的敌人。

说话的是坐在简叔身旁的黑衣人，他抬起头，长长的疤痕如同一只可怖的蜈蚣趴在脸上。

“铁锤号。”他发出笑声，脸上却没有任何表情，“你们是我见过的最勇敢，也是最愚蠢的家伙。烧掉了大半个蛟陵水寨是勇敢，没有烧掉血骷髅号是愚蠢，愚蠢之极。我说过，你们一定会后悔的。”

没有杀掉这个人，才是我的愚蠢。麦门冬握紧了手中的短剑。

对方鹰隼般冷酷的眼神一一扫视着眼前的每个人。“你是个战士，很厉害，但肯定不是船长。”黑疤的目光从麦门冬挪向了水手长，“这位足够高大威猛，真正的海民，不过好像还缺乏智慧。”他瞧见了明青石，“天然居的老朋友了，那天你走得太匆忙，连徒弟都没顾上，哦，我们把他的尸体喂鱼了，你不会有意见吧。”他狞笑着说。

麦门冬看见明青石的嘴唇哆嗦了几下，老人仰起头，默默地望着天上的星辰。

黑疤的眼神最后落在了欧烈身上。“此刻最冷静的人，甚至比平日还要冷静。”黑疤说，“所以，你才像个船长……”

欧烈突然打断海盗头子，冷冷地说：“船长和船长，用不着再说那么多废话了，你想怎么交易？”

怒气在黑疤的眼睛中一扫而过，随后又笑了起来。“果然厉害。”海盗头子一把扯下绑在简叔嘴巴上的布带，“要不要先听听你的船需长怎么说？”

“他们突然袭击，吊死了营地里的所有人。”简叔痛苦地说，“都在棕榈林子里。”

“畜生。”尤镰大吼一声，他想要往前冲的时候被欧烈一把扯住。

“你们是怎么找到这里的？”欧烈的语气显得异常平静。

“召唤，来自慈悲的召唤。所以，我是多么喜欢你们这些良善的人，可以让我这样的恶人活得更好。”黑疤笑着拍了拍手，一个人影从黑暗中蹿了出来，像谦卑的狗半蹲在黑疤身旁，帽子上多彩的羽毛随风摆动。

“你们留下了他的命，可是他的命是我的，他知道就算跑到天涯海角我都会把那条命讨回来。所以他害怕，他要将功赎罪。你们的一路航行，他都在大海里留下的记号，那些只有我才找得到看得懂的记号。真是多亏了你们，我才能找到这座岛，然后我只要等在这里，你们还会把我要的东西乖乖地送来，对不对？”黑疤看着欧烈，

“船长，现在我们可以交易了。”

“用什么交易？”欧烈摇头说，“我们的尸体？”

“黄金鱼，你大概忘了你们身上最值钱的东西。”

“你可以直接杀了我，然后拿走它。”

“我原来也是这样决定的，不过后来我想到了一些小风险。万一你们把它藏得太好，或者，那句话怎么说的？啊哈，宁为玉碎不为瓦全，万一你们死也不肯把那小玩意给我，那怎么办？总之在你们统统死掉的时候，我如果没有拿到我想要的东西，岂不是白跑了一次？既然胜券在握，我也就不想冒什么风险。所以，给你一次机会，把黄金鱼给我，也许我会留下你们的性命。”

麦门冬望向欧烈，船长沉默不语。如果换了我会做什么样的选择？黑疤的话绝不可信，但是又该如何脱困？麦门冬迅速地想了一遍，发觉自己没有更好的主意。

“别信他，老爹。”尤镰咬牙切齿地说。

“不信我？”黑疤又发出那种磨人的笑声，“你们有什么资格不信？”他抬起手，一把锋利的匕首迅速划过简叔的脖子。

“不。”几个声音同时喊叫，有欧烈的，有尤镰的，还有钧青和老烟斗。

简叔的脖子出现一道细细的红线，随即鲜血喷涌而出，他摇晃了一下，向后栽倒。

羽箭破空而出，迅疾地飞向黑疤，黑疤的身前突然出现一块盾牌，羽箭钉在了盾牌上，发出嗡嗡颤抖的声响。盾牌抓在一个女人手中，麦门冬认出她就是在蛟陵水寨时穿着白纱长裙的女人。

“你们有羽人箭手，我的人也绝不比你们差。”黑疤摆摆手，女人收起盾牌退后了小半步，她目光炯炯盯着远处的秋石。“如何，还想谈下去吗？”黑疤说。

“我答应你。”欧烈缓缓地说，“黄金鱼，换我们的命。”

“成交。”

“你在星辰诸神前发誓。”

“我发誓。”

欧烈走向篝火，他的手笼在衣袖里，跛脚比平时迈得更加缓慢。黑疤终于站了起来，等待欧烈来到他的面前。欧烈的一只手从袖口里伸了出来，黄金鱼在他的手掌中散发着诱人的光芒。黑疤注视着那条鱼，贪婪和欲望在他的眼神中一晃而过，海盗头子随即恢复了镇定，伸手接过了黄金鱼。

“很好。”黑疤说，“我说过，我一定会让你们后悔的。”他跨前一步，把那柄还淌着简叔鲜血的匕首捅进了欧烈的身体。“比起对星辰诸神的誓言，我更在乎对自己的誓言。”

“别过来。”欧烈举起手嘶吼了一声，麦门冬停下脚步，身边的人也都顿住身形。“很久以前我就知道，不应该和一个海盗做交易。”

“可是你没得选择，还是做了。”黑疤狞笑说，“我保证你不会马上死，你只会死在最后，亲眼看着我把他们统统杀了。”

欧烈摇摇头，露出一个从未有过的笑容。“你还没明白，我是不会和一个海盗做交易的。”黑疤有些困惑地看着跛脚老头，欧烈的左手从衣袖中伸了出来，他捏着一只火罐，然后重重砸进篝火中。

熊熊的大火瞬间溅开，连沙子也燃烧起来。麦门冬听见海盗们的惨叫声，夹杂着黑疤的咆哮，更多的人影在慌乱地四处跑动，躲避迅速蔓延的火焰。麦门冬向前冲去，一个高大的人影比他的速度更快，尤镰把他撞到一旁。

“老爹！”水手长大吼一声，冲进了火圈之中。

麦门冬从地上爬了起来，但火焰已经完全挡住了他的视线，他紧走几步，一脚把某个无头苍蝇般冲到自己身旁的海盗踢进火堆之中，海盗哀号翻滚，很快就一动不动了。

“船长！”麦门冬大声呼喊，希望能有回音，“尤镰！”

火光中出现了尤镰的身影，怀抱着欧烈一步一步走出火圈。麦门冬迎上去，脱下衣服使劲扑灭尤镰发辫上的火焰，水手长的坎肩焦煳煳地黏在身上，插在左肩的羽箭烧得只剩下靠近身体的一小截。欧烈紧闭双眼，在尤镰的怀里一动不动。

麦门冬拉着尤镰向海滩后面的棕榈林跑去，尤镰迈开大步，似乎没有任何东西可以阻挡水手长，几个海盗从旁边冲了过来，麦门冬挥舞短剑向他们迎去，他的怒火燃烧正烈，狠狠地发泄在对方身上，海盗们一个个哀号着倒下，有的死在麦门冬的剑下，有的被黑暗中飞来的羽箭刺穿。

“老大，这里。”麦门冬听见荆芥的喊叫声，秋石站在蛮族小伙的身旁，羽人箭无虚发，射倒视野内的每一个海盗。

尤镰突然踉跄了几步，在棕榈林的边缘，水手长一下子跪倒在地上。

麦门冬冲了过来，俯下腰去搀扶尤镰，尤镰的身子变得软绵绵的。“起来。”麦门冬使劲想要架起尤镰，水手长没有丝毫动弹。

一个人影蹿了过来，老烟斗冲到麦门冬身旁，试图帮着他架起水手长和欧烈。

尤镰摇了摇头。“带着……老爹走……”他喘息着说，“我走不了了。”

月光移了过来，麦门冬看见了尤镰的脊背，他一下子愣住了，明白了尤镰的话。水手长的整个后背殷红一片，鲜血像泉水般从一道可怕的伤口往外冒着，他甚至可以看到尤镰白色的脊骨。

老烟斗也看见了那道伤口，他对着麦门冬摇摇头，从尤镰的怀中接过了船长。“我们必须赶快离开。”老烟斗低声说。

“老爹交给你们了。”尤镰对着麦门冬虚弱地笑了笑，“走吧。”

麦门冬轻轻从尤镰的胳膊下抽出手，尤镰回以一个微笑，告别的微笑。

麦门冬大踏步地走进棕榈林，在树影下他再次回望海滩。尤镰依旧跪在那里，高大的身躯挺得笔直，头颅慢慢垂下，终于一动不动。

星辰诸神见证，我一定会为你复仇，麦门冬在心中默念，誓言如山，永不改变。

林子里传来低声的招呼，麦门冬循声而去，一小群人影站在一起，钧青搀扶着明青石，身旁是秋石、荆芥和老烟斗，还有老烟斗怀里的欧烈，似乎这是铁锤号剩下的全部人。

“焰消和紫苏呢？”他问。

“她们俩一开始就走在后面，应该没有被海盗伏击。”秋石平静地说，“不会有事的。”

除了相信她们俩的战力和运气，别无他法。“我们必须先离开。”麦门冬吩咐说，“秋石领头，我和荆芥断后。”

没有人表示异议，他们钻入黑暗中，在茂盛的树林中疾速前行。最初海滩的方向还会传来人声和火光，不久之后只剩下林间的静谧。

“等一等，”钧青停下脚步，“老爹一直在流血。”栗发年轻人的手上都是鲜血，身上也是，但不是他的，一路上他和老烟斗轮流背负着受伤的船长。

秋石回头看了看，海滩已经隔得足够远，他做了个手势，灵敏地攀上一棵藤树，持着弓箭警戒四周，其他人七手八脚地把欧烈放了下来，麦门冬从腰间的布兜里掏出一根火晶石，来自越州地底深处的晶体散发着微弱的光芒，他举着火晶石靠近欧烈，船长紧闭双眼，脸色像纸一样白，老烟斗撕开船长血淋淋的衣服，从怀里拿出小药罐，水手的手有些哆嗦，一罐子的药粉全都撒在欧烈的伤口。

“星辰诸神会佑护你的，老欧。”明青石的声音颤抖。

欧烈的眼睛慢慢睁开，目光扫过周围的人，他看见麦门冬，轻轻嚅动嘴唇。麦门冬把耳朵贴了过去。“答应……我……找……血……骷髅……”微弱的声音传来。

“一定找到它，还有黑疤，我们绝不会放过他。”

“不……不是……是……真正的……血骷髅……”

麦门冬有些糊涂地看着欧烈，欧烈稍稍转头看着天然居的老人。“有他……知道……”船长的声音越来越微弱，表情却更加坦然。

明青石抑制不住悲伤。“我会把知道的都告诉他。”欧烈的眼神亮了亮。

“我们一定做到。”麦门冬郑重地说，“以九州星辰诸神之名，以大海之名。”

“以……大海……之名……你们……是……好……样……”

船长微笑着说完人生的最后一句话。

尾声

东方的天际开始微微泛白，黯淡的月亮和几颗晨星依旧守护在夜空之中。海滩上一片狼藉，最后几个海盗登上划桨小船，慢慢划向停在海面上的血骷髅号，一旁还停着铁锤号。昨晚之前，海盗们一直把血骷髅号藏在海岬后面。

“他们准备走了。”老烟斗说。

黑疤拿到了一切，黄金鱼，和他想要取走的性命，但不是全部。就像他曾经说的：你们会后悔的。所以，黑疤，迟早有一天你也会为你所做的一切后悔。

“还会带走铁锤号。”老烟斗又加了一句。

“不会的。”麦门冬说。

没等老烟斗发问，海盗们已经解答他的疑惑。一支燃烧的箭矢射中了铁锤号的主桅杆，起初还是一小片火舌，转眼火势在整个铁锤号蔓延。他们一定事先在铁锤号上浇过了火油，黑烟滚滚，熊熊燃烧的大火瞬间就吞没整条船。

血骷髅号拉起了风帆，扬长而去。

海盗们只留下了水手们的尸体，回到海滩的人默默地把死者聚拢在一起，同时也希冀还有什么人能活下来。希望越来越渺茫，他们找到了每一个水手的尸体，向晏、疤脸老四、黑仔头……

“老大，来看这里。”荆芥呼喊。

在宿营地的残骸中间插着一根木片，上面刻着几个字：“烂在岛上吧”。麦门冬拔出木片，抬脚将它一折两段。

他们花了半天时间搭起一座火葬台。

“每一次都应该是我被星辰诸神召唤，可是每一次都有人替代了我。”明青石神色悲哀地看着熊熊烈火中的那些尸体，除去老烟斗和钧青，火焰里是铁锤号上所有的人。“我不知道这是诸神对我的爱怜，还是惩罚?”天然居的老人颤抖声音说，“生命皆有一死，愿我们在天上相会。”

我们绝不会腐烂，麦门冬心事重重地转过身，直到现在霹雳焰消和紫苏都没有现身，一个可怕想法在麦门冬的脑海中挥之不去，他不敢说，如果黑疤抓走了她们俩……现在他连想都不敢想。

秋石向他走来，羽人的脸色平静，是因为他更坚强还是更冷漠?“老麦，我找到焰消和紫苏昨晚的痕迹，”麦门冬不敢发问，“是往树林里去了。”

星辰诸神佑护，他的心总算放下了一半。

“去找她们。”

老烟斗和钧青留下来陪伴明青石，天然居的老人不应该跟在他们后面折腾，游士是个睿智的人，已经失去了一位长者，麦门冬不想再失去另一个。离开前他们收集了足够多的食物，他的心中依然忐忑，霹雳焰消和紫苏至今没有出现，这件事本身就非常蹊跷。

在昨晚两艘小船靠岸登陆的地方，树丛中是霹雳焰消留下的痕迹，河络在树皮上刻了舞叶组才认识的标识，显然，她和紫苏发现了什么，一路追踪下去。麦门冬猜测她们有些急促，既来不及通知他们，也错过了后面与海盗的相遇。

标识一路往岛的东北方向而去，和当初他们出发去找黄金鱼的路线完全相反。这里的海岸线都是悬崖峭壁，植被更加茂盛。他们没有走太远的路，夜幕就已经降临，麦门冬选择在山崖下一块避风的地方宿营，燃起篝火之后，三个人围坐在一起，默默无语。

荆芥打破了沉默。“我们一定会找到焰消姐和紫苏的。”蛮族小伙半躺在一棵大树的树根下，嘴里嚼着随手摘来的草茎，“她们一定不会有事的。”

“她们当然不会有事。”麦门冬说。

“然后呢，我们该怎么办？”

这家伙什么时候变得那么能想事了？麦门冬闷闷地说：“离开这座岛。”他好像听见秋石发出的冷笑声，转脸望去，羽人面无表情地看着他。“是你在笑？”他狐疑地问。

“你想多了，老麦。”羽人干巴巴地回应他。

“铁锤号已经毁了，”荆芥忧心忡忡地说，“我们怎么离开这座岛？”

“我们……自己造船……”麦门冬觉得自己这句话说得很没底气。希望这两个家伙没有听出来，他想。

“木头有的是，可是绳索、帆，这些都很难。”荆芥皱着眉头说。

“我们有一条船。”声音从旁边的树丛中传来。

麦门冬一骨碌爬起身，短剑已经出鞘，秋石比他的速度更快，羽箭已经搭在了弓弦上，只有荆芥半坐起身子，用奇怪的眼神看着他和秋石。

麦门冬狠狠踢了对方一脚。“快起来。”

荆芥诧异地说：“你们俩干吗那么紧张，连焰消姐的声音都听不出来了？”

“是海盗把你们弄得太伤心了？”霹雳焰消从黑暗中走了出来。

“星辰诸神佑护，你们到哪去了？”麦门冬说。

霹雳焰消举起手，和荆芥、秋石依次击掌。“错过了和海盗的激战，中午的时候我们远远望见有人在海滩上，紫苏说是看见了你，她快哭出来了。”

紫苏紧跟着河络走出黑暗，她的脸上挂着笑容，却比哭还难看，边走边抹去眼眶里的泪水。

霹雳焰消走到麦门冬面前，河络的声音毫无波澜，但是眼神却泄露了心底的秘密。我们都在为彼此担忧。“谁还活着？”她问。

“明青石、老烟斗、钧青。”

“没有了？”麦门冬沉默地点点头，河络的脸色阴沉，“盘瓠大神在上，神会用姗姗来迟的正义考验我们，但绝不缺席。”

荆芥突然发出一声惊呼，一只足有一人高的野兽在紫苏的身后出现。麦门冬来不及想要拔出短剑，被霹雳焰消一把按住。

不是野兽，确切地说，是一个披着兽皮的野人，浑身黝黑长满了毛发，乱蓬蓬的头发一直垂到腰间，整张脸被胡须所覆盖，一块牛皮围住下身，除此之外身无寸缕。野人背着一张看上去非常粗糙的木弓，腰间还有一把斧头模样的家伙。

“他是什么？”

“水手，炎夏号的水手。”霹雳焰消说，“又是一个久远的故事，你们可以坐下来听。”

野人名叫苏彧，二十年前炎夏号上的副舵手，和铁锤号一样，炎夏号来到这里寻找黄金鱼，他们的遭遇比较倒霉，一船的水手包括查惕宁几乎全都丧命于独目霹蜚。水手们填饱了怪兽的肚皮，轮到后面的人，被怪兽咬成半截后随口抛掉。这就是查惕宁拖着半截身子死在树林里的原因。

总共有三个人活了下来，是炎夏号上的留守水手，所以躲过了劫难。可是没有办法离开这座岛，三个人没办法驾船。整整二十年过去，两个同伴相继死去，只留下苏彧一个人。依靠打野牛采食野果为生。

苏彧复述着自己的经历，他还没有完全恢复交流能力，说话一字一顿。

二十年，麦门冬忍不住打了个寒战，一辈子能有多少个二十年。他看着苏彧那张风侵雨蚀的脸，深深的皱纹如同山崖上的一道道缝隙，看上去比天然居的老人还要年迈。

“苏彧一直独自生活在岛上，从不靠近怪兽和黄金鱼的区域，我们刚来的时候他并不知道，直到不久前才发现海滩上的宿营地，所以昨晚来偷偷窥探，被我和紫苏发现了。”霹雳焰消接着苏彧的叙述继续说下去，“他看见了林子里被海盗们吊死的尸体，不敢贸然出现，发现我和紫苏后，也是拼命逃离，我们一路跟踪直到他在岛上的居所。我们的交流费了些时间，直到清晨我们在山顶看见远去的血骷髅号，还有铁锤号的残骸，才知道你们的险情。”

河络停了下来，“盘瓠大神在上，至少你们都还活着。”

篝火旁的气氛温馨了许多。“刚才你说有条船?”麦门冬说，“我也想过炎夏号，可它早就烂透了。”

“不是炎夏号。”野人苏彧说，他的话语逐渐流利，“十一年前岛上还来过一艘船，也是寻宝船。原本我以为他们会带我离开这座可怕的岛屿，可是没有人愿意放弃眼前触手可及的财富，他们没有听从我的劝阻，最后一船人都死了，可是船留下来了。这些年船烂了不少，但是花些时间一定能修补好。当初我一个人没办法驾船，现在，我们有一、二、三、四、五、六个人，”他用手指点了一圈，

“海滩上还有三个人，船不算很大，正好够用。”

星辰诸神佑护。麦门冬长长地吐出了口气，仰身躺倒在地上，一动不动。

“麦门冬，你怎么了?”河络的声音响起。

“有一点点伤心，也有一点点开心。”

他透过林中枝叶的缝隙看着遥远的夜空，星辰闪耀。

铁锤号——虽然它又破又小，大家还是用原来的船名为它命名——离岛出海的那天，艳阳高照。他们花了三个月的时间修船，还储备了足够多的淡水和肉干。这座岛上的野牛的确像野人苏彧说的那么多，所以铁锤号的帆也是用牛皮缝制的。

在船舷旁，荆芥和老烟斗抬起了木桶。“接受星辰诸神的祝福，生于海，死于海，以海为父，以海为墓。”明青石低沉的声音说。

站在甲板上的人齐声回应：“以海为父，以海为墓。”

木桶朝着海水倾斜，白色的粉尘落入海中，欧烈、水手长和船员们的骨灰瞬间与海水融为一体。

麦门冬从海面收回了目光。“升帆。”他大声说，“方向……”他停下来，看了看秋石，秋石冷漠地抬起手臂，“嗯，按照这个羽人指着的方向，全速前进。”

“是的，船长。”钧青一边和老烟斗、苏彧拉起帆索，一边大声说。

我们又回来了，麦门冬想，一切才刚刚开始。

舞叶组·珍珠眼

壹

铁锤号随着洋流在一望无际的海面上艰难前行，船首一次又一次被波浪高高托起，然后猛地劈向海面，白色的浪花顺势向四周溅射。十数只海豚在船的右舷前方畅快前行，它们时不时跃出海面，划出一道漂亮的弧形，再次落入海中，像是一群陪伴铁锤号的快乐精灵。

麦门冬出神地看着这群海豚，他想象着自己也能变成它们中的一员。有什么能比无忧无虑更让人舒心呢？可惜这样的时光总是太过短暂。

有人扶着船舷靠近他的身边。“船长，”一个白发稀疏的干瘪老头轻轻喊了一声，“我想问问，大概还要航行多久才能靠岸？”

这家伙姓什么，赵还是钱？麦门冬努力回忆，嘴上利索地回答：“水手长说了，离最近的岛还有七八天的时间。”

老头的脸上微微露出失望的表情。“这么长的时间呀。”他小声嘀咕，“真的很难熬。”

“这条船是破旧了点，不过很安全。”麦门冬笑嘻嘻地拍了拍老头的肩，决定管他叫“老钱头”。

老钱头和另外十几个奄奄一息的家伙是在三天前被铁锤号救起来的，当时他们挤在一条小舢板上随波漂浮，看见铁锤号来到他们身旁，这些人一个个哭得像刚出生的婴儿。可怜的绿萝号被海盗船洗劫一空，海盗们只在意船上的财宝和有用的水手，乘客们的性命就交给无上的大海来决定。这些可怜人无疑得到了大海的青睐，若不是幸运地遇到铁锤号，漂浮等死的日子只会比立刻要了他们的性命更凄惨。

即便是麦门冬也不愿意回忆曾经在海上漂浮的滋味，在黄金鱼岛上躲过血骷髅号的毒手后，他们用一条多年前留在岛上的破船离开了伤心地，它依然叫铁锤号，为了纪念欧烈老爹、尤镰，以及所有死在海盗手中的同伴。

只差一点点，我们也会死在海里。

铁锤号能够离开黑潮群岛是星辰诸神的眷顾和佑护，还有船上每个人的努力和坚持。不管怎么样，铁锤号有了一群正经八百的老水手：老烟斗、钓青、野人苏彧，得以奄奄一息地回到橄榄岛，他们花光了每一枚铜子重新修补了现在这条铁锤号，虽然它依然像堆破烂，但还是回到了海上。

海豚继续伴在铁锤号左右欢快地跳跃。

“船长，我们都是正经商人，从来没吃过这样的苦，您能不能让那个河络大婶通融一点？多给大家一些水和干粮。”老钱头满是皱纹的脸再次凑上来，可怜巴巴地低声说。

河络大婶，这个称谓很适合霹雳焰消。他心中忍不住地笑，面上板起脸，换上一副船长的威严表情，“今天吃够了，明天喝西北风？”

起初，被搭救上来的商人们对铁锤号感激涕零，但是很快就出现了抱怨声。船上的淡水和口粮是为船员们准备的，一下子增加了十几个不会干活只会吃吃喝喝的家伙，补给很快就捉襟见肘。好在有霹雳焰消这样的船需长，虽然每个人分到的量都不多，至少还没有人会渴死饿死。不过，再往后就不好说了。

老钱头哀号了一声，“就怕我们活不到靠岸。”

这算什么？比现在危难十倍一百倍的情况都遇见过。麦门冬不屑地看了对方一眼，决定看在对方一把年纪的分上再安慰老钱头一下。

“坚持一下，老大爷。”他突然回想起在鲑鱼号上的经历，“如果运气好，我觉得我们可以抢一艘海盗船，也许这样粮食和水就够了。”

老钱头惊骇地退了一步，吃惊地看着麦门冬，然后跌跌撞撞地跑下甲板。

少见多怪，麦门冬不满地看着老头的背影，这些商人们只知道敛财逐利，要他们懂知恩图报比教猪爬树还要难。

“你吓着他了，老麦。”头顶上传来懒洋洋的声音，身材高挑的羽人坐在桅杆上，银色的长发盘在头顶，一身的衣服干干净净的，看上去和这条破破烂烂的船很不搭，他一副刚刚睡醒的模样，把整个身躯都缩在船帆的阴影里。“不过，你的运气真不错，想要什么的时候总会有人送上门。”秋石一边说一边举起手臂，指着铁锤号后侧的海面。

麦门冬从怀里掏出金属的望远筒，这是欧烈船长的遗物，他闭起一只眼睛，把另一只眼睛紧紧贴在望远筒上。

在东南角的海面上，一艘三桅帆船正和铁锤号同向而行。

“你看见它挂着黑旗了？”麦门冬问。

“相信我，老麦，看到有些家伙走路的样子，你就会知道他不是好东西。”

麦门冬放下望远筒，煞有介事地点点头，随后大声喊：“水手长，左转舵两指。”

老烟斗从船舵后面探出脑袋，“是要改航向吗，船长？”他狐疑地问。

“去会会他们。”麦门冬指了指后方远处的船，“焰消、荆芥、紫苏，快出来，有活要干了。”

船舱里传来咚咚的脚步声，连甲板都忍不住颤抖。精赤上身的荆芥很快出现，被太阳晒得没有半分蛮人的影子，活脱脱是个黑黝黝的海民。紫苏跟在荆芥的身后，秘术师浑身都罩在兜袍里，在颠簸的甲板小心翼翼地挪动脚步。最后出现的是矮个子的河络，霹雳焰消拄着铁钎，一双乌黑的眼睛瞪着麦门冬。

“怎么了？”她问。

“海盗船。”麦门冬眉开眼笑地说，“有人给我们送补给来了。”

霹雳焰消皱起眉头，回头看了看船舱。“他们怎么办？”这几天她已经被那群救上来的商人烦透了。

“只要告诉他们一声，他们会照顾好自己的。”

船舱里很快传出一片令人头疼的鬼哭狼嚎，不止一个人冲出来跪在甲板上号啕大哭，麦门冬有些后悔自己的轻率，话不能说太满，事不能做太绝，好在还有天然居的老游士能帮忙，明青石带着钧青、野人苏或连哄带骗把众人赶到下层的舱室。

甲板上终于清静下来。“以后说话做事多用用脑子。”霹雳焰消冷冷地说，“你现在管着一船人。”

“早知道这么麻烦，不如你来做船长。”麦门冬笑嘻嘻地说。

铁钎落下来，砸在麦门冬的脚趾上。

“你疯了?!”麦门冬咧嘴喊叫，“痛。”

“盘瓠大神在上，麦门冬，多长点记性。想要做个好船长，想要找到你的圣湖岛，就该对每个人都尊重些。”

“难道不应该是你对我温柔些，我会陪你天涯海角去找到那个骗人的老河络。”麦门冬龇牙咧嘴地说。

河络发怒地盯着他。

“你们是继续打嘴炮，还是来对付海盗船？”秋石懒洋洋的声音从两人的头上飘了下来。

麦门冬连蹦带跳地从船头跑向尾舵，来到老烟斗身旁。铁锤号正斜斜地向远处的三桅帆船慢慢靠拢，他大声吆喝：“全体注意，准备迎敌。”

三桅帆船的速度比铁锤号快了许多，没等铁锤号靠近它，三桅帆船已经超过了铁锤号，很快拉开了双方的距离。

“怎么回事？”麦门冬疑惑地望着坐在桅杆上秋石，质问说：“你不是说那是一条海盗船吗？它为什么不来打劫我们？”

“也许觉得我们这样冲过去太过彪悍，老麦，它有点担心。”秋石挠了挠头，一副很无辜的样子，“要不，就是嫌弃我们太破烂。”

麦门冬恼怒地看着渐行渐远的三桅帆船，恨恨地往海里啐了口唾沫。“孬种，给海盗丢脸。”

“咦，后面又来了。”秋石脚踩在横杆上站了起来，“一艘、两艘，乖乖……” 他的脸上难得露出诧异的神情，“今天是什么日子？海盗开大会吗？”

铁锤号后方的海面上接连出现五艘不同的船只，单桅、双桅和三桅帆船，有的飘着海盗们惯用的黑色旗帜，有的什么也没有。霹雳焰消和荆芥凑到了麦门冬的身旁，谁也不清楚是怎么回事，连见多识广的老烟斗也不断摇头。

紫苏露出开心的表情，“老板，你挑吧，我们选哪条海盗船？”

麦门冬嫌弃地看了一眼秘术师。“去船舱告诉青石老爹，还有钧青和野人苏，让大家都小心些，不要多话。”自从紫苏开始用“老爹”呼喊明青石之后，大家顺理成章地把以前用在欧烈船长身上的称谓给了天然居的游士。“秋石，调整船帆，把速度减下来，看看他们究竟想干什么。”

五艘海盗船慢慢逼近。以一敌五，要是在陆上，老子连眼睛都不眨一下，麦门冬闷闷地想，可是如今是在海里。

“怎么办，船长?”老烟斗悄悄地问。

“谁敢先动我们，就让谁先倒霉。”麦门冬恶狠狠地说，“第一下绝不手软，镇住他们，后面的就会胆怯了。”他从腰间拔出短剑，朝着荆芥招招手，“拿着你的砍刀站在船头，要摆出凶狠的样子。”麦门冬吩咐说，发现荆芥有些茫然的神情，他连忙指手画脚，“懂不懂？就是谁敢招惹老子，老子就让他吃不了兜着走。”

“别那么多废话。”霹雳焰消扛起铁钎，“荆芥，你去装样子吓唬他们。”

“懂了，焰消姐。”荆芥扛起砍刀立在船头。

“秋石，不要在船帆里藏着，站出来，要威风凛凛的，把你的箭搭在弓上。”秋石看了一眼麦门冬，破天荒地没有反驳。“有这么一个羽人神箭手，哪个海盗船敢靠近?”麦门冬自问自答地说，对着秋石竖了竖大拇指，“能不能更加威武些，羽人，譬如说飞起来?”

秋石犀利的眼神冷冷地投了过来。

“飞不起来就算了。”麦门冬小声说。

“那我呢，老板?”紫苏问。

“你就站在你的焰消姐身旁，只要有船想要靠近过来，你就用秘术。”麦门冬吩咐说，“记住，要动静大的，又看上去很厉害的那种法术。”

紫苏点点头。

太阳渐渐偏西，晚霞映红了天空，海面也变得金光闪闪。

一艘比铁锤号大出许多的三桅海盗船从后面慢慢接近，到了彼此可以站在船舷看见对方面目的距离。

来吧，谁想做出头鸟？麦门冬从腰间拔出短剑，衔在嘴里，挤出一副狰狞的表情。他隐约看见一个船长模样的家伙站在船楼上，一边慌张地看着铁锤号，一边叫骂手下。海盗们在甲板上跑来跑去，不断拉动绳索调整船帆，海盗船很快从铁锤号身旁驶了过去。

他们害怕了。麦门冬松了口气，有些微微得意。太阳已经沉入了海平面，深蓝色的天空和大海就像被泼上一缸墨汁，漆黑的夜色不断蔓延。“干得好，伙计们。”他大声地拍手鼓舞士气，“别懈怠，后面还有四条船。”想了想又说：“再把风灯挂起来，让我们的船更有气势。”

几条海盗船上没有任何光亮，接二连三地从铁锤号的侧旁驶过，一团团黑影毫无停顿之意，急匆匆地投入昏暗的夜色中。

“跑得真快，一副急急忙忙去奔丧的样子。”老烟斗轻声地调笑说。

“我们镇住他们了，这帮胆小鬼。”麦门冬把短剑慢慢插回腰间的剑鞘，“以前我是一个好佣兵，现在算不算一个好船长？”

“还差得远咧。”老烟斗摇摇头，又跟了一句，“我这个人说话就是实诚，船长你别介意。”

麦门冬悻悻地扭过头去，远处的海面上隐隐约约有一团光点。“那是什么？”他问。

“船。”桅杆上的羽人说。

钧青不知道什么时候爬上桅杆，和秋石站在一起。

“只有一条船。”栗发年轻人大声说，“三桅帆船，很大，速度也很快。”

麦门冬眼珠转了转，“要不，就是它了。”我们现在需要打劫一艘落单的海盗船。

三桅帆船来得非常快，麦门冬不需要望远筒就能看见甲板上晃动的人影。

“人不少啊。”他大声说，“要好好打一架了。”

荆芥拿着砍刀走到船舷旁，“没问题，老大。”蛮族小伙一声大吼。

“老烟斗，把我们的船靠过去。” 麦门冬兴奋地搓了搓手。

铁锤号缓慢地向逼近的三桅帆船靠拢过去。“好快的船，等等，它的形状有些特别。”钧青皱眉说，“是枭船，我看见了海皇的旗帜。”

“海皇的船?”麦门冬一下子泄了气。

每个新出海的人——大概除了麦门冬——第一件事就是学会识别海皇的战舰。那些细长的隼船属于快速战舰，更加大的是枭船，可以进行外海的远航。

“他们挂起风灯了，我能够看见他们的船名，是……海武士号。”

麦门冬猛然记起箕之洲岛海湾码头的热闹景象，还有矮个子水手的话，海武士号是外海都护府最好的战舰，他们是来追捕血骷髅号的。

“刚才……怪不得。”老烟斗自言自语地说，瞥了一眼麦门冬。

因为后面有一艘装备精良的战舰，那些海盗船才对铁锤号避而不掠，或许他们已经被海武士号追逐了许久，所以海盗船长们一脸的生无可恋。

有时候，真相总是来得又快又让人沮丧。

“船长，海武士号挂出的风灯信号，让我们投降。”钧青说。

海船上的风灯都是河络的手艺，用铜铁合金做成灯架子，四周嵌入打磨成薄薄的晶石细片，蜡烛放在里面既安全又不易熄灭。

“投降?”麦门冬不满地说，“什么意思?”

霹雳焰消冷冷地哼了一声，“你这副急吼吼的扮相，人家大概以为我们是海盗船。”

麦门冬看了一眼站在船舷旁张牙舞爪的荆芥，“回应他们，我们不是海盗，然后把帆撤下来。”

钧青和秋石调整桅杆上风灯的位置，摆出灯语。铁锤号开始慢慢地减速。天色已经完全黑了下来，星辰闪烁，月亮比几天前丰满了许多，妖娆地挂在夜空一角。

海武士号的船影越来越大，飞快地向铁锤号靠拢，借着风灯的光亮，麦门冬看见对方船头站立的羽人战士，他们身着像衣袍一样轻便的灰色锦铠，这是用特殊的刀蚕丝编织成的甲胄，韧性十足。

铁锤号完全停了下来，随着海浪漂动。海武士号来到它的旁边，羽人的军舰比铁锤号高出大半个船舷，一排羽人士兵们搭着羽箭，居高临下地瞄准他们。

“我们不是海盗，大人。”麦门冬举起双手大声说。

“是不是海盗，你说了不算。”海武士号上传来一个严厉的声音，“把所有的船员都叫出来站在甲板上，别耍花样。”

老烟斗钻进船舱，片刻之后一整群的家伙从船舱里冒了出来，抖抖索索地站在甲板上。

“还有多少人?”海武士号上的声音有些不耐烦。

麦门冬回过头，直到看见老烟斗陪着明青石走上甲板。“都在这里了，大人。”

两个吊板从海武士号上斜斜地放下，钩住铁锤号的船舷，在两条船之间搭出简易的便桥，一名羽人军官带着六个士兵走上铁锤号。军官穿着和士兵不同的白色铠甲，上面纹着海皇的标识，士兵们手握细长轻薄的牛尾刀，谨慎地看着铁锤号上的人。

“谁是船长？”刚才严厉的声音就属于眼前这个羽人军官，他看上去非常年轻，一张俊俏的脸庞，灰白色的长发和浅蓝色的双眸。

“我是，大人。”麦门冬跨前一步说。

和官吏们打交道是件辛苦的事，要时刻察言观色，小心谨慎。

“海武士号奉令在外海清剿海盗，一切过往船只必须配合检……”军官的话还没说完，麦门冬身后的人群爆发出欢呼雀跃的声响，一群人往羽人们身旁涌去，士兵们立刻把武器对准靠近的人群。

“干什么？”军官厉声说，“都给我回去站好。”

绿萝号上的难民们委屈地嘟囔，重新回到刚才聚集的地方。羽人军官扫视了一眼麦门冬，目光又越过他，看着甲板上的人群，眉头紧紧皱起。“你们到底是什么船？”他问。

“大概算寻宝船。”麦门冬耸耸肩回答说。

“大概？”羽人军官语气充满了不快，“你少给我油腔滑调。”

“我们原来是一艘寻宝船，后来船被海盗烧了，现在这条船是我们用荒岛上的遇难船重新修起来的。”麦门冬侧身指了指身后的人群，“这些人是两天前我们在海上救起来的，他们的船被海盗洗劫了，把他们扔在海里自生自灭。”

“给我看你的船牒。”

“和原来的船一起被烧了，大人。”麦门冬老实回答。

海皇治下海域，所有船只都会在三个都护府办理船牒，上面有船的名字，还有海皇的印章。商船凭着船牒才能在溟海、涩海进行行商贸易，而寻宝船和探险船更多地出现在外海，船牒是护身符，海民们有自己的王和律法，海皇雪凌澜不止一次承诺会保护自己的子民。

“谁能证明你的话？” 羽人军官口气不善地问。

麦门冬指了指身后的难民们，“他们可以，大人。”

甲板上的一群人在老钱头的带领下纷纷哀号，“大人要为我们做主，一整船的货都被海盗抢走了，是我们辛辛苦苦一辈子的积蓄啊。”

“之前呢？”羽人军官不耐烦地打断，老钱头愣了愣，眨巴眼睛看着羽人军官，羽人军官指着麦门冬问：“他们之前是干什么的，你们能证明？”

“不，不能。”老钱头缩了回去。

麦门冬挠挠头，“这可不太好办，大人，我们的船是被血骷髅号烧的，要不，你问问血骷髅号？”

怒气从羽人军官脸上一闪而过。我不该得罪他的，可有时候就是管不住自己，麦门冬心想，不过，他像是故意找茬。

“船上为什么会有河络？”羽人军官突然问，他的目光轻蔑地扫过霹雳焰消。

麦门冬闭上嘴，这个时候不用着急说话，反正有人会怼回去。

“大人，有律法规定河络不能做水手吗？”霹雳焰消冷冷地说。

羽人军官皱起眉头，“你在船上是干什么的？”

“厨子，兼管船需。”

“为什么还会有羽人？”

羽人军官举起手，指向船桅的阴暗处，秋石安静地坐在横杆上。

麦门冬突然明白了羽人军官找茬的缘故，秋石才是真正的原因。

“他是我们的同伴。”他回答说。

羽人军官并不理睬麦门冬。“你，下来，让我看清你的脸。”他对秋石说。

秋石懒洋洋地跳下桅杆，站在霹雳焰消身旁。

除去鲛人，羽族借助航海技术和星相保持着海上的优势，长久以来他们并不希望这些技术被其他族类掌握，这也是外族海船上基本没有羽人水手的缘故。这家伙就是因为发现秋石在船上，才会这样刁难我们，麦门冬想。

“你在这条船上做什么?”

“甲板夜守、瞭望哨、弓手、厨子帮工，大人，我是个天性随意的羽人，什么都能做。”

羽人军官的目光比刚才还要犀利。“你是哪里人?”

“宁州，齐格林。”

“为什么会在人族的船上做水手?”

“混口饭吃，大人。”

羽人军官冷冷地“哼”了一声，“你难道不知道在齐格林的港口有很多船因为水手不够而无法出航?”

“因为他们只招募羽族水手，”秋石语气懒散地回答说，“我喜欢和不同的人在一起，譬如身边的这个河络就挺不错，打架是个好手。”

麦门冬忍住没有笑出来。羽族不喜欢和河络交往，后者也一样，他清楚记得秋石刚刚加入舞叶组时，霹雳焰消常说的一句话是：“那个高傲得没有朋友的家伙是不是脑子有问题?”不过大多数人并没有自己想象的那么固执，麦门冬一直相信，除去星辰诸神，时间是这个世界上最神秘也是最宝贵的东西。

羽人军官大概不会这么认为，也许是他还太年轻。“羽人不该承受背井离乡的伤痛，”羽人军官的眼神闪烁，“你应该回齐格林，月门的武神殿时刻召唤你们回归青都。”

秋石缓缓摇头。“大人，你可能很久没有去齐格林了，武神殿不在月门，它在良夜古道。”

羽人军官的眼神咄咄逼人。“不错，你真的在齐格林待过。”秋石面无表情地看着他，“你什么时候在这条船上做水手的？”

“很久了。”

“之前呢？”

“在另一条船上。”

“什么船？”

“鲑鱼号。”

“谁能证明？为什么离开？又是怎么到这条船上的？”羽人军官一连串地问话。

秋石神色越发冰冷。“大人，有什么问题？”

甲板上异常安静。“没有任何问题。”羽人军官冷笑着说，“我问，你答。”

麦门冬忽然发出大声的咳嗽，“大人，海鸟在天空盘旋鸣叫，是因为看见了水底下的鱼群。虎鲸会成群结队地追逐比它身躯更庞大的猎物，长途跋涉直到将对方活活累死。对了，还有海巨蟒，从来不会对身边的鱼虾感兴趣，它只会袭击那些海面上漂浮的阴影，它知道那上面才有它的食物。”

羽人军官的表情带着些许的疑惑，他看着麦门冬。“你想说什么？”

“大人，如果您是要抓海盗，我敢肯定他们还没有走远。”麦门冬指了指前方的大海，“不该在我们这条小破船上费心费力。”

甲板上有人笑起来。

“用不着你来教训我怎么做。”羽人军官的脸色阴沉得像暴雨前的天空，“我就是在查海盗，而且觉得你们就很可疑。”

“大人，我的船长说得对。”甲板上传来一个年迈的声音，并不洪亮，但是比年轻的羽人军官更有气势，“如果大人是在怀疑这条船，您可以去货舱看一下，或者是您想看的任何地方，这条船和船上的水手都能证明自己的清白。”

天然居的老人从人群中慢慢走了出来。

“我当然会。”羽人军官恼怒地看着明青石，他从腰间拔出了佩刀，“听好了，统统蹲下，谁也不许妄动，我要彻查这条船。”他把刀尖指着麦门冬，“船长，你是第一个。”

贰

“别闹了，纬沐。”

黑暗中飘过话语，来自高大的海武士号，随着话语一起的还有走在便桥上的脚步声，士兵们簇拥着一个银白色长发的中年羽族男子跳上铁锤号的甲板，中年羽族男子穿着一身锦织长袍，双眉乌黑，一双深蓝色的眼眸，高挺英气的鼻子，比年轻的羽人军官还要俊朗许多。

军官立刻施礼，中年羽族男子指着明青石说：“这位老人我认识，我可以向星辰诸神保证，他绝对是一个正直的人。”

明青石的脸上露出诧异的神情，随即笑起来。“太巧了，汤英棋大人，居然在茫茫大海之中还能遇到熟人。”他拱手施礼。

对方微笑说：“青石先生，我们有多久时间没有见面了？五年还是六年，年纪大了记性就不行，老朽了。”

“大人说笑了，正值壮年，何言老朽？”

“心老了，身体就会跟着一下子衰老。漂泊的时间太长了，我都快忘了宁州神木园的年木是什么样子的了。”中年羽族男子的眼神变得迷离，似乎沉浸在回忆之中，片刻之后他惊醒过来。“对不起，让老朋友笑话了。来，我给你们介绍介绍。”他指了指身旁那个高傲的年轻羽人军官，“纬沐，我的副舰长，从齐格林来的年轻人。我很喜欢他，假以时日，年轻人会比我们更有作为。”

“你还在做舰长?” 明青石问。

中年羽族男子回头望了一眼身后的海武士号，声音充满傲气，“让那些繁琐虚伪的公务见鬼去，我就是喜欢大海和战斗，我还有一艘这片大洋中最好也是最厉害的船。”

“你一点都没变。”老人说。

中年羽族男子微微一笑表示回答，随即有些好奇地打量麦门冬，视线又移向霹雳焰消和秋石。“青石先生，你竟然也开始跑船了?”

“说来话长。”

“那好啊，海武士号上有的是好酒，我们叙叙旧吧。”明青石稍稍露出为难的表情，四下看了看，羽人统领哈哈大笑起来，目光望向麦门冬，“我觉得你的船长是个聪明人，不会反对的。”

麦门冬微微一笑，没有说话。

“大人，这条船我必须检查。” 纬沐突然开口，语气直愣愣的，“就算是你的故人，我也有海皇陛下赋予的使命。”

羽人统领挑了挑眉毛。“怎么样，我说这些年轻人不一样吧。”他的第一句是对着明青石说，后一句向纬沐吩咐，“去查吧，如果是正经的商船或是探宝船，别为难他们。”

纬沐点点头，把刀收回刀鞘，径直走到麦门冬的面前。“船长，陪我去船舱看一看。”他的言语舒缓了许多，眼神依旧冰冷犀利。

麦门冬独自来到甲板，已是后半夜，扑面而来的海风吹走了一丝烦躁，他看见黑暗处一亮一暗的红点，老烟斗正在守夜。

“怎么不睡？”老烟斗边说边放下手里的海泡石烟斗，“今晚有一艘海皇的战舰守在我们旁边，难得可以一觉睡到大天亮啊。”

“睡不着，船舱里又闷又热。”麦门冬走到老烟斗身旁，熟练地从对方怀里摸出一片烟果叶，卷起来点燃，塞进嘴里狠狠吸了一口，青烟缭绕之中，麦门冬觉得自己越来越喜欢这股味道。

“知道那些海盗船是怎么回事吗？”

麦门冬摇摇头。

“从龙王岛蛟陵水寨出来的，自从我们一把火烧了半个寨子，那里伤了元气，不少海盗船陆续离开。海武士号借着机会守在这块海域，已经搞掉了好几条海盗船。”

“你怎么知道的？”

“聊呗。”老烟头仰头用下巴指了指海武士号，“那些羽人士兵又不是吃人的怪物。”

麦门冬又吸了一口烟果叶。“他们知道血骷髅号的下落吗？”

“这可没说。”老烟斗拍了拍破旧的船舷，“我们现在这样子，也没法对付血骷髅号。”

一阵响声从海武士号上传来，两个羽人士兵扶着脚步踉跄的明青石小心翼翼地走下便桥，那位汤英棋大人笑嘻嘻地跟随在后面。麦门冬和老烟斗连忙迎了过去，明青石的脑袋已经耷拉了下来，脸庞红扑扑的，浑身散发着一股酒香。老烟斗连忙从羽人士兵手中搀扶过明青石，架着他往船舱里走去。

“船长。”羽人统领喊了一声。

“大人。”麦门冬停下脚步。

“带我参观参观你的船。”

麦门冬不明白这位大人的意图。年轻的羽人军官已经把整条船从头到脚查了个遍，他并没有隐藏自己的敌意，甚至在检查结束后，用严厉的口气告诫麦门冬不该雇佣一个羽人水手。麦门冬笑嘻嘻地回应说，自己没有权力这么做，这条船属于公产，至少有九分之一属于那个羽人。是的，他们九个人一起修好这条船，离开了黄金鱼岛。

羽人统领往船头走去，麦门冬紧紧跟在他的身后。汤英棋看着他们用牛皮缝制起来的船帆，还有各种树皮绳和破烂的船锚，啧啧称奇。

“星辰诸神，能够把一条十几年前的破船重新驶回大海，我该说你们是太勇敢还是太疯狂？”

这位汤大人似乎已经知晓了很多东西。“如果不疯狂一点，现在我们依旧在黑潮群岛过着野人一样的生活，而且很有可能在那里终老一生。”麦门冬说。

“你们有属于大海的秉性。”汤英棋转过身，饶有趣味地看着麦门冬，“永远的冒险精神。”

麦门冬没有回答。

“听说你们的前一任舰长死于黑疤之手。”

“是的。”

“我来就是为了抓捕血骷髅号和黑疤，它没法再猖狂多少时间了。我保证，到时候会有一场盛大又公正的审判，你们每个人都能亲眼见到那群恶棍吊死在海皇陛下的都护府前。”

他是个勇武善战的人，不畏风暴，追求荣誉，受到士兵的爱戴，看得出就连明青石也喜欢他，可是似乎又太过骄傲，麦门冬想，不过也可能问题出在我身上，他们是正规的海军，强过我们百倍。

“青石先生说，你们也在追捕血骷髅号。我理解你的想法，不过就算你们和海盗有再大的恩怨，我们才是海军。”

“大人，我们并不想越俎代庖。我在陆上的时候是赏金猎人，据我所知，海皇陛下的都护府也列出过抓捕海盗的赏金。”

笑容浮现在汤英棋的脸上，不过他的眼神却没有表情那么亲切。“我欣赏你的执着，船长，你们可以去尝试一下。不过当务之急，还是先换条船吧。”

这是我的软肋，麦门冬闷闷不乐地想，我们现在几乎一无所有。

汤英棋向船头走去，麦门冬跟在他的身后，夜风吹拂起羽人统领的长发，他的腰杆挺得笔直，这是一个军人永远的做派。

“纬沐希望我带走你们的那位羽人水手。”

“大人，我们一向遵守律法，无论是在人族帝国还是对于羽族的海皇陛下。”

“船长，相信你在做佣兵的时候就懂的，这世上总有些事情和你遵不遵守律法没关系。即便是人与人之间为了彼此利益都会说一套做一套，何况国与国、族与族。”羽人统领抬手阻止麦门冬说话，“羽人不应该给外族人做水手，想必你懂其中的缘由。如果我们真的要带走他，总可以找到理由的。”

麦门冬沉默地看着对方，如果他真的要带走秋石，就不会说出现在这番话了。

“纬沐是个年轻人，我像他这个年纪的时候也很执着，而且更加冲动，总以为只有自己做的事是正确的。过了很多年，经历过很多事之后我才明白了一个道理，仅仅判断对和错，这样的方式无法解决世间的大多数问题。”羽人统领叹了口气，转脸看着麦门冬，“我不希望他也碰得头破血流。”

麦门冬斟酌自己的用词。真是一件辛苦的事，即便对方似乎是个和善的人，但他依旧是个官，还是个大官。

“有您这样的上司，是他的幸运。”

汤英棋笑了。“你们都是聪明人，我看人从不走眼，希望你和你同伴们好运。”他离开船头向船舷走去。

所以，秋石的事到此为止了吗？麦门冬随着对方的脚步，不要多话，他告诫自己。

踏上搭在两条船之间的便桥时，汤英棋停下脚步，回头问：“知道十二星芒岛吗？”麦门冬摇了摇头，“青石先生知道那里，你们可以去碰碰运气，那里有一群古怪的秘术师，或许你们的战利品能够卖个好价钱。”

独目霹蜚的眼珠，麦门冬恍然大悟。“谢谢大人。”

“我喜欢和像你们这样的家伙打交道。”汤英棋微笑说，“对了，明青石请我给你们留下些淡水和食物，一会儿我派人送过来。不用谢我，我以前欠过他的。”

麦门冬目送羽人统领的背影走上海武士号。

羽人士兵们送来给养之后，撤去了临时的便桥和固定两条船的绳索，海武士号迅速地升起船帆，顺风而去。麦门冬站在船头看着对方远去，海武士号上的风灯起初还是些闪烁的光点，不久就消失不见。

“怎么，被感动了吧？”

麦门冬被头顶上突然传来的话语声惊吓了一跳，他抬起头，秋石从桅杆上的牛皮帆里露出脑袋，随后跳下了甲板。

“你一直都在上面？”

秋石点点头。羽人又令人发指地换了身衣服，露出白皙双臂的无袖褂子，宽松的棉麻长裤。

“都听到了？”麦门冬问。

“根本没什么好听的。”

麦门冬觉察出一些东西。“你好像不喜欢这位羽族大人？”

“我喜欢过谁？”秋石反问。

“这倒也是。除了我以外，荆芥勉强可以，紫苏脾气不错，就是太笨了，如果霹雳焰消不是河络，你可能喜欢她还会多一些。”

“老麦，”秋石看着麦门冬，“我就喜欢你这种没羞没臊。”

整个鹿盔岛像个热闹非凡的集市，各种作坊、古董店，大大小小的酒馆、旅店和赌场，甚至有一座长门修会的圣堂。海湾里停满了形形色色的船只，当铁锤号驶进船坞的时候，又一次引来了众多好奇的目光。

“好多人都在盯着我们呢。”紫苏趴在船舷上，有些兴奋地看着岸上。

“因为他们很少见到垃圾船。”老烟斗说。

“垃圾船？我还是第一次听说有专门运送垃圾的船呢。”

老烟斗咳嗽了一声，“是我们的船像一坨垃圾。”

“哦。”紫苏恍然大悟地点头，“我觉得那是他们还没见到过我们的鲑鱼号。”

麦门冬听不下去，“准备靠岸。”他吼道。

“瞧见那里的岛屿和城堡了吗？”明青石来到麦门冬身旁，指着鹿盔岛北面的海域，隔着数海里的距离，一座雪白色的城堡占据了整座小岛，“那里就是十二星芒岛。五十年前鹿盔岛只是一座无人的岛屿，后来秘术师们在十二星芒岛建起了玉石堡，公开收购各种星辰法器，秘术师们一向出手大方，临近的鹿盔岛慢慢成了商人们的聚集地，于是变成了现在的模样。”

“我们为什么不直接去十二星芒岛呢？不是和秘术师们做交易吗？”

“听说秘术师们不太喜欢见外人，他们在鹿盔岛上设了代理人，只有经过代理人们的安排才能和秘术师做买卖。”

“这就是说，我们必须先喂饱他们。”麦门冬望着岛上热闹的集市，“有什么办法能让我们不被这些吸血鬼压榨吗？”

明青石摇了摇头。

之前在大停泊岛把绿萝号的难民商人送上岸，铁锤号终于清静了下来，补充了一些必要的给养，又稍稍整修了一下，这几乎用光了所有人能够找到的每一枚铜子。现在，除了一颗独目霹蜚的眼珠，他们基本上属于一无所有。

万事都有解决之道，麦门冬看着远处的十二星芒岛，要么改变别人，要么改变自己，他想。

铁锤号在船坞的一角找到停靠的位置，现在已经没人关注他们了，商人们一向讲究实际，之前的关注是因为好奇，一旦发现无利可图，人群散去的速度比火焰熄灭还要迅疾。

临上岸前，天然居的老人把自己所知道的情况一五一十地告诉了大家，麦门冬决定带着焰消和老烟斗上岸，做生意不是打架，用不着这么多人一拥而上。

他们穿过热闹的码头街区，到处是水手和寻欢作乐的酒鬼，大多数时候两者又是一致的，一个醉醺醺的家伙试图去摸霹雳焰消的脸，肚子上立刻挨了结结实实的一下铁钎，倒在地上动也不动，没人管他，同样满身酒气的同伴只会在旁边哈哈大笑。

穿过一座石头桥之后，路旁比起码头周围安静了许多，明青石交代说鹿盔岛上唯一的道路环绕整座小岛，现在他们走在这条宽窄能并行三四人的道路上，一侧是林立的石头房屋，另一侧是金黄色的海滩，石头屋多是两层，底层是商铺，堆满了很多麦门冬看不懂的古董或是法器，也有金铺和铁铺，屋子外侧有三四根石柱撑起二楼，窗户位置或卷或挂着细竹帘。商铺门口多有一两个守卫，赤裸胸膛，浑身上下纹满了古怪或是骇人的图案。

不远处的海滩上竖着木架，一个吊着的人形随着海风微微摆动。

“那是什么？”霹雳焰消皱眉问道。

“死人。”路旁传来话语，一个双臂纹着海巨蟒的光头大汉倚靠在店门外的石柱上，目光有些好奇地打量他们。

“他做错了什么？”

“偷东西的贼，还试图从监狱中逃跑，刺伤了守卫。”

“监狱？”麦门冬问，“这座岛上有海皇的巡守府？”

“那个女人离这里十万八千里。”光头汉子的笑声带着不敬，他指的是海皇，“这座岛是里丙老爷的岛，他说了算。”

外海浩瀚，海皇的势力也只是触及小小的一部分。麦门冬想起欧烈的话，大海所及之处，海民们有自己的律法。他冲着光头汉子点了点头，“谢了。”明青石说这座岛上最有权势的是秘术师们的代理人，是不是光头汉子嘴里的里丙老爷？“我们要去行商之堂。”

在行商之堂找到秘术师的代理人，向他提出你的交易请求，代理人会安排你去十二星芒岛。如果不合心意，他也有可能拒绝你。明青石并没有说出什么样情况会不合代理人的心意，他也一无所知。

对方指着前方，“那座最高最大的石屋就是。”

行商之堂由巨大的方石砖垒砌，底层是又宽又深的走廊和庭院，左右两侧各有石梯通向二楼，庭院里搭着石架，绕满了藤蔓植物，像一座巨大的绿色帐篷，下面摆放十几张石桌，此刻只有三四张桌子旁边坐着人，一个端着酒壶酒杯和食物的侍者脚步懒散地走在其间。

老烟斗掏出一片烟果叶塞进嘴里嚼着，“就像个大酒馆。”

麦门冬走向僻静角落里的一张空石桌，按照明青石交代过的方式，他掏出一块海滩上捡的鹅卵石，放在桌子的正中央。

一个不知从哪里冒出来的圆脸女孩向他们走来，同样一身侍者的打扮。“喝什么酒，还有吃的？”她问。

“你们这里最便宜的。”麦门冬一边说一边从怀里掏出小布袋，抖落出三个铜子放在桌上。

圆脸女孩瞥了他一眼，转身离去。

带上大海馈赠之石，喝一口商堂之酒，才有资格见到秘术师的代理人。

麦门冬环顾四周，几张有人的桌子上都放着鹅卵石，看来大家的目的是一样。三个穿着越州沿海一带服饰的老人占据了一桌，旁边的桌子是独自一人穿金戴银的大胡子男人，两桌人都在沉默地等待，偶尔拿起杯子喝一口酒。唯一的热闹来自石厅中间，两个赤膊上身的艺人正在表演飞刀之类的杂耍，几个仆从打扮的人捧着各种各样的吃食侍立两旁，唯一坐在桌前的枯瘦男人正在专注地享受桌上的食物，只是看上去他似乎并不满意，每次喝一口酒之后都会放下杯子，发出重重的一声叹息。

“什么毛病？”霹雳焰消说，声音既不响也不轻。

麦门冬转过头，瞧见枯瘦男人旁边的桌子上，有人抬起头往这里看了一眼，几个家伙都穿着露出胸肌或是臂膀的坎肩马甲，神色严肃。按照枯瘦男人的排场架势，这些人应该都是他的随从保镖。

“姑奶奶，轻点说话好不好?”麦门冬低声说。

霹雳焰消哼了一声，没有再说什么。圆脸女孩再次出现，把一只样貌丑陋破烂的酒壶放在桌上，还有三只满是污垢的缺口木杯。

“我们什么时候能见主人?”麦门冬问。

“等着。”女孩飞快地回答。

在女孩转身准备离开的时候，麦门冬的目光扫过她的身后，一个小个子的男人从二楼出现，带着满脸轻浮的笑容顺着楼梯走下。如果不是戴着镶着金丝的华丽帽子，麦门冬不会那么快就注意到他。麦门冬在第一时间从座位上站了起来，向小个子男人冲了过去。

最先注意到麦门冬的是枯瘦男人的几个保镖，他们几乎同时起身各自拔出腰间佩带的武器。麦门冬抬腿跨上一个石凳，随即踩上石桌，又从这个石桌上跳到另一个石桌。戴着金丝帽子的家伙看清了麦门冬的相貌，露出吃惊的神情，指着麦门冬大声叫喊：“小心，是刺客。”

喊叫声对那群神经兮兮的保镖起了作用，有人向麦门冬冲来，麦门冬挥出短剑格挡住对方的弯刀，跳上了前方的空石桌。第二个家伙用短矛向他的双腿横扫过来，麦门冬眼角的余光扫视到紧随他而来的霹雳焰消，于是毫不顾忌地继续向前冲去。身后传来霹雳焰消的铁钎和短矛撞击的声响，还有河络扯着嗓门的大喊。

“和你们没关系，我们要找的是那个海盗。”

戴着金丝帽子的海盗已经转身跑回二楼，麦门冬紧随对方的身影。你跑不掉的，花帽子高丁，他愤怒地想。

麦门冬登上二楼，偌大的厅房中摆放着矮桌和矮凳，桌子后面是华丽的紫檀软榻，铺垫着厚厚的狐狸毛皮，一个白脸的胖子斜靠在软榻上，高丁正奔向对方。

“大人，救命。”海盗喊叫。

麦门冬猛扑上前，伸手抓向高丁的后肩。空气似乎出现细微的颤动，麦门冬警觉地收手，眼前没有任何变化，但是他嗅到了危险的气息。高丁又一次拉开了和麦门冬的距离，麦门冬举起短剑准备投掷，剑身突然一紧，似乎被什么东西缠绕，一股古怪的力量随即涌来，几乎扯走了短剑。他立刻转动手臂，抵抗那股抢夺短剑的力量。

不知什么地方传来低低的声响，短剑上的力量突然消失。

麦门冬后退了几步，站定身子之后用短剑护住前胸。他已经看清刚才扯动短剑的力量来自几根透明的丝线，若不仔细几乎很难发现它们的存在。麦门冬警觉地观察周围，除了高丁和软榻上的胖子，没有其他人影。

高丁站在了软榻旁，慌张的神情随即退去，恢复成一贯的轻浮模样。“大人，我记得这是您的地盘。”他边说边挑衅的模样看着麦门冬。

“不用你提醒，我的记性一直很好。”胖子懒洋洋地说。

“那就好。”高丁拉扯过桌子旁边的一张凳子，准备坐下。

“我不是让你走了吗？”胖子突然说，“你没听见？”

高丁一下子有些尴尬，指着麦门冬说：“那个人想要……”

“我们的生意已经谈完了。”胖子打断他，“别浪费我的时间。”

“可是……”

“这是我的地盘，你是傻还是蠢？”

楼梯上传来脚步声，霹雳焰消和老烟斗冲上了二楼，麦门冬伸出手拦住了两人。

“那么大人，我告辞了。”高丁犹犹豫豫地说了一句，他离开了软榻，小心翼翼地绕过麦门冬往楼梯走去。

霹雳焰消横跨了一步，她看出蹊跷，并没有贸然攻击高丁。一根透明的丝线从软榻后方笔直地刺了出来，拦截在霹雳焰消和高丁之间。

“小心。”麦门冬轻轻提醒。

霹雳焰消用铁钎轻轻地碰了碰那根透明丝线，丝线紧绷。“虫冢，蛛丝。”河络回看了麦门冬一眼。

一个传说中的古老组织。

“好眼力。”胖子的声音又尖又细，“远来是客，只要带着海赐之石，喝过商堂之酒，就是我的座上嘉宾。”他看了一眼霹雳焰消，“这里可以谈生意，但是不能见血。”

“这个人杀了我们的兄弟，他是个海盗。”麦门冬说。

“我不管你是海盗还是杀手，商堂之中只有生意人和货物。你们的恩怨，只要双脚离开这座岛只管随意。但是在岛上，记住，只有我说了算。”

麦门冬在心里飞快地盘算。“打扰了，大人，我们这就离开。”他拱了拱手。

“那怎么行。”胖子的脸上荡起笑容，“谈完生意再走。”

“我们暂时不想做生意了。”

胖子拉下了脸，“你当我这里是什么地方？想来就来，想走就走吗？”他忽然又堆起了笑容，指了指矮桌前的凳子，“来吧，一笔生意妨碍不了你们的恩怨，星辰诸神教诲我们，来日方长。”

高丁悄悄地往楼梯走去，老烟斗向他靠了过去，有一根蛛丝直射出来，若不是霹雳焰消一把扯住老烟斗，蛛丝险些刺中他。

“你们是一起的，就一起坐下谈。人生有限，请不要浪费我的时间。”胖子的声音懒洋洋的，语气中带着一丝威胁。

麦门冬盯着海盗，飞快地做出决定，来日方长。他转过头去，大步走向矮桌，在胖子对面坐了下来。霹雳焰消和老烟斗没有说话，各自在他身旁坐下。

胖子脸上的笑容更盛，“各位有什么好货色?”

老烟斗解下背着的包袱，捧起来放在桌上。麦门冬一层一层解开，露出里面足有一个酒桶大小的眼珠。

“是什么?”胖子的脸上露出好奇的神色。

几个人影各自从石柱后面冒了出来，一个是满头白发的老河络，一个是穿着长袍的淡金发羽人，还有一个是跛脚的中年人族，他们快步来到桌前，中年人族对麦门冬做了个手势，“可以吗?”他客气地问。

麦门冬点点头。河络、羽人和中年人族各自从衣袍中掏出工具，纤细的探针或是能够放大物体的镜片，还有麦门冬从未见过的古怪玩意，三人围在眼珠旁边认真察看，不时轻声交流。

过了足足一炷香的时间，三个人相继离开矮桌站在软榻旁。

“破损野兽眼珠一枚。”中年人族垂头低语说，“价格低贱，一百枚银铢。”

麦门冬紧紧皱眉，“这不是普通的眼珠，它属于一只填盍兽，有秘术的力量。”

胖子优雅地拿起软榻旁的水晶杯子，浅饮了一口玛瑙色的酒。“这是常有的事，客人们和我的鉴定师们总是在价格上不一致。”他不紧不慢地说，“我是个慷慨大方的人，我会在鉴定师们给出的价格上翻个倍，你们看怎么样?”

“您大概没有弄明白我们的意思。”麦门冬摇头说，“这个眼珠对于普通人来说的确没有什么用，而我们是想和玉石堡的秘术师们做交易，他们更懂得它的价值。”

胖子叹了口气。“这句话我一天能听到十七八次，每个人都在喋喋不休地抱怨，实际上，他们没有并搞清楚状况。抱怨不会带来任何好处，只会暴露自己的无能。”他放下手中的酒杯，抬眼看着麦门冬，“钱当然是个好东西，玉石堡的秘术师们的确很有钱，但是并不喜欢把时间浪费在一些无用的破烂东西上面，所以才有了我替他们把关，只有我能够把那些他们想要的东西带上玉石堡。所以你们有两条路，一条是我用合适的价格收了你们的破损眼珠，另一条是你们带着你们的东西回家去。”

叁

“花帽子溜了，我们的东西也没能卖掉，一无所获呐。”老烟斗伸了个懒腰，正午的阳光烈得能把人熔化，他眯缝着眼睛往地上啐了口唾沫，烟果叶的黑色，“那个胖子可真贪心。”

麦门冬在路边的岩石上坐了下来。二百枚银铢，这是讹诈，我们当然不会接受。那么接下来该怎么办？来到鹿盔岛已经用尽了铁锤号上的补给，没有钱甚至无法离开这座岛，我们被困住了。

铁钎伸过来敲了敲他的脚。“只会拉长脸吗？”霹雳焰消说，“瞧你一副丧气的孬样。”

“没辙了，晚饭我们就得饿肚子。”麦门冬老老实实地说。

霹雳焰消冷笑了一声，“跟着你之后我们没少挨过饿，这里不过是另一座箕之洲岛罢了。”

什么意思？麦门冬仔细想着，忽然精神一振。是啊，大不了继续重操旧业做佣兵，只见过被骨头噎死的狗，哪有被尿憋死的人？他看向河络，对方早就转过头去。

“去找个最喧闹的酒馆，会有好买卖的。”

“我们还有钱喝酒?”老烟斗挠着脑袋问。

“没钱就不能去?”麦门冬笑嘻嘻地说，“让我再掏掏，说不定有一两个漏网的铜子呢?”他装模作样地把手伸进空荡荡的衣兜。

老烟斗摇了摇头。

麦门冬的手指忽然触到一个硬物，不规则的形状，有些奇怪，他攥住它从衣兜里拿了出来。一张灰白色的莎草纸揉成的纸团，麦门冬狐疑地看着，然后拨开纸团，纸团中间是一块普通的石头。

“纸上好像有字。”老烟斗眼尖地说。

麦门冬扔掉石头，把莎草纸抚平，上面是潦草的字迹。“商堂后的巨人石。”

“是什么?”老烟斗和霹雳焰消同时凑了过来。

“不知道。”麦门冬摇头。这不是他的东西，他也丝毫不清楚这张包着石头的纸是怎么到自己的衣兜里的。

“下次你丢脑袋的时候，肯定也不知道是怎么回事。”霹雳焰消说。

巨人石。麦门冬往行商之堂的方向张望。“走，过去看看。”反正现在也没有其他正经事可做。

行商之堂的后面是一块荒芜的山冈，大大小小的岩石杂乱无章地拥挤在一起，偶尔有野花野草从石缝间冒了出来，随着刮来的海风摆动。爬上某个小山头之后，一块巨大的岩石跳入麦门冬的视线，粗犷笔直直刺天空，和周遭大片低矮的石块格格不入。就是它了。麦门冬看了看身旁的霹雳焰消和老烟斗，两个人心照不宣地和他对完眼神，各自朝一个方向走去，他们俩的背影跳动了几下，很快消失在石头堆里。

麦门冬独自走向巨人石，它就像从地里长出来的一根石笋，底部大概需要十七八个壮汉张开双臂才能抱拢，他绕着石头走了一圈，并没有什么发现。阳光有些刺眼，他背靠石头站在阴影里，时间一点一点过去，麦门冬忽然有些小小的后悔，早知道应该问老烟斗要两片烟果叶消解无聊的。

不知何处传来一声清脆的鸟叫，麦门冬警觉起来，是霹雳焰消发出的暗号。他从石头后面微微探出头去，一个人影正朝着巨人石快步走来，路上时不时回头张望，麦门冬习惯性地皱起双眉，缩回石头背后小心窥探。

对方熟悉地穿过大小不一的岩石，很快来到了巨人石前，她又一次向后张望，然后侧身来到了石头背面。

“喂。”她喊了一声。

麦门冬从隐身处站了出来，站在面前的是行商之堂中那个圆脸的女侍。

“我怕你们不敢来。”她看了看周围，“你的同伴呢？”

“是你给我留的信？”麦门冬举起那张灰白色的莎草纸。

“趁你出去的时候，我扔在你衣兜里的。”

麦门冬一下子回忆起来，他们从商堂二楼下来的时候，圆脸的女孩端着托盘急匆匆地从旁经过，不小心地撞在麦门冬身上。就是那个时候把东西扔进我的口袋，她早就算计好了。

麦门冬有些不满自己的大意。

“别告诉我，你们弱爆了，和那帮家伙没得打。” 圆脸女孩说，她的眼神中带着挑衅。

“打？和谁？哪帮家伙？”

“你要抓的人。”圆脸女孩往头上比画了一下，“那个花帽子。”

“你知道他在哪里？”

圆脸女孩点点头。

麦门冬狐疑地看着对方，“你为什么要这么做？”

“他是海盗，我认得他。”圆脸女孩露出不耐烦的神情，“如果你真的想要抓他，就快一些，别让他跑了。还有，不用再来找我，如果你们抓到他，我会来找你们的。”

酒馆有个滑稽的名字“老布不在家”，麦门冬从后门绕了出来，对着守在外面的河络摇了摇头。

“跑了？”霹雳焰消问。

麦门冬没有回答，回头看向身后，老烟斗离开酒馆店小二的身旁，快步走了出来。“去船坞码头了。”他低声说。

他们疾奔向码头，到处都是人，大大小小的船只停满了整个船坞。一艘单桅船正在迫不及待地起帆离开鹿盔岛，麦门冬看见戴着金丝帽子的家伙在船舷一侧大声地指挥吆喝。

他溜得真快，麦门冬目送单桅船驶向大海深处，我做错了一件事，从商堂出来就应该来码头的。

“现在怎么办？”老烟斗问。

麦门冬的手伸进衣兜，轻轻揉着莎草纸。

“我们回去。”

“哪里？”

“行商之堂。”

他们依旧选择了角落的座位，圆脸女孩迟迟没有过来，一进门的时候她就看见了他们，她明显有些吃惊，故意转身背对着他们。

高个子的男侍者向他们走了过来。“喝点什么？”他问

“你去换那个女孩来。”麦门冬指了指远处的圆脸女孩。

侍者上下打量麦门冬。“喝点什么?”他又一次问。

“我知道你们这里的规矩很多，我已经带来过海赐之石，也喝了你们的商堂之酒，”麦门冬平静地说，“我不想惹事，现在只要你去把那个女孩叫过来。”

他的声音并不响，但也已经引起别人的注意，那个有钱的枯瘦男人依旧在座，他好奇地张望过来，身旁一桌的几个保镖面色不善，也许还在为刚才高丁出现时引起的意外冲突愤愤不平。

圆脸女孩急匆匆地走过来，她的脸色很难看，一把拽住了自己的高个子同伴。“我来。”她轻声说。

高个子侍者瞪了麦门冬一眼，退开几步并没有离去。

“喝点什么?”圆脸女孩低声说。

麦门冬盯着她，对方的那双眼睛流露着复杂的神情，既带着怨恨，更多的是担心，甚至还有一点点的哀求。

“上一次我们的酒没有喝完，你不该收走它。”麦门冬说。

“你们离开了。”女孩辩解说。

“我们一口都没喝。”老烟斗接着麦门冬的话，“这是我们的酒。”

“你们如果想闹事，最好看看这是什么地方。”高个子的男侍者瞪着眼睛威胁说，“快点滚，要是里丙老爷来了，你们就没那么走运了。”

麦门冬看了一眼圆脸女孩，她的脸色苍白。

“等一等。”旁边传来声音，那个枯瘦的男人一脸的笑容，“我想请这几位喝一杯。” 高个子男侍者正想要说什么，枯瘦男人摆手，“大家都是生意人，和气生财。”

“谢谢。”麦门冬对着枯瘦男人说。

对方没有回话，举了举酒杯。

男侍者和圆脸女孩一起转身离开，过了不多久，圆脸女孩端着三杯酒匆匆走了过来。“你想干什么?”她一边放下酒杯，一边用只有麦门冬能听见音调低声说。

“我们没抓到那家伙。”麦门冬同样低声回应。

“我知道，见鬼，所以不要来找我。”

“请你帮我们，我们现在有麻烦。”

“我帮不了你们。”女孩断然拒绝。

她刚想离开，麦门冬在桌子下悄悄拽了拽她的衣襟下摆。“否则我就去告诉里丙老爷。”

圆脸女孩的表情印证了麦门冬的想法，“我瞎了眼才帮你们。”她咬了一下嘴唇，脸色阴沉着说，“在巨人石等我。”她转身匆匆离去。

霹雳焰消一直没有说话，直到女孩的背影消失。“这不像是你的风格。”她说。

应急之策，其实我也很坏，只是没暴露而已。“喝完酒再走。”他低声说，举起杯子大喝了一口，酒液顺着他的嘴角流淌下来。“痛快。”他放下酒杯，对着枯瘦男人说：“谢谢。”

“跳舞女妖。”枯瘦男人说。

“什么?”

“是我的船，就在船坞码头。有兴趣可以到我的船上去喝酒，我保证比这里的酒好得多。”

“有机会一定。”麦门冬抹抹嘴站了起来。

没花多长时间就在巨人石等到了圆脸女孩，她走得飞快，额上沁出了汗水。“快说，你想要干什么?”她的目光中带着显而易见的愤恨。

“里丙老爷想强买我们的货，有没有什么办法？”圆脸女孩沉默不语，麦门冬继续说：“我保证，再也不会来打扰你。”

“我为什么要相信你的保证？”对方嘲讽说，“一转身你就会出卖我。”

“姑娘，我们没有恶意。”霹雳焰消说，“只是想寻求帮助。”

“我帮过你们，结果反而是引火上身。”她愤愤地说。

“我们赶去了酒馆，那家伙已经溜了，我们没能追上他。”麦门冬诚恳地说，“星辰诸神见证，我们一定会抓住他的。”

“关我什么事？”

“因为你也想要他偿还血债。”麦门冬直视着对方的眼睛，“你说你认识他的时候，我就知道了，你的语气和眼神已经告诉我，你和我们一样恨这些家伙。所以我才来请你帮忙，卖了货就可以换一条船，我们才有机会去追踪血骷髅号。”

听到血骷髅号这个名字的时候，圆脸女孩轻微地哆嗦了一下，双手紧紧握拳。

“对不起，刚才只是为了找机会和你说出真相。这件事，我们绝不会强迫你，如果不愿意，你可以马上离开，我向星辰诸神发誓，绝不会再来打扰你。”

“小妹，”霹雳焰消说，“请相信我们，我们一直在找血骷髅号，它欠下的所有血债必须偿还。”

女孩瞬间动摇了，泪水猛地涌出眼眶，“那个花帽子，还有他的同伴，那个有疤的男人，就算他们烧成灰我也不会忘了他们的脸。”河络伸出手搭着她的胳膊，“我父亲是暮色号的船长，外海最大的商船之一，父亲和鲛人做生意，他不知道血骷髅号已经暗中盯上了他。海盗杀了我的全家，我的父母和哥哥弟弟，还有船上所有的水手、乘客。最后时刻，父亲把我推下海去，我躲在一个空桶里，在海上漂了三天三夜才获救。可是，我已经失去了一切。”

“盘瓠大神教导我们河络，对良善之人给予爱护，对勤劳之人给予收获，对勇敢之人给予荣耀，”麦门冬从未听到过霹雳焰消如此温柔的语气，下一句，河络斩钉截铁，“对邪恶之人，给予他的是罪有应得。我们在神明之前起过誓，血骷髅号罪不可赦。”

“我帮你们。”圆脸女孩抬起头，“你们一定会抓到他们的，是不是?”

霹雳焰消看了一眼麦门冬，然后对着女孩郑重地点了点头。

“这座岛上所有的事情都是里丙老爷说了算，不过玉石堡在岛上留下一位秘术师，几乎没有人知道她的存在。”

“她是一位监督者?”麦门冬问。

“我不知道。”圆脸女孩摇头说，“我只晓得里丙老爷对她很恭敬，称她‘银大人’。”

“我们怎么才能找到她?”

圆脸女孩稍稍犹豫，随即坚定地说：“我可以带你们去找她。”

远处传来不停歇的虫鸣声，躁动不安，麦门冬微微皱起眉头，太阳已经开始偏西了，然而依旧是酷热难耐。

“我们不想让你承受风险。”霹雳焰消说，“你能够告诉我们这些，已经足够了。”

“我害怕过，里丙老爷对下人的处罚很厉害。可是比起害怕，现在我更希望得到公正复仇。”圆脸女孩说。

夜幕低垂，新月轻薄得像锋利的刀刃，闪烁的众星布满整个苍穹。潮水涌动发出哗哗的响声，仿佛大海独自的颂唱。眼前的道路黑黝黝的，只有月亮和星辰带来些许的光亮。

麦门冬走在队伍的最前端，柯翎——行商之堂的圆脸女孩——和霹雳焰消并排走在一起，她穿着一件从头罩到脚的兜袍，整个脸庞都躲在阴影之中。这样就没人能够认出她，胖乎乎的里丙大人不喜欢违背他意志的人，何况是出卖他的秘密。

他们已经远离喧闹的码头，沿着环岛的小径一路向西。岛的西侧是一块相对安静的聚居区域，大多是岛上的常住居民，还供奉着一座星辰神庙，柯翎说那位玉石堡的秘术师就住在神庙中，担任神庙祭司的职务。

黑暗中传来异常的细微声响，麦门冬停下了脚步，抬起右手无声地警告身后的同伴。

几簇亮闪闪的光点在杂草中飞来飞去，多年的训练已经把感知危险变成了一种本能反应，他拔出腰间的短剑砍向前方一侧。剑刃带着呼啸声划破空气，他扑了个空，丝状的武器瞬间缠绕住短剑，一股猛力从剑身传来，麦门冬踉跄了几步，勉强握住了武器，蛛丝迅即退回了黑暗。

前方似乎有人影晃动，传来更多古怪的杂声，麦门冬额头微微沁出汗水，他从未接触过这种诡异的武器和背后的操纵者。

“小心。”身后的霹雳焰消大声提醒。

麦门冬后仰倒地，在地上翻滚了几下，十几根蛛丝戳在他刚才站立的位置。铁钎出现在麦门冬的眼前，他一把抓住，借着河络的力气翻身站了起来。

霹雳焰消跨前和他肩并肩站着。“老烟斗，保护好女孩。”她边说边从腰间里拔出竹筒状细长的器具，拔掉管具的塞子，火焰猛地喷出，细长的管筒像火把一样燃烧起来。

前方一片光亮，半伏在地上的黑影立刻像潮水般退开，躲进光亮照不到的阴影中。

麦门冬接过焰消手中的“火把”，河络迅速又掏出了两支。

一根蛛丝毫无声息地刺向霹雳焰消，麦门冬刺出“火把”，火焰触到蛛丝，黑暗中发出凄厉的叫声，蛛丝瞬间软塌塌地落在地上。

“这些家伙果然怕火。”身后传来老烟斗的声音。

霹雳焰消把一根“火把”递给了老烟斗。“不能久留。”她说。

麦门冬向前跨了一大步，火焰的光亮向前移动，前方的阴影继续随之向后退，黑暗中传来更多古怪的声响，不安和愤怒。

一只萤火虫从杂草丛中慢悠悠地飞过来。

“看见了吗？”霹雳焰消喊道。

麦门冬紧紧注视着那只萤火虫。

虫冢，记住那些古怪的名字能够让你活得更长。他们是一群行踪隐秘的异能人士，各有绝活，杀手、保镖、窃贼和技师，上一次听到有人提起虫冢还是在八松城外的乡间酒馆，南来北往的客人很多，酒馆老板卖消息比卖酒更赚钱。

“据说他们得罪了帝启四狼中的一位大佬，被追杀殆尽，残余的家伙也不知躲到那里去了。”缺了两颗门牙的老板笑嘻嘻地告诉某个正在出大价钱雇佣杀手的客人。

萤火虫振翅停在半空，下一刻它突然爆裂，一大片火焰从它不足小指甲盖大小的身躯中迸发出来，周围的空气随之燃烧，形成了一个半人高的火圈，瞬间把麦门冬四人围在当中。

戴着兜帽的柯翎发出一声惊呼。

火圈猛地缩小了一圈，麦门冬感觉到火焰的炙热，他紧紧拽住柯翎的胳膊，只过了片刻，火圈又慢慢向外退去。

“他们想干什么？”老烟斗问。

“吓唬我们。”霹雳焰消回答，她在另一边保护着柯翎。

正前方的火焰一下子低矮了半截，仅仅到了膝盖的位置，前方出现了人影，一个硕大身躯的胖子坐在一张圈椅上，用丝巾擦拭着额头的汗水，满脸不高兴的神情，他的侧后是一个浑身上下穿着绿色衣袍的高瘦男人。

真像一只竹节虫，麦门冬想。

“你们太不友好了。”胖子抱怨说，他一刻不停地擦汗，每次放下丝巾，汗水又会从额头往外沁出，“现在应该是我喝酒玩牌的时间，全被你们毁了。”

“错不在我们，里丙老爷。”麦门冬紧紧盯着他。

“那么应该怪她咯。”里丙老爷努努嘴，对躲在兜袍中的女孩说：“你在码头流浪差点被人拐进妓院的时候，是我好心收留了你。”他冷笑了一声，眼神忽然变得犀利，“没想到你就是这样报答我的，柯翎。”

女孩垂着头，一句话也不敢说。

“她想帮我们，因为我们也可以帮她。”麦门冬大声说，“那些整天烧杀掠夺残害无辜的海盗人渣不能永远地逍遥法外，总有人要去阻止他们，而不是只和他们谈生意。”

“这座岛上，只有生意，没有恩怨。”

“我们可以去收拾那些海盗，只要你和我们做一场真正的生意，而不是讹诈。”

“你觉得那是讹诈？可我觉得不是。生意，谈得成就谈，谈不成就走，我可没有拦着你们。” 胖子咯咯笑出声，指着女孩说：“不过现在鹿盔岛不欢迎你们，把她留下，你们可以走了。”

“我们要见银大人。”

麦门冬向前跨了一步，面前的火焰突然又蹿高了，火舌像毒蛇信子一般抽动。

“真过分，殴打我的客人，诱拐我的女佣，现在还想要去打扰银大人。”里丙老爷冷笑，他的脸耷拉下来，两眼透出凶光。

麦门冬回忆起吊在海滩上的尸体，这个胖子从来不是省油的灯。

“给你们最后一次机会，留下女佣和那颗眼珠，立刻滚蛋。”火圈外抛进一团黑影，落在地上发出“哗啦啦”的响声，“我格外开恩，给你们四百个银铢。”

麦门冬捡起地上的钱袋，在手中掂了掂。“里丙老爷，等到玉石堡收了独目霹蛩的眼珠，我会替柯翎赎身。”他扬起手把钱袋扔了回去。

片刻的安静，除了火焰燃烧发出的“嘶嘶”声。

“你们究竟在搞什么鬼？”

胖子的语气中带着一丝不确定，这就对了，他开始怀疑了。

“一次公平的交易。”

“真的以为我不敢杀你们吗？”

“我们知道虫冢，里丙老爷。”麦门冬语气轻松地说，“见识过了蛛丝，然后是这一圈萤火。看上去很吓人，可终究只是些左道旁门的邪术，星星点点的虫火怎么能和受到诸神祝福的星辰之力相比？”

火圈发出愤怒的咆哮，突然冲天而起，几乎达到了夸父的身高。

麦门冬捅了捅身旁的兜袍女人，女人摊开双手，发出喃喃的念咒声，周遭空气开始迅疾地流动，变成旋涡的模样。她合拢双手，整个火圈被旋涡一下子吸取，不见了踪迹，发光的空气旋涡像吸饱了血的蚊子，变得滚圆，它散裂开来，形成十数个光球飘浮在半空中，把周围照亮如同白昼。

里丙老爷吃惊地坐在椅子上一动不动，绿衣侍卫的脸色变得灰白，在他们背后，六七名趴伏在草丛中的黑衣人就像突然暴露的虫蚁，在草丛中迅速翻滚乱窜，直到消失不见。

“她是谁?”里丙老爷指着兜袍女子，气急败坏地说。

女人放下遮住脸庞的兜帽，露出紫苏的面孔。“里丙老爷雇了那么多虫冢的手下，我们总是要提防些。在巨人石和柯翎见面时，周围那些虫鸣声吵得我心烦，我怕被什么虫子听见了，跑去老爷这里告密，所以还是小心些为好。”

秋石、荆芥，还有明青石，驾着一条小船沿着海岸线出发，这个时候应该已经见到那位玉石堡的秘术师了。

里丙老爷下巴上的肉不自觉地抖动，忽然笑起来，脸上浮现出商人招牌式的表情。“走吧，我陪你们一起去星辰神庙见银大人，路不远，稍稍休息之后，我安排你们去玉石堡。”他似乎已经把刚才想要弄死眼前这几个人的事情忘得一干二净。

麦门冬笑着说：“里丙老爷，你不会又是在消遣我们吧?”

“怎么会呢?”胖子笑哈哈地说，“这座岛上只有生意没有恩怨。你们有能耐，就应该多赚一点。钱么，是好东西，也永远赚不完。”

肆

城堡建在陡峭的岸崖上，一座庞大的主楼堡高耸入云，周围环绕十二座独特的星芒状辅塔，星芒塔或高或矮，一根根星芒尖耸立，锋利得似乎能够刺开天空。城堡下的岸崖怪石嶙峋，不规整的乌黑岩石和雪白的城堡形成一种强烈的反差，仿佛城堡从天而降嵌在海岛之上。

里丙大人的船离雪白色的城堡越来越近，没有任何交谈，甲板上的人都把目光交给了这座神秘的城堡，只有从下层船舱传来桨手整齐划一的动作声。

在接近十二星芒岛时，连海水的颜色也变得古怪起来，一道明显的界线把大海分割成湛蓝和灰白色的区域，岛周围的水域如同海面上的一个巨大斑点。随着响起一声清脆的磬声，两侧的船桨同时停了下来，划桨船随着波浪起伏移动，慢慢靠近了一座石筑的平台。

和所有那些爬满贝类缠绕海藻的码头不同，石台显示出一种古朴的整洁，疤面的石板上见不到任何尘土污垢，似乎每天都有人跪在那里把它擦拭得干干净净。

“我不喜欢这个地方。”霹雳焰消在麦门冬身旁轻轻地说，又低头看着灰白色的海水，“让人感觉非常不舒服。”

“别把自己弄得太敏感，”麦门冬回答说，“我们只是去做个生意而已。”

霹雳焰消哼了一声。

最近河络的态度没有以前那么恶劣，希望是大海改变了她。

胖子从船舱里走了出来，身上散发着一股喷香的猪油味道，他换了件凉爽的无袖褂子和宽松长裤，脖颈上露出一根手指粗细的金链。

“其实我不太爱喝酒，我更喜欢猪油菜饭。酒会让人犯糊涂，还伤害这里。”里丙老爷指着自己的脑袋，“我是一个有理想的商人，所以脑子一定要好使。”

“有理想的商人？”麦门冬重复对方的话。

“我的理想就是赚更多的钱。”胖子一本正经地说。

“可是你已经够有钱了呀。”站在一旁的紫苏好奇地插话，“你要赚那么多钱干什么呢？”

里丙老爷半屈手臂指了指紫苏，点点头。“问得好。”他的脸上露出深邃的表情，“为了实现我的理想。”

旁边传来笑声，羽人倚靠着船舷，一只手捂住嘴，发现里丙老爷的脸沉了下来，秋石摆手说：“对不住，这位老爷，我是个天性爱笑的羽人。”

里丙老爷阴沉地看着他们，突然也咧开嘴笑起来。“和气生财，是该多笑笑。”他拍了拍麦门冬的肩膀，“上岸吧，祝你们好运。”

“你不去？”麦门冬问。

“我只负责把你们送到码头。”胖子指了指玉石堡，“这个地方我也不敢多去。”他笑得有些高深莫测。

水手扔出绳索套住了石台上的拴柱，然后搭上一块跳板，背着包裹的荆芥第一个走上小岛，然后是霹雳焰消、秋石和紫苏，麦门冬走在最后。其他人都留在了鹿盔岛，青石老爹见多识广，再加上钓青和老烟斗，一个机灵一个老练，守着铁锤号绰绰有余。

“明天同一时间，我会来接你们的。”

里丙大人站在船舷旁，笑嘻嘻地对岸上的人挥手，划桨船随即离开了小岛往回驶去。

“真是个老狐狸。”麦门冬低声说。

眼前是一条足以并行两辆马车的石砌路，从码头石台一直延伸到城堡大门，霹雳焰消当先向前走去。“卖了眼珠换条船，早点把正事干掉。”她的背影看上去忧心忡忡。

沿着蜿蜒向上的石路走向雪白的城堡，海水拍打周遭的礁石，发出哗哗的巨大响声。这里连只海鸟都没有，难怪霹雳焰消会有异常的感觉，到处都透着一种古里古怪的气氛，麦门冬小心翼翼地想，他瞥了一眼紫苏，秘术师一副神采奕奕的模样。

“你傻笑什么？”他质问说。

紫苏忙不迭地收起笑脸，茫然地看着麦门冬。“怎么了，老板？”

“有没有觉得这里很古怪？”

“充盈着精神力。”紫苏说，她用手往周围画了圈，“这片区域是个施过精神力的结界，说明玉石堡的秘术师们很厉害。只有经过他们允许的人，才能自如地通过这里，否则……”

“怎么样？”

“会遇到各种各样的秘术陷阱，我猜一定很危险。”

“秘术陷阱？除了幻境还会有什么？”

麦门冬有些头痛，对付精神力的玩意比起和人打交道实在复杂得多，曾经在夜沼时陷入幻境差点全员覆灭，远的不提，那头古怪的独目霹蜚也差点要了大家的命。

“除了一般的火系水系伤害，还有心灵控制、头脑扰乱，厉害的法术有很多，我也不知道他们会设下什么。”紫苏语气诚恳地说，“老板，如果你真的想知道，可以试着闯一下，不过真的很危险。”

天性爱笑的羽人又发出了笑声，麦门冬对着他的背影使劲翻了个白眼。

城堡前出现了整排的石刻雕像，最大的几座是代表十二星辰的星纹符号，还有更多古怪的符号标识，也有动植物的形象。麦门冬听说过，九州大陆所有的职业、所有的组织乃至每一个人都会对应着天上的星辰。

紫苏变得恭谦起来，单手放在胸前，对着十二星辰的星纹符号像微微鞠躬，来到代表亘白的星纹雕像前，她单膝跪下。

“星辰诸神的注视，是我们的荣耀，也是我们的惶恐，是我们的希望，也是我们的未来，愿诸神赐福。”

玉石堡紧闭的大门缓缓开启，一个高个子的白袍人出现在门前，他看上去很年轻，肤色甚至比身上的衣袍还要白皙，过于苍白的脸庞给人一种病态的感觉，眉发和眼睛又显得特别乌黑。

“哪一位是麦门冬？”他的声音很轻柔。

麦门冬举起手。

对方打量了一下麦门冬，点点头。“请跟我来，各位麦门冬的友人，也请一并跟上。”白袍年轻人一边说一边往城堡内走去，“各位务必紧紧跟着我，这座城堡很大，也有很多不适合去的地方，请各位一定不要到处走动，否则会有不好的后果。”他的语气并非冰冷，只是音调没有一丝起伏。

跟随白袍年轻人的脚步走进一个广阔的庭院，两侧是一些麦门冬从未见过的奇怪植物，有的像树，枝杈茂盛，更多的是花草，柔软的茎叶、绽放的花朵，然而所有这些植物都呈现出一种古怪的半透明模样，就像是河络制作出的水晶雕像，偏偏它们都是活的，每次随着微风轻轻摆动时，都会幻化出一片令人迷幻的场景。

“不要去碰触任何东西，这对各位没有任何好处。”白袍年轻人重复着告诫。

连我也感觉到不舒服了，到处都神秘兮兮的，好像每一步都会遇到危险，麦门冬想，秘术师们真是一个诡异的群体，幸亏紫苏遇见了我，才不至于变得更加古怪。

穿过庭院之后，他们走进一个宽敞的大厅，整排的落地窗是真正的大块水晶，淡紫、粉红、天青和橙黄，巍峨的穹顶用黄金做装饰，镶嵌着各种颜色的宝石，在整个大厅的中央是一张足能并排坐下二十个人的紫檀木长桌，堆满了各种各样的器具物品。

此刻，偌大的长桌中间只有一个人影，正伏在桌旁认真地看着什么。

白袍男子走到长桌旁，转过身，把食指放在唇边，对着身后众人做了一个噤声的手势。麦门冬好奇地张望，长桌后坐着的是一个身穿黑衣满头白发的矮小老人，同样苍白的肤色，眼眶中夹着一片圆形的透明薄片——麦门冬曾经在某个河络部落那里见过，和船长的望远筒差不多的花哨玩意，可以把东西放大——仔细地看着摊在桌上的古老卷轴。

“奇怪，按照《北望经》的记录，巉谷在镜璧冰川以北三万四千六百里，九州大陆又在镜璧冰川的东南七千里。这是龙族最权威的传说了，不可能有假。”白发老头自言自语地说，“这幅‘宸乡卷轴’上面画得完全不对。”他仰身坐回宽大的座位，摘下眼眶夹着的玻璃镜片扔在桌上，“假货。”

“假的，假的。”

头顶传来的声音委实令麦门冬吓了一跳，他抬起头，看见一只色彩斑斓的金刚鹦鹉蹲在穹顶垂下的水晶球上。鹦鹉居高临下地看了他一眼，如同君王低头扫视他卑微的臣民。

“告诉里丙，这个卷轴不值一文，以后少收些骗子的东西。”

年轻人恭谦地回答了一句：“是”。

白发老头注视到长桌前的人，扫视了一圈问：“他们也是来卖货的商人?”

“今天刚刚来。”

“但愿你们带来一点新奇的好东西。”老头嘟囔着，把面前的卷轴扫到一边。

“荆芥。”麦门冬唤了一声，蛮族小伙大踏步地走过去，解下背上的包袱放在长桌上，整个包袱几乎遮住了老头的身影。

“是什么?”老头的声音从包袱背后传来。

白袍年轻人伸出手，制止住想要说话的麦门冬。“他们说是独目霹蜚的眼珠。”他轻声说。

“独目霹蜚?”老头的语气稍稍有些不屑，“能找到一只独目霹蜚的尸体还挺不容易，打开吧。”

白袍年轻人上前解开包袱，一层一层地掀开棉布，巨大的眼球显露出来，安静地躺在长桌上。麦门冬不安地扭动了一下，回想起那天的战斗依然让人有些后怕。

白发老头发出微微的“咦”声，伸出一只手轻轻抚摸那颗眼珠。

“这不是干枯坏死的眼珠，衰老死去的独目霹蜚眼珠会发生石化。这颗眼珠是从一只壮年独目霹蜚眼里摘出来的。”老头的脑袋从眼珠旁边探了出来，“你们是从哪里弄来的?”

“黑潮群岛。”麦门冬说。

“我当然知道是黑潮群岛。”老头不耐烦地说，“我是说，谁弄到了这颗眼珠，是怎么弄到的？”

麦门冬指了指自己的同伴，“我们杀了它。”

“你们几个家伙杀了一只填盍系的怪兽？”老头狐疑地看着他们，摇摇头，“看不出。”

“看不出，看不出。”鹦鹉这次一边叫喊一边拍打翅膀。

“事实如此。”麦门冬说，“外表不等于一切，有时候，它甚至是一种假象。”

老头嘴角微微上扬。“有意思。”他的脑袋缩回了眼珠后面，开始拨拉它，“瞳孔有明显伤疤，是箭伤，嗯，很深，这会影响品质。不管怎么样，填盍秘术师们还是会喜欢这东西的。洛卜，把它收起来。”

“遵命，万执事。”白袍年轻人躬身施礼，随后口中念念有词，长桌上独目霹蜚的眼珠飘浮起来，跟随白袍年轻人的脚步向大厅旁的另一个房间移动。

麦门冬看了紫苏一眼，她正聚精会神地盯着白袍年轻人。这个洛卜和她一样是位亘白系的秘术师。

“眼珠有破损，我必须扣除至少一半的金额。”白发老头用双手支起下巴，“二百枚金铢，这是我给你们的价格。”

一条像样的三桅帆船，还有水手、给养和至少三个月的佣金，这比麦门冬心中合理的价格还要多上一倍，难怪说玉石堡的秘术师们出手大方。“非常感谢。”他由衷地说。

“但愿你们每一次都能这么幸运。”老头摔了摔手，“洛卜会和你们签订买卖契约，然后结算这笔钱，中午和晚上都有丰盛的款待。记住，别到处乱跑。祝你们好梦。”

“好梦，好梦。”鹦鹉欢快地叫着。

老头又从长桌上拉过一本厚厚的羊皮书，他夹上玻璃片，再也不看众人。

白袍男子洛卜再次出现在大厅一侧，安静地做了一个手势，麦门冬当先走去。洛卜领着他们拐进一个长廊，走了许久之后进入了一个小院。院子里很平常，既没有古怪的植物，也没有任何的雕像，只有一排朴素的石屋。

“这是客人的卧房。”洛卜说，“午餐和晚餐时间我都会来领你们，其他时候你们只能待在这座小院里，契约和金铢我会在晚餐的时候带来给你。”

“既然生意已经做完了，我们为什么不可以回去？”麦门冬问。

“所有来到玉石堡的人，都必须在这里住一个晚上。”

“为什么？”

“不为什么，”洛卜毫无感情色彩地说，“玉石堡就是这样的规矩。”

所以你爱来不来，爱卖不卖。麦门冬目送着白袍年轻人走出小院，反正我们最大的问题已经解决了，有了钱就有了船，有了船就可以去追踪血骷髅号。

“没事了，大家好好睡一觉。”麦门冬笑嘻嘻地说，霹雳焰消闷声不响地朝某个房间走去，“喂，你怎么连个话都没有，河络大姐？”

河络一语不发地走进屋子，“砰”地关上了房门。

麦门冬吐了吐舌头。“这家伙怎么了？”他笑着问身旁的秋石。

“老麦，有些古怪。”羽人声音很轻，轻到只有麦门冬听得清，“刚才她走进大厅的时候，就像变了个人似的。”

麦门冬收住笑容，狐疑地看着秋石。“有什么问题？”他低声问。

秋石摇了摇头。

餐堂里整齐地摆放着三排长条桌椅，只有舞叶组的人占据了其中一排的一张桌子，其他座位都是空的。虽然食物非常可口——精心卤过的牛肉、烤大尾海鱼、各种虾贝的海鲜浓汤、豆腐和菌菇，还有气味芬香的烈酒——但是气氛冷冷清清，没有人说话，也完全感受不到用餐时候的快活热闹。

像是在参加一场葬礼。

麦门冬看了一眼站在桌子旁边的洛卜，和午餐时候一样，白袍秘术师把他们领到这里之后，一言不发地站在桌边冷眼旁观，直到他们吃完后再送他们回休息的小院，在这期间白袍秘术师就像一块木头。

“我说，”麦门冬对洛卜招招手，“一起吃点吗？”

对方摇摇头。

“你们秘术师不吃饭吗？”麦门冬仰头又喝完杯子里的酒，“这酒很不错，还有吗？”

洛卜微微抬起下巴，指向长桌上的罐子。

“你不喜欢说话是吗？还是玉石堡的秘术师们都不爱说话？”麦门冬将一块牛肉塞入口中，喷香的滋味，他一边咀嚼一边口齿不清地继续说，“请原谅，我这个人就是好奇，我以前是个佣兵，陆地上的那种武士，你知不知道？之前我从来没有到海上来过，你能告诉我为什么这里的海水颜色是灰白的吗？”

“结界。”洛卜终于开口说，“避免乱七八糟的人来到这里。”

“很危险是不是？”麦门冬大笑着拍了拍紫苏的肩膀，紫苏筷子夹着的菌菇掉在了桌子上。“只有里丙老爷的船才能通过。”

“老板，你应该少喝一点。”紫苏怯生生地说。

“今天这么高兴，为什么要少喝?”麦门冬瞪着眼说，“你给你的焰消姐带点吃的回去，她已经两顿都没吃了。”

洛卜看了他一眼，“你们需要医生吗?”他问。

“没事。”麦门冬挥手说，“水土不服，河络到了海上都会这样的，睡睡就好了。”他打了个酒嗝，“洛卜，你是叫这个名字吧。我就想打听一下，如果那个小胖子不来接我们怎么办?”

洛卜皱起眉头。“什么小胖子?”

“小胖子就是那个里丙老爷嘛。之前我们和他有个小小的过节，也没什么大事。万一他小心眼不来接我们，我们怎么离开这里?”

“这种事从来没有发生过。”

“可是万一发生了呢?”

“不会。”

“总是有第一次的嘛。”

洛卜板起面孔。“我们也有船，可以送你们走。”

“那可太好了。”麦门冬拍了拍胸脯，“我这里有两百枚金铢，是买船的钱，我可不放心那个小胖子，他表面上一团和气，其实心狠手辣。”

秋石举起手。“这位秘术师大人。”他说。

“我不是大人。”洛卜的口气越来越不耐烦。

“这只是个称谓，大人不必在意，我只是一个天性彬彬有礼的羽人。”洛卜瞪着眼睛，秋石笑了笑，继续说：“不是我想多事，的确有些麻烦。”他指了指麦门冬，“今天有人喝多了，晚上他要是到处乱跑的话，会不会出什么岔子?”

“你们最好看着他。”

麦门冬瞪了一眼秋石。“凭什么说我喝多了?”他又打了一个酒嗝，“我去海边吹吹风就好了。”

洛卜的脸色更加苍白，他摇了摇头，从怀里拿出一个精巧的带柄铃铛，放在秋石的面前。“有事找我就用这个。”

羽人点点头。

“希望你们不要用到它，太太平平地睡一个晚上。”白袍秘术师半是愤愤半是无奈地说。

麦门冬半截身子靠在荆芥的怀里，若不是蛮族小伙使劲拽住他，他摇摇晃晃的步伐永远走不回住所。跨进小庭院的时候，他转过身，朝着跟随在后的秘术师笑嘻嘻地摆手道谢。

“洛卜……好小伙……等我有了船找到了岛……然后发财……呃……一定请你喝酒。”麦门冬磕磕巴巴地说，眼前的一切都在晃动，他发现每个人都有两个脑袋，“是幻术……我喜欢……秘术师……”他想去拍洛卜的肩，突然胃里一股翻腾感袭来，他迫不及待地冲到庭院角落，扶着墙大声地干呕起来。

耳畔传来两个家伙的声音。

“小荆，你不该让老板喝那么多酒的呀。”

“你也在场，又不是我让老大喝成这副样子的。”

“哎呀，刚才丢死人了。”

“丢人？为什么丢人？男人喝醉酒很正常啊。”

“这里是秘术师们的城堡呀。”

“喝醉酒还要看地方吗？紫苏，我不懂。”

“嗯，这里是星辰诸神眷顾的地方，反正很厉害的地方哟，小荆，你以后千万不能像老板这样。”

真是啰里啰唆，麦门冬想，直到羽人冷冷的话语在他耳边响起。“人走了，老麦。”

麦门冬站直了身子，低声说：“去霹雳焰消的屋子。”

紫苏“咦”了一声，麦门冬伸出手一把捂住她的嘴，狠狠瞪了她和荆芥一眼，“傻瓜。”他轻声数落说，紫苏茫然地瞪着眼睛。

秋石当先推开门闪身走了进去，麦门冬发现屋里黑漆漆的，紧接着传来武器的破风声和乱七八糟的声响，羽人大喊了一声：“是我。”

麦门冬咧咧嘴，点燃蜡烛走进屋。河络坐在床沿，手中拿着她的铁钎，秋石正有些狼狈地从地上站起来，试图抚平衣袍上的褶皱，麦门冬等着紫苏和荆芥进屋后关上门。

“幸亏你机灵，换了我大概会被她砸死。”他幸灾乐祸地对秋石说。

“我告诉过你们，没事不要乱进我的房间。”霹雳焰消沙哑着声音说，她瞪着麦门冬，“你们要干吗？”

“关心你呀。”麦门冬笑嘻嘻地说，向紫苏使了个眼色，后者无知的模样让他恼火起来，一把将她推向河络，“你不是给焰消姐带了吃的嘛！”

霹雳焰消一把扶住紫苏。“麦门冬，你少来。我不饿，也不想吃。”她的脸色和玉石堡的秘术师一样苍白，“你们该干什么就去干什么，我要睡了。”

紫苏忙不迭地把食盒放在霹雳焰消身旁。“那我们走了，焰消姐，你好好休息。”

麦门冬瞪了一眼紫苏，转头看着秋石。

“刚才老麦连戏都演过了，不管演得对不对，至少摸个底有点准备。”羽人脸上没有往常玩世不恭的表情，“你来到玉石堡以后就不对劲，焰消，发生了什么事？”

霹雳焰消沉默不语。

她此刻的内心比黑潮群岛的风暴更动荡狂暴，麦门冬想，恐怕连紫苏和荆芥都能看出来，他瞥了一眼同伴，算了，这两个笨家伙。

“来吧，吃点东西，然后我们一起想想怎么解决……”

霹雳焰消打断他。“你不要多管闲事。”

“这里每个人的事，都是所有人的事，舞叶组的事。”

“你不要想当然，麦门冬。”霹雳焰消猛地站起来，指着屋门，“你们统统给我出去。”

“如你所愿。”麦门冬向屋门走去，他感觉到所有的目光都随着他移动，然后他坐在门槛上。“我们哪也不去，舞叶组在一起的时候，从来没有抛弃过一个同伴，如果我们俩现在换一下位置的话，焰消，你会说和我相同的话，所以无论花天酒地还是赴汤蹈火，五个人都在一起。”

很长一段时间屋子里鸦雀无声，麦门冬注视着跳动的烛光，这个房间唯一看上去有生命的东西，低垂头的河络像一座石像，其他人也一样。我能说动她吗？他想，不过刚才那段话我说得真好。

“盘瓠大神在上，我从来没有说过自己的故事，不过今晚你们就会知道。”河络终于开口，声音已经变得平淡也不再暴躁，尽管如此，麦门冬依然体会出她心情的起伏。

“我的部落在宛越边界的北邙山，一个名叫若莫谷的地方。你们或许知道，每个生活在部落里的河络，从小都是在新生殿堂里长大的，由专门负责抚养孩子的阿姆们照顾直至成年。我们河络对于父母的亲缘关系比较其他种族会有些淡薄，阿络卡说，河络都是真神创造的独立个体，只是借父母的身体被生育出来，从这个意义上说，每个河络都是平等的。

“在新生殿堂，我们接受教育和训练，每个河络都会有不同的选择。我从小的梦想就是成为一名优秀的河络战士，我不知道为什么？也许在我出生的时刻它已经印刻在我的心中。我训练得很刻苦，比每一个同伴都刻苦，很早就成为了一名鼠骑士，然后以最出色的成绩成为了神殿的守卫。我们若莫谷的河络神殿供奉着黑鳞尊，它是盘瓠大神的祭祀器，是我们部落最尊贵的圣器。

“很快，我成为河络神殿的四名守卫使官之一，我刻苦、认真、一丝不苟，人们异口同声称赞我值得信赖。

“某一天，若莫谷来了位外部落的旅人，一个满脸沧桑的老河络，他请求在山谷中借宿一段时间，得到了阿络卡的同意，这在我们河络部落是常有的事。老河络为人随和，又有过很多经历，说起自己在游历中遇到的各种各样故事，常常吸引了很多人，他在谷里越来越受欢迎。

“有一次，他来河络神殿祷告，遇见了正在当值的我，他问我有没有外出游历过，我说没有，我从未游历，我所有的时间都花在训练和学习中，老河络露出理解的神情，接着给我讲述外面的世界，他说起了河络的圣地无诺峰，说起了宛州的雁返湖，夜北高原的朱颜海，我被他的故事深深吸引。以后，只要不当班的时候我就会去找他，听他讲故事和各地的传说，他真的去过很多地方，说起游历的经历源源不竭，我承认，我被深深打动，而且，我还有一种奇怪的感觉，和他在一起时我特别放松，毫无拘束，也越来越有一种亲切的感觉。

“现在我知道，他一定是用了明月的秘术迷惑了我。一天晚上，轮到我和另一位守卫使官一起值守，老河络又来到了神殿祈祷。当时的情形，直到现在我记得非常清晰，我发觉他显得有些悲伤，我问他缘由，他说他想起了当年的河络爱人，那是一段凄美忧伤的经历。我抑制不住好奇，非要让他给我讲这段故事。他犹豫了一会儿，拿出了酒壶，我不仅忘记了自己的职责，无视同伴的劝告，还怂恿同伴一起在神殿的台阶上，一边喝酒一边听老河络讲述那些鬼扯的爱情故事。从那刻起，我成为了一个不称职的守卫，一个让部落蒙羞的罪人。”

霹雳焰消的话停了下来，她急促地呼吸，似乎正在努力调节自己的情绪，又过了一会儿，她慢慢平静下来。

“等我醒来的时候，我和同伴躺在议事堂中，周围站满了族人，他们的眼神中满是愤怒、惊异和不满，部落的圣物黑鳞尊被老河络偷走了，只留下两个被下药迷翻的守卫。当天，带着罪孽和耻辱，我被逐出了若莫谷。

“这就是我的故事，盘瓠大神在上，我发下过毒誓，走遍九州每一处角落，找到那个老河络。我，若莫谷的霹雳焰消，绝不允许自己背负着耻辱默默死去，我一定会为部落带回黑鳞尊。”

每个人的呼吸声缠绕在一起。

那个左眉伤疤、右耳残破、嘴角有痣的家伙，麦门冬想，他打破沉寂：“你一直在打听的家伙，就是偷走黑鳞尊的老河络？”

“是的。”

“你看见他了？在这里？”

“没有。”霹雳焰消说，“在玉石堡的大厅里，我看见了黑鳞尊。”

伍

长廊中一片影影绰绰，这个地方透着让人不安的古怪。麦门冬一点也不喜欢这种气氛，如果有选择的话，他宁愿站在甲板上面对十个穷凶极恶的海盗，嗯，二十个也可以。

在河络房间里的争论并没有持续很长时间，不会有人退出，大家只是商量用什么样的方式拿回霹雳焰消部落中的圣物。无法知晓玉石堡是否和偷走黑鳞尊的老河络有勾搭，无论是光明正大地讨要还是用金钱赎回，连荆芥这样的脑瓜都觉得完全不可能，只有去偷了。

紫苏走在队伍的最前面，秘术师对各种秘术陷阱会有最灵敏的直觉。愿星辰诸神佑护她，麦门冬看着紫苏在前面领路时的犹豫模样，忍不住为自己和其他人担忧。“我宁愿举着火把直接去抢。”他小声嘀咕说。

“对付秘术，她比你厉害多了。”霹雳焰消用铁钎轻轻敲了敲他的脑瓜，“别再抱怨了。”河络的优点是一旦做出决定，绝不拖泥带水。

“可是她不认路。”

麦门冬撞在了秋石身上，他没有注意到前面的羽人已经停下了脚步。麦门冬来不及说话，秋石转过身捂住他的嘴。

麦门冬眨巴眨巴眼睛，前方的紫苏正在念动咒语，空气中慢慢浮现出一个透明的人形，它舒展手脚，就像一个活人般灵巧。秘术师的手臂轻摆，透明的气体人在她的操纵下走向长廊尽头紧闭的橡木门，它摸索了一阵，伸出手用力去推右边的一扇门，厚实的木门开始慢慢移动。

麦门冬扯开秋石的手。“别疑神疑鬼。”他轻声说。

话音未落，橡木门上突然劈出一道诡异的蓝光，紫苏发出微微的一声“啊呀”。气体人整个燃烧起来，它只蹦跳了一下，立刻萎靡瘫倒在地上，燃烧的火焰同样是诡异的蓝色，可怜的气体人越烧越小，直到完全消失不见，火焰也随即熄灭。

橡木门重新阖起，一切似乎都未发生。

“星辰诸神，我宁愿去打三十个海盗。”麦门冬不安地扭动身体。

紫苏独自向前走去，她站在橡木门前重新吟唱咒语，一股气旋在她指尖流动，随后扑向橡木门，整个大门被一股似有似无的气体裹住，紫苏伸出双手搭在橡木门上，用力向前推去，大门慢慢出现了一道缝。

“可以了。”紫苏回过头说，“我暂时封闭住这座门上的秘术机关，我们有一炷香的时间。”

霹雳焰消大跨步走了过去，麦门冬来不及阻止，河络的身影已经消失在了橡木门后，秋石和荆芥紧紧跟随在她后面，紫苏朝着他招招手，“快点，老板。”

麦门冬疾步走向紫苏，随着她一起走进他们来过的那座大厅。

四周一片漆黑，只有穹顶上镶嵌的宝石发出各种幽暗的光芒。

紫苏的手中亮起一个光球，周围变得逐渐清晰，那张能够并排坐下二十人的长桌依旧在原来的位置上，还有唯一的一张高背椅子，桌上空空荡荡的，早已收拾干净。

其实那个老头对我们挺不错的，两百枚金铢给得真爽气，麦门冬心想，下一次我们会补偿他的，如果有下一次的话。

霹雳焰消步履缓慢地走向大厅侧旁一排青铜的陈列架，银色匣子、古朴的羊皮书、镶着宝石的权杖、破斗篷、石头棋盘和雕像，甚至有一只双腿直立的裂鬃熊标本——裂鬃熊并不算特别古怪的动物，但这只不一样，它的皮毛是蓝色。

河络在一件黑色的金属器具前停下脚步，它约有半截手臂的高度，外形是一只坐着的甲虫，躯体肥硕敦实，口器向前突出，一对翅膀微微张开，浑身装饰着浮雕式的纹路。

“盘瓠大神在上，您的罪人找到了您赐予我们的黑鳞尊。”她低声说，跪下来虔诚地行礼。“我曾用我的性命起誓，一定会把它带回和风之谷。”

“姑奶奶，拿了它快走。”麦门冬急促地说。

霹雳焰消站起来，伸出手从架子上拿下它。

麦门冬擦去额头微微冒出的汗水，事情进展出乎意料地顺利，可是按照他以往的经验，更确切地说是那些倒霉的经历来说，做成一件事永远不会那么一帆风顺。

他们鬼鬼祟祟地从原路退出了大厅。

麦门冬立刻察觉到了异样，门外并不是来时的路。长廊不见了，他们面对的是一个荒芜的花园，镰刀般的弯月挂在漆黑的天空中，月光毫不吝惜地洒在这个荒废的园子里，寸长的杂草散布其中，几块被用作园景的长石矗立在角落里，一动不动像守夜卫兵。

麦门冬想起洛卜的告诫：城堡很大，也有很多不适合去的地方，所以一定不要到处走动，否则会有不好的后果……

紫苏仰头看着天空，一脸严肃，夜风吹拂起她的长发，几缕发丝紧紧地贴在脸庞上。

“我感受到不同的星辰力，太强大了。”她喃喃自语说，然后环顾左右，“大门上的防御陷阱是郁非。”她指了指橡木门，“那么岁正的力量呢？我知道了，一定是来自这个花园。但这并不能解释为什么回去的路不见了？”她露出苦苦思索的表情。

“是不是因为方位的变化？”秋石忽然说。

紫苏像是一下子被惊醒。“整座大厅被施以填盍法术，不知晓其中窍门的人，每次走出大厅都会被引入不同的位置，一定是这样了。” 她随即又皱起双眉，“可是依我现在的能力恐怕破解不了大厅的填盍迷阵。”

“没关系，我们有这个。”秋石从怀里掏出一个带柄的小铃铛，是麦门冬装醉时洛卜给的。

“把那家伙招来干什么？”麦门冬低声嘟囔说，“投案吗？”

“他可以带我们回去，只要不让他发现我们拿了黑鳞尊。”

紫苏指着霹雳焰消手中的黑鳞尊问：“焰消姐，你知道这个法器拥有何种星辰力吗？”

“在部落里我只是个战士。”河络摇头，“也从来没有听阿络卡和苏行们谈论起这个。”

紫苏点了点头。“它是拥有寰化星辰力的法器。”

天呐，麦门冬使劲控制住自己才没有喊出声，他使劲瞪着秘术师。

“大概就是这个原因，玉石堡的秘术师才想把它弄来的。”紫苏认真地继续说着，一点也没发现自己老板的异常，“如果用我的亘白秘术配合具有寰化星辰力的法器，可以试着短时间隐身。”

秋石的眼睛一亮。“紫苏，就这么办，你带着焰消和黑鳞尊隐身。”他转向麦门冬，“你又可以发挥一次演技了，老麦。”

麦门冬白了羽人一眼，拿出锡酒壶狠狠地灌了一大口，又把酒壶里的酒往身上洒了一些。空气中弥漫着酒香，身边传来紫苏的咒语声，她和捧着黑鳞尊的河络慢慢发生变化，人形越来越淡，直到消失在空气中。

可怖的秘术。

“好了。”麦门冬挺起胸膛，“开始吧。”

秋石对着荆芥点点头，蛮族小伙走上前，稍稍露出犹豫的表情。“老大，开始了。”他有些紧张地把手放在麦门冬的胸口。

“哪来的那么多废话，你赶紧的……”

麦门冬还没说完，一股大力推来，他踉跄了几步，一脚踏进了荒芜的花园中。感觉就像踩在棉花堆里松软，麦门冬发现自己的双腿正飞快地陷入泥土里，一直没到膝盖。

就这？一片沼泽而已，哪有什么可怕的，他想，然后看见了荆芥的表情，荆芥瞪大了眼睛，嘴巴微微张开。出了什么事？他望向秋石，羽人似乎也没有往常的淡定，伸出手向自己比画着。

“老麦，别紧张，放松。”

麦门冬有种不祥的感觉，狐疑地扭头看着身后。一株透明的植物正在破土而出，转眼已经比麦门冬还要高大，它像个怪物一样快速生长，无数粗细不均的藤蔓像手臂一样向麦门冬缠绕过去。

“星辰诸神，这是什么鬼东西？”麦门冬挣扎着，身躯和四肢已经被植物紧紧捆绑住，“该死，快把我弄出去。”

“你忍耐一下，我们需要些逼真的场景才能糊弄住那个秘术师。”羽人说。

麦门冬用力挣扎，更多的藤蔓开始缠绕。“可是我不知道有这种怪……”他突然头朝下被扯到半空，整个身躯拉扯成一个倒过来的“大”字，“救我……”蔓藤开始猛烈地摇摆，麦门冬刚喝进去的酒从鼻空里喷了出来。

在他的视野里，头下脚上的秋石冷酷地摇了摇头。“坚持住，老麦。”

你们真的没良心，麦门冬痛苦地想，耳畔传来清脆的铃铛声。

藤蔓缠绕到他的脸上，开始扯动他的鼻子和耳朵，他不得不闭紧双眼和嘴巴，一根纤细的藤蔓使劲地拉扯他的眼皮，紫苏说，这些都是岁正系的秘术植物，玉石堡里到处都是这些家伙，它们是守卫，而且永远不会打瞌睡！

缠绕住麦门冬身躯的藤蔓猛地收紧，他发出痛苦的呜咽声，一下子失去了意识。

柳南风，柳南风，我送阿郎行。轻帆舟影远，心念晚云停……

是小沫的声音吗？等一等，我是在十二星芒岛的玉石堡，为什么每次我昏过去的时候都会听到这首歌？

“老板真英勇。”一个模模糊糊的声音从遥远的地方传来。

我一向如此，你们这群傻瓜，所以今后都应该好好听我的话，尊重我，爱护我。

“有时候像个傻瓜。”另一个声音说，他不喜欢这句话，而且现在没办法去反驳说这句话的人，“我真不知道他的脑袋里在想些什么。”

“这次他又撞破了脑袋，焰消姐。”

“别担心，他还是会和以前一样的……聪明和傻。”

麦门冬睁开了眼睛，依旧是霹雳焰消和紫苏的两张脸。“你们能不能在我快醒的时候说些好听的话？”他叹了口气，“让我开心开心。”

紫苏的脸上绽放出笑容，“老板醒了。”

“他早就该醒了。”霹雳焰消冷冷地说。

别假装冷冰冰的，我可是从你的眼里看到关切，你掩饰不了的，麦门冬想。

“你笑得那么古怪干吗？”河络皱眉说。

屋里点着蜡烛，烛火跳跃，麦门冬撑起身子从床上坐了起来，看清是自己的房间。“秋石和荆芥呢？”他问。

“在他们自己的房间，秋石担心如果大家始终在一起，会引起秘术师的怀疑。”

“我们安全了？”麦门冬摸了摸头上蹭破的伤口，已经用纱布包扎好了，这次伤得并不重。

“暂时的，我们还在玉石堡。”霹雳焰消说，“秋石演戏和装傻的本领不比你差多少，嗯，主要是你表演得逼真，那个年轻秘术师没有太多怀疑，把你们直接带回小院。紫苏和我偷偷跟在后面，一路有惊无险。”

这哪里是表演？这是货真价实地用生命在冒险。

“星辰诸神佑护，”麦门冬说，“现在我们就等着天亮离开了。”

“现在先睡觉，养好精神。”霹雳焰消吹灭了油灯，屋里一下子暗淡，河络拉着紫苏向门外走去，“盘瓠大神在上，保佑我们一切顺利。”

后半夜起了云，天色毫无征兆地放亮，没有旭日和晨曦的一天，天空显得灰暗又阴郁。白袍的年轻人准时出现在小院，他依旧是面无表情，言语毫无音调起伏。

“用完早餐，里丙的船会来接你们。”洛卜瞥了一眼麦门冬，“希望你们的钱袋还在。”

麦门冬笑嘻嘻地拍了拍腰间。“二百枚宝贝都好好的。”

他们走出院子，洛卜在前面带路，穿过长廊之后又绕进另一条回廊。

“这不是去餐堂的路。”霹雳焰消狐疑地说，她背负着河络们一直喜欢用的藤兜，黑鳞尊被包裹好藏在里面。

“是的，”洛卜的声音传来，他没有回转身，继续自顾自地往前走，“执事们想见见你们。”

麦门冬和霹雳焰消、秋石各自交换目光。“执事们?”他发问。

“玉石堡的主人。”洛卜简单地回答。

穿过回廊之后，他们走进一个比昨日大厅更加气派的殿堂，从穹顶、墙面一直到地砖全部光洁如玉石，唯独大殿里的人身穿黑袍，三五成群地站在那里，大概二十几个人，男女老幼，麦门冬发现昨日坐在长桌后面评估货品的那个白发老人也在其间。

洛卜恭谦施礼。“大人们，他们来了。”

黑袍人们把目光投了过来，麦门冬内心忽然感到一阵惶恐，他努力装出气定神闲的模样，鞠躬行礼。“诸位执事大人。”他用恭敬的语气说。

没有人回答，黑袍人们盯着他们，有人开始窃窃私语，还有人指指点点，似乎在对他们品头论足。时间一点一点过去，麦门冬额头微微沁出汗水，胸膛中心跳得越来越快，他张开嘴，忽然觉得口干舌燥，什么都说不出来。

有人紧紧抓住他的手肘，刺痛的感觉让他精神稍稍一振。“对方是在用秘术，暗月，还有寰化。”霹雳焰消沙哑的声音说，她的脸色微微发红，汗水顺着脸颊流了下来。

他们想要控制我们的精神，麦门冬立刻明白了，他转过头，秋石和荆芥已经退到紫苏身旁，紫苏的脸色苍白得如同一张纸，连嘴唇也失去了血色。

因为紫苏也是秘术师，所以承受了最多的秘术影响，麦门冬使劲集中自己的注意力，他瞧见秋石正在把手挪向肩膀背着的弓箭。

他绝对能够在最短的时间里张弓射箭，可是，我们能从这一群强大的秘术师面前全身而退吗？还有，秘术师们为什么要这样做？

“因为你们窃取了不属于自己的东西。”

没有人说话，一个声音直接在麦门冬的脑海中响起，麦门冬惊骇地看着他同伴，他们的表情和他一样，是秘术。麦门冬立刻意识到这些黑袍人已经知道了他们昨晚的所作所为。

我们没有瞒过他们，所以这里是一场审判，麦门冬有些懊恼地想。他扫视着眼前的这群黑袍人，一张张苍白的脸庞，阴郁的眼神，没有人说话，但是每个人都像是那个正在窥探他内心的家伙。

“我们不是偷窃，我们是把属于别人的东西归还它的主人。”他平静地说。

“不要狡辩。”那个声音继续在他脑海中响起，“你们身为玉石堡的客人，未经允许却拿走属于玉石堡的法器，这就是偷窃。”

“黑鳞尊不属于玉石堡，它是河络的圣物，它属于北邙山的若莫谷。有人偷了它，交给了你们，这是我们要拿回它的原因。”麦门冬大声回答，他用手指着霹雳焰消，“黑鳞尊是属于这个河络和她的族人的，她因为圣物的失窃被部落责罚，从此流浪天涯，一直在苦苦寻找无耻的贼人和丢失的圣物。”

“黑鳞尊是玉石堡买下来的，你说的偷窃和玉石堡无关。”

“那就请公平地还给我们，我们会支付你们损失的金钱。”

“金钱？玉石堡最不需要的就是金钱。”声音冷笑着说，“你们必须受到惩罚。”

麦门冬回头一一扫过同伴们的脸庞，霹雳焰消、秋石、荆芥和紫苏，他们和我心意相通。“我们接受惩罚，为自己的所作所为负责。”他转脸对着黑袍人们说，“只有一个要求，请把黑鳞尊还给它的主人。”

那个声音傲慢地笑起来。“你们有什么资格向我们乞求？”

“这不是乞求，是要求。”麦门冬说，“如果你们不愿……”他的话没有说完，一股眩晕感袭来，整个白色大殿开始旋转摇晃，他站立不稳倒在地上，“小心。”他对着同伴们大声喊叫。

大殿突然朝着一侧快速倾斜，麦门冬躺在光滑的地面向下方滑去，没有任何可以攀抓的缝隙，他瞥见自己的同伴也在地上翻滚，他伸出手去想要抓住霹雳焰消，差了一点点，河络从他身旁飞快地滑落。

那些黑袍人就像钉子一样站在那里，整个身躯斜斜地竖在半空中。

顺着倾斜的地面，麦门冬飞快地滑向大殿一侧高大坚实的殿墙，在整个身躯重重撞上去的那一刻，他闭上双眼抱头大喊。

没有任何的疼痛感，身体似乎栽进了一堆棉花中，麦门冬慢慢睁开眼睛，自己躺在一片白色的雾气中，他撑起身体，手掌接触到硬邦邦的地面，干涸的泥地。

他慢慢爬了起来，白色的浓雾环绕，就像置身于棉花之中，什么也看不见。

“焰消，秋石。”他呼唤同伴的名字，“荆芥，紫苏……”

没有回音。

麦门冬踉跄前行，脑袋还有些晕乎乎的。这是什么地方？秘术师们的牢狱？他想起曾经听说过的传言，得罪秘术师后遭受各种各样的折磨，忍不住打了个寒战。

他走出去足足有三百箭尺的距离，什么也没有，除了浓雾和大地，什么也没有！

麦门冬停下了脚步，他想了想，席地坐下，在怀中掏出一个油纸包。他敲击火石，油纸烧了起来，火光贪婪地吞噬着油纸，黑色的纸灰在半空中飞舞。麦门冬拔出匕首在灰烬中拨拉，香气扑面而来，他捅起一块鸡肉，放在唇边使劲吹了吹。

白色的烟雾突然向远处退去，一个黑袍的男人毫无征兆地出现在麦门冬面前，脸颊消瘦，下巴尖削，同样苍白接近病态的肤色，玉石堡的秘术师们也许终日不见阳光。

尖瘦的男人的表情有些愤怒，又有些不可思议。“你在干什么?!”

这是刚才在脑海中出现的那个声音。

“肚子饿了。”麦门冬说，“洛卜说带我们去吃早餐的，谁知道是场审判。这是昨晚带给同伴的食物，她没吃，我可不想浪费。”他大口嚼着鸡肉，嘟囔说：“说实话，你们的烹饪很不错，能教教我的同伴吗？那两个女人真是不会做饭。”

对方的神情看上去更加愤怒。

麦门冬抱歉地招呼说：“对不起，你也来一块吧。”

“要么你是胆子大，要么你是真的蠢。”尖瘦男人冷笑了一声，“你，还有你的同伴都会一辈子被囚禁在这里，一块虚空界的弹丸之地，什么都没有，没有水，没有吃的，没有活物，也没有同伴，孤独一人。但是你却发现自己无法死去，即使过了几十年，身体正在慢慢地腐烂，你依然痛苦地活着。”他的话语变得缓慢又残忍，“这是一个非常非常漫长的过程。”

“是为了惩罚我们试图拿回原本属于自己的东西吗?”

“不，你们是贼，胆大妄为的贼。”

“也许我们的方式不够正确，当时还应该放把火，烧光那些抢来的或者骗来的不义之物。”

尖瘦男人大笑起来，脸上却没有笑意。“死到临头，嘴硬不会让你得救。”

麦门冬擦去嘴角的油渍，“有酒吗?”对方冷冷地看着他，“算了。”麦门冬摆摆手。

对方用刀锋般冰冷的眼神注视他。

“听好了，我只会给你们一次机会，玉石堡需要些人手去为我们寻找想要的东西，你们胆子大，脑子也很活络，这是避免在这里耗尽自己生命的唯一办法。”

“所以那个偷黑鳞尊的老河络也是你们安排去若莫谷的?”

尖瘦男人愣了愣。“这不是我们要谈的。”

“不谈清楚，就会显得特别没有诚意。”

“我是在给你们机会。”对方拉下脸，“记住，想要烂死在这里，是你自己的选择，我相信你的同伴们不会像你一样蠢。”

麦门冬摇头说:“据我所知，他们不会为强盗和小偷服务。”

“你过于自负了，麦门冬，这是无可挽回的错误。” 尖瘦男人森然说，“你一定会后悔的。”随着话语，他的身体逐渐变得透明，直到完全消失。

这是我的选择，麦门冬有些疲惫地想。他环顾左右，白色的雾气重新聚拢过来，在他的身旁留出一个圆桌面大小的空处。他举步向前走去，雾气跟随着他一起移动，视野里除了白茫茫的一片，什么都没有。他停步，换了一个方向行走，依旧如此，他突然奔跑起来，无论他跑得多快，无论他跑向何处，雾气始终环绕在他的身旁。

麦门冬颓然停步，他明白自己就像被关在一个白雾围拢起来的囚房里，一块虚空界的弹丸之地，没有水，没有吃的，没有活物，没有同伴，慢慢腐烂，孤独至死……

他倒下来，躺在地上。

“柳南风，柳南风，我送阿郎行。轻帆舟影远，心念晚云停……”麦门冬轻轻哼起小调。

你是十三坡最漂亮的女孩，不，是整个柳南城。他说。

我才不想做最漂亮的女孩，我要成为最能干的，也是最厉害的。小沫说。

卢老爹说女孩子不应该厉害，女孩子就应该漂亮和温柔。他说。

老爹说的不对，只有漂亮和温柔是没办法保护自己的。小沫说。

你不用保护自己，小沫，我会保护你的。他说。

才不，你连自己都保护不了。小沫说。

麦门冬醒来，看着四周，白茫茫的一片。过了多久了？他想，我要去找她，要去找找那座岛。他一骨碌盘腿坐起，皱眉想了半天。“喂，黑袍子。”麦门冬大声叫起来，“我们再谈谈吧？”

周围隐隐传来回声，他继续喊叫：“黑袍子。”

白雾退去，刚才的尖瘦男人再次出现。“这么快就后悔了？说实话我有些失望。”他的脸上带着嘲讽，“我还以为你是个真正的硬骨头。”

“我想了想，我曾经也是个佣兵，许多事可以再商量商量。”麦门冬不得不承认说，“这个地方实在无法让人忍受。”

“能屈能伸，很好。”

“我的同伴们怎么样？”

“他们像刚才的你一样。”尖瘦男人皱眉说，“又臭又硬。”

“让我和他们谈谈，你知道我们是一伙的，五个人合在一起才足够厉害。”

“你刚刚说过，他们不会为强盗和小偷服务。”

“所以冷静之后，我可以试着劝劝他们。”

尖瘦男人盯着麦门冬。

卢老爹说过，让自己的内心足够强大，才能抵御这个险恶的世界。麦门冬屏气凝神，在心中默默念着。不会每一次都让人随随便便地读取到你的想法。

尖瘦男人露出奇怪的表情，缓缓地说：“你可别想耍什么花招。”

麦门冬摊开手无奈地说：“就算我想，这里是玉石堡，你觉得我们能在一群强大的秘术师面前耍什么花样？”

尖瘦男人思索了片刻，念动咒语。

“等一等。”麦门冬大叫，“大法师，能不能把我们五个人放在一起，要我把同样的话说四遍，太累人了。”

陆

白色的雾气退散到远处，麦门冬看见同伴们一个接一个地出现在自己面前。霹雳焰消拄着铁钎，眉头紧锁，秋石面无表情地站着，身旁的荆芥不解地挠头，最后一个出现的是紫苏，她迷茫地四下张望，见到自己之后立刻又眉开眼笑。

“老板。”她轻声地喊了一声。

“你们都好吗？”麦门冬问。

秋石耸了耸肩，看了看荆芥。“你没事吧。”羽人说。

蛮族小伙点点头。

“怎么回事，麦门冬？你为什么和他在一起？”河络厉声问。

麦门冬随着霹雳焰消的目光看了一眼站在自己身后的尖瘦男人。“这位黑袍，咳咳，黑袍大师有个想法……”

“他说了，我拒绝。”霹雳焰消打断他，“你们也一定不会同意的。”她的目光扫过身旁的人，每个人都微微点头。河络望向麦门冬，露出疑惑的神情，“你是什么意思？”

“我觉得我们应该好好商量一下。”麦门冬诚恳地说。

“见鬼，麦门冬，你的脑瓜里在想些什么？不是想答应这些家伙吧?”

“焰消，让我们冷静下来想一想，如果留在这个囚禁之地会是怎么样？再没有自由之身，我没法去找圣湖岛，而你的黑鳞尊也永远不会回到若莫谷。”麦门冬挑了挑眉毛，“这不是我们想要的结果。”

怒气从霹雳焰消眉间一闪而过，她低声说：“去你的圣湖岛。”

“我们冒着危险拿回黑鳞尊，就是为了让它物归原主。”麦门冬的嗓门大了起来，“如果你不愿意，我可以替你送回去，但是你不能代替他们做出选择。”他指着其他的同伴，“你们呢，愿意留在这个鬼地方，还是重新选一条路?”

荆芥有些木讷地看着麦门冬，没有说话。秋石摇了摇头退了一步，走到紫苏身旁。

“麦门冬，我一开始就叫你滚，不要掺和到这件事中来。”霹雳焰消大声咆哮，这个女人的嗓门真大，“是你死皮赖脸说什么无论花天酒地还是赴汤蹈火，五个人都是在一起，现在我宁愿待在这里，也绝不会和那帮偷黑鳞尊的家伙为伍。”

“我错了，我错就错在以为你是一个懂道理的……”

麦门冬的话还没说完，河络的铁钎忽然呼啸着狠狠砸向他的脑袋，他猝不及防，慌张地就地打滚，没等他站起来，铁钎又抽了过来，这次直奔他的小腿，凶狠、快速、精准，他只能在地上继续打滚。

铁钎险些砸中他的腿，在地上留下深深的痕迹。

“不要……发疯了……女人……”他磕磕巴巴地喊叫。

尖瘦男人看着他们俩，脸上依旧没有任何表情。霹雳焰消脚下的地面突然裂开，透明的茎叶破土而出，藤蔓和卷须迅速缠绕住霹雳焰消的双腿，它不断生长，瞬间爬满了河络的身体，她一下子被固定住，动也不能动。

“你的话好像没什么用。”尖瘦男人看着麦门冬嘲笑说。

麦门冬从尖瘦男人的脚旁爬了起来。“是啊。”他叹了口气，手中突然多了原本插在腰间的短剑，短剑抵上尖瘦男人的脖子。

“放开她，然后带我们出去。”麦门冬说。

“这就是你的计划？”尖瘦男人面无表情地说，“你小看了玉石堡。”

“只要你敢动一动手指，我会毫不犹豫地割开你的喉咙。”

“是吗？那么就来吧。”尖瘦男人缓缓抬起右手臂，指着霹雳焰消，“看看她会不会死。”

麦门冬的手微微颤抖，紧紧盯着黑袍人的脸庞，直到最后他叹了口气，放下抵住对方咽喉的短剑。“好了，”他转头看着自己的同伴，“动手吧。”

一根闪动光芒的气索凭空出现，紫苏挥出手臂，气索瞬间将荆芥的身躯紧紧缚住。荆芥露出吃惊的神色，挣扎着想要喊叫，羽人拉开弓，箭矢几乎抵住他的脑袋。

“千万不要念咒语。”秋石说，“我是一个天性容易紧张的羽人，一紧张手就容易抖，手一抖就抓不住弓弦。”

荆芥慢慢平静下来。“你们怎么发现的？”他冷淡地说，是尖瘦男人的声音，蛮族小伙的脸庞开始像水波一样诡异地抖动，变成了尖瘦男人的面孔。

“你画蛇添足了。”麦门冬身旁的“尖瘦男人”同样变化着，慢慢露出荆芥原来的容貌，蛮族小伙木讷地平视前方，毫无表情。厉害的秘术师既然能够钻入脑袋试图控制你的精神，那么改变容貌和控制身体也是小菜一碟吧。

麦门冬看着穿黑袍的秘术师。“我们彼此足够熟悉到一眼就能看出破绽。”他指了指荆芥和霹雳焰消，“现在你可以把他们俩都放了吗？”

“然后再带你们出去？一个换五个？”尖瘦男人哼哼着，“你们要价太高了。”

“我们只有这点本钱，没办法，只能以小博大。”

“你不放了我，他们俩就会先死。”

“那就没办法了。”麦门冬恶狠狠地说，“我们只有这一条路，你不肯退步，那么只有大家一起死。”

话音未落，地面突然剧烈地抖动，转眼裂出无数缝隙，海水从其间喷涌而出，转眼吞没了每一个人。麦门冬拼命挣扎，可是水流的冲击让他无法控制自己的身体。眼前出现一个巨大的漩涡，所有的人包括那个尖瘦的黑袍男人一个个从他身边迅速滑过，落入漩涡眼中。

星辰诸神佑护，麦门冬来不及思考，自己也被卷入了漩涡的中心，瞬间沉入漆黑的海底，他一下子失去了知觉。

麦门冬缓缓地张开双眼，海水轻轻碰触他的脸庞，下一刻又顽皮地退去，海鸟的鸣叫声从不远的地方传来，他甩了甩湿漉漉的头，慢慢撑起身体。

自己躺在一处空旷的沙滩上，海水、礁石、漫天飞翔的海鸟，还有沙滩后面的树林、群山，唯独没有人。麦门冬踉踉跄跄地走着，这又是一处囚禁地？他内心有些发慌，秘术师们的力量强大到他们根本无力对抗。

拐过海湾，沙滩的后面出现一座灰石屋子，麦门冬在它面前站住，盯着屋子看了许久，随后他来到屋前，轻轻推开木门跨了进去。

屋子里没有人，只有些简单的物什，墙角用石块和木板搭起的通铺，屋子中间的火塘，架起的吊壶，几张小板凳，墙上挂着几把粗劣的刀具和盾牌，所有的东西都是如此熟悉。麦门冬静静地站着，几乎是从记事开始之后，他在这间屋子里生活了整整十年。

他记得睡在通铺上每一个小伙伴的面容，记得他们的故事，也记得他们的结局。所有的一切，藏在心底最隐秘也是最柔弱的地方，这是他的童年。

身后传来声响，麦门冬转过头去，看见一个人影走了进来。“冬子，就你一个人？”卢老爹放下手中的渔具，走到火塘边上。“火熄了。”他自言自语地说，拿出燧石轻轻敲打，重新燃起火堆。

麦门冬一声不响地看着他。

吊壶里的水开始滚了，卢老爹在火塘旁坐下，把壶里的水冲进一个个杯子里，屋子里飘溢着黑茶的香气。“还站着干什么？坐下来喝茶。”卢老爹看着麦门冬说。

麦门冬在卢老爹的对面坐了下来，接过他递来的茶，轻轻啜了一口，依旧是原来的味道。

“你怎么想到回来了？”卢老爹往装着鱼的铁盆里舀水，他煮的鱼汤能够让人鲜掉眉毛。

麦门冬摇了摇头。

“找到小沫没有？”

麦门冬依旧摇了摇头。

“别灰心。”卢老爹把铁盆架在了火塘上，“只要是星辰诸神应允过的，一定可以实现。”

“如果诸神没有应允过呢？”麦门冬轻声说。

“难道你没有去星辰神庙祷告吗？”

“我去了，可是没有人回应我。”

卢老爹笑了。“世上哪有轻而易举的事情。诸神听到了你的声音，便给了你答案，但是你不知道，因为它藏着。”他边说边指了指自己的心口，“藏在这里。”

“藏起来的答案又有什么用?”

“傻孩子，答案不重要，重要的是你的心会告诉你如何去做。”

卢老爹不再说话，专注铁盆里的鱼汤，鱼肉在汤水中翻滚，卢老爹用木勺舀了一口汤，向麦门冬递来。“尝尝，味道怎么样?”

麦门冬喝了一口，鱼汤寡淡无味，他皱起眉头。

卢老爹欢悦的神情慢慢退去。“我是怎么了？连鱼汤都烧不好了。”

麦门冬握紧了拳头。“老爹，回不去的。”

“什么，你说什么?”

“你已经死了，老爹，不在这个世上了。”一滴泪水从麦门冬的眼眶滑落。

“死了。”卢老爹喃喃地说，“死了……”

“可是我会记着你，永远。”麦门冬说。

卢老爹抬头看着麦门冬，脸上露出满满的笑容，他的身影开始向后退缩，不仅仅是他，麦门冬周围的一切都在向后退缩，直到消失不见。

麦门冬站起身，发现自己腾空在一片虚无之中，周围被黑色的雾气环绕，只有前方的人影若隐若现。

“你们都喜欢这样鬼鬼祟祟地窥探别人的内心吗?”他说。

“只是想要更多地了解你而已。”影子说。

“我永远不会接受这种了解的方式。”麦门冬说。

影子叹了口气。“我们并不愿意这样做，只是吃过亏之后，不得不采取这样的办法。”

麦门冬冷笑说：“这算是测试？你的同伴来考验我们的能力，而你负责来偷窥我们的秘密，万执事。”

“我们需要的人必须内心强大，而且坦荡不被玷污。”影子靠近了一些，露出了万执事的白发面容。

“我有没有令你们满意?”麦门冬嘲笑说。

影子没有直接回答，他挥动手臂，黑色的雾气转眼消失得干干净净。麦门冬发觉自己依旧站在白色的大殿中央，甚至就在自己刚才站立的位置，他转过头，发现同伴们站在自己的身后，他们脸上的表情充满了困惑、无奈和不安。

站在远处的穿黑袍的人们正在交头接耳，他们似乎达成了什么一致意见，投来意味深长的目光，然后纷纷离去。

整个大殿只剩下了两个黑袍人，白发的万执事和尖瘦的男人。

“很精彩。”白发老人说，“我昨晚就告诉他们，能够得到独目霹蜚眼珠的一群家伙必定很有趣。”

“所以，我们现在可以离开了?”

“可以。”

对方直截了当的回答让麦门冬愣了愣。“你说了算?”

“我和聂执事现在全权代表玉石堡的执事会。”白发老人指了指身旁的尖瘦男人，后者阴郁的脸色更加苍白。

“那我们真的走了。”麦门冬向同伴们使着眼色。

“等等。”白发老人说。

麦门冬猛地回身。“我就知道秘术师们靠不住，满嘴瞎话。”

尖瘦男人冷冷地哼了一声。白发老人说：“没有用的，麦门冬，胡搅蛮缠、扰乱视线、出其不意的一套把戏，只能用来对付那些粗鄙的佣兵和海盗，在玉石堡可行不通。”他指了指霹雳焰消，“你们可以离开，黑鳞尊必须留下。”

“这个东西不属于你们。”霹雳焰消一字一句地说。

“星辰诸神为证，玉石堡从来不偷窃。这里所有的一切都是我们自己找寻的，或者等价换取。”白发老人神情不虞地回答河络，“六年前，一个老河络带着黑鳞尊来到玉石堡，把它卖给了我们，我们有当时的契约文书，按照九州的律法，这件法器归属于玉石堡。”

“可这是他偷来的东西。”河络说。

“他说得对。”麦门冬无奈地说，“按照九州律法，除非我们找到那个窃贼，带着他一起回来，才可以赎回黑鳞尊。”

“不要忘了，是否同意赎回依然由玉石堡说了算。”

是的，如果玉石堡不愿意交还，我们一点办法都没有。麦门冬郁闷地想。

“我才不管什么律法。”霹雳焰消握紧了铁钎，愤怒地说，“我只知道这是我们部落的圣物。”

白发老人摇摇头。“若讲律法，我们就按照律法办。若讲巧取豪夺，我们就按照巧取豪夺的本事来办。你行吗，河络？”

霹雳焰消握着铁钎的手微微颤抖，过了许久，她深深吸了一口气，解开一直背负在身上的藤兜，从里面拿出黑鳞尊，扯去外面一层层裹着的布，拿在手中端详片刻。随后河络走上前把黑鳞尊交到白发老人的手中。

“我一定会回来拿走它的。”她语气坚决地说，随即转身向大门走去，“我们走。”她大吼说。

“我有一个让你们拿回黑鳞尊的机会。”

所有的人都在大门前停下了脚步。这帮老变态，你们是故意的吧，麦门冬愤愤地回过身子，那两个穿黑袍的家伙居然还恬不知耻地露出一副意料之中的表情。

“那个老河络，你一定知道他的名字。”白发老人看着霹雳焰消。

“我永远记得那个名字，断眉夏杜。”

“断眉夏杜，对玉石堡来说同样是无法忘怀的名字。” 白发老人咂吧了一下嘴，皱起眉头，“我真不喜欢这个故事，你来说吧。”

“轮到丢脸的事情，就让我来?”尖瘦男人哼哼着回应。

“反正你也不是第一次丢脸。”

“我不是，我没有，你不要瞎说。”

“别耍小性子了。”

两个人若无旁人地交谈，麦门冬觉得自己大概明白了尖瘦男人为什么总是一脸阴郁。

“六年前，那家伙带着黑鳞尊来到玉石堡。”尖瘦男人开始叙述往事，“黑鳞尊是拥有寰化星辰力的强大法器，玉石堡当然很感兴趣。”他看了看霹雳焰消，“我们不在乎那家伙是怎么得到黑鳞尊的，良善并不是我们的义务，我们有自己的准则，不需要别人来评价我们的对错。”

“和你们一样，那家伙在玉石堡待了一个晚上，第二天我们发觉那家伙不在客人的卧房里，甚至不在十二星芒岛上。我们很吃惊，因为整个十二星芒岛被强大的秘术结界所控制，不是什么人都能来去自由的。不久，我们又发现了其他情况。岛上的一个秘术师学徒失踪了，同时不见的，还有玉石堡最重要的一件法器。”

尖瘦男人从来不提断眉夏杜的名字，每次说起的时候总是露出嫌恶的表情称“那家伙”。

“经过一番调查我们才知道，那家伙只是用黑鳞尊为饵，真实意图就是为了偷取玉石堡的法器。那家伙事先蛊惑了一名学徒，帮助他偷盗并逃离了十二星芒岛。这件事发生之后，执事会赶走了所有的学徒，只有他和鹿盔岛上的银梓被允许留了下来。” 尖瘦男人指向大门，麦门冬这才发现洛卜沉默不语地垂手站立。“就是这样了。”

白发老人接口说了下去："如果你们能取回被断眉夏杜偷走的法器，带回断眉夏杜并交给我们，我们就把黑鳞尊还给这位朋友。"

麦门冬看着两个黑袍执事，似乎是个合情合理的交易，不过总好像哪里有点不对劲。"为什么选我们？" 他问。

"你们已经证明了自己，在玉石堡，还有鹿盔岛，你们有实力，也有智慧，还有些运气。"白发老人说，"运气也很重要，它代表了星辰诸神的眷顾。"

"如果我们拒绝，你们就找下一拨人？"

"你们不会拒绝的。"白发老人举起手中的黑鳞尊，"难道你们希望被其他人拿走这个？"

"我只是想知道，你们为什么不自己去找断眉夏杜？"

白发老人和尖瘦男人互相看了一眼。"你的好奇心太重了，麦门冬。"

"你把这个看作是好奇心，我把它称为谨慎，它可以让我活得久一些。"麦门冬说，"既然法器很重要，你们却等了六年时间，直到我们来到玉石堡，才决定用一个交换的方式雇我们去找它，这的确让我感到很好奇。以玉石堡强大的秘术能力，十个舞叶组也不是你们的对手，所以，依旧是这个问题，为什么你们自己不去找那个河络？"

白色的大殿如同墓地一样沉寂，直到白发老人重新开口。"要找到合适的人选并不容易，来这里的人大多是唯利的商人，我们也不会选择那些心术不正的冒险家，你们是这些年来最合适的人选。"他语速缓慢，声音平淡，"至于玉石堡为什么没有自己去找回法器，是因为我们无法离开十二星芒岛。"

聚集在玉石堡的是一批非常强大的秘术师，十二星芒塔对应了十二主星，即便是黑暗的谷玄也有它的追随者，"只有秘术，没有恩怨”，这是秘术师们和平共处的唯一守则——鹿盔岛的胖大人复刻了这句“箴言”。

秘术师们不问世事，潜心研究，大多数人对秘术的追求有着无人可及的欲望，也具备无人可及的强大能力。堡内除了秘术师们积累的财富，还有留存下来大量的秘术书籍，偶然的机会，一位秘术师在古老的秘术书上发现了一个强大法阵，法阵意图同时汲取十二星辰力，融会后灌注于施法之人，由此获得与星辰同样的不朽之身。这个想法实在惊世骇俗，曾经研究过它的前辈也在书旁批注：此乃逆天之悖行，万不可行，切记，切记！

法阵引起了玉石堡的关注，执事会数次讨论，强大的秘术师们自负地认为前人无法操控仅仅是因为自身力量不够，于是聚集十二星辰的各系秘术师，妄图以众人之力来弥补替代个体的不足，所有的秘术师们都参与了法阵的启动，星辰之力汇聚，世间从未有过的强大力量出现在秘术师们面前，当时的景象已经无法用语言描述。

星辰力如同决堤的狂暴潮水，汹涌灌注到秘术师们的体内，所有人一时间全部昏厥。当他们醒来时，惊喜地发现自己的身体发生了变化，不仅拥有了更为强大的精神力，甚至获得了不死之身。

只是这种喜悦并没有持续多久，秘术师们随后发现，这个强大的法阵扭曲了整个十二星芒岛的时空，岛屿连同玉石堡一同被压缩进某个奇怪的空间，一个结界。秘术师们的强大力量和不死之身就是因为存在于这个结界中，然而一旦离开，秘术师体内的精神力将立刻湮灭，无法存活。

白发老人停止了讲述，他抬起自己的右臂，苍白的手指开始虚化抖动，变成了诡异的透明，然后顺着手指蔓延到手掌，手臂……就像潮水涌上了海滩。他身上的黑袍遮掩住了身躯的变化，然而很快，露在黑袍外面的左手，脖颈以及整个脸庞都变成了透明。

就像那些植物守卫。

他们始终被困在这里，既是不死，也是不生，毫无意义的力量和生命，麦门冬看着对方，心中一丝叹息。

“对强大力量毫无节制的索取，最后必将受到星辰诸神的惩罚。”白发老人的声音终于流露淡淡的忧伤，“从自负变成愚蠢只有一步之遥。”

“靠近岛屿的海面是灰白色的，是这个结界造成的吧？”麦门冬问，“但是，我们为什么可以来到这里？”

“这个结界在每天清晨的一段时间内可以允许像你们这样的正常人员自由出入，这也是每一个上岛的人必须在岛上留宿一夜的原因。”白发老人轻轻咳了一声，“我们花了很长时间想要破解这个结界，所有的尝试都失败了。唯一的成果是我们花费巨大的代价制造了一枚回魂戒，这枚戒指的作用是聚拢精神力，只有在这枚戒指的保护下，我们才能离开这个结界。”

“只有一枚戒指？”麦门冬问。

“是的，所以它被严格保管。除非有非常特殊情况，经过执事会的同意后，才可以派一位执事带着戒指离开玉石堡，直到它被断眉夏杜偷走了。”

大殿里再次陷入短暂的沉默，麦门冬回望同伴们，从他们的眼神中得到了一致的意见，他转而看向二位黑袍执事。

“我们愿意接受你们的任务。”他说。

白发老人又一次点头，五张羊皮纸随即在半空中出现，各自飘向五位舞叶组的成员。“这是我们双方之间的契约，”白发老人说，“你们负责找到断眉夏杜和回魂戒并交给玉石堡，你们也必须在星辰诸神面前起誓，永远保守玉石堡的秘密。作为回报，我们把黑鳞尊交还给北邙山的若莫谷。”

麦门冬伸出手，羊皮纸缓缓飘下落在他的手中。

“在羊皮卷上按上你们的手印，这个契约立刻生效。”白发老人说。

“等一等，老板。”紫苏说，“这个羊皮纸上有秘术。”

“是的。”白发老人点头，“这是一个暗月诅咒，一个生死契，无论哪一方违反契约，都会被怨咒缠绕，终生不得解脱。”

“你们也会被诅咒吗？”麦门冬质问，“在这里你们已经是不死之身。”

“玉石堡从无欺骗，也无要挟，一切都是你情我愿。”一直没有开口的尖瘦男子傲然说道。

麦门冬稍稍思索，将右手拇指轻轻按在羊皮纸的下方，一股轻微的刺痛感随即传来，羊皮纸慢慢合拢再次飘向白发老人。霹雳焰消四人也各自按上手印，五张羊皮纸逐一飘到白发老人身前，他双手合拢，羊皮纸立刻消失得无影无踪。

“感谢你们。”白发老人言辞诚恳地说，“作为你们去找寻回魂戒的工具，你们会得到一艘外海最快最好的船，它将永远属于你们。”

“谢谢。”麦门冬回答，“另外，我想知道你们是否有断眉夏杜踪迹的线索。”

“现在还没有，但是有人会带着你们去找线索的。”

“谁。”

“洛卜会带你们去找寻断眉夏杜的线索，他也会一直在你们身边，直到你们拿到回魂戒。”白发老人指着年轻人解释说，“他是学徒，并没有参与法阵的启动和运行，所以没有受到结界的影响。”

“我们什么时候出发？”霹雳焰消急切地说。

“明天。今日时辰已过，你们必须在玉石堡再待一个晚上。”白发老人说，“希望你们好好休息一晚，还有，别再到处乱跑了。”

柒

在整齐划一的桨声中，划桨船越过海面上那条泾渭分明的界线，离开了灰白色的水域，麦门冬依旧可以看见平台上的人影，两位黑袍的秘术师，白发的万执事和尖瘦的聂执事，他们如同石像一动不动，目送划桨船的离开。

世间一切机缘巧合，皆不过是星辰诸神的安排，麦门冬想，是的，答案不重要，因为你的心会告诉你怎么去做。

里丙老爷脸上挂着不太自然的笑容，眼神飘忽不定，不断游走在舞叶组众人和那位玉石堡的秘术师学徒之间。

这个滑头的家伙又在搞什么鬼？麦门冬离开船舷旁走了过去。“我说里丙老爷，你好像有心事?”他一把搂住胖子的肩膀。

“星辰诸神为证，我一直在盼望你们平安归来。”里丙老爷脸上的肉微微地颤抖，随即压低声音说：“你要知道，从来没有人在玉石堡待过两天。”

“所以你觉得我们可能是挂了?”

“哪里，当初遇见你们的时候，我就知道你们不是普通人。”

“甜甜的嘴要看长在什么人身上，有时候很可爱，有时候恐怕比匕首还锋利。”

“天呐。”里丙老爷扁起嘴露出委屈的表情，“这世上做好人真难。”

麦门冬把注意力从里丙老爷挪到了站在船尾的白袍年轻人，洛卜背对众人如同船桅一样站得笔直，十二星芒岛和玉石堡在后方海面慢慢缩小。

仅仅两天时间，却有一种经历许久的感觉。法阵扭曲下的结界空间，一群被自己的力量永远囚禁的秘术师，谜一样的岛屿，麦门冬有些好奇，此时此刻，秘术师学徒又在想些什么呢?

在等待上船时，霹雳焰消曾问洛卜怎么才能找到断眉夏杜？年轻人皱着眉，生硬地回绝她。“上了你们的船之后，我会告诉你们去哪里的。”

划桨船并没有停靠在鹿盔岛的船坞旁，而是沿着海岸线继续前行。一艘崭新的三桅帆船停泊在不远处的海面上，随着海浪上下摇摆，它有着漂亮流畅的线条，用树脂膏均匀涂抹的船身在阳光下发出锃亮的光泽，笔挺的桅杆上布满绳索，井然有序。

“这是在外海能见到的最好最快的船。”里丙老爷走到划桨船的船头，指着海面上的三桅帆船，“船上有三十个水手，都是最好的，船舱里塞满了足够在海上待两个月的补给品。现在它是你们的了。”胖子搓着手，假装露出依依不舍的神情。

我们终于有了一艘看上去很不错的新船，星辰诸神的佑护，麦门冬的脸上不由自主地荡起笑容。“船首是什么?”他看见一个黑黝黝长着翅膀的动物雕像。

“耳鼠。”霹雳焰消回答他。

“耳鼠?”麦门冬重复了一遍，“那个会飞的老鼠?”他有些弄不懂，为什么会有人用这种看上去又憨又蠢的动物作为海船的船首，难道不应该是虎蛟、海狼之类的吗？或者像铁锤号用榔头锤子这种凶狠点的家伙，他摇头说："用一只老鼠，太没有男子汉的气概了。"

河络没有搭理他，大声念出船身上漆着的名字："飞翔的耳鼠号。"

"我喜欢这个名字。"秋石趴在船舷上，海风轻轻吹起羽人披肩的银色长发，"不错的船。"

麦门冬瞥了羽人一眼。算了，反正他们俩总是一伙的。

飞翔的耳鼠号上露出几个身影，老烟斗、钓青和野人苏彧，还有青石老爹，他们对着靠近的划桨船挥动手臂。

麦门冬抬起头仰望着三桅帆船。"才过了两天，我倒是挺想他们的。"

"因为差点回不来嘛。"秋石轻佻地说，"是不是有点再世为人的感觉?"

"怪我咯?"

铁钎伸过来敲了敲麦门冬的肩膀，并不重。"麦门冬，你少阴阳怪气的。" 霹雳焰消冷冷地说。

"为什么总是针对我?"麦门冬指着羽人，"又不是我挑的话头。"

"谁让你是我们的头?"河络不讲理地说。

麦门冬发现里丙老爷装出不在意的样子在偷听他们的对话。"瞧见没?"他一把抓住胖子的衣襟，"带着这群家伙简直倒霉透了，一点都没有做老板的威风和气派，反而他们一个个像我的大爷。"

"人各有志。"胖子干笑着说。

麦门冬松开里丙老爷的衣襟。"对不住啊，一时气愤。"他试着抚平对方那件华丽绸衫上被自己揪出来的褶皱痕迹，眉头慢慢皱了起来。"你刚才那句话是什么意思？人各有志?"他的手停在对方胸前。

“没，没什么意思。”对方的话语变得磕巴起来。

从三桅帆船的船舷旁放下了绳梯，有人在大船上喊叫麦门冬。“船长。”老烟斗探出头，半截身子腾空在外，“柯翎不见了。”他板着脸说。

圆脸的女孩，麦门冬立刻警觉起来。

老烟斗顺着绳梯灵巧地从飞翔的耳鼠号上爬下。“昨天我们去码头等你们，你们没回来，大家都很急。柯翎说去打听消息，我陪着她一起的，没想到在路上我把她弄丢了。”老烟斗的神情有些难过。

怪不得这家伙一副不自然的模样，麦门冬转过头恶狠狠地看着里丙老爷。

“嘿，这不关我的事。”里丙老爷大声说，“自从那个小丫头上了你们的船之后，我再也没有见过她。”

“她帮我们坏了你的诡计，所以你要报复她。”

“我说过，这座岛上只有生意，没有恩怨。”

“我不相信你。”

“我可以对着星辰诸神起誓，我没有对柯翎做过任何事。”

“我也信不过你的星辰诸神。”

里丙老爷一下子板起脸。“星辰诸神从来不分你的或是我的，麦门冬，他们是唯一的神。我知道你不信任我，因为在你眼里我是个狡猾的唯利是图的商人，可是，我对星辰诸神的信仰从未有过丝毫的亵渎，我对我的誓言负责。而你，不要觉得自己曾经做过对的事，就永远是对的，就永远可以代表正义来质问别人，这是最大的愚妄。”

麦门冬愣了一下，思考对方的话。“是我的错。”他对里丙老爷说，“我道歉。”

里丙老爷哼了一声，没有接话。

“回鹿盔岛，先找到柯翎。”霹雳焰消说。

洛卜走近他们身旁，白袍的年轻人双眉纠缠。“别忘了你们的正事。”他说，“越早找到回魂戒，你们就能越早拿回黑鳞尊。”

“这也是正事。”

“难道一个女孩比黑鳞尊还重要?”洛卜不满地盯着河络。

“并非重要不重要，只是事关我们的一些原则。”

洛卜白皙的脸庞更加苍白，他伸出手说：“有没有那个女孩的物品，任何东西都可以。”

“什么?”麦门冬狐疑地看着他。

“女孩的物品，任何东西都可以。”洛卜冷冰冰地重复了一遍。

“我有。”老烟斗边说边从怀里掏出一块淡粉色的手帕，“昨天弄丢她的地方，留下这块帕子，我见过柯翎用过它。”

洛卜接过手帕，拿在手中反复看了看，他开始喃喃地念出咒语声。众人的眼前空气像水波一样开始抖动，如同海市蜃楼一般慢慢出现了柯翎隽秀的脸庞。

紫苏微微发出惊叹。“好厉害的显影术。”她一脸沉迷地盯着洛卜的一举一动。

看上去柯翎并没有受到什么惊吓或是其他恶劣的对待，她的神态自然，只是眉目间稍稍有些不安，一头乌黑秀发时不时在空中扬起，似乎身处某个风口。

“她在什么地方?”麦门冬问。

洛卜继续念动咒语，另一只手轻轻摆动，场景开始慢慢变大，柯翎逐渐露出半截身影，她站在某处木栅栏的后面，身后还有晃动的人影和绳索。

“是船。”老烟斗第一个说，“她在船上。”

洛卜的秘术显示出更多的景象，那是一艘正在破浪前行的海船，柯翎站在船舷旁眺望远方，周围的水手都在各自忙活，她更像是这艘船上的一个乘客。

“跳舞女妖。”霹雳焰消说。麦门冬也看见了船首漆着的名字，很熟悉的感觉，他回想着自己在哪里见过这个名字？

甲板上，有人向柯翎走了过去，似乎喊了她的名字，柯翎转过身去，男人微笑着和她交谈。他是在行商之堂遇到的那个带着众多随从和保镖的枯瘦男人，麦门冬猛然记起对方，那家伙还替他们点了酒。

“那人是谁？”麦门冬冲着里丙老爷问。

里丙老爷的脸上此刻也满是疑惑的神情。“金钩岛的隆林，是个商人，有点邪气。我也不是很熟悉他的底细，只听说他和鲛人们交好，靠鲛人捞沉船上的财宝发的财，所以出手一直很大方，是个好主顾。”胖子径直说了下去，“他以前也来过鹿盔岛，五六次吧，在行商之堂应该早见过柯翎，不过据我所知，他们之间从没有更多的接触。”

秘术幻化的景象慢慢模糊，直到从众人视线中完全消失不见，一切恢复了原样。

“这艘船现在在什么位置？它往哪里去？”麦门冬问洛卜。

“我不知道。”洛卜简单地回答，他一边把手帕还给老烟斗，一边抹去额头沁出的汗水。

“亘白的显影术只能短暂地发现对方现在的状态，并不能追踪。”紫苏细声细气地解释，“如果距离隔得太远，或是时间太久，都无法成功。”

女孩是安全的，至少让人稍稍放心。里丙老爷像是松了口气，白袍的年轻人冷淡又木然地瞟了一眼麦门冬。这眼神真让人不舒服，麦门冬看了看身旁的紫苏。“你怎么不会他刚才的那个法术？”

“老板，亘白系的秘术有很多，不是每一种都适合我修炼的。”

“你应该多学学，不要整天就知道啃玉米。”麦门冬伸手抓住飞翔的耳鼠号上垂下的绳梯，“我们出发吧。”

“祝各位一帆风顺了。”里丙老爷一脸真诚地说。

“借里丙老爷吉言。”麦门冬认真地回答，“还要麻烦代为感谢银大人，没有她的帮助我们可去不成玉石堡。”

“我想我们之间大概还有一点误会。”里丙老爷小声嘟囔了一句，随即堆起笑脸大声说：“请放心，我一定转达。” 胖子对着大家挥了挥手，“后会有期。”

正午时分，飞翔的耳鼠号远远离开了鹿盔岛。

白袍的年轻人上船之后交给麦门冬一张写着海域位置的纸片，随即转身返回属于自己的舱室，再也没有出现。

“知道这是什么地方吗？”麦门冬把纸片交给几个真正的老水手。

老烟斗、钓青和苏彧凑在一起看了半天。“南边，靠近溯冰海域。”老烟斗仔细辨认说，“应该是座岛的位置。”

“溯冰海域？听说是被明月眷顾的大海。”钓青说，“我从来没去过那一带。”

老烟斗看向苏彧，后者摇了摇头。

古里古怪，麦门冬回忆起万执事奇怪的表述。“现在还没有，但是有人会带着你们去找线索的。”这是万执事的原话，洛卜就是带他们就去线索的人。

“就按照那家伙给的标识走。”他吩咐说。

飞翔的耳鼠号向着东南方向航行。

这是迄今为止麦门冬乘坐过的最好的一艘船，也是让他最不烦心的一艘船。船上的水手们都很听话，除去里丙老爷付了一笔丰厚的佣金，另一个原因是几个真正懂海懂船的家伙在驾驭这艘船。麦门冬专门为老烟斗设置了一个代理船长的名号，水手长由钓青担任，野人苏彧管理船需，有过炎夏号上做水手的经验，这家伙一点也不比老烟斗和钓青差，在黄金鱼岛上做了二十年的孤独野人，除了沉默寡言之外，再没有可挑剔的毛病。

麦门冬曾经问过苏彧，是跟随他们继续闯荡还是回到某座岛屿或陆地上去，苏彧几乎没做任何思考就回答他“海民的归宿只有大海。”

一路的航行几乎是风平浪静，日升日落，每一次昼夜更替都是来自星辰诸神的凝视，无论欢愉或是哀伤，无论辛劳还是闲散，时光从来不曾为谁停留，它带走的是付出，留下的是希望。

接近海平面的遥远地方有隐隐约约盘旋的黑点，麦门冬已经学会了观察海鸟的出没，有陆地的地方快要到了。明天日出时候，飞翔的耳鼠号就可以停泊在那张小纸条记录的岛屿位置，因为没有人知道那座岛的情况，所以他们就管它叫做“秘术师的神秘纸条岛”。

连日的晴天终于结束了，天空阴沉下来，开始飘起了毛毛细雨，原本湛蓝的海面变成了深色，海面也变得起伏不定。不过，那些老水手并不在意。“不会有暴风雨的。”老烟斗安慰麦门冬说，“而且我们很快就能靠岸。”

明青石出现在甲板上，经过二十几天的航行之后他的气色依旧不错，满头白发和往常一样梳理得整整齐齐。

“下雨了。”麦门冬说，“老爹你应该回到船舱去。”

“风雨才是我喜欢的，船长，那往往代表着一场冒险的开始。”明青石微笑说，“我用笔记录故事，并不只是去听别人的叙述，我更愿意去亲身经历它。”

“如你所愿，不过按照我们佣兵的说法，穿一件皮甲会更安全。”麦门冬招招手，老烟斗走进船舱，很快拿了一件斗篷出来，“寒气入骨对老人家的身体并不好。”

明青石接过斗篷穿在身上。“是啊，细风细雨反而容易让人忽视它的存在，就像危险总是隐藏在不经意之中。”

陪着老人站在船头，绵绵细雨像牛毛般纷纷扬扬地落下，远处升起雾气，前方变得朦朦胧胧。“我一直没来得及请教，”麦门冬说，“老船长让我们去找的血骷髅号，究竟是怎么一回事？”

欧烈临死前的托付是找到真正的血骷髅号，麦门冬疑惑了很长时间。

“他说的不是黑疤的血骷髅号，而是他的血骷髅号。”明青石说。

“他的血骷髅号？”麦门冬愣住了，不相信地重复，“老船长的血骷髅号？”

“这是很久以前的事情了。”明青石认真地点头。

船长室里塞满了人，有人坐着有人站着，紫苏为明青石泡了一杯香茶，老人把茶端在手里，轻轻吹去热气。“你们俩是什么时候跟着欧烈的？”他看着老烟斗和钓青。

“九年前，在苒山的港口酒馆，他把我招上了铁锤号。”老烟斗说。

“我还要晚一些，在铁锤号上六年了。”钓青回答。

明青石点点头。“你们见到欧烈时，他只是个普通的商船船长。但是二十多年前的时候，他是大名鼎鼎的黑市群岛十三海猎手之一，他的座船就叫血骷髅号。”

黑市群岛在溯洄海北端靠近涩海的一片海域，据说几千年前这里还是越州东部的山丘谷地，因为一次可怕的大地震——河络称作“盘瓠大神的震怒”，整个地区塌陷引发海水倒灌，造成了越州东部破碎的海岸线以及近海的大片群岛，而海猎手则是以捕获海盗船为生的赏金猎人。

“黑市群岛因为海域内岛屿林立，航道复杂而出名。在海盗最猖獗的日子里，十三海猎手也声名鹊起，被称为‘海盗杀手’。你们的前任船长那时候正值年富力强，勇猛、冲动又随心所欲，嫉恶如仇，对付海盗一向心狠手辣，他和他的血骷髅号一直是黑市群岛有名的狠角色。欧烈年轻的时候，人长得帅，身上还带着一股邪气，在黑市群岛的风月场所中很受欢迎，他也像一个花花公子般到处留情。”

麦门冬皱起眉头回忆着跛脚船长古板的样子，和明青石讲述的人完全不能对上号。

“后来的某天，一个年轻人来投靠血骷髅号。年轻人随身带着一封书信和一枚戒指，他告诉船长，自己的母亲曾是欧烈的某个情人，而他就是他们俩的孩子，母亲生了重病，去世前让他来找当年她深爱过的那个船长。当时的种种细节并不为人知，但是年轻人从此留在了血骷髅号上。说来也怪，自从这个年轻人来到血骷髅号之后，欧烈变得正正经经，不再招蜂引蝶，有人说他是为了给儿子做榜样，也有人猜想他是因为愧对孩子的母亲，这才改邪归正。

“一晃五年过去了，年轻人深得欧烈的衣钵，他像极了年轻时候的船长，胆大、热情、豪爽、讲义气，慢慢地，在血骷髅号上的威望和地位仅次于欧烈。看着年轻人一点点成长起来，欧烈渐渐萌生了归隐的念头，如果不是依旧顾念血骷髅号上一直跟随他过着刀口舔血日子的兄弟们，他会去寻找一个海岛，过上无忧无虑的生活。

“有一段时间，随着海上商团的强大，海盗日渐式微，海猎手们也不如以前风光，挣来的赏金开始不够血骷髅号的开销，船上慢慢出现不满和牢骚声。年轻人提议欧烈召开全体船员大会，在会上年轻人提出血骷髅号可以去打劫一些为富不仁的商团，本来黑市群岛就是不法之地，良莠不齐鱼龙混杂的海猎手们有时和海盗也就是一纸之隔。欧烈坚决不同意，他有自己的行事原则，黑市群岛可以没有法律，但是没有人可以蔑视海上的规矩，海盗就是海盗，猎手就是猎手，一旦行了海盗之事就不再配做猎手。令欧烈意外，年轻人公然嘲笑他，说他老了，已经没有了雄心壮志，不再爱惜那些跟随他的手下，只会天天喝酒混日子。一场争吵之后，欧烈要把年轻人赶下血骷髅号，而年轻人却提出要进行全员投票，让船上的每一个人自己决定今后的路。这是千百年来海民的规矩，欧烈无法拒绝。投票的结果出乎意料，所有的人都支持年轻人，欧烈深受打击，血骷髅号的船员们选出年轻人担任新船长，而老船长则被就地流放。

“在一座荒岛，年轻人给欧烈留下了淡水和食物，并告诉欧烈，他来血骷髅号就是为了有朝一日赶走欧烈，年轻人痛斥欧烈对年轻人母亲的轻视和抛弃，‘现在，你也要尝尝失去的滋味了。’年轻人带着血骷髅号扬长而去。

“数十日后，欧烈被路过的商船搭救，他一蹶不振，从此在各个岛屿的低级酒馆中买醉，一条腿也被地痞打断。离开了欧烈的血骷髅号，却更加名声鹊起，那条船在黑市群岛肆意妄为，既猎杀海盗，也打劫商团，成了人们闻之色变的魔头，不过也有人称它是劫富济贫的侠客。大概过了一年之后，血骷髅号突然从人们的视线中消失，再也听不到它的任何消息，没有人知道它在哪里，发生了什么？”

“血骷髅号又怎么会到了黑疤手中？”麦门冬终于忍不住问。

“那只是个冒牌货。”明青石摇摇头说，“血骷髅号再次出现，变成了无恶不作的海盗船，欧烈就是从这个时候又开始振作的，潜入过海盗经常会聚的几座黑市岛，发现了黑疤的血骷髅号并不是自己当年那艘血骷髅号。于是，欧烈重新回到了海上，他想去找回血骷髅号和自己的儿子，要为真正的血骷髅号正名。”

“好了，这就是你们老船长的故事，有朝一日，我们一定能够帮他完成遗愿。”明青石结束了他的讲述。

很长一段时间里，船长室里鸦雀无声，直到紫苏轻声轻气的问话打破了沉默。

“青石老爹，你是怎么知道的，是不是天然居也想写一个血骷髅号的故事？”

“如果有机会，一定会有这样的故事。”明青石说，“至于我为什么会熟悉你们欧烈老爹的故事，那是因为很久以前，我也是黑市群岛的十三海猎手之一。”他的目光变得迷离，似乎回忆起如烟往事。

捌

随着海风吹动船帆发出的嗤嗤声，覆盖着树林的山体变得越来越大，苍白的烟雾缠绕在半山腰上，在绿色的林木中间，一道宽阔的灰白色的石梯从海滩开始向上延伸，仿佛自下而上绑住整座山的一根带子。这是座安静的岛屿，数十只海鸟在半空中飞翔盘旋，目力所及之处，看不见任何船只的影子。

飞翔的耳鼠号停泊在离开岛屿数百箭尺的海面上，雾气慢慢散去，露出山顶上耸立的方形殿堂，如果不是周围的大海，麦门冬感觉就像回到了澜州或是越州的某处山中城堡。

“这是星辰神庙吗？还是长门修会的修士塔？”麦门冬问身旁的霹雳焰消。

“看上去都不像。”霹雳焰消摇头，“应该是海民们的某种祭祀庙宇，风格和陆上的完全不同。”

老烟斗赞同霹雳焰消的话。“在海上庙宇神殿不比陆地少，再小的岛也会有一两座，有的供奉星辰诸神，有的供奉海父，还有的供奉各种海兽。大多数时候我们也搞不清楚，大海太大了，每座岛上都会有不同的信奉之物。”他恭敬地对着山顶的庙宇遥拜了一下，“以海为父，以海为墓。”

白袍的年轻人不知何时出现在甲板上，站在船舷旁眺望。比起在玉石堡，白袍的年轻人更加沉默寡言，出现在甲板上极少时间里他总是一个人散步或是独处，显得心事重重。

麦门冬走到洛卜的身旁。“这就是你要来的地方？”

洛卜没有直接回答。“我要去那座庙宇。”他指了指山顶。

麦门冬朝老烟斗点点头，代理船长开始指挥水手们放下飞翔的耳鼠号上的划桨小船。

“我们是不是陪你一起去？”麦门冬问，直到现在也没人弄清这个岛上是有他们要找的断眉夏杜，还是有能够找到断眉夏杜的线索？

白袍的年轻人看了他一眼。“这是你们的事。”

秘术师们都是些古怪的家伙，麦门冬安慰自己。“是打听消息、谈判，还是会打架？这关系到我们去的人会不同。”他耐着性子向洛卜解释说。

“为什么要打架？”洛卜露出疑惑的神情，“你们想些什……”

“懂了。”麦门冬打断他说，转头呼唤伙伴，“焰消、秋石，我们一起上岛。”

“我也随你们去。”随着话音，明青石从船舱里走了出来。

麦门冬稍稍犹豫，看了看高处的庙宇。

“不碍事。”老人晃了晃手中有一个青铜龙头的长杖，那是老船长的遗物，离开黄金鱼岛后，明青石一直把它带在身旁。

小船靠近海滩时，钓青和水手们跳下船，推着它一直冲上沙滩。担任水手长之后，钓青更加成熟稳重，不再是铁锤号上那个躲在桅杆上喝酒的瞭望哨，栗发的小伙子向麦门冬做了个手势，带着水手守候在小船边上。

走过松软的沙滩，一行人踏上了宽敞的石头阶梯，无人说话，玉石堡的洛卜走在前面，其他人与他隔了十几级石阶，天然居的老人拄着手杖走在队伍中间，并不比任何人慢，大概两炷香的时间，他们来到了山顶。

灰色岩石搭建起来的方形庙宇在山顶的显著位置，另一侧是一排低矮的房屋。庙宇朴实无华，门楣、外墙以及一根根的粗短立柱上没有任何的文字、花纹和雕刻饰品，更像是一座宅院。

洛卜当先走了进去，麦门冬摸了摸腰间的短剑，跟随在明青石的身后，庙宇内四周墙壁上绑着火把，跳动的火焰使得大殿勉强摆脱了阴暗，在正中央的位置是一个巨大的浑圆雕像，除此之外，整个殿堂空空荡荡。

四五个灰衣人影匍匐在地上，正对着雕像膜拜，麦门冬目光从守庙人移向圆球雕像，它有着不同寻常的洁白，光滑的表面能够反射出人们的影子，看不出是玉石还是花岗岩的材质，和整座庙宇一样，圆球上没有任何的文字和花纹，中心位置有一团墨黑的实心圆。

麦门冬忽然生出一丝诡异的感觉，他环顾四周，除了火把什么都没有。

“像个眼珠。”霹雳焰消在他身旁低声说。

怪不得，麦门冬盯着那个雕像，它也盯着自己的一举一动。

匍匐的人影纷纷站了起来，打量闯进庙宇的不速之客们，洛卜飞快地做了一个手势，一个短袍老人点了点头，绕过像眼珠一样的圆球雕像，向殿堂后面走去，洛卜一声不吭地跟上对方的脚步。

越发诡异，麦门冬谨慎地看了看自己身边的同伴，快步跟了上去。

短袍老人奋力推动一块墙壁，墙上出现了黑洞，这是一扇隐蔽的石门。麦门冬跟在洛卜身后走进石门，他随即吃了一惊，眼前是一个巨大的洞穴空间，石阶梯沿着洞穴壁盘旋而下，每隔一段就有粗大的黑色柱状物体正在燃烧，他微微探出头去，洞穴深不见底。

整座岛屿是空的，他们走在它的“肚子里”。

短袍老人当先往下走去，其他人跟随他鱼贯而行，洞穴中回响着脚步声和明青石的手杖敲击地面的声音，除此之外再无其他声响。

猜测一直往下走的话，是不是会重新接近大海？地面变得越来越潮湿，空气中也弥漫着海水的腥味，终于，麦门冬听见了海浪拍打礁石发出的哗哗声。

石阶梯的底部是一块砂石滩，被洞穴包围的海水区域足有半个岛屿的大小，显眼的位置是一只麦门冬从未见到过的巨大贝类，扁平的右壳微微露出水面，而隆起的左壳足足有一个夸父的身高，在它的周围密密麻麻挤着无数手掌大小的珍珠贝，成千上万，从海面一直延续到他们脚下，有的贝壳紧紧闭合，有的已经张开。

短袍老人无声地走到砂石前，匍匐下身体，对着巨贝施以恭敬的礼仪。

麦门冬感觉自己的衣袖被扯了一下，他望向霹雳焰消，河络的眼神中流露出她从不曾有过的惊骇，她指了指脚下不远处一只珍珠贝，隐约可以看见张开的贝壳中，两颗白色的圆球躺在银色的肌体上。

原本以为是珍珠，当麦门冬看清之后，一股寒意突然从背脊蹿了起来，白色圆球和山顶庙宇的石雕一样，有一团黑色的实心圆，它们是两颗真正的眼珠，那只珍珠贝长着一双人类的双眼！他吐出一口粗气，随着这声轻微的声响，被他注视的两颗眼珠突然转动，黑色的瞳孔朝向麦门冬。

太过诡异的气氛，麦门冬后退了一步，右脚踩到了碎石，发出更响的动静，就在这一刻，所有那些张开壳的珍珠贝全都发出了动静，每一个珍珠贝里都有两颗眼球，它们整齐地转动，黑色的瞳孔齐刷刷地聚焦在麦门冬身上。

“星辰诸神佑护。”麦门冬忍不住低声说，洛卜转过脸看着他，秘术师的眼神似乎有些不满，“你带我们来的是什么地方？”麦门冬把手放在腰间的短剑上。

洛卜没有理睬他，只是举起手指放在唇边，做了个噤声的动作。

麦门冬深深吸了口气，心绪暂时平静下来，他看了看周围的同伴，霹雳焰消和秋石和他一样满脸凝重，只有明青石反而露出好奇的神色，全神贯注地看着那些长着人眼的珍珠贝。

短袍老人行完礼之后重新站了起来，再次向洛卜做了个动作。洛卜点点头，回身对着麦门冬轻声说：“等会儿无论发生什么，你们都只要老老实实看着就行，不要惹事。”

明青石一把拽住麦门冬。“我们听你的。”老人平静地说。

洛卜向前走了几步，像刚才的短袍老人一样四肢伏地，对着巨贝行礼，等他站起的时候，短袍老人双手捧着一个青绿色的小盘子递到他面前，上面放着一把又像刀又像夹子的奇怪器具，洛卜背对着众人，拿起那件器具，慢慢靠近自己的脸庞。

这小子在干吗？麦门冬皱眉，没法看清洛卜的举动。

秘术师的身体突然剧烈地颤抖起来，他发出低低的声音，似乎饱含痛楚。他放下手臂，拿在手中的器具递到短袍老人端着的青绿色盘子上方，一颗血淋淋的眼珠啪地落在盘子里。

星辰诸神，他挖下自己的眼睛？麦门冬觉得头皮一阵发麻。

洛卜再次举起手中的器具，挖出了另一只眼珠，他像是再也支持不住，跪倒下来。短袍老人把手中装着洛卜眼珠的盘子举过头顶，嘴里念念有词，然后慢慢走进满是珍珠贝的海水中。那些张开壳的珍珠贝，眼珠齐齐地转动，发出诡异的唰唰声。短袍老人弓腰把盘子捧到某只闭合的珍珠贝前，轻轻诵读什么，珍珠贝的壳慢慢打开，露出里面两粒晶亮的珍珠。短袍老人小心翼翼地拿出贝壳里的珍珠，然后把洛卜的两颗眼珠放进了珍珠贝里，眼珠躺在珍珠贝的肌体上，就像活的一样慢慢转动起来。

麦门冬竭力忍住不适，难道这里所有的眼珠都是这样来的？这是个什么鬼地方的鬼仪式？

短袍老人捧着盘子回到跪在地上的秘术师面前，轻轻把盘子里的珍珠塞进洛卜的眼眶，洛卜再次发出痛苦的呻吟声。短袍老人站在他的身旁继续念念有词，洛卜身体前倾，双手撑在砂石上，发出大声的喘息，间或还有几声痛苦的喊叫。片刻之后，秘术师的身躯不再抖动，他颤颤巍巍地从地上爬了起来，短袍老人立刻上前扶住洛卜的手臂，搀扶秘术师慢慢走动。

麦门冬盯着洛卜嵌入珍珠的眼眶，珍珠虽然晶亮洁白，却毫无神韵，秘术师本人已经完全成了一个盲者，苍白的脸颊上留着殷红的鲜血，洁白的衣袍也沾染上了血迹。

短袍老人扶着洛卜重新走上石头阶梯，明青石示意大家跟着一起离开。麦门冬忍不住又回望一眼那个巨大的贝母，像是觉察到他的心意，贝母周围所有那些张开壳的珍珠贝又一次齐刷刷地转动眼珠，一起注视麦门冬。

麦门冬心头一颤，急忙掉头离开。

他们再一次回到了山顶的殿堂，洛卜在眼珠雕像前跪了下来，短袍老人拿起一支笔，在雕像的黑色瞳孔上轻轻涂抹，白色的笔尖变成了墨黑的颜色，随即他来到洛卜面前，用手中的笔轻轻点触洛卜眼眶里的珍珠，黑色在珍珠中慢慢扩散，从一个针眼变成了指甲盖大小的圆。

短袍老人开始大声地诵读，匍匐在地上的人也随着他一起念诵，那些词句发音古怪，是麦门冬从未听过的语言。

“伟大的贝母，与海父同辉的存在，赐予驯良的仆人以光明，让我们无不时刻感恩你的仁慈与睿智，你的注视即是我等目光的所到之处。”明青石轻声翻译着麦门冬不懂的那些语言，“这是海瞽部落的祷告语。”

“海瞽部落？”麦门冬不解地看着明青石。

明青石还来不及回答，洛卜已经向他们走来。麦门冬有些吃惊，此刻那对在秘术师的眼眶里的珍珠多了犹如瞳孔的黑色，微微转动，如同真实的双眼，甚至比原来的眼睛更加炯炯有神。

“我们走吧。”洛卜的声音低沉，但已经没有刚才的那种痛楚。

“你已经看得见了。”明青石说，他用的并不是问句。

洛卜点头，径直向殿堂外走去。

麦门冬向明青石投去疑惑的目光。

“回去再说吧。”明青石望着洛卜的背影，摇了摇头，“为了找到那个偷东西的河络，秘术师对自己够狠心的。”

夜色沉静，飞翔的耳鼠号依旧停靠在岛屿外的海面，随着海浪微微摇摆。透过船长室的舷窗，圆月如同银盘般挂在夜空中，星辰闪烁，众神从未远离人间。

众人依旧或坐或立，说话的依旧是天然居的老游士，不过明青石讲述的已经是另一个故事。

“天然居中有过关于珍珠贝母和海瞽部落的故事，我一直以为那只是个传说，现在才知道这些都是真的。星辰诸神的创造，永远令人惊叹。”坐在椅子上的老人虽然有些疲惫，神情依旧兴致勃勃。

“传说海瞽部落由女王统治，女人捕捞海贝鱼虾，男人则以捕鲸为生。捕鲸是件非常危险和艰辛的事情，部落的男人们一旦外出捕鲸，留守的女人们就会日日夜夜祈祷丈夫或是父亲、儿子们能够平安归来，很多女人因为担心而流泪，甚至哭瞎了双眼。部落的女王担忧自己的人民，向海父祈祷佑护。海父现身，让她献祭自己的眼睛，女王毫不犹豫地挖出自己双眼交给海父。”

紫苏发出微微的惊叫声，麦门冬白了她一眼。

“得到祭品的海父让女王独自潜入海底洞穴，凭着海父的指点，她找到了蕴含神力的生物，珍珠贝母。海父把珍珠贝中的珍珠装入女王的眼眶，并用珍珠贝母分泌出的墨黑汁液为她点睛，于是女王重见光明。”

“刚才玉石堡的那个秘术师就是在完成这样一种仪式?”秋石问。

“是的，和记载中海瞽女王和珍珠眼的传说一模一样。”明青石点头，“海瞽部落的所有住民，无论男女在成年之后就会向贝母献上自己的双眼，并用珍珠眼替代。我们今天所见洛卜的行为，就是交换眼睛的整个过程。”

“等一等，为什么要换上珍珠眼呢?”麦门冬忍不住问，“女王的献祭只是为了让臣民有一双珍珠的眼睛?”

“是为了看见自己珍爱的人，‘你的注视即是我等目光的所到之处’。贝母是所有珍珠贝的母亲，每一枚珍珠贝所见，即是贝母所见。”

“我还是不明白。”

“每一双珍珠眼所见的景象可以同时被其他珍珠眼所见，丈夫们出海，女人们看见丈夫出海看见的一切，丈夫们也得知家中的所有事。虽然没有语言，影像足以代表平安。

同时几个人发出了惊叹声。

洛卜现在可以看见海瞽部落所见到的一切，而洛卜眼前的一切所见之物，其他珍珠眼也能见到。麦门冬又一次想起贝母周围成千上万的珍珠贝，还有无数滚动的眼珠，忍不住打了个激灵。“难道洛卜是想通过珍珠眼找到断眉夏杜？”

“海瞽部落的住民也只是生活居住在自己的岛上，凭什么会见到断眉夏杜？”秋石皱眉说，“这并不合理。”

明青石皱起双眉。“这个我也无法解释。”

“因为海瞽部落已经不仅仅是原来那些崇拜珍珠贝母的原住民。”

一个声音突然从门口响起，麦门冬转过头，看见换了一身崭新白袍的洛卜推开了房门，他的脸色依旧苍白，一双珍珠眼睛闪烁着奇异的光芒。洛卜扫视着屋子里的人，目光短暂地停留在明青石身上。

“你知道不少东西，老先生。”

“远远不够。”明青石回答，“我们想要走遍九州的每一个角落，去寻见星辰诸神的创造与馈赠，每一次又总是会发现自己的脚步及不上诸神的万中之一。”

“诸神会让你看见听见，也会让你寻见遇见，但是没有人可以追赶上诸神的脚步。抛却无妄之念，你只要明白，你所见即是你所得。”

老人诚恳地点头。

“你们刚才说的只是珍珠眼的起源传说，它的秘密早已流传了出去。不断有人因为各种各样的目的，寻找到珍珠贝母并献出自己的眼睛交换珍珠眼，就像我今日的所作所为。如今，海瞽部落这个称谓更像一个神秘的组织，它的成员并没有什么共同的目的，彼此之间也毫无联系，但是所有人共享着他们的所见之物。”

“你确信能用这双眼睛找到断眉夏杜？”麦门冬半信半疑地问。

“比起大海捞针般的寻找，珍珠眼会带给我们最大的机会，这是执事会告诉我的。”

“你的眼睛也是他们要求你换的？”

“不，执事会只是告诉我这样的方法，选择的权力属于我。”洛卜警惕地看着麦门冬，“你想表达什么意思？”

“别紧张，”麦门冬说，“我只是随便问问。”

洛卜的双眼紧紧盯着麦门冬。“在玉石堡你让我犯过一次错，所以，不会再有第二次了。”

秘术师指的一定是自己假装醉酒然后去偷黑鳞尊的事，他还在念念不忘。“现在我们是一伙的。”麦门冬连忙说，“上次的事，我向你道歉。”

洛卜并没有理睬麦门冬。“这几天我会一直待在舱室里，尽量寻找那个河络。只要发现线索，我们随时出发。”秘术师不等别人的答复，转身离开了船长室。

麦门冬望着洛卜的背影消失在通道转角。“按照这家伙的办法，我们说不定也能找到血骷髅号的踪迹。”

“哪一艘？”秋石瞥了他一眼。

“两艘。”一艘是为了欧烈老爹的临终嘱托，一艘是为了我自己的誓言。

“好主意。”秋石继续说，“老麦，你也准备换一双珍珠眼了？”

“才不。”麦门冬脱口而出，他看了看周围的人，摇摇头，“这东西太邪乎，我宁愿去大海捞针。再说了，发肤身体皆是父母所赐，怎么能随便换呢。”

老烟斗搓了搓手。“海上待了那么久，我倒是第一次见到这种古怪的东西。”

“你不是也见过了黄金鱼和独目霹蜚嘛。”钧青插嘴说。

“也是。”老烟斗点点头，“应该说，自从和吊绳大人相遇，自己的命运也开始发生变化，总是碰到些古怪东西，也算大开眼界了。”

船舱里的气氛一下子松缓下来，有人发出轻轻的笑声。明青石和苏彧虽然没有亲眼见到麦门冬吊在绳子上大战海巨蟒的情形，也早就听过钓青、荆芥几个家伙绘声绘色的描述。

“侮辱船长是要罚鞭子的。”麦门冬装出气恼的样子。

“它也是受星辰力影响的生物吧，和黄金鱼一样。”角落里传来轻微的声音，“这里的海域一直是受到双月的影响，明月星辰力可以加强感官的作用，我觉得贝母和那些小珍珠贝一定是明月系的生物。”

麦门冬忍不住拍拍紫苏的肩膀。“小家伙，挺聪明的嘛。”

紫苏先是羞涩，随即又认真地说：“我不是小家伙，老板，我的岁数可比你大多了。”

“胡说。”麦门冬看了看紫苏白皙的脸庞，“你又不是羽人，难道还能像秋石那样一脸嫩相，其实已经年过半百吗？”

秋石发出不满的嘀咕声，紫苏低下头没有说话。

一连三天，洛卜待在自己的舱室里，麦门冬预先吩咐任何人都不要去打扰这位秘术师，只安排了紫苏每天为洛卜送餐。虽然对“眼前如何出现千百双眼睛同时看到的景象”有些好奇，也只是仅仅停留在想法上，麦门冬始终觉得应该对珍珠眼保持着敬而远之的感情。

落日偏西，珠目岛——这是明青石从珍珠贝母神庙的短袍侍者那里听来的岛屿名字，老人认真地记录发生的一切，借着飞翔的耳鼠号停泊的机会，又去了一次岛上的神庙，和侍者们进行交谈——笼罩在暗黄的色彩中，山顶上的神庙巍然而立，随着光线的移动，慢慢进入黯淡的夜色中。

麦门冬在甲板后侧看见了霹雳焰消的身影，河络正在打磨她的铁钎，和玉石堡的洛卜一样，离开鹿盔岛之后的霹雳焰消也有些沉默寡言，常常一个人待着。

麦门冬走过去站在霹雳焰消身旁，看着她将铁钎锋利的一头在磨石上来回搓动。

“你无事可做？”霹雳焰消低着头说。

“我想请教你怎么养耳鼠？”

河络仰起脸，露出好奇的神情。“你要养耳鼠？”

麦门冬摇摇头。“不是，只是没话找话。”

铁钎“砰”地扎进麦门冬两脚之间的甲板上，整个钎身剧烈地抖动着，发出嗡嗡的声响。麦门冬不动声色地往后面挪了挪。“好锋利。”他赞叹说。

霹雳焰消盯着他。“有时候我觉得你像个傻瓜，麦门冬，可是过一阵子再想想，你的傻都是装出来的。”

“人人都难免会犯傻，这东西可真不好说。”麦门冬背靠船舷，在甲板上坐了下来。“身边若是有人能时常提醒，就像你对我一样，是我的运气。”

“少来，麦门冬，别想着给我灌迷魂汤。”

“真心诚意。”麦门冬诚恳地说。

霹雳焰消狐疑地上下打量他。“你喝酒喝多了？”

“怎么会？”他笑呵呵地回答，“我现在每天都充满干劲，等着洛卜用他的珍珠眼发现那个断眉夏杜，我们找到他，拿到回魂戒，再换回黑鳞尊，然后你就可以回家了。”

霹雳焰消仰起头，看着灰暗的夜空。“不会那么容易的。”她喃喃低语。

“从以前的毫无头绪到现在的大海捞针，焰消，你在一步一步走近，过程不会很快，也不是那么容易和顺利，但是你的确是在往你要去的那个目标前进，那怕一小步也是好的。”

河络盯着麦门冬，沉默了片刻，她的脸上浮起淡淡的微笑。

“麦门冬，你安慰人的样子好蠢。”

“你的每一次讥讽都让我心碎，不过，有没有人夸奖你笑起来的样子既淳朴可爱又让人有一种亲近的感觉？”

“去死，麦门冬。”

一个人影冲上了甲板。“万宁岛。”洛卜的声音充满从未有过的兴奋，“我们去万宁岛。”

玖

如果这世上还有比等待更为漫长的事物，那么一定是不清楚未来的等待。

飞翔的耳鼠号寂寞地行进在粉色的晨曦中，在南下溯洄海的时候，它遭遇了一场大风暴，风雨交加，波涛翻滚，整条船始终在浪尖颠簸，一个如城墙般高大的巨浪只用了瞬间就吞没了幼鸽号，从船到人从此再无踪迹。

可怜的幼鸽号是飞翔的耳鼠号在暴风雨即将来临时遇见的，大胡子船长是个延年岛人，他希望两艘船结伴而行可以在风暴中互相照应，狂暴的大海并没有给他任何机会。

“人人皆有星命。”老烟斗使劲嚼着烟果叶，暴风雨过后，水手们一个个疲态不堪，只有老烟斗反而显得更加精神，“我知道自己的死期，在将来的某次暴风雨中，就像幼鸽号那样一去不返。”

“看上去，你一点也不像个星相师。”麦门冬斜眼看着对方。

“我听说星相师很难预测准自己的星命，况且我也不是星相师。”老烟斗的语气让人吃不准他是不是在开玩笑，“但是星辰诸神会给我某些喻示，每次遇到暴风雨的时候，我都会有一种预感：这场暴风雨没法夺走我的性命。于是我就安心地等待下一次的风暴，我知道终究有一天，当狂风伴着乌云降临的时候，我会听见诸神和大海的召唤，那就是我最后的归宿。”

“等遇到星辰诸神通知你躲不过的暴风雨时，你要早些告诉我，我会想办法提前下船。”

“没问题，船长。”老烟斗咧开嘴露出两排黑牙，脸上浮现出麦门冬熟悉的笑容，“保证你满意。”这家伙的神情越来越像秋石了。

金黄色的太阳跃出了海面，一片耀眼的粼粼波光，又是崭新的一天。飞翔的耳鼠号掉头北上，万宁岛在涩海、溯洄海和外海的交界地带，这里也是海皇势力控制的最南端。

“我们应该有个计划，船长。”老烟斗不再用调侃的语气，“再有两天时间，飞翔的耳鼠号就可以抵达万宁岛。”

是的，我们要有个计划，这几天玉石堡的洛卜依旧很少出现，大部分时间他把自己关在船舱里，自从告诉大家断眉夏杜在万宁岛之后，洛卜又“看见”河络两次。按照秘术师的描述，在另一双珍珠眼的视线中，断眉夏杜出现在万宁岛的市场中，看上去河络像个有身份的人，身边簇拥着随从和保镖，市场里的商人无不对他恭恭敬敬甚至畏惧。所以在万宁岛找到断眉夏杜并不复杂，麻烦的是怎么才能让他交出回魂戒，以及把他押回玉石堡。

“先在岛上待下来，搞清楚情况之后再做打算。”麦门冬说，“青石老爹说，万宁岛上有海皇的巡守府。”

老烟斗点点头。“我不认为它会有什么帮助，官府这东西，有时候反而是个麻烦。”

这也是麦门冬所担心的，有官府的地方就不是法外之地，但是那些名正言顺拥有权力的人是不是值得信赖？

“谨慎小心些总是没错的。”麦门冬想起霹雳焰消的话，“不会那么容易的。”他能理解她的焦虑，这是接近目标时常常会出现的担忧和恐惧，可是我们站在正确的一边，不是吗？

万宁岛和麦门冬想象的完全不一样。

飞翔的耳鼠号绕过了岬角之后是开阔的海湾，各式各样的船只漂浮在海面上，林立的桅杆如同冬天里掉光叶子的树林，参差杂乱。成群结队往返于岛和船之间的划桨艇一刻不停，忙碌地如同搬家的蚂蚁，一群群的海鸥鸣叫着，尾随在每一条回岛的渔船后面。

真正的港口隐藏在防波堤的后面，高大的长墙遮挡住了视线，木闸门此刻半开着，一艘挂着海皇旗帜的单桅商船正在缓缓驶出。

这里更像一座要塞而不是岛屿，金黄色的海滩后面是高大的椰林，石头的城墙若隐若现，它们绕着海岸整整一周，每隔数百米就会有一座塔楼，所有的建筑全都依山而建，海岛山丘在最高处是一片平坦的区域，深灰色的石墙紧密贴合山丘边缘，与它合二为一。厚厚的城墙内，麦门冬还能望见同样材质建起的堡垒，还有飘扬的海皇和羽族雪氏的旗帜，据说万宁岛上的城镇有近两千人的住民，还有一支三百人的海皇驻军。

“听说羽人的堡垒里还有神木林。”钧青的声音多少有些揶揄的味道。几乎所有人都站在船舷旁，齐齐眺望眼前的岛屿。

老烟斗匆匆走了过来。“必须有海皇的船牒才能进内港，否则我们只能停泊在外。”

“我们有。”麦门冬从怀里掏出木匣子，拿出里面的船牒，扁扁的金丝楠木牌子上刻着船的名字，还有海皇的印章，“它就摆放在船长室的桌子上，我记得上次海武士号检查铁锤号的事，就一直随身带着它。”

老烟斗接过船牒。“那些秘术师想得还挺周到。”

“秘术师才不会管人间烟火，我打赌是鹿盔岛上那个手脚麻利居心叵测的胖子。”

“老烟斗，为什么这座岛看上去戒备森严？”霹雳焰消突然问。

“这里原来是海盗的巢穴，被一个心狠手辣老海盗铁号角占为己有，他逼迫岛上的住民帮他修建起堡垒，后来海盗内讧，他被自己的女婿阔腮刘猛给干掉了，阔腮刘猛是岳父的死对头，两人处处作对，不过在修筑海上堡垒这件事上和铁号角难得意见一致。阔腮刘猛接手万宁岛之后，开始修建海岸的城墙，城墙还没修完，他也被人干掉了，杀他的是他的老婆‘毒海蛇’奈香。”

“这是给她阿爸报仇吧。”荆芥插嘴说。

“不对，‘毒海蛇’只是又想要一个新丈夫。她自己做了万宁岛的头领，新欢是个陆人，据说是一个在酒后杀了上司的军官，不得不出海亡命。这家伙有点小能耐，按照陆地上城堡的模样帮着‘毒海蛇’打造万宁岛。我们现在看到的这些墙啊楼啊，大多是‘毒海蛇’夫妻留下的。再后来，夫妻俩不知为何一夜暴毙，手下人争权，一场血腥打斗之后，绰号‘白骨王’的家伙统治了这座岛。青石老爹在黑市群岛待过，一定知道他。”

“万宁岛的‘白骨王’和我们海猎手厮杀过好几次，是个劲敌。我们一直想毁了他的老窝，从没有成功过。”明青石说。

“直到海皇雪凌澜崛起，扫荡了溟海、涩海，最后海皇的舰队封锁了万宁岛，整整花了两年时间才把这座岛攻了下来，然后在岛上设立了巡守府。”老烟斗如数家珍地说着掌故，“这里应该算是海皇势力的最南端，所以羽人们又把它加固成现在的模样。恐怕也是为了今后防备着黑市群岛和溯洄海的势力。”

飞翔的耳鼠号在闸口接受了羽族守卫的检查后驶入内港，内港的一侧依靠着岬角的悬崖，另一侧是用整齐的石块垒砌的码头。码头不算拥挤，十数条大商船占据了西侧的大片位置，中间还夹杂着一群正在卸货的渔船。东侧显得有些冷清，只有两条三桅帆船和两条小了一号的单桅帆船，但它们都是标准的战舰，海皇旗帜在上，涩海都护府旗帜在下，随着海风飘扬。

老烟斗指挥飞翔的耳鼠号在西侧码头的远端停靠，水手们系上缆绳放下跳板，玉石堡的秘术师早早站在了甲板上，麦门冬建议洛卜不要再穿玉石堡的白袍，会过于引人注目，此刻他换了一件普通的商人灰袍，站在船舷眺望岛上的城镇。

“就是这里，他还在岛上。”洛卜转向麦门冬。

“你又看见他了？”麦门冬小心翼翼地问，尽量不去看对方的那双眼睛。

秘术师没有回答，嘴角微微上扬。“怎么最终找到他和抓住他，是你们的事。”他说，“但是我必须和你们在一起。”

有一个霹雳焰消已经够麻烦了，现在还有一个更麻烦的秘术师，麦门冬闷闷不乐地想。他想过把河络留在船上，担心霹雳焰消上岸容易暴露，她是断眉夏杜的熟人，但是河络同样很坚持，没人拗得过她。

最终上岸的依旧是舞叶组，明青石带着老烟斗、钓青和野人苏或留在船上，他们更擅长与大海打交道而不是各种恶棍。

男人们的打扮已和海民无异，皮马甲或是朴素的灰色上衣，能够扎起裤腿的长裤，荆芥甚至穿着把鞋底直接绑在脚趾和脚踝上的“水鞋”，紫苏用长袍把自己裹起来，看上去像个长门修会的修士，霹雳焰消戴上了一顶宽大的草帽，几乎遮掩住全部的容貌。

码头通往内城还有一道城门，中间是喧杂的集市，弥漫着鱼虾贝壳之类的腥臭味，一个肥胖的渔妇用嘹亮的嗓门叫卖当日新鲜捕捞上来的一筐马鲛鱼，她身旁摊位上的驼背老人则一声不吭，不停把试图爬出木桶的几只章鱼扒拉回去，几个衣衫褴褛的孩子到处乱窜，趁着摊主不注意的时候偷走一条鱼或是几只螃蟹。

城门口站着两个手持长枪的羽人士兵，目光懒散地注视着进进出出的人群。麦门冬大步走进城门，羽人士兵并没有注意他，他们似乎更好奇霹雳焰消，打量了几眼之后，并没有出言询问。

城门内是蜿蜒向上的卵石小道，道路旁是两层或是三层的石头屋子，历经风吹雨打的石墙斑驳如老人的容颜。不知为何，麦门冬感到一种败落的气氛，很多沿街的屋子原本挂着商铺的招牌，现在却紧闭大门。

在十字街角处一个锈迹斑斑的铁皮招牌落寞地挂在半空中，旺盛的枫藤攀附而上，小心翼翼又张牙舞爪地在招牌上垂下一根藤茎。

这是一家招待水手们的下等酒馆，麦门冬率先走了进去，硬泥地面上随处可见各种深色的污垢，浑浊的空气中弥漫着劣酒的气味，沿街的木窗半开着，柜台上一根手指粗细的蜡烛有气无力地燃烧着，两个宿醉的男人趴在靠近大门的木桌上，麦门冬在靠近角落的位置坐了下来，同伴们依次坐下。这里视角很好，既可以看清酒馆里的一切，又能窥视街上的动静。

店老板走了过来，中年男人的头发只在两侧剩下些许。“要点什么?”他咧开嘴，牙齿缺了大半颗。

“一壶酒，一壶清水。”麦门冬说。

“要不要羔羊肉？今天新宰的。”

麦门冬发现荆芥咽了口唾沫，船上的日子几乎天天吃海鱼，腌过的肉干硬得可以砸钉子。“好吧，来一盆。”麦门冬点点头。

“还有苹果和石榴。”秃顶老板瞅了一眼秋石。

秋石摇摇头。“我是个天性与众不同，喜欢喝酒吃肉的羽人。”

老板一声不吭准备转身走向厨房，麦门冬叫住他。“要。”

“苹果还是石榴?”

麦门冬把一枚银铢扔给店老板。“都要。”店老板露出满意的笑容，转身离开。

热气腾腾的羊肉很快端了上来，用土豆、洋葱和辣椒一起煮过，散发出诱人的香气，荆芥迫不及待地伸手抓起羊肉塞进嘴里。酒不难喝，看来店家还算有良心。紫苏捧着苹果，一副吃得很开心的模样，霹雳焰消低着头，一粒一粒地掰着石榴籽。只有洛卜端坐在座位上没有任何举动。

“我不知道待在这里有什么意义?”秘术师低低的声音有些不满。

“打探消息，顺便填填肚子。”麦门冬尝了块羊肉，喷香鲜美的滋味。

“这种地方能打探到什么消息?”洛卜皱眉打量四周，“我‘看见’那个河络是个有钱有势的家伙。”

麦门冬没有理睬他，羔羊的油脂顺着嘴角淌了下来，他拿起酒杯猛灌了一大口。“老板。”他喊了一声，“再拿一壶酒。”

酒馆老板从柜台后面抬起头。“马上。”他殷勤地说。

又是一壶酒放在了脏兮兮的桌子上，麦门冬往酒馆老板手里又塞了一枚银铢。“老板，我们从北面来，第一次路过万宁岛。船上有些好货色，想问问能不能找个识货的买家，卖出个好价钱。”

酒馆老板挠了挠发光的脑门，朝四周看了看，随后压低了嗓门说：“客人，我们这里可不是做买卖的好地方。”

“为什么?”麦门冬有些奇怪地问。老烟斗说过，三海交界的万宁岛处在南来北往的枢纽位置，在海皇赶走了海盗之后，这里一直深受商人们欢迎。

“一言难尽。”酒馆老板似乎并不想继续说下去。

麦门冬一把拉住酒馆老板。“老板，我们是人生地不熟的外乡人，若是做得成生意，不会忘记老板的好处。”

酒馆老板露出犹豫的神情，有意无意地看了一眼远处，顺着秃头老板的目光，麦门冬瞧见海皇的旗帜在城墙上迎风飘扬。

“新来的巡守大人把各种赋税提高了一倍，很多商人都不愿意来了。”酒馆老板低声说，“这里很多人从白骨王的时代就待在岛上了，不是我们非要说白骨王的好话，海盗们至少也知道商人对他们是有用的，所以平日里对岛上的居民并不严苛，不像现在的巡守大人……”他摇了摇头，不再说下去。

麦门冬和微微抬起头的霹雳焰消交换了一下眼神，又看了看秋石，羽人也露出些许迷惑的表情。海皇雪凌澜的统治一直标榜仁义爱民，向来口碑甚好，所以近年来势力越来越强盛，才能不断往外海扩张。酒馆老板的抱怨是佣兵们第一次听到对海皇委派官员的微词。

“我们有海皇颁发的船牒。”麦门冬说。

“船牒是允许你们行商的官文。”酒馆老板好像有些奇怪他的话语，“税收是各个岛屿自行制定的。现在，万宁岛的税赋比其他地方高了许多，外来的商船来得越来越少，我们的生意也一落千丈。”

“就算是官府，也不能为所欲为啊。”

趴在酒馆门口桌上的醉汉动了动，发出几声动静，酒馆老板对着麦门冬做出一个噤声的动作。“小点声，”他埋怨说，“谁是这里的老大谁就说了算，以前抗税的人会被抓进巡守府的灰堡，现在连胡乱说话都要倒霉。”

难怪那些上船检查的官员最关心的是船上的货物，是为了征税，麦门冬想。

“除了城门口的鱼市，岛上是不是还有一处大市场？中间有一个石头的钟楼。”洛卜冷不丁地问。

“有，山顶的城堡是巡守府，你说的市场就是城堡正下方的扇贝广场。”老板答道。

“这里有没有一个河络商人，左边的眉毛有道伤疤，嘴角还有一颗痣？”

麦门冬来不及阻止洛卜，有些懊恼地瞪着玉石堡的秘术师，后者一副毫不在乎的模样。

“是夏杜老爷。”老板稍稍露出疑惑的表情，“你们认识他？”

“听朋友介绍的。”麦门冬笑嘻嘻地说。

老板耸耸肩。“那你们直接去找他就行了，夏杜老爷在岛上是大人物。”

酒馆里又走进来几个水手，老板离开了他们走过去招呼新客人。麦门冬压低了声音抱怨说：“你不该提到他的，这会打草惊蛇。”

“我才不会坐在这里无所事事。”洛卜反唇相讥，“抓住那个河络，拿到戒指，然后我们走人，事情就这么简单。”

“事情永远都不会如你想得那么简单。”

“别吵了。”霹雳焰消低声厉喝。

麦门冬和洛卜互相瞪了一眼，停止了争吵。

“不要把事情想简单，也别把它弄复杂。”霹雳焰消的口气毋庸置疑，她站起来，“我们去扇贝广场。”

巡守城堡高高耸立在山丘顶上，正下方是秃头老板说的扇贝广场，之所以有这样一个名字是因为它的形状恰好像个扇贝。在广场中心有一座石头垒砌的钟楼，一口铁铸的大钟会在每天清晨和黄昏敲响，这是内港闸门开关的时间。钟楼顶端几乎和城堡的城垛一般高，往下可以俯瞰至少半个万宁岛。

市集摊位围绕钟楼，几根木杆撑起遮阳的布篷，下面放上一张长木桌，摆放着各种商品，常见的是珍珠、珊瑚、贝壳之类的海货，也有从北方岛屿来的羽族织物和瓷器，铁器不多见，做工也很是粗糙。

临近中午，市集只有稀稀拉拉的人，摊主们躲在布篷中，连吆喝都显得多余。

广场北侧一栋石木结构的二层楼房，大门前挂着旅店的招牌。“焰消、秋石。”麦门冬轻轻喊了一声，指了指那间旅店。

霹雳焰消和秋石向旅店走去。

“他们要干什么?”洛卜问，他的态度比刚才好了些许。

“你‘见过’断眉夏杜出现在这里?”洛卜点头，麦门冬继续解释说：“包个二楼的房间，可以观察到整个集市，我们守株待兔等那个家伙出现，必须摸清底细之后再出手。”

洛卜没有再问话，他的珍珠眼看上去与常人无异，不过仔细观察，会发现用贝母汁液点出来的瞳孔更加乌黑。

“如果有一个和你同样拥有珍珠眼的人出现，你们会彼此知晓对方吗?”麦门冬好奇问。

“很难，但有可能。每天看到的东西太多了，你无法消化所有的信息。”

旅店的老板是一个中年寡妇，自从商人们来得越来越少之后，旅店生意并不算好，她很乐意看到自己两楼的三个房间全部被包了下来。“每天给你们一罐清水，如果想洗澡要另外付钱。”她手里抱着一岁左右的男孩，还有两个八九岁的女孩子正在往木床的草垫子上铺床单，她们俩都是瘦弱的模样，像根单单细细的芦苇。

“利索些。”寡妇对着她们骂骂咧咧，“整天什么也不会干，只会吃。”

“他们是你的孩子？”麦门冬问。

“都是。”

“你丈夫不是已经死了五六年了吗？”

“大的是他的，小的不是。”寡妇露出哀怨的神情，不忘对着麦门冬抛了个媚眼，“我一个妇道人家，要把这些赔钱货养大，好辛苦的。”

“对她们好些。”霹雳焰消突然大声说，寡妇吓了一跳，不解地看着她，河络一脸严肃，“每个孩子都是神赐的礼物，他们不是你的私产，也不是仆从，他们也是受到诸神眷顾的生灵，孩子们需要的是爱，不是训斥和奴役。”

寡妇白了霹雳焰消一眼，一句话也没说，带着她的孩子们往房间外走。

“等等。”麦门冬拦住两个女孩，从怀里掏出刚才在酒馆里买的苹果递给她们俩，“拿着。”

女孩们看着苹果，露出一丝渴望的神情，又忍不住胆怯地瞟了一眼她们的母亲，个子稍高的女孩飞快地从麦门冬手中拿过苹果，把其中一个分给矮的那个。

“快走，别在这里丢人现眼了。”寡妇骂骂咧咧，女孩们像受惊的兔子，一阵风似的窜出了房间，脚步声很快消失在楼道里。

“我们河络都是在新生殿堂长大的，受到族人最好的照顾和爱护。”霹雳焰消瞪了麦门冬一眼，“真搞不懂你们人族，居然连自己亲生的孩子都不爱。”

没办法解释清楚的事情，麦门冬朝着窗口走去，房间窗户正对着扇贝广场，一览无遗。

“你在看什么?”他问倚在窗口的秋石。

“新来的一群人。”秋石不紧不慢地说，“其中一个应该就是你们找的家伙。”

拾

麦门冬弄了顶和霹雳焰消差不多的大草帽戴在头上，汗水从后脑勺顺着脖颈不停往下淌着，就像一道小瀑布。中午的阳光刺眼毒辣，天气闷热，他站在屋檐下的阴影中，身上穿的衣袍完全是当地人的样式，身旁停放着一辆手推板车，堆了半车的干稻草。

所有一切都是为了遮人耳目，每个人的任务，每一处细节都反反复复地讨论，今天就要逮住那个贼了。

他们花了整整三天时间把断眉夏杜的行踪摸了个透，难度并不大，因为这位夏杜老爷的行踪很规律，他和随从们住在万宁岛西侧的一栋大屋子里，每天在家附近一个又破又老的饭馆内用完早餐，然后步行去扇贝广场，在那里巡视一圈，老河络的正式身份是万宁岛上的商会会长，他熟悉每个店铺的老板，会关心他们的生意，听取他们的意见。

三天里老河络去了两次巡守府，待在那里的时间并不长。秋石假装成羽人商贩，从巡守府的卫士那里打听到了一些消息，断眉夏杜正在为赋税的事情和巡守大人交涉，想替商人们争取一些利益，夏杜老爷在这座岛上受人尊敬。

“这是他的伪装，他一向善于欺骗。”霹雳焰消面无表情地评价说。

麦门冬擦了擦额头上的汗水，抬头看了看钟楼，霹雳焰消在上面露出半个侧脸，她正专注地盯着远处。麦门冬看不见洛卜，玉石堡的秘术师和霹雳焰消同样躲在钟楼楼顶。

再有一炷香的时间，断眉夏杜会带着他的七八个随从出现在广场西北侧的街巷，然后按照每天的路线在这里视察一圈。

当断眉夏杜准备离开时，洛卜会施展一个强大的亘白系秘术，扇贝广场上会刮起大风，广场上所有的布篷都会在风中摇摇欲坠，摊贩们肯定要去照顾各自的商铺，无暇旁顾。在前方的路口，荆芥推着一辆装满半人高稻草的大车出现，大车的位置恰好分隔断眉夏杜和他的随从们，秋石假装被板车蹭倒，他和荆芥的吵闹会引开随从们的注意力。在板车的另一边，自己和紫苏一齐出手制住断眉夏杜，带着他迅速离开。最后，所有的人在飞翔的耳鼠号集合。

环环相扣，今晚我们就能离开万宁岛，看上去抓捕难度并不大，但这一切取决于自己和紫苏的出手必须又快又准，而且要做得悄无声息。麦门冬又一次擦去汗水，真热，即使久经沙场身经百战，每到最后关头难免还是会有焦虑。这座岛上不会有人知道老河络的来历和底细，夏杜老爷德高望重，和蔼可亲，处处为镇民着想，反而是他们变成了试图绑架商会会长的强盗，老河络身旁的随从可不是吃素的，若是出了差错，一旦暴露，自己和同伴就成了人人喊打的过街老鼠，这才是最糟糕的。

他一边想一边转过脸，发现身旁的紫苏正蹲着身子，神情严肃，聚精会神地低头看着什么。

“你在看什么?”麦门冬低声问，“有什么问题?”

"蚂蚁。"

"什么?"

"蚂蚁，老板。"紫苏同样低声地回答，又指了指地面，"它们在搬家，真的很勤奋呢。"

如果手边有什么东西，麦门冬会立刻拿起来砸在紫苏的脸上，现在他只能想象一下这样的场景，然后恶狠狠地说："给我站起来。"

紫苏吓了一跳，忙不迭地站直身子。"怎么了，老板?"她穿着一身渔妇破旧的长裙，和往日的样子大相径庭，秘术师露出一副迷茫但是麦门冬怎么说她就立刻会去做的神情。

麦门冬摇摇头。"别看蚂蚁了。"他只好说。

紫苏认真地点头，然后无所事事地转动脸庞。

"不要像个傻子一样盯着人家的商铺，听见没有，不要……别看自己的脚指头，这样子很蠢……不要盯着板车，你自然一点……拜托，不要盯着天空看……星辰诸神，你傻看着我干吗?"

"老板，焰消姐好像在招呼你。" 紫苏怯生生地说。

麦门冬回过头，钟楼上霹雳焰消正生气地向他做了一个手势。"该死。"麦门冬急匆匆往前跑去，"你站在这里不要动。"他回头吩咐紫苏。

钟楼里一片阴暗，他沿着狭窄的螺旋石梯气喘吁吁地向上跑，头顶慢慢出现光亮。"你在搞什么名堂?"霹雳焰消的斥责声传来，"我已经发了几次信号了。"

"出了什么事?"麦门冬蹿上楼顶。

霹雳焰消稍稍偏转身子，为麦门冬让出了位置。"有其他人。"她神色严峻地说。

麦门冬探出头，一群人正从西侧的街巷走进扇贝广场，断眉夏杜和一个衣着华丽的羽人走在前面，后面跟着他的随从和一小队的羽人士兵。

“好像是官府的人?”

“现在怎么办?”霹雳焰消问。

“继续计划。”洛卜插嘴说，他倚在一根柱子上，“这些士兵碍不了我们的事。”

“可我们不知道那个羽人是谁，像个大人物。”麦门冬一边观察一边说。

“我们的目标就是那个河络，其他人无关紧要。”

“我们不能伤及他人。”

这是舞叶组每个人都认可的关键，也是把计划制定得复杂周密的原因，他们为断眉夏杜而来，其他人就这件事而言都是无罪的，无论保镖还是路人。

“不会的。”洛卜的语气很坚持，“用原来的计划，不会有任何问题。”

麦门冬看了看霹雳焰消，她稍稍点头。“好吧，按照原计划进行。”麦门冬反身下楼，“焰消，一切以你的信号为准。”

老河络在市场里花了比平时多的时间，麦门冬一直注意着钟楼上的动静，自从断眉夏杜出现后，钟楼上就看不见霹雳焰消的身影，她把自己隐藏起来不被发现，模仿鸟鸣来发送消息。

麦门冬缓慢又放松地呼吸，随着时间慢慢流淌，自己每一瞬都比之前更加冷静。一阵黑尾银雀的鸣叫声从钟楼传来，麦门冬用手肘轻轻捅了捅身旁的紫苏。“准备。”他低声说。

原本晴朗的天空中浮现出一层乌云，最初还只是清爽的微风，忽然变成了一阵横冲直撞的狂风，商铺的布篷被吹得像风帆一样鼓胀，连支撑它的木杆也开始颤抖摇摆。

麦门冬探出头去，一群人簇拥着断眉夏杜和羽人官员正顶风向前快步行走，老河络和羽人官员和身后的随从、士兵稍稍隔开了一小段距离。

一切都和计划的一样。

黑尾银雀的鸣叫声变得急促起来，一辆装满稻草的大车从前面的街口突然蹿了出来，随即传来了纷乱的叫喊声。

“走。”麦门冬低低说道，他推起板车从街巷转了出来，在前方不远的位置，断眉夏杜和羽人官员正朝着身后观望，装满稻草的大车阻挡住了他们和后面的随从。

“紫苏。”麦门冬喊了一声，身后响起秘术师低声的呢喃。

老河络转过身，看着离他越来越近的麦门冬，老河络苍老的脸上浮现出一丝迷惑和警觉，他的手突然摸向腰间。

闪动着光芒的气索从麦门冬身后出现，像一条长蛇般灵活地缠绕住断眉夏杜，瞬间将他的双手双腿和身躯紧紧缚住。断眉夏杜来不及呼喊，麦门冬疾步上前，伸手捂住了河络的嘴巴，顺势将他的身躯夹住，抛向了板车。

羽人官员听见动静后转过身，他还没有搞清楚发生了什么，紫苏再一次吟唱秘术咒语，同样的气索飞出绑住了对方，羽人官员发出一声惊呼。

麦门冬把一块破布塞进断眉夏杜嘴里，扯过板车上的稻草覆盖在老河络身上。“我们走。”他对着紫苏说，“用不着管那个羽人。”

为什么传来奇怪的声音？好像是锐器破风发出尖啸，麦门冬转过头，羽人官员面带惊异地低头看着胸口，一支黑尾羽箭斜斜插在那里，鲜血在衣襟上慢慢扩散，他摇晃了两下倒在地上。

见鬼，这是怎么回事？麦门冬猛地抬起头环顾四周，没有任何人影。

“那个羽人怎么了？”紫苏的话语传来。

"走。"麦门冬大吼，"快离开这里。"

他推起板车冲向旁边的街巷，秘术师紧紧跟随在他的身旁，身后很快传来纷杂的声响，有人高声喊叫："有刺客，巡守大人中箭了。"

巡守大人？更多的迷惑涌上麦门冬的心头，还夹杂深深的不安，他来不及思考，推动板车沿着狭窄的街道一路小跑。

前方路口站着四名羽人士兵，是日常的巡逻队，麦门冬放缓了脚步。镇定，他提醒自己，板车的木轱辘在方石块的路面上颠簸，发出咚咚的响声。羽人士兵们似乎发觉了扇贝广场的骚乱，他们狐疑地向麦门冬身后张望，然后走了过来，有人看了麦门冬和板车一眼，并没有停下脚步。

麦门冬小心翼翼地和士兵们擦肩而过。

一个声音突然响起："刺客，他们是谋害巡守大人的刺客。"

羽人士兵们停下了脚步。"站住。"有人厉声喊道。

麦门冬揪住身旁的紫苏猛力一推，不等秘术师完全倒在板车上，他推着它飞奔起来，身后传来羽人士兵凌乱的脚步声和腰刀出鞘的声响。

"抓紧了。"麦门冬对着紫苏吼叫。

板车顺着微微倾斜的石块路向下猛冲，紫苏的脸朝着麦门冬，身躯随着板车的抖动而四下摇晃，她伸出手去紧紧抓住车沿，笨拙地维持住身体的平衡。

"他们追上来了。"她提醒说。

他们当然追上来了，麦门冬甚至可以体会到下一刻羽人腰刀冰冷的刀刃将要划过自己的脖颈。在前方的路口，他猛然改变了方向，板车转了一个笔直的弯，蹿入一条更狭窄的街巷，紫苏差点被甩了出去，车上的干稻草四散，露出断眉夏杜的半截身体。

追兵的步伐并没有延缓，羽人们身体轻盈，动作迅速。

一名羽人士兵跃起在半空，麦门冬感觉到对方的腰刀正砍向自己的肩膀，他急忙松开板车的把手，侧过身体险险地避开刀刃。就在这一刻，又一支黑羽箭悄无声息地从他的身旁掠了过去，身后传来羽人战士的惊叫。

紫苏发出狼狈的声音，麦门冬来不及思考，板车已经失去控制，向街巷一侧的墙上撞去，他及时伸出手再次抓住了板车的把手，板车微微改变方向，沿着斜坡继续前行。

“想想办法。”麦门冬狼狈地大喊。

气流开始在板车周围快速旋动，白色的雾气开始在弥漫，颜色越来越浓，从薄薄的轻纱变成如同牛奶般稠厚。

麦门冬眼前一片白茫茫，什么也看不清。我现在像只没头苍蝇，紫苏，你真的是和我一伙的吗？他想。

追兵也变得犹豫起来，他们大概是在担心遭到偷袭，不像刚才那样紧追不舍。

又是一支箭“啪”的一声钉在了板车上，黑色的尾羽颤抖不已。

根本没有喘息的时间，下一刻板车撞在了一堵石墙上，失去控制的麦门冬向前扑去，把紫苏重重地压在身下，紫苏哼了一声，同时，在她的身下传来了另一个人的呻吟。麦门冬顾不得疼痛，撑起身体用最快的速度拉起紫苏，再把断眉夏杜从干稻草中扒出来，扛在肩头。

“找地方躲起来。”他喘着粗气说。一块破布掉进怀里，麦门冬立刻意识到是断眉夏杜吐出了嘴里的东西。“不许喊叫。”他低声威胁说，“否则我立刻杀了你。”

老河络没有喊叫，用同样的低声回答说：“你们跑不掉的。”

麦门冬哼了一声，老河络的话怕是要一语成谶，到处都传来叫喊声和脚步声，等到雾气散去就真的跑不掉了。他忽然看见雾气中露出院墙的一角，立刻伸出手拽住紫苏。

围墙并不高，麦门冬托起紫苏，把秘术师整个人从墙的这一边推进了另一边，他听见紫苏摔在地上发出的噗通声，管不了那么多，他又把老河络推了过去，然后自己攀上院墙跳了进去。

雾气正在慢慢散去。

院墙里面是花园，紫苏已经坐起身子，愁眉苦脸地揉着胳膊，老河络双眼紧闭发出微微的喘息。麦门冬四下张望，院子虽大却显得破败，不知名的花草野蛮生长，似乎已经很久没人打理，东侧隐隐约约有一间厢房，他扛起断眉夏杜，示意紫苏跟上他的脚步。

厢房同样破旧，地上沾满了灰尘，任何一处角落都能看见厚厚的蜘蛛网，这里原本应该是个马厩，如今里面空荡荡的，只有小山丘般的干稻草堆。确认过安全之后，麦门冬放下断眉夏杜，自己顺势躺倒在草堆上。

“见鬼。”他低声嘟囔了一句，这和当初的计划有了不小的差别。

外面隐隐约约传来喧哗，还有拍打木门的声响。

“用稻草把自己盖起来。”他对紫苏说。紫苏顺从地往草堆里面爬去，他又转向断眉夏杜。绑住老河络身躯和四肢的光索颜色稍稍有些黯淡，秘术正随着时间慢慢消散，不过还为时尚早。麦门冬拔出腰间的短剑，“我不想伤害你，所以你知道该怎么做。”

断眉夏杜沉默地看着他，面无表情地点头。

麦门冬用稻草扫过刚才进来时留下的脚印，然后拖着断眉夏杜躲进草堆，抓起周围的稻草覆盖在自己和老河络身上。

周围很安静，只有耳畔传来断眉夏杜粗重的呼吸声，麦门冬小心翼翼地透过稻草间的缝隙观察外面的动静，一阵脚步声传来，两个羽族士兵走了进来。

“看见什么了没有？”一个士兵对着另一个说。

“没有。”另一个用嫌恶的语调回答，“臭死了，这里比狗窝还要脏。”

他们漫不经心地四下张望。

“今天本来不是我当值，这下可好，要整天忙活了。”第一个士兵说，“抓不到凶手没得完。”

第二个士兵说：“听说巡守大人死了，一箭穿心，咱们的霖纶大人未必有那么好的箭法。”

“难道他没从神木园里得到警示吗？”第一个士兵嘲讽说。

马厩外面传来声音。“里面有什么情况？”

“除了草垛，什么也没有。”第一个士兵大声回答。

“检查草垛。”外面的声音不依不饶地大喊。

“要我们检查草垛。”第一个士兵低声地发着牢骚，“他们为什么不自己来？”

断眉夏杜似乎动了一下，麦门冬把短剑抵在老河络的腰间。两个羽人士兵开始用腰刀拨弄着草垛，又往里面随意地插了几下，某次刀尖靠近了麦门冬躲藏的位置，麦门冬一动不动。

“不会有人的。”第二个士兵说，“我们走。”

士兵们走出了马厩，院落中的喧哗声渐渐远去，直到恢复了安静，又等了片刻，麦门冬当先爬了出来，逐一把紫苏和断眉夏杜拉出了草垛。

“先在这里藏一会儿。”麦门冬说。

巡守大人死了，就在他们抓捕断眉夏杜的时候，是谁要杀巡守大人？为什么偏偏是在他们行动的时候出手？是巧合吗？麦门冬觉得心烦意乱。

“其他人呢？”紫苏问。

麦门冬没有回答，他不想让断眉夏杜知道得太多，老河络正疲惫地躺在草垛上喘气，这是麦门冬第一次面对面仔细看着这个家伙，枯瘦的脸庞上布满了如沟壑般的皱纹，手指宽的伤疤在中间位置将左眉毛一分为二，嘴唇右下方的黑痣就像一只甲虫趴在他的脸上。

断眉夏杜注意到麦门冬的目光，老河络侧过头用低沉的声音说："解开我身上的鬼东西，很痛。"

秘术光索依旧绑着他，麦门冬对紫苏点点头，紫苏默念秘术咒语，光索随即消失不见，断眉夏杜挣扎着坐了起来，发出低低的呻吟声。

"别想耍花样。"麦门冬警告说。

断眉夏杜摇摇头，活动着自己有些僵硬的手腕。"不会的。"老河络沙哑的声音说。

麦门冬不再理睬断眉夏杜，皱眉回忆发生在扇贝广场上的每一个细节，洛卜的秘术大风，隔断队伍的大车，荆芥和秋石假意争吵，自己和紫苏的突然袭击，直到那支箭的出现，然后是嘈杂的声音，有刺客……巡守大人中箭了……那支箭，黑尾的羽箭，麦门冬心中咯噔一下，在逃跑时黑尾羽箭还出现过两次，如果不是为了躲避身后追兵而突然侧身，那支箭足以要了自己的性命。

老河络的声音打断了麦门冬的思索。"我会给你们赎金的，很多。"断眉夏杜说。

麦门冬看了看老河络。"广场上和你在一起的羽人官员是万宁岛的巡守？"

"你们不认识他？"断眉夏杜露出疑惑的神情。

"你只要告诉我是或者不是。"

"是。"

“他为什么会来这里?”

“我一直在请巡守大人去视察市场，官家收的税太重，商人们叫苦连天。巡守大人答应今天来看看这些商铺，我以为这样做可以让他回心转意，商人们的日子好过了，整座岛又会复苏，没想到……”断眉夏杜深深叹了口气。

“巡守不是我们杀的。”麦门冬不知道自己为什么要向断眉夏杜解释这个。

断眉夏杜抬起头，老河络的相貌尤其是眉毛上的伤疤给人一种阴郁的感觉，但是说话的模样和语气却显得忠厚良善。这是他的伪装吗？霹雳焰消提醒过，断眉夏杜是个彻头彻尾的骗子。

“不是你们杀的?” 断眉夏杜重复着麦门冬的话。

“不是。”

“那就不是吧。”老河络的语气似乎有些嘲弄。

麦门冬突然后悔不该和断眉夏杜说这些话的，他站了起来，往外走了几步，查看院落里的动静，没有什么异常，于是又回过身朝着紫苏招招手。

紫苏从草垛上站起来向他走来。

“我到外面看看，”麦门冬压低了声音，确保断眉夏杜听不见他们俩的对话，“你看着那个家伙，如果他有任何举动就弄晕他，不要犹豫。”紫苏点头，“还有，记得不要听信他的任何话。”

“他是一个坏人。”紫苏严肃地说，“焰消姐说过。”

麦门冬带着紫苏返回草垛，他拿出根绳子来到断眉夏杜前。

“不必这样做。”断眉夏杜看着他，“我又老又弱，如果你们不想弄死我的话，还是可怜可怜我这个老人家吧。”

麦门冬没有理睬他，捆上了断眉夏杜的双手双脚，不算很紧。“我保证你死不了。”他冷冷地说。

外面的院落里多了不少被踩踏的痕迹，先前紫苏施放的秘术雾气已经完全消散，麦门冬看见一栋灰色石块垒砌的两层楼房，马厩和花园属于这栋楼房的后院，他蹑手蹑脚地穿过花园，俯在窗户下观察了半晌，小心翼翼地推开楼房的后门。

屋子里没有什么动静，麦门冬潜了进去，地板上同样是厚厚的灰尘，杂七杂八的脚印都是刚才的羽人士兵们留下的，屋子里光线阴沉，看上去已经许久没有人居住。他走上了二楼，依旧没有人，透过窗户往外望去，街上空无一人，远处的十字街头站满了羽人士兵，他思量了一下，原路返回。

麦门冬把紫苏和断眉夏杜带进了老宅，直接上了二楼的卧房，他把断眉夏杜放在陈旧的带着蚊帐的大木床上，木床发出不堪重负的咯吱声，似乎表示自己的年龄比断眉夏杜还要老。

麦门冬把唯一的一张椅子让给紫苏，自己在卧室门前席地而坐，石头的地面阴凉阴凉的，他慢慢合上门，只留下巴掌宽的缝隙，让光线透进来不至于房间里什么都看不见。

“老板，我们要干什么？”紫苏问。

“等着。”麦门冬说。

门外的走廊，灼热的阳光透过窗户照射进来，留下满地阴影。

风吹在身上有些灼热，周围人来人往，却没有丝毫的声音，寂静的画面中，只有被船长牵着的女孩一步一步走远，走向码头远处的海船。黑色的秀发在风中时不时地飘扬，如同她的裙摆。

“不要走，小沫。”

她似乎听见了他内心的呼唤，忽然回过头。“我要走了，你会来找我吗？”她没有说话，但是她的眼睛告诉了他。

我会的，一定会的。

长长的码头，远去的背影……

麦门冬猛地惊醒过来，眼前一片金灿灿的光线，他悄悄推开卧室的门，伸出手遮挡在眉前，窗外，浑圆的落日已经在海平面的位置，远处的海面和近处的椰林、城堡、民居无不染上黄金的色彩。一群群的海鸟在四处盘旋、鸣叫。

他把脸转了个方向，眼睛再次慢慢适应房间的黑暗。

“你刚才做梦了，还说了梦话。”老河络背靠床头半坐着，“你在找什么人?”

“找你。”

断眉夏杜笑了笑，举了一下被绑着的双手。“你那声呼喊很温柔，不像是我现在的待遇。”

麦门冬为自己无意识的呓语感到微微发窘，好在没人能够看见他的神情，他单手撑着地面缓缓站了起来。

老河络的目光随着他的身形移动。“你们准备把我怎么样?”

麦门冬没有理睬他，用力舒展身体，很多部位又酸又痛。

老河络继续说：“我的宅子里有足够多的金银珠宝，你们都可以拿去，只求……”他稍稍停顿了一下，“只求你们不要伤害岛上的民众。”

“你说什么?”

“岛上的财富你们尽管拿走，但是请不要伤害那些无辜的人。我并不是诅咒你们，再厉害的强者也难免有落难的时候，为人留路就是为己留路。”

麦门冬明白过来。“你以为我们是海盗?”

“只有海盗才想刺杀巡守大人。”麦门冬懒得解释，也无法解释。老河络没有等到麦门冬的回应，于是继续说了下去。“我也希望你们不是。”麦门冬看不清断眉夏杜的表情，只听见他深深的叹气。“巡守大人增加了税收，也有不得已的理由，他需要钱来增强海防，早就有传言说海盗们对这座岛窥觑已久。”

麦门冬哑然失笑。“窥觑这座岛？怕是哪个海盗船长嫌自己命长吧。”

“一个船长是不敢，可是一群海盗船长在一起，就算是海皇的战舰他们也敢抢。”

乌合之众。麦门冬哼了一声。他们就像秃鹫，打劫弱者的时候一个个张牙舞爪，可是谁也不服谁，要对付一个戒备森严的堡垒，这帮各自为政的家伙是没有用的。

麦门冬觉得断眉夏杜正在朝自己凝视，也许是想辨认自己是不是在演戏。居然以为我们是海盗，有意思。然后，他听见老河络说：“听说这次海盗们选出一个领头的家伙，好像是什么血骷髅号。”

拾壹

无月之夜，一片片丝缕般的薄云在夜空中飞快飘过，没有丝毫留恋。远处传来的海潮声，犹如战鼓般轰鸣，让人不知是精神亢奋还是心烦意乱。此刻麦门冬觉得两种状态自己兼而有之，他从黑暗的街角探出头去，仔细辨认停靠在内港中的那些海船，唯一的一盏风灯高高悬挂在码头的旗杆上，发出昏暗的光芒，除此之外，只有远处城墙上的火把。

他花了很久才找到飞翔的耳鼠号，它换了停靠的位置，来到万宁岛的几天里它都停靠在西侧的码头远端，唯独现在它出现在码头的中央，这让麦门冬产生一丝小小的警觉。

中午的行动开始之后，除了紫苏他还没有见到过任何其他同伴，原本的计划中，他应该推着那辆藏匿断眉夏杜的板车从扇贝广场直接来到码头，悄无声息地把老河络送上船，其他人也会从不同的路线各自回到这里，飞翔的耳鼠号将在下午离开内港，行驶在返回十二星芒岛的航线上。

如果行动出了麻烦，无论哪个人不能及时回到船上，飞翔的耳鼠号都会在内港等待。这是当时的约定。

除了我们这一组，其他人是否都顺利回来了？他觉得自己的确是心神不宁。

麦门冬拎起地上的口袋抗在肩上。“跟着我。”他向身后的紫苏低声吩咐，然后大步朝码头走去。

那些海船的黑影正在慢慢起伏晃动，虽然麦门冬不喜欢它们——直到现在他依旧觉得自己更适合陆地上的生活、享乐和战斗，但这一次他急切地想要回到船上去。

飞翔的耳鼠号静静地待在那里，就像等待归家孩子的母亲，熟悉的桅杆和船楼，船舷旁的绳梯，就连船首一副蠢相的耳鼠雕像突然也变得憨态可掬起来。

麦门冬加快了步伐，就在即将接近的那一刻他发觉了可疑的地方，桅杆上并没有瞭望哨，钓青、苏彧或者其他人都不在。

住在寡妇旅店商量断眉夏杜的抓捕计划时，他们每天照旧和船上的人保持联系，按照以往，停泊在港口里并不需要瞭望哨，老烟斗坚持在夜晚安排桅杆上的哨位，他解释说应该始终保持警觉。

此刻，桅杆上空荡荡的。

麦门冬背着口袋走过了飞翔的耳鼠号，身后传来紫苏的脚步声，秘术师什么也没说，只是顺从地跟随麦门冬的步伐。他们俩继续往前走着，几个人影突然从黑暗中涌了出来，扯去蒙在风灯上面的黑布，周围一下子亮堂起来。

“站住，干什么的？”对方是几个全副武装的羽人士兵。

麦门冬装出受到惊吓的样子。“你们吓着我了，军爷。”

“深更半夜来码头做什么？”带头的羽人厉声问。

“前面那条船买了十袋圆白菜。”麦门冬指着前方不远处的一条单桅帆船，他已经机警地看清了船的名字，“牛头人战士号。咱家店里当时只有四袋，刚刚凑足了第五袋，直接送到他的船上。”

“后面那个女的是谁？”

“相好的，”麦门冬嬉皮笑脸地凑近羽人士兵，“你瞧，军爷，天都这么晚了，正好找个女人回去暖暖被窝。”

羽人士兵哼了一声，指着麦门冬肩上扛着的口袋说：“打开来，让我检查。”

“军爷，别为难小的呀。”

“少废话。”

麦门冬嘟嘟囔囔地放下口袋，送开了袋口，羽人士兵凑了过来，看见袋子里的圆白菜，皱了皱眉，伸出手往里面扒拉。麦门冬突然抓住对方的手腕，另一只手狠狠击打在他的脖子上，羽人士兵软绵绵地倒在地上。

后面站着的三个羽人士兵忙不迭地抽着腰刀，麦门冬扑向离自己最近的一个，把羽人士兵撞倒在地上，士兵来不及撑起身体，麦门冬已经压在他的身上，把对方的头猛一下往地面上敲去，士兵一声不吭地晕了过去。

麦门冬听见紫苏的咒语声，还有羽人士兵的惊叫，他从晕过去的羽人士兵身上跳了起来，发现剩下的两个羽人士兵已经倒在地上，气索牢牢绑住了他们的手脚。

口袋歪倒在地上，袋口的几棵圆白菜滚落出来，露出断眉夏杜的半截脑袋。“救命。”老河络有气无力地喊着。

“小心。”

麦门冬一把扯过紫苏，一支羽箭从她的身侧飞了过去，飞翔的耳鼠号上亮起了灯火，甲板上人影绰绰，又是一支羽箭飞了过来。

“快走。”麦门冬推了一下紫苏，自己拎起装着断眉夏杜的口袋大步跑起来，不断有羽箭破空的声音，幸好他们离开飞翔的耳鼠号已经有足够远的距离。

“救命。”

口袋里又传来断眉夏杜的声音，之前老河络一直表现得很顺从，现在他拼命扭动身体。麦门冬腾出一只手，使劲抽了一下口袋里的老河络。

“别动。”他恶狠狠地喊。

周围传来越来越多的喧哗声，内港的长墙上，还有码头外围的街巷都出现了士兵的身影。“前面也有人。”紫苏喊了一声，麦门冬看见一队羽人士兵迎面跑了过来。

“这里。”麦门冬指挥着紫苏，两个人改变了方向，朝停靠的海船冲去。

来到码头前，紫苏停下脚步，气喘吁吁地问：“老板，我们上哪条船?”

麦门冬一脚踢在秘术师的屁股上。“跳海。”他大喊。

秘术师向前踉跄了几步，身影消失在码头前，黑暗中传来水花溅起的声响，又是一支羽箭从麦门冬的头顶飞了过去，他松开口袋扯出断眉夏杜，直接把老河络扔进了海水中。羽人士兵的叫喊声越来越近，麦门冬高高跃起，一个猛子扎进海水中。

海水冰冷，麦门冬潜在水中划动手脚，靠近了正在挣扎的老河络，他浮出水面，用一只胳膊使劲夹住了断眉夏杜。“不要惹麻烦。”他低声警告说。

断眉夏杜仰面朝天大口地喘气。“我不会游泳。”老河络的声音在颤抖。

“别乱动。”

麦门冬一边踩水一边用空着的胳膊轻轻划动，带着断眉夏杜慢慢躲藏进一艘海船的阴影中。码头上出现了羽人士兵的身影，有人举着风灯往海面方向四处晃动，时不时对着可疑的影子胡乱地放箭。

“你，你会害死我们的。”断眉夏杜低低的声音说。

麦门冬没有理睬老河络，在海船的掩护下，他们的位置已经渐渐远离码头。身旁传来轻微的声响，麦门冬转过头，看见紫苏的脑袋冒出了水面，她的长发紧紧贴在脸颊上，表情中有些莫名其妙的兴奋。

“老板，”她小声说，“你怎么知道我会游泳？”

秘术师从来没有在众人面前游过泳，即使舞叶组来到海上这么久，她最多也只是在海水没过脚踝的沙滩边走走。

“废话，我怎么会知道？”麦门冬不耐烦地回答她。

紫苏不解地看着麦门冬，麦门冬没空搭理秘术师。夜晚的海水冰凉刺骨，如果待在海里时间太久的话，很可能会要了断眉夏杜的命。老河络只是他们的俘虏，一个劣迹斑斑的惯偷，但是并没有被判死罪。现在他们必须尽快回到岸上，或者某条船上也可以。

他抓住一根从某艘海船上垂下来的锚绳，与此同时，也发现了新的危险。

两条划桨小船正在从远处的岬角慢慢靠近，每条小船的船头都有一个羽人士兵举着风灯，身后的弓箭手搭着箭，搜索四周。

“你们应该投降，”断眉夏杜小声说，“否则会死的。”

“别忘了，你还在我的手里。”麦门冬说。

“他们又不会顾惜我的性命，我只是个商人，他们要找的是杀死巡守大人的凶手。”

麦门冬犹豫了一下，划桨小船又靠近了一些，他回过头看了看长墙和关闭的内港闸门，思索着下一步该怎么办。

驶在前面的划桨船上，举着风灯的羽人士兵突然站直了身子，手臂指向前方。“闸门。”他喊道，“闸门开了。”

麦门冬转过头，发现内港的闸门正在缓缓打开。这意味着什么？是机会还是陷阱？他还来不及思考，已经出现了答案。

一支疾速而来的羽箭插入羽人士兵的腹部，他痛苦地大喊一声，又是另一支箭射中他的肩膀，羽人士兵旋即落入海水中。划桨小船上的士兵们慌作一团，更多的羽箭飞过来，其中还夹杂着几支燃烧的火箭，两条划桨小船上的士兵很快就伤亡累累，小船燃烧起来，活着的士兵跳入海中，拼命地向码头游去。

羽箭来自内港的长墙，麦门冬被眼前发生的一切惊得摸不着头脑。“哦，天呐。”在他的臂弯里，断眉夏杜翻来覆去地说着这几个词。

码头上的羽人士兵向长墙冲去，不断有人中箭倒下，也有士兵用弓箭向长墙上的袭击者反击。内港的闸门已经完全打开，一艘海船慢慢驶入，借着船上的风灯，麦门冬看清桅杆上飘扬着的黑色旗帜。

其他人也看见了，码头上响起凄厉的声音。“海盗，海盗来了。”

已经没有人再去关心海里的嫌疑人。“紫苏，跟紧我。”麦门冬划着水面，向码头靠近。第一条海盗船已经完全驶入了内港，后面是第二条、第三条……

麦门冬拉着断眉夏杜从一处石阶梯爬出海面，老河络挣扎着想要站起来，却像一摊棉花萎靡倒地，麦门冬扯住他，把他背在身上。

紫苏也爬上了石阶梯。“老板。”她轻轻喊了一声。

麦门冬抬起头，一个拿着腰刀的羽人士兵站在石阶梯的顶端，士兵看着他们，脸上带着惊恐和不知所措的神情。一支火箭从他们和羽人士兵中间掠过，落进了海水中，羽人士兵掉头跑远。

“怎么办?”紫苏问。

麦门冬看了一眼停在远处的飞翔的耳鼠号。“回去。”他说。

海盗来袭的消息似乎在片刻间就传遍了万宁岛，整座岛屿变得混乱不堪，士兵三五成群地从山顶方向急匆匆往码头赶去，更多携家带口的百姓往相反的方向涌去，狭窄的街巷常常会挤作一团。海盗们已经进入了内港，外城墙情况不明，整个岛屿只有山顶的巡守府城堡才是最安全的地方。

麦门冬带着紫苏混在逃难的人群中，没有人会去注意他和他背上的断眉夏杜。不仅仅是内港，岛上的其他地方也出现了火光，很快就有流言传来，除了内港，骨蟹门和黄滩也有海盗的踪迹，这座岛上的海盗似乎已经遍地开花。

两三个满脸血污的士兵从麦门冬他们后面赶了上来。“让开，快让开。”他们推开阻挡在前面的人群。

“军爷，怎么样了？”一个穿着布褂的老人问，他背负包裹，手中还牵着一只黑山羊。

“海盗比虱子还要多。”领头的士兵往地上啐了一口带血的唾沫，“都快走，等我们上去，就要关巡守府的大门了。”

这意味着守军已经放弃了赶走海盗的打算，他们现在只能坚守山顶的城堡，周围的难民们更加惊慌失措，争先恐后地朝山上跑去。

“这帮天杀的海盗，刺杀巡守大人的事情是早就准备好的。”麦门冬身旁的一个男人恶狠狠地说，“他们预谋已久。”

白天避难的老屋子依旧黑黝黝的，没有一丝灯火，麦门冬背着断眉夏杜闪进屋子，紫苏在后面关上门，架起门闩。他们在黑暗中摸索前进，回到了二楼的房间。麦门冬把断眉夏杜放在床上，然后回到走廊，逐一合起木板窗。

屋子里一片漆黑，紫苏手中飘浮起一个光球，慢慢照亮了整个房间。

断眉夏杜神情萎靡地靠在床上，老河络浑身湿漉漉的，紧闭双眼，身子在不自觉地微微颤抖。麦门冬从房间的柜子中找到了棉被，他试着除下断眉夏杜身上的湿衣物，断眉夏杜惊醒过来，睁开双眼，看清麦门冬的面容后，老河络挣扎着拍打麦门冬的手臂。

“滚开，你们这帮没人性的海盗。”老河络的声音沙哑无力。

麦门冬没有言语，脱去了断眉夏杜的外衣，然后用棉被把对方包裹起来，老河络很快闭上眼睛，沉沉睡去。

“他为什么说我们是海盗?”紫苏迟疑着问。

麦门冬摇摇头，他来到一扇木窗前，轻轻推开半截，居高临下往外观察。半边天空被火光映得通红，街上已经看不见什么人影，远处偶尔传来几声凄厉的惨叫，一群举着火把的家伙从内港方向沿着街巷一路走了过来，不断有人踹开两旁民居的房门冲进屋里去。

海盗们已经开始了他们擅长的杀戮和劫掠。

这里还不够安全，万宁岛对海盗们来说是个大猎物，也许他们不会像往常那样得手之后就匆匆离开。

麦门冬再次关上木窗，仔仔细细查看了整栋屋子，他在杂物房发现一处木梯可以爬上的低矮阁楼，他把紫苏和已经昏睡过去的断眉夏杜安顿上了阁楼，还准备了一些饮用水，在他爬上阁楼之后，把木梯也顺势拉了上来，不会有人知道上面还有一个可以躲藏的空间。

阁楼铺着稻草，空间足够睡下十几个人，也许以前是仆人们待的地方，这里还有一扇木窗，紧急的时候他们可以通过这扇窗爬上屋顶。

紫苏熄灭了秘术光球，四周陷入了黑暗，只有敞开一道缝隙的木窗透进些许亮光。断眉夏杜躺在稻草上发出粗重的呼吸声，除此之外，街上时不时传来的各种声响，既有惨叫也有嬉笑。

“老板，焰消姐、荆芥他们都会没事吧?”

麦门冬哼了一声。“他们都是老滑头了，会照顾好自己的。”

“那就好。”紫苏轻轻地说。

麦门冬此刻的心情并不像表现出的那么镇定，就像待在一条正在驶进暴风雨的海船上，紧张和不安，还有对未来发生的一无所知。“休息吧。”他对紫苏说，“养好精神，明天去找霹雳焰消，还有我们的船。”

紫苏点点头，向后倚靠着阁楼的木墙，闭上了双眼。

麦门冬一边聆听着周围的动静，一边思考着整个一天中发生的所有事件。

飞翔的耳鼠号上埋伏着羽人士兵，这绝不是什么巧合，老烟斗他们是不是已经被巡守府的人抓了？我们是铁板钉钉的嫌疑人，但是巡守府为什么会知道飞翔的耳鼠号？难道是白天的行动中有人被抓了？舞叶组的人绝不会出卖自己的同伴，那么还会是谁?

麦门冬觉得脑袋里一片乱麻，路上那个男人的话在他耳边响起。“……刺杀巡守大人的事情是早就准备好的，他们预谋已久……”一个显而易见的判断：海盗们先刺杀巡守，引起驻军群龙无首的混乱，然后趁夜劫掠万宁岛。麦门冬突然冒出了一身冷汗，在外人看来，他们抓捕断眉夏杜的行动，顺理成章变成了海盗们袭击万宁岛的前奏。

黑尾的羽箭，杀死巡守的箭，也是在路上偷袭的箭，它才是关键!

这又说明了什么？是巡守府的人刺杀了巡守大人？难道是他们和海盗勾结？可是，为什么刺杀会和我们的抓捕行动同时发生？是巧合还是其他什么原因？总是有想不通的地方。

清晨的阳光透过窗户的空隙投进阁楼中，麦门冬入神地看着无数细小的飞尘在金黄色的光线下飘来飘去，仿佛一群舞动的精灵。

世人皆是尘埃，唯有星辰诸神永恒。

断眉夏杜突然动了一下。“水。”老河络发出一声呻吟。

麦门冬拿起装水的罐子送到断眉夏杜的跟前。老河络接了过去，立刻大口地吞咽，清水顺着嘴角如同小溪般流淌下来，滴落在胸前。他的手有些温热，麦门冬摸了摸老河络的额头，像加热过的铁板。

“你发烧了。”

“宁愿死于病魔，也好过死在恶魔手中。”断眉夏杜喘着粗气回答。

麦门冬并不理会对方的嘲讽，他站起身，小心地推开木窗往外张望，街巷此刻空无一人，满地都是丢弃的物品，一片狼藉。他望向更远的地方，城镇有好几处位置冒着青烟，内港里停满了船只，桅杆上飘扬着一面面黑色的海盗旗。

他转头对着已经醒来的紫苏说：“你守着他，我出去打听消息，再弄些吃的。”

紫苏轻轻嗯了一声，迟疑了一下又说：“老板，你要小心一点。”

把断眉夏杜交给紫苏独自看管，让人有些小小的不安，但是没有其他更好的办法。麦门冬把木梯从阁楼上放了下去，爬下阁楼后随手又把木梯藏了起来，然后从院落的后门悄悄离开这栋老宅子。

太阳已经爬升到了半空，晴朗的蓝天没有一丝云彩，灿烂的好天气下却是一个惨烈的修罗场，空气中弥漫着一股焦味，在麦门冬的视野内至少三具尸体凌乱地躺在街上，一个羽人士兵倚墙半坐，失去光泽的双眼像是在注视胸前的伤口，一大片血迹早已经干涸，另外两具尸体属于一对老人，趴在街角一动不动。

麦门冬贴靠着街巷的一侧小心翼翼地行走，不时躲入某个门洞中避开远处的声响。他仰望高处的巡守府城堡，海皇的旗帜依然飘扬，不知道这算不算是个好消息。麦门冬决定先去寡妇的旅店，他避开那些热闹的街道——今天肯定没有哪个街道还会像往常一样人来人往，但是小巷依旧安全得多。这座岛足够大，麦门冬相信海盗们没法完全占领它，除了停满海盗船的内港，只要小心的话，海盗并非无处不在。

他还是差点暴露了自己，在某个街巷的转角，三四个醉醺醺的海盗迎面而来，幸亏他们弄出的声音太响，麦门冬及时闪进一间开着门的屋子。海盗们离开之后，麦门冬才注意到屋子里浓浓的血腥气，在被翻弄得乱七八糟的房间里，躺着一家三口的尸体，父母和年幼的孩子，死在床上的女主人还受到了残暴的侵害。

该死，麦门冬血气上涌，星辰诸神见证，这帮禽兽终究会血债血偿。

离开满是血腥的屋子，麦门冬快步行走，他特地绕了路，从扇贝广场的后面接近了寡妇旅店。在进旅店之前，他又躲在外面偷偷观察了片刻，直到确定没有危险。

麦门冬从厨房后门潜进了旅店，里面静悄悄的，锅里什么也没有，壁橱也一样令人失望，底楼除了用作餐厅和接待的房间外，还有寡妇自己的住处，麦门冬悄悄走过，一个人都没有。

他走上二楼，像只野猫般悄无声息，之前他们包下了二楼全部的三间屋子，头一间屋子里的摆设和昨天一模一样，没有人回来过，第二间也一样，麦门冬有些小小的失望，他轻轻推开第三间屋门。

里面发出像小动物般的惊恐声响，麦门冬看见一只脚猛地缩进木床的底下，他拔出短剑闪身进屋，屋里没有其他人，他俯下身子，床下是两双惊恐的眼睛，寡妇的两个女儿躲在那里，一声不吭地看着他。

“别怕，是我。”麦门冬轻声说。

女孩们反而更加紧张地看着他，麦门冬以为她们一时没有认出他，伸出左手想要帮她们从床底下拉出来，女孩们使劲扭动身体避开他的手，高个子的姐姐忽然猛地挥手砸向他，麦门冬吃惊地看到一道亮光，他及时缩回手，厨刀重重砸在地面上，溅起了火星。妹妹尖叫了一声，姐姐连忙捂住她的嘴。

“别叫。”她呵斥自己的妹妹。

麦门冬皱着眉头，他听见楼下响起了动静，刚才那声尖叫引来了外面的人，他闪身过去，躲在门的后面。姐妹俩从床的另一边爬了出来，她们无路可逃，只能像无助的小猫般缩在角落里。楼梯上很快响起了脚步声，麦门冬把中指放在唇上，对着姐妹俩做了个噤声的动作。

半掩的门被推开了，麦门冬紧紧贴在门和墙之间，他听见至少两个人的声音。

“快看，是好东西。”一个家伙发出邪淫的笑声。

“又小又瘦。”另一个声音不屑地说。

“嘿，有就不错了，你要不要？不要就都归我了。”

“我要。”

麦门冬看见两个人影出现在屋子里，穿着打扮是海盗喜欢的皮褂、短裤和靴子，他们把背部全都暴露给了麦门冬，两个海盗一边狞笑一边向女孩们走去。麦门冬从门后闪了出来，从后面捂住第一个家伙的嘴巴，短剑迅速划开他的喉咙，另一个海盗甚至没有注意到同伴的异样，直到第一个家伙软绵绵地倒了下去，他才疑惑地转过头，麦门冬又一次上前捂住这个家伙的嘴，短剑直接插入海盗的胸膛。

一切干净利落。

麦门冬在海盗的尸体上抹净短剑的血迹，两个女孩恐惧地看着这一切，竭力控制住才没有喊叫出来。麦门冬来不及搭理她们，他径直走到窗户边，偷偷往外窥探。他讶然地发现扇贝广场几乎成了海盗们的一处聚集地，这些家伙三五成群，或是懒散地坐在街角，或是喝酒打闹，钟楼上站着的两个海盗类似哨兵的角色，始终观望着高处的巡守府城堡。麦门冬感到一阵侥幸，没有人注意到广场北侧这座旅店里发生的事情。

巡守府的城堡大门紧紧关闭，麦门冬远远望见几个羽人士兵守在城垛上，城堡里一定挤满了难民，乞求着星辰诸神的佑护。海盗们果然没有撤离的意思，他们似乎想要在这座岛上待上一段时间，不过也看不出他们准备进攻巡守府，毕竟那是一座城堡而不是一条船。

待在这里很不安全，他低头看着两个女孩，她们双手抱膝蜷缩着身体，眼中依旧充满恐惧，姐姐稍稍移动身体，把妹妹挡在身后。

“我不是坏人。”麦门冬轻声对她们说，“这里很危险，你们应该离开。”

姐姐使劲摇了摇头。

麦门冬想了想，问：“你们的妈妈呢？”

姐姐依旧摇头。

麦门冬犹豫了一下。“好吧，我要走了，你们还是换个地方藏起来，万一海盗过来找他们的同伴，你们就麻烦了。”他指了指地上的两具尸体。

妹妹突然轻声哭了起来。“妈妈和弟弟都死了，被海盗杀了。”她抽泣着说。

姐姐的眼圈也红了，但是仍然倔强地看着麦门冬。“你也是海盗，你们杀了巡守大人。”她低声说。

麦门冬终于明白了姐妹俩害怕他的原因。“是你妈妈说的？”

“士兵来这里抓你们，你们都躲起来了。”

这好歹也是一个消息，霹雳焰消他们都没有回到这里。麦门冬微微摇头，“我们不是海盗，也没有杀巡守大人，他们搞错了。”他柔声说，“我不会伤害你们，而且我会杀那些坏家伙。”

姐姐看着地上的两具尸体，又看了看身后柔弱的妹妹，似乎做出了决定。她站起身，一把拉起妹妹。“我们跟你走。”她的另一只手紧紧握着刚才那把差点剁去麦门冬手指的厨刀。

拾贰

姐妹俩的姐姐叫罗铃，妹妹叫罗柠，最初麦门冬有些犹豫，带着两个女孩大大增加了风险，但是他不可能把两个女孩留在那里，任由她们自生自灭。

他领着她们俩从厨房后门溜了出去，女孩们虽然瘦弱但很机灵，尤其是姐姐，她们跑起来的时候像一阵风似的又快又静，也许是被母亲的严苛训练出来的，这样想并非出于恶意，寡妇已经死了，愿星辰诸神佑护她的灵魂。

路上他们偷偷进了一家人去楼空的杂货铺，用口袋装了些玉米、萝卜和腌鱼。隐蔽躲藏、补充给养、打探消息，这似乎是麦门冬现在唯一能做的。

回去的路比预想的顺利，没有遇到什么危险，麦门冬悄悄地带着姐妹俩登上阁楼，这会儿紫苏坐在断眉夏杜身旁，似乎一直不安地等待他。

“怎么了？”麦门冬问。

紫苏指了指老河络。“他昏过去了，一直没有醒过来。”

麦门冬摸了摸断眉夏杜的额头，比清晨更加烫，老河络紧闭双眼，嘴唇有些发白，嘴角也出现了一片燎泡。

“我再出去找些药。”麦门冬说。

他再一次潜出去，这回没走多远就发现街上一群一群的人影，大概是从昨夜的劫掠和狂欢后醒来，海盗们纷纷出现，又开始了一轮扫荡。麦门冬不敢过于冒险，只好退了回去。

阁楼上多了一个装满清水的盆子，姐妹俩一个剥下萝卜的叶子，另一个把叶子浸没在水中，然后把湿淋淋的叶子放在断眉夏杜的额头。

“她们说这样可以让他好受些。”紫苏解释说，“他的确比刚才看上去要好。”

麦门冬没有言语，倚在墙边看着她们，似乎只要自己一出现，姐妹俩就会变得紧张，不过并没有影响她们俩继续手中的事。片刻之后，敷在断眉夏杜额头上的萝卜叶子变得干巴巴，罗铃从水盆中拿出一片新的萝卜叶，替换掉老的那片叶子。

“这个怎么办?”紫苏拿起老的那片萝卜叶问。

“没有用，每次都换上新的。”罗铃抬起头看着紫苏说，她又瞥了一眼妹妹身前的一堆萝卜叶子，“这些足够用了。”

“你们是怎么学会这个的?”麦门冬问。

“以前我们发烧的时候，妈妈就是用这个法子为我们退热的。”罗铃快速地回答。

萝卜叶子有了效果，断眉夏杜的神色好了许多，趁他醒来时罗铃又喂他喝了些水，女孩动作麻利，很会照顾人，老河络很快再一次沉沉睡去。

街上时不时传来海盗们的喧哗声，其中有一次海盗们还破门而入，两个女孩显然吓坏了，蜷缩在角落中。麦门冬示意大家保持安静，他们听见海盗们翻箱倒柜的声音，还有粗鲁的交谈，距离他们最近的时候，是两个家伙踢开杂物间的门，随后发现没有什么可以搜刮的物品，这栋陈旧的屋子除了够大以外，没有任何值钱的东西，海盗们很快就离开了。

麦门冬看见女孩子们明显松了口气。

时间慢慢过去。

麦门冬蹲在阁楼窗前仔细数着内港所有那些飘着黑旗的船，大大小小总共十一艘，天知道还有多少条停在海滩外面没有进港的海盗船，粗略估算的话，劫掠这座岛的海盗不下三四百人，他们下了大本钱。

黄昏的云霞布满天空，火红色的一片。

麦门冬没有注意到断眉夏杜是什么时候醒过来的，看上去老河络的气色好了许多，他微微坐起身子，打量四周。“我认得你们俩。”他突然对罗铃罗柠姐妹说，“你们是寡妇旅店的两个孩子。”

罗铃没有回答，只是点点头。

“你们怎么会在这里?”

这次是妹妹举起手，指着麦门冬。“是他带我们来的。”

“寡妇呢?”

“我妈妈死了。”罗铃说。

断眉夏杜叹了口气，他的目光转向麦门冬。“我不知道你究竟想做些什么。”他说。

“我们不是海盗，也没有杀害巡守大人。”

老河络低头想了想，再次抬头看着麦门冬。“那么你们只是为了抓我?”

“是的。”

“为什么?”

麦门冬停顿了一下。“玉石堡。”说出这句话并不是一时冲动，他们是为他而来，凭着这一点断眉夏杜就能够看出端倪，他迟早会知道的，既然隐瞒不住就没有继续瞒下去的必要。

“玉石堡。”老河络面无表情地喃喃重复，“懂了。”

阁楼上陷入了长时间的沉默，外面的天色越来越昏暗，麦门冬发现自己的心情也是，他觉得自己不能长时间陷在这样的情绪中，必须做些什么。

“我出去打探消息。”他说，“天黑了，还是要小心些，必须等我回来再准备吃的。”除了腌鱼，玉米和萝卜都是生的，麦门冬看出两个女孩已经饿得不行，但是只有在夜深人静的时候才能点火弄吃的。

“我有一个建议，玉石堡先生。”断眉夏杜说，“我这么称呼你不算冒犯吧。”

麦门冬哼了一声。

“我有一个更好的藏身之处，而且有很多补给，吃的和喝的。”断眉夏杜说，他看着麦门冬，“不是我的寓所，我没那么傻，好房子肯定都已经被海盗占了。那里是我的一处地窖，而且离巡守府更近。如果我们能有机会进巡守府，那里才是最安全的地方。”

麦门冬飞快地思考，断眉夏杜的建议是为大家好，还是别有企图？老河络熟悉自己的地盘，更容易逃脱。但是现在老河络早已经不是首要的事情了，他要找到其他人，还要保护另一些人。

“你准备怎么做?”

“我领你们去，那个地方比较隐秘和偏僻，不会引起海盗的注意。”

“好。”麦门冬点头同意。

他们又等了一段时间，直到夜色完全笼罩才开始行动。离开了藏身老屋，麦门冬走在最前面，老河络跟在他身旁指路，之后是紫苏带着两个女孩子。原先的街头巷口都会有值夜人挂上照明的风灯，今晚没有了值夜人，到处都是漆黑一片。断眉夏杜挑选的路都是僻静小巷，他们从半山腰的位置慢慢接近了山顶，直到一处抬起头就能看见城堡砖墙的深巷。

断眉夏杜摸出一串钥匙，用其中一把打开巷尾一扇不起眼的木门，老河络推门走了进去，麦门冬跟上他的脚步，里面黑乎乎的，传来窸窸窣窣的声响，然后亮起了光芒，断眉夏杜点燃了烛台上的蜡烛，并分给紫苏一只烛台。

屋子不大，像个破旧的杂货店。“玉石堡先生，过来帮个忙。”老河络指着靠墙的一只橱柜，“推开它。”麦门冬依言推动橱柜，后面露出了又一扇门。断眉夏杜打开门，是一条向下的阶梯甬道。“你最后进来的时候，把橱柜尽量复原。”

他们一起往下走去，甬道弯弯绕绕，并不算长，在尽头处断眉夏杜高高举起自己手中的烛台，麦门冬眼前是一个非常大的空间，里面是一排排的木架。“这就是我说的地窖。”断眉夏杜边走边点燃壁龛里的烛灯，周围逐渐明亮，“我们一直躲在这里也能熬到海盗们离开。”

老河络说得没错，木架上是各种各样的物品，从瓷器漆器到风干的鱼羊肉应有尽有，角落里有数十个装着酒的木桶，地窖是用洞穴改建的，还有很多的气洞，只要入口不被发现，他们可以在这里藏很久时间。

紫苏动手烤了些吃的，玉米和肉干，当喷香的气味传来，两个女孩子露出迫不及待的神情，就连麦门冬也感到一阵饥饿感袭来，已经有一天一夜没有吃东西了。断眉夏杜拿来两个木杯走近，递了一个给麦门冬。麦门冬接过木杯，酒香扑面而来。

老河络当先喝了一大口，然后看着麦门冬，麦门冬笑了笑，同样喝了一大口。

“你不怕我在酒里做手脚?”断眉夏杜说。

“若是怕，我就不会让你来了。”麦门冬回答。

老河络在他对面坐了下来，拿起一小块烤过的肉干塞进嘴里。“我一直在想，是不是该谢谢你们，也许没有你们绑架我，说不定现在我已经死在海盗手里了。”

“你是岛上的大人物，海盗不会随便杀你的。”

“这可不好说，谁能揣测出海盗的心思呢？他们连万宁岛都敢抢，又有什么事情做不出来呢?”断眉夏杜举起杯子向麦门冬示意，两人各自喝了一口。

星辰诸神的决定真是让人无法预料，谁能想到我现在和断眉夏杜坐在一起喝酒呢？麦门冬想，霹雳焰消知道了，会不会暴跳如雷？他心里也有些疑惑，老河络似乎并不像他想象中的那样阴险狡诈，但是霹雳焰消的话又一次冒进他的脑海：这只是他的伪装，他就是善于欺骗。

断眉夏杜看着他。“你们是为了拿回回魂戒?”

“诸神说，拿了不属于自己的东西，即使夜晚也无法入睡。”

断眉夏杜的神色变得黯然。“是的，你说的不错。”他伸手从脖颈拉出一根银色的链子，链子上吊着一枚乌黑的戒指，老河络注视着它，眼神中流露出一种难以名状的情绪。过了良久，他把戒指塞回衣领中，“等解决了海盗的事情，再来解决我们之间的问题。”他坦然地看着麦门冬。

麦门冬没有说话。

吃完简单的食物后，断眉夏杜找来些崭新的毛毯发给大家，两个女孩在墙角躺下后很快就睡着了，看得出，她们遭受了惊吓，已经很久没有好好休息过。断眉夏杜裹着毯子，不一会儿也发出了轻微的鼾声。麦门冬却没有心思休息，他拿着烛台在整个地窖里走了一圈，多年来养成的习惯，无论在那里都要保持警惕。

走过放满刀具武器的木架时，一个人影如幽灵般冒了出来，麦门冬瞬间拔出短剑，看清眼前之后他嘟囔了一句："紫苏，你要吓死我啊。"

紫苏一脸严肃。"老板，你不要被那个河络迷惑。"她低声说。

"什么？"

"那个老河络，焰消姐说他是个坏人。"

"我知道的。"麦门冬不耐烦地回答。

"可是，我觉得你对他很好，这不对。"紫苏生硬地说。

这个小妮子是怎么了，刚才吃了什么不该吃的东西吗？但是她的表情真的很认真。"你说说看，我是怎么对他好的？"

"我觉得……"紫苏露出迟疑的神色，眉头紧紧纠结在一起，"你不应该……嗯，是什么呢……你不该这么信任他。"

麦门冬有些吃惊，紫苏从来没有说过这样的话，是不是自己真的有些问题？"紫苏，你提醒得对。"麦门冬轻声对秘术师说，"不过，你知道现在的情况和当初计划的不太一样，有时候我们需要随机应变。"

"你是说，你其实是假意听那个河络的话？"

"不完全是，但是我肯定不像你觉得的那样信任断眉夏杜。"

紫苏想了想，露出释然的表情。"我知道了，老板，你一定是故意的，你有很多好点子。"

麦门冬轻轻地咳了一声，刚想说话的时候，奇怪的声响从甬道深处传来。麦门冬一把抓住紫苏。"快去找到两个女孩，躲起来。"他压低嗓音快速地吩咐说，"把烛台都灭了。"

紫苏有些忙乱地离开，麦门冬立刻往甬道口的位置潜去。亮光逐一熄灭，地窖陷入黑暗之中。是海盗发现了这个地方，还是断眉夏杜的陷阱？麦门冬拔出短剑，躲藏在木架背后。

杂乱的脚步声越来越近，至少有四五个人沿着甬道行进。麦门冬看见甬道口出现了火光，人声同时传来。

“奇怪，我刚才觉得好像有亮光。”当先的家伙是个灰发的中年人，高举着一支火把，地窖中重新亮了起来。麦门冬缩入阴影中继续窥探，粗略看去对方的服饰并不像是海盗。

“是你花了眼吧？”后面有人说。

“奇怪。”举着火把的中年人嘟囔了一句，借着火光的映照，麦门冬觉得他有些脸熟。“就是这里。”中年人又说了一句，似乎是在告知身后的同伴们。

甬道里又走出几个人影，穿着仆从服饰的人，一身短打的渔夫服饰，还有手持武器的羽族士兵，一个奇怪的团队。

“乌尔塔。”黑暗中有人喊了一声，是断眉夏杜的声音。

拿着火把的人立刻大声回话：“夏杜老爷，是你吗？”

断眉夏杜从隐身之处走了出来。“是我。”

麦门冬终于想起来，这个家伙是跟随着断眉夏杜的侍从之一，似乎还是个管家的身份。乌尔塔向老河络奔去，连声说：“星辰诸神保佑，我们都以为你被海盗捉去了。”

“幸亏没有，否则我们就不会遇见了。”断眉夏杜语气轻松地回答。

“这就好。”乌尔塔说，“老爷你快吓死我们了，好几个人说巡守大人遇刺的时候，你也被刺客袭击了，可是到处都找不到你的尸体，老爷没事吧？”

“是个意外。”断眉夏杜含糊地说，转过头喊了一声，“别担心，都是自己人。”

麦门冬走出了藏身之处，好几道目光向他投来，麦门冬呼唤了一声，过了片刻，紫苏牵着两个女孩慢慢走了过来。

“刚才你们进来的时候，把孩子们吓坏了。”断眉夏杜微笑着望向女孩们，又把目光移向乌尔塔，“你们怎么会来这里？”

这支队伍带足补给离开了地窖，就连紫苏和两个女孩都各自拎着装满肉干的小布袋。人们沿着巡守府城堡下的岩壁偷偷前行，麦门冬意识到扇贝广场在身后相反的方向。海盗们封锁了城堡大门，乌尔塔一行人肯定不是从那里溜出来的。

乌尔塔说，海盗攻入万宁岛后，大部分岛上的平民都躲进了巡守府城堡，驻军在和海盗的交手中受到了不小的损失，只能凭借城堡抵抗，无力将海盗们逐出岛去。现在城堡中人满为患，给养成了问题，所以乌尔塔自告奋勇带着一批人，趁夜里海盗们松懈时溜出城堡，从地窖中搬运食物回去。

他们绕到城堡偏僻的西墙边，乌尔塔点燃一支蜡烛，挥手画着圆圈，长墙上很快有了反应，一个绳索连着吊篮晃晃悠悠地垂了下来。

乌尔塔一把抓住吊篮的绳子，转身对断眉夏杜说。“每次可以装两个人上去，夏杜老爷，你先上。”

老河络摇摇头。“让她们先上。”他指了指紫苏和两个女孩。

紫苏看着麦门冬，麦门冬微微点头，秘术师带着女孩们跨进了吊篮。乌尔塔轻触绳子上的一个小铃铛，长墙上传来轱辘转动的声响，吊篮慢慢升上半空。

用了大约一炷香的时间所有人都登上了城堡的高墙。麦门冬留在最后一个，和他待在一起的是乌尔塔。“夏杜老爷说你们一直在一起，你还算救了他的命。我问他什么叫做‘算’？他没说。”管家仰头看着吊篮最后一次从城墙上慢慢往下放。

“可能是他觉得我救了他的命，实际上却不是。”麦门冬回答说。

“明白了。”乌尔塔抓住绳索，和麦门冬一起跨进吊篮。“这个岛上每个人我都认识，不过我从来没见过你，还有陪着寡妇两个女儿的那个女人我也没见过。”

“我们刚来没多久。”

吊篮摇晃着慢慢升高，管家又说：“前几天岛上突然来了不少陌生人，我还有些纳闷，现在知道了，那些生面孔都是海盗的奸细。他们刺杀了巡守大人，闹得岛上乱作一团，然后他们趁夜袭击了内港，偷偷打开闸门放进了整个海盗船队。原本所有人都觉得万宁岛是座防守森严的堡垒，谁也没想到会被海盗轻易攻破。”

麦门冬没有搭话，乌尔塔看了他一眼，继续说下去。“现在岛上只剩下巡守府，海盗们守在外面不走，是想连巡守府城堡也要攻下来，哼，他们想得美。”吊篮慢慢接近了城墙顶端，“我们绝不会让这帮家伙得逞的。”

一群羽人士兵守候在城墙上，其中一个在锦甲外面系着披风的羽人看上去像是军官，他在断眉夏杜面前，两人似乎正在争辩什么，麦门冬走了过去。

“当时你就在他身旁，夏杜会长，你几乎是唯一的见证人。”军官的语气咄咄逼人。

“巡守大人中箭了，我不知道箭是哪里来的，也不知道是谁射的。”断眉夏杜回答。

“好吧，那么后来呢？你又去哪里了？我们问过广场上的人，还有我们士兵的报告，你应该是被劫持了。”

断眉夏杜抬眼看了看麦门冬。“那是个误会，霖纶大人。”他说，“是我很久以前结下的一些恩怨。”

羽人军官警惕地看着麦门冬，他身旁的羽人士兵立刻向麦门冬走了过来。“我需要你的解释。” 这位霖纶大人说，羽人的脸庞方正普通，远远称不上俊美，有一头深色的发，并不属于羽人的贵族，获得今天的地位应该是通过无数军功换来的。

“他们是来找我讨要某些东西的，是我的债主。”

“所以在扇贝广场上绑架了你？”

“我说过，是个误会，他们本可以直接来找我……”

羽人军官打断了断眉夏杜的话。“你们之间的误会我并没有兴趣，我要知道的是为什么巡守大人正巧在那个时刻被人刺杀？为什么海盗们当天晚上就发动了一场早有准备的攻击？”他直视着麦门冬。

“大人，去找黑色尾羽的箭，它的主人就是杀害巡守大人的凶手。”麦门冬沉声说。

“我找过，没有找到，凶手不会那么笨。”羽人军官说，“你没有洗去自己身上的嫌疑，麦门冬。”

麦门冬有些吃惊对方知道自己的名字，但很快就明白了，巡守府既然连飞翔的耳鼠号都控制住了，他们肯定知道了很多。

“大人，你已经搜查过我的船，就应该知道我们不是海盗。”

“海盗的奸细是不会把黑旗光明正大地挂在船桅上的。”

“你也一定审问过我的船员们。”

“是的，他们的口供是一致的。”霖纶点头说，“这是我没有把你和他们挂在绞架上的唯一原因。但是，没有找到巡守大人被刺以及海盗们袭击万宁岛的真相以前，我不能也不会放过你。”两个羽人士兵一左一右把麦门冬夹在中间。

忽然传来的喧哗声打破了黑夜的宁静，远处隐约可见闪动的火光和人影。霖纶的脸色变了变，“押他下去。”他指着麦门冬吩咐两名士兵，“其他人跟我来。”

一群人沿着长墙匆匆远去，麦门冬看见站在阴暗处的紫苏，秘术师牵着女孩子们的手，不知所措地看着他。没事的，紫苏，你可以照顾好自己。他向她投去一个鼓励的眼神，紫苏缓缓地点头。

身旁的羽人士兵推了他一下，他随着两个士兵沿着石阶走下长墙，巡守府的大院子里都是人，看来这里已经成了一处临时避难所，大多数百姓席地而坐，惴惴不安。刚才的喧哗声引起了躁动不安，不少人站起来翘首观望长墙上的动静，士兵带着麦门冬从他们身旁匆匆而过，走入巡守府邸。

府邸的走廊上同样或坐或躺着大批难民，麦门冬和两个卫士不得不从人群中艰难地走过，他们走下长长的阶梯，来到了城堡的地下空间。这是一处关押犯人的场所，几间囚房里关满了人，看见麦门冬后，被押的人们一阵窃窃私语，麦门冬认出他们都是飞翔的耳鼠号的水手。

士兵打开一间人少的囚室，麦门冬走了进去，士兵在他身后锁上了门。他看见坐在铺子上的明青石和老烟斗，苏或躺在地上的稻草堆里，只有钓青焦急地在囚室里走来走去。他们看见他，不约而同发出惊呼。

“船长。”

麦门冬苦笑了一下。“你们都没事吧。”

“船长，你怎么会被抓的？”

“其他人呢？”

“外面情况怎么样？”

几个人七嘴八舌地问，明青石挥手打断。“别急。”天然居游士说，“让船长慢慢说。”

麦门冬席地坐下，把自己这两天的经历一五一十告诉大家。“你们又是什么情况？”他问。

飞翔的耳鼠号一直没有等来麦门冬和舞叶组的其他人，钧青还来不及出去打探消息，羽人士兵蜂拥而至，船上的人全部被押解进了巡守府，关押在这里的人甚至不知道海盗入侵的事情，最后还是从羽人看守那里听说的。

谁也没有霹雳焰消、秋石、荆芥和洛卜的消息。

“真是蹊跷。”明青石皱眉说，“不光是刺杀巡守大人的事，为什么巡守府会这么快找到我们的船，认定我们就是刺客？”

“有太多说不通的地方。”麦门冬说，“后来我慢慢有了个想法。”

这是一个圈套，一开始我们就被算计了，有人利用我们去抓断眉夏杜的时候刺杀巡守，然后把杀害巡守的罪状栽赃给了我们，我们的一举一动对方全都清清楚楚，轻易就可以给把飞翔的耳鼠号的信息交给官府，而所有一切都是为了掩护和配合海盗们的侵袭。”

没错，这样所有的事情都说通了。

“可是为什么我们的情况会被人家知道得一清二楚？”钧青问。

老烟斗叹了口气。“这的确是个问题，除非……”他没有说下去。

“除非什么？”钧青焦急地问。

除非我们中间有内奸，麦门冬明白老烟斗的意思。

拾叁

囚室里一片安静，每个人似乎都在想着心事。麦门冬尽量控制住情绪，不让别人看出他的沮丧，有什么比怀疑自己的同伴更令人不安的呢？

外面传来一阵脚步声，有人打开了囚牢的门，麦门冬看见刚才押解自己的两个羽人士兵出现在门前 。“你，出来。”一个士兵说指着麦门冬说。

“什么事？”钧青抢先问。

羽人士兵瞅了钧青一眼，控制住没有发火。“大人要见你。”士兵没好气地说。

“没事。”麦门冬对囚室里的同伴说。

他跟着羽人士兵朝外走去，牢门在他背后又一次重重关上。是那位霖纶大人吗？直觉告诉麦门冬，那个行伍出身，从士兵做起的军官比高高在上的贵族老爷们更适合打交道，他经历过很多，更踏实，也讲道理。

他们上了府邸的二楼，在一扇厚重的木门后，偌大的屋子里霖纶正等着他。麦门冬默不做声地站在屋子中间，士兵们退了出去。

羽人军官站在窗边看着外面的院子。“作为海皇陛下的军人，我们的责任就是保护她的臣民。”霖纶说，“被海盗攻下外城已经是我们的耻辱，一旦巡守府城堡再被海盗攻破，所有这些百姓都会被杀死。”

“海盗不一定有这个能力。”

“你知道，只是不一定而已。原本没有人会相信他们能攻占万宁岛，现在他们做到了。不一定这个词是用来迷惑自己的。”霖纶把目光从窗外移了回来，注视着麦门冬，“把你们的事原原本本告诉我，麦门冬，不要撒谎，也不要隐瞒，我会根据你所说的和我掌握的情况来决定你和你同伴该继续待在牢里还是换一种待遇。”

“这是调查还是审判？”麦门冬问。

“随你怎么想。”

麦门冬暂时搞不清霖纶的意图，他希望有一个好的沟通能够让自己和同伴们摆脱现在的境遇，而且他们甚至可以帮助守军对抗海盗。他简单地叙述受雇玉石堡来拿回断眉夏杜手中的戒指，以及他们来到万宁岛之后的所有经历，都是实情，除了没有提及洛卜和珍珠眼，也没有说起霹雳焰消和断眉夏杜的恩怨。

霖纶仔细听着，偶尔插话问个问题，他更关心他们在万宁岛上的一举一动。末了，羽人军官陷入片刻的沉思，他皱着眉头，不同于一般羽人的宽大脸庞显得更加严肃。

“那么海盗是怎么知道你们的计划的？”他一语中的。

“我不知道。”麦门冬摇头说，“有人泄露了风声。”

“是内奸？”霖纶冷笑了一声，“本来我准备放了你们，三十多个年轻力壮的水手可以充实守备力量，我们现在太缺人手了，不过现在还是小心为妙，我不想让堡垒内到处都是海盗的奸细和内应。”

我也想找到那个奸细。

“不过，我可以先放了你。有人担保你，我需要经验老到的战士，如果能够打退海盗们，证明你们的无辜，我会考虑释放你的船员们。”

“断眉夏杜？”

“商会会长竭力为你作保，奇怪，你们难道不应该是对头吗？”羽人军官摇摇头，“我不会听信一家之言，还有其他人担保你。”

其他人？麦门冬有些惊异，他很快就知道了答案，虽然这个答案更加令人不可思议。房间的侧门打开了，一个羽人走了进来。麦门冬吃了一惊：“秋石。”他喊道。

秋石保持一贯的不动声色。

“海盗趁夜发动了一次偷袭，你的同伴们及时出手，在我们赶到的时候他们几乎以一己之力抵挡住了海盗们的进攻，在我看来，他们拯救了整个城堡。所以，我不得不信任他们。”霖纶指着秋石说，“之前我已经问过了他所有的细节，你应该庆幸刚才没有说谎。”

“因为我没有必要说谎。”麦门冬回答说。

霖纶冷冷地哼了一声，没有说话。

楼下的几间客房被用作了医护区，大多是在战斗中受伤的羽人士兵，也有个别平民。荆芥坐在椅子上，一个羽人医护官正在帮他包扎左臂的伤口。

“巡守遭到刺杀后，我带着荆芥想去接应你，你和紫苏踪迹皆无，到处都是士兵。我们俩返回扇贝广场时，连霹雳焰消和洛卜都不见了，我和荆芥始终没有找到其他人，于是返回内港，还好晚到了一步，士兵们已经包围了我们的船，把所有人都抓回了巡守府，我和荆芥暂时躲避在外面。到了夜晚海盗上岛，我带着荆芥趁乱进了巡守府，原本想要打探其他人的情况，或者救出老烟斗他们，一直没有机会。”

秋石一边说一边整理着自己的箭囊，羽人仔细地捋平每支箭的箭羽，把箭头擦拭得锃亮。

“霹雳焰消和洛卜呢？”麦门冬问。

“我找到了洛卜，他在难民中间。据洛卜说，他和焰消离开钟楼的时候已经被羽人士兵盯住了，他趁乱离开，只有焰消被羽人带走了。”

“他人呢？”

“他不是时刻都和我们在一起，你知道的，这个家伙就是有点神神叨叨。”

麦门冬心中忽地动了动。“刚才是怎么回事？”他问。

“我早就觉得有两个家伙鬼鬼祟祟的，上半夜的时候，他们偷偷摸摸溜上城墙，我带着荆芥跟了过去，发现他们果然是海盗的内应，想要帮外面的海盗潜入，已经上来了七八个人。我和荆芥出手阻住他们，直到驻守军队赶到。那个军官霖纶想让我们加入守备队，我索性和他明说了我们的来历，原本是想把老烟斗他们弄出来，没想到先弄出了你。”

麦门冬苦笑了一下，秋石继续说下去：“我还打听过焰消姐的下落，霖纶说他不知道，只是答应派人查找。”

“霖纶是什么身份？”

“守备队的副队长，比他职位高的官员不是死了就是失踪，现在他是城堡里的最高指挥。”

羽人医护官包扎完了荆芥的伤口，蛮族小伙站起来疾步走到麦门冬面前。“老大，你没事吧。”他的眼里又有笑意又有担忧，“焰消姐和紫苏在哪里?”

麦门冬这才想起秘术师，连忙往外面的大院走去，院子里点了几盏风灯，昏暗的灯光下麦门冬一眼就看见了紫苏，她鹤立鸡群般地站在院子的一侧，周围的人大多躺倒在地。

看见麦门冬，紫苏原本苍白的脸上露出一丝笑意。“你找到他们了。”她轻声说，目光越过麦门冬，朝着秋石和荆芥点点头。“能不能给她们俩找个睡觉的地方?”

罗铃姐妹俩依偎在一起，靠着墙睡熟了。

“进屋去吧。”麦门冬刚准备俯身抱起孩子，一个黑影气喘吁吁地走过来。

“你们在这里。”管家乌尔塔语气焦急，“有没有看见我家老爷?”

麦门冬摇摇头，却听见紫苏的回答。“我看见了，他往那里去了。”秘术师指了指远处一个单独的如同庙宇般的建筑，下一句话她又对着麦门冬说，“原来我想去看看的，不过后来瞧见洛卜跟进去了。”

洛卜，麦门冬心中不安起来，一言不发地朝庙宇跑去，身后传来凌乱的脚步声，他们都跟上了他。

这是一处小型的祭祀场所，四周墙面上绘刻的并非星空而是大海，海民们更多的是祭拜他们的海父，这是海民们独特的信仰。这显然不是羽人们的建筑，最大的可能是以前盘踞在此的海盗们留下的。

麦门冬一眼看见躺在地上一动不动的断眉夏杜，玉石堡的秘术师站在他的身旁。

“你在干什么?”麦门冬厉声问。

洛卜平静地回答：“做我们应该做的事，带他回去。”

老河络的管家惊叫了一声，冲上去想要扶起他的主人，洛卜微微皱眉。“你们带他的仆人来干吗？”他一边说一边轻轻挥动手臂，乌尔塔像是被一根无形的绳索勒住，整个人飞起来，瞬间被拉扯到墙角。

“住手。”麦门冬喊了一声。

洛卜露出奇怪的表情。“你怎么了？不是说好了我们找到他，然后拿回回魂戒。”他蹲下身子，去翻弄老河络的身躯。

“不能拿走它，那是夏杜老爷的命。”被禁锢在墙上的乌尔塔略带哭腔地说，“他受过很重的伤，是靠着回魂戒的法力凝聚才能活下来。拿走它，他就会死。”

麦门冬上前一步。“等……”他的话音未落，洛卜抬起手做了个阻止的工作，嘴唇嚅动，麦门冬感受到身体周边空气迅速流动扭曲，他迅速退了几步。

“别动，小子。”秋石手搭在弓弦上，箭头对准了洛卜，“你再敢念一句咒语，我就射穿你的脑袋。”

洛卜冷冷地说：“你们疯了，你们是在帮这个人吗？”他指着地上的断眉夏杜，“你们忘了和玉石堡签下的契约？”

“你想拿到回魂戒然后大摇大摆地走出巡守府吗？外面被海盗围着，现在不是拿走戒指的时候。”麦门冬说。

“海盗与我们何干？既然你们溜得进来，也一定溜得出去。我用法术帮你们，把船员们弄出来，然后去内港找到我们的船，离开这里。”

麦门冬摇头。“这座城堡怎么办？这些躲在这里的平民怎么办？”

“他们与我们何干？”洛卜不耐烦地说。

“先解决海盗的事情，再解决戒指的问题。”麦门冬说，“我们答应过的事情一定会做到。”

他在洛卜的那双珍珠眼中看出一丝嘲讽。“你们把自己当作什么?”玉石堡的秘术师说，“侠客?救世主?你们只是雇佣兵而已。”

“这无关紧要。”麦门冬说，“对付海盗不是为了外面的这些人，是为了我们自己。”洛卜看着他，露出疑惑的神情。“我们在岛上所做的一切，我们的船，我们的抓捕计划，海盗们都知道，还利用了我们。我们中间有人和海盗勾结在一起，我不知道他还会做些什么，是把我们交给海盗吗?”

洛卜看上去很吃惊，慢慢地，他开始恍然，恢复了那副嘲笑的表情。“你们认为我是和海盗勾结的内奸?”

“没有其他人更值得怀疑。”麦门冬说，“我们和黑疤有不共戴天的仇恨，而你只需拿回戒指。”

洛卜突然大声念出咒语，身前一下子闪动出刺目的光芒，麦门冬急忙闭起眼睛，他什么也看不清。然而光芒很快消失了，麦门冬睁开眼，洛卜躺在地上，整个人被气索捆绑缠绕。

麦门冬回头看着紫苏。“做得好。”

紫苏露出困惑的表情，她看着麦门冬，欲言又止。

麦门冬没时间去和她解释。“委屈你了。”他对洛卜说，“我们先对付海盗，总会有真相大白的时候。”

洛卜一言不发地看着麦门冬。

远处的天空微微有些发亮，又一个黎明即将到来。外面的街镇很安静，没有任何海盗们的踪影，麦门冬倚在墙垛上，迎面而来的晨风带着些许凉意，他拉了拉身上的衣襟。

“老麦，你真的怀疑是洛卜?”秋石背靠墙坐在不远处。

“我没有证据。”麦门冬说，“只是其他人更不可能会和黑疤勾结。”

“他没必要和海盗勾结。”

这也是我迷惑不解的地方，但愿我错了，麦门冬的脑海中浮现出玉石堡的执事们，可是如果他们在欺骗我们呢？他忽然感到一阵不寒而栗。

“那双眼睛的确妖里妖气的。”秋石叹了口气，像是自言自语地说：“霹雳焰消到底在哪儿？”

洛卜曾说河络被羽人驻军带走之后，总之她再也没有了消息，不过她应该可以照顾好自己，麦门冬想。

晨曦中一个矮小的人影走上城墙朝他们走来，最初麦门冬还以为是霹雳焰消，走近才发现是老河络。

“我是来感谢你们的。”断眉夏杜说。

“没必要。”麦门冬说，“等到海盗退走，我们还是会抓你的。”

“这是两件事，男人就该恩怨分明。”

秋石的嘴角微微荡起让人难以捉摸的笑容。“到时候你是等我们抓，还是和我们干一架？”

“希望有更好的选择。”断眉夏杜神色黯然，“我不愿意与你们为敌。”他走到麦门冬身旁的一个墙垛，探头往外看去。“人活一世，有很多无可奈何的事。”

麦门冬转过身，他可以看见老河络的半张侧脸，如同沟壑般的皱纹，满头白发被晨风吹得更为凌乱。“说说你的事，”麦门冬突然很想知道，“你的管家说没有回魂戒，你就不能活下去。”

“很久以前我也是一个探险者，一次可怕的经历几乎摧毁了我的身体，一个强大的秘术师用精神力聚拢我的生命，这是一个非常复杂和难以理解的法术。”他轻轻掀开自己的衣襟，在脖子吊着的黑色戒指下，老河络的胸膛有一个巨大的窟窿，麦门冬吃惊地看着，窟窿中有混沌的气流正在缓慢地旋转，老河络合上衣襟，“秘术师告诉我，他的法术只能保持一定的时间，我想活下去必须依靠强大的法器来凝固这些精神力，所以我才知道了玉石堡的回魂戒，为了续命，我去了若莫谷，然后是十二星芒岛……”断眉夏杜停下话语，似乎并不愿意再继续说下去。

“我们必须把你带回去，这枚戒指不属于你。”

“我早就有准备，这些年能够活下来已经是我的运气。”老河络似乎叹了口气。

急促的脚步声传来，随即是荆芥的声音。“老大，海盗好像有什么举动。”

霖纶指挥士兵们在城墙上严阵以待。城堡大门前的小广场上燃起了数个火堆，火焰吐着黑烟，像毒蛇般扭曲着冲上天空，海盗们三五成群，密密麻麻地站在弓箭射程之外。

一个黑衣人走了出来，身后跟着穿着白裙的女人。

“黑疤。”麦门冬攥紧拳头。

“那个人就是血骷髅号的船长？”霖纶皱眉说，看来他对黑疤已有所耳闻，“几个月前就有传言说他正在召集海盗想要劫掠万宁岛，巡守大人始终不相信海盗能有这样的实力。”

“城堡里的人听着，”黑疤大声地喊，锈铁块互相摩擦的声音，“我手上有你们的上司、你们的亲人和朋友。”他挥了挥手，海盗们推出一排被绳子绑着的人，大约三四十人，有羽人士兵，也有岛上的平民，走在最前面的羽人贵族，身上华丽的衣衫已经破烂不堪。

“副使大人。”霖纶双眉紧皱。

麦门冬的目光停留在人群中一个矮矮的身影上，是霹雳焰消。

“怎么回事？”身旁传来秋石的声音。

黑疤的话继续传来。“从今天下午开始，我会一个接一个地吊死这些人，直到你们出来投降。”被俘的人群中传来哭泣的声音，引来了海盗们的狞笑，黑疤又一次挥手，海盗们甩动鞭子，把俘虏们像牲口般押带走。“我给你们一个上午的时间好好考虑。”黑疤冷冷地说。

羽人军官依然保持着冷静。“召集所有军官开会。”他转头又吩咐说：“我还需要平民代表，镇长和商会会长。”

麦门冬回望城墙下的院落，刚才断眉夏杜没有上来，此刻正在和管家一起向平民们分发昨日带回来的口粮。

这个老河络，真的是个骗子和窃贼吗？麦门冬想。

临时会议在城墙上的一处箭楼召开，军官们和几位德高望重的平民代表走进去之后，士兵们随即关上门守在外面。麦门冬远远看着，内心感到些许的不安，他把目光转向城堡外，广场和大街上显得异常空旷，只有三五个海盗的岗哨。在那些房子不知藏了多少人？再可怕的恶兽也比不上那些凶残的人，他想。

荆芥一刻不停地走来走去，只有秋石背倚着墙垛，仔细地擦拭他那些锃亮的羽箭。

城墙上除了羽人士兵，还有一些平民，岛上驻军的兵力不足，一些年轻力壮的平民被组织起来在空旷绵长的城墙各处负责瞭望，不过他们仅仅是警戒哨而已，没法指望这些毫无经验和技能的平民们参加战斗。

远处齐声传来一句“星辰诸神佑护”的祈语，箭塔的门打开了，人们朝不同的方向各自散去。麦门冬迎向霖纶。“大人，有何打算？”

“谈判。”霖纶阴郁地说。

“海盗们毫无信誉可言。”麦门冬想起黄金鱼岛沙滩上的欧烈船长，“尤其是像黑疤这种……”

霖纶不耐烦地挥手，打断了麦门冬的话，羽人军官一言不发地走向一群士兵，低声地吩咐。

麦门冬觉察有人来到他的身边。“我们没有别的选择。”断眉夏杜的声音听上去有些无奈。

“谁去谈判?”

“我去，还有一位霖纶指派的羽人队长。”断眉夏杜说，“这是大家讨论后投票的结果，必要的话我们开城投降，但是要求海盗确保每个人的性命。”

“你相信他们?”

“只能如此。”老河络转脸望着城堡外面的海盗，“我一定会争取人质的安全，还有你的那位同伴。”

“霹雳焰消……”麦门冬喃喃地说，盯着老河络的眼神变得迷茫。

“你怎么了?”断眉夏杜皱起双眉。

只是片刻时间，麦门冬突然振作起来，他压低声音说：“我有个主意，我们干一场，干死这些海盗。”

“什么?”

“用谈判想办法稳住海盗，告诉他们城堡明天就会投降，海盗们一定会松懈。我们派一支队伍潜出去，埋伏在外面，一待天黑就去袭击内港的海盗船，他们现在的实力都在城堡下面，内港的守卫肯定不多。袭击队伍放火烧船之后，海盗们一时半会弄不清楚情况，船是他们的命根子，大部分人必须回内港救火。趁这个机会，袭击队伍和城堡里应外合，解救出人质。我们还有可能狠狠地重创他们，把他们赶出岛去。”

断眉夏杜有些吃惊。“这太冒险了。”

“只要计划足够周密，就不是冒险。不能把赌注押在海盗的诚信上，我们还要让他们为自己的恶行付出代价。”麦门冬沉声说。

老河络微微摇头。“我不知道这是否可行……”

“我可以说服霖纶。”麦门冬大踏步地走向羽人军官。

巡守府的大门微微打开一道缝，麦门冬从里面挤了出来，断眉夏杜跟在后面，最后是一位羽人的小队长。大门在他们身后迅速合上，传来架上门闩的声响。

三人缓缓向前走去，麦门冬摇动手中的一面白布旗帜，离开大门的时候他回过头看了一眼城墙，在城垛间露出霖纶的脸庞，羽人军官满脸阴沉地注视着他。

我把他拉上了赌台，当我们开始和黑疤谈判的时候，秋石和荆芥将跟随二十名挑选出来的羽人战士从另一个地点潜出城堡。这是霖纶手中三分之一的兵力，如果解救不出人质，甚至连他们也回不来，对于困守城堡的人来说，套在脖子上的绳索会彻底被勒紧，走向毁灭。所以这一次行动没有失败，为了这座岛上所有无辜的人，也为了霹雳焰消。

几个海盗迎了上来。“我们是来谈判的。”断眉夏杜说。

海盗们打量他们，随后押解他们走向一栋二层的高大石楼。这里原先是商会的所在地，麦门冬走进石楼的时候，一股混杂酒气和汗臭的味道扑鼻而来。

他们没日没夜地喝酒，即便在战斗中也是醉醺醺的，他想，这是我们的机会，现在这帮家伙可能更加放松警惕，除了个别的人。

他看见了站在楼梯上的黑疤和黑疤的保镖女人。

黑疤脸上如同蜈蚣般的疤痕抖动了一下，麦门冬打赌他认出了自己，后者的眼睛眯缝起来，随后又看了看另外两名使者。“除了乖乖投降，我没什么可以和你们谈的。”他冰冷地说。

“我们可以投降。”断眉夏杜说，“前提是你们应允保证每个人的生命安全。”

“可以。”黑疤爽快的回答让麦门冬有些惊异，下一刻海盗头子举起手，“除了这个人。”他指着麦门冬说。

断眉夏杜愣了愣。“我们是使者。”他看了一眼麦门冬，露出不安的神情。

“他杀了我的一个女人，我要他死。”黑疤简短地说。

他说的是那个红裙女人，虽然致命的弩箭是钧青射的，黑疤依旧把这笔账算在了自己头上。

“除非是保证所有人的性命，否则我们不会投降。”老河络做着努力，“我保证，我们会战斗到最后一个人。”

其他的海盗聚拢在周围，一个年长的海盗插话说：“黑疤，我们来是为了发财，别为了个人恩怨影响大家。”

“安鲦船长说得对。”旁边的人纷纷附和。

怒气从黑疤眼中一闪而过，他指着羽人小队长说：“回去告诉你们的人，我们接受条件，但是这两个人必须留在这里作为人质。”他指着麦门冬和断眉夏杜。

“可以。”麦门冬抢先说，“明天早晨我们开城投降。”

羽人小队长犹豫了一下。“所有人都必须活着。”

“明天早晨你们会看见活人。”黑疤发出肆无忌惮的狂笑声。

记忆在麦门冬的脑海中闪过：

……

“我说过，我一定会让你们后悔的。”黑疤跨前一步，把淌着简叔鲜血的匕首捅进了欧烈的身体。“比起对星辰诸神的誓言，我更在乎对自己的誓言。”

……

欧烈举起手嘶吼了一声。“很久以前我就知道，决不能和一个海盗做交易。”

……

他忽然心里一颤，开始怀疑自己的决定是不是正确。

黑疤身旁的白裙女人发出娇笑声。“使者们，我带你们去休息。”她走在前面引路，麦门冬愣了愣神之后，大踏步地跟了上去，身后传来黑疤的话语，“好好招待他们。”海盗们哄笑起来。

白裙女人推开门走进一间拉着窗帘的房间。“你不应该来的。”断眉夏杜在麦门冬身后低语，“我不知道你竟然还和黑疤有过节。”

“不用担心。”麦门冬转头说。

话音未落，他的脑袋突然挨了重重一击，眼前一黑昏了过去。

拾肆

似乎有一把小榔头正在一下一下地敲打自己的脑袋。“痛啊。”他哼哼着慢慢张开眼睛，黑乎乎的一片。这帮不要脸的把我的眼睛打瞎了？他使劲转动眼珠，依旧什么也看不见。“混蛋，黑疤。”他吼了一嗓子，周围隐隐传来了回声。

麦门冬猛地想要一下子站起来，然后整个人倒了下去，他这才意识到自己的双手双脚都被绑在一张椅子上，现在他连同椅子都躺在了地上。

四周静悄悄的。

“我的眼睛。”他呻吟了一声，“我的眼睛。”

他在地上扭动着想要重新坐起来，几次努力都失败了，只能躺在地上喘着粗气。“我的眼睛看不见了。”他忽然想哭，“怎么办？我再也看不见小沫了，就算找到了她，我也看不见她了。”

“蠢货。”旁边突然传来一句冷冷话语。

“焰消？”麦门冬精神一振，“是你吗？”

没有人回答。

“我听见你的声音了，焰消。”麦门冬立刻嬉皮笑脸地说，“快回答我，你这几天到哪去了？我们都担心你。焰消，你快说话，我现在看不见了，你好吗？喂，你再不说话，我可要唱歌了。你想听什么，我给你唱柳南的小曲好不好。”

“住嘴，麦门冬。”霹雳焰消终于开口说。

“嗯，还能骂人，说明你的状态不错。”麦门冬说，“这里是不是只有我们俩？”

霹雳焰消哼了一声。

“别急，焰消，我们一定会没事的。”麦门冬语气温柔地说，“虽然我眼睛看不见了，可是我会有办法的，我保证能救你出去。”

“麦门冬。”霹雳焰消终于叹了口气，“你连眼睛蒙了块布都不知道，你还能救我出去？”

眼睛上蒙了块布？麦门冬眨了眨眼，体会了一下感觉，好像的确是这么回事。他把脸贴在地面上使劲地蹭了几下，整张脸被粗糙的地面磨得生疼，蒙眼布总算稍稍移动，露出些许缝隙。他仰起头四处转动脖子，终于瞄到昏暗的房间角落里，河络一动不动地坐着。

“我没瞎。”他大笑起来，“吓死我了。”

他瞄见霹雳焰消摇着头。

“你不想知道我是怎么来的吗？”麦门冬想要挤出一个笑脸，被蒙眼布稍稍妨碍。

他瞄见霹雳焰消又一次摇头。

是啊，隔墙有耳，我可没那么笨，麦门冬想，现在我不会把计划告诉她，但是她必须听我的才行。

房门被推开，又轻轻关了起来，有人走了进来。“谁？”麦门冬想要扭过身子，对方已经把他连同椅子扶了起来，然后解开蒙着他眼睛的布。

眼前的人是断眉夏杜。

“他们没有为难你吧?”麦门冬问。

老河络摇摇头。

“你们俩的关系什么时候变得那么亲密了?”霹雳焰消的声音传来，语气出人意料地平静，“我告诉过你的，麦门冬，他是个骗子。”

“听我说，焰消，我会帮你拿回黑鳞尊。这个老河络不算是坏人，我们可以和他讲道理。”麦门冬看着断眉夏杜，“他有自己的困难，我觉得我们可以想办法帮他解决。所有的事情都是有办法解决的，对不对?”

“麦门冬，我经常会怀疑自己对你的判断，因为你做蠢事的时候我总会觉得你是在装傻。”霹雳焰消冷冷地说，“现在我才明白我错了，你是真的蠢。”

断眉夏杜的嘴角慢慢上扬，和之前的神情完全不一样，老河络此刻的笑容有一种让麦门冬感到害怕的东西。“我很好奇，麦门冬。”他缓缓地说，“你是怎么活那么久的?”

就像一桶冷水从头浇下，麦门冬觉得自己的表情变得僵硬，他再一次深深注视着老河络的眼睛，乌黑的瞳孔，似笑非笑的眼神，弥漫着一股阴险的味道。

他说服自己慢慢冷静下来。“你是什么意思?”

“过了今晚你会被吊死在巡守府的城墙上，你的那几个伙伴，羽人、秘术师，还有蛮族傻小子，如果运气好的话他们会死在战场上而不是陪着你一起受辱。对不起，我向黑疤提过建议，但是他不肯放过你们。”

麦门冬静静地听着，没有插嘴，他知道断眉夏杜还有很多话要说。

“黑疤已经安排好了埋伏，那支袭击内港的小分队会被全歼。不过他们还是会装模作样地烧掉几条船，是烧给巡守府里的人看的，到时候还要在这里点上几把火，让霖纶以为你们成功了，带着他所剩无几的驻军冲出来解救人质。实际上，等待他的还是海盗，他会连自己都解救不了。”

“你为什么出卖我们？”麦门冬说，“就因为害怕我们带你回玉石堡，你把整个岛都卖给黑疤？”

“别把自己想得太重要，麦门冬。”老河络笑着说，“虽然你们的确给我带来了一点小麻烦，可是我根本不在乎什么玉石堡，这座岛和你们的命是用来交换黄金鱼的。”

“黄金鱼？”麦门冬在脑海中隐隐约约想到了什么，“勾结海盗的是你？是你杀的巡守？”

“反应很快啊。”断眉夏杜挑了挑眉毛，眉毛上的伤疤就像是第三只眼睛，狰狞地看着麦门冬。

麦门冬闭上双眼，认真回忆着每一处细节。

“你要用这座岛交换黄金鱼，一切都是你和黑疤的计划。你知道我们的绑架方案，在我们动手的那一刻安排手下刺杀了巡守，巡守死后驻军所有的注意力都集中在寻找刺客，也就是寻找我们这些替罪羊身上。而你的人和海盗们正好可以里应外合攻占内港。”麦门冬睁开眼，“是不是这样？”

断眉夏杜点头。

“但是我不明白，你为什么要假装落在我手里？这会冒很大的险。”

“假装落在你手里是为了洗刷刺杀巡守的嫌疑，的确，我的计划就是在这里出的岔子，原本我的人会和那些羽人士兵在第一时间把我救出来，没想到你和那个秘术师居然逃过了他们的围捕，我低估了你们的本事，所以不得不和你们待在一起。”

终于弄明白了，第一支黑色尾羽的箭杀死巡守，后面两支是为了对付我。

“事情变得稍稍复杂，因为落在你们手中，我错过了和黑疤的第一次交易，巡守府的城堡大门本可以直接向他敞开。”断眉夏杜冷笑了一声，“这些海盗的确只是乌合之众，如果没有内应，他们根本攻不破巡守府。”

“去你的地窖也是精心安排好的？”

“要完成交易我就必须回到巡守府，事前我吩咐过乌尔塔，如果有意外情况和我失去联系的话，每晚都去地窖，我会想办法在那里和他碰头。等我进了巡守府，很快就能和黑疤取得联系，剩下的事情就变得非常简单。”

“是你教他用人质的性命来威胁巡守府里的人，恐怕也是在你的影响下，霖纶才会决定和海盗谈判。”

“是的，你的脑瓜又变得聪明起来了。”断眉夏杜点头，“有一点你说的不错，海盗们是没有信用可言的，就算里面的人投降，黑疤还是会杀光他们。他来这座岛只是为了巡守府内藏着的财宝，从铁号角到白骨王，几代海盗敛来的钱财是笔不小的数目。原来我们只要安静地等到明天天亮，没想到你又提出了偷袭计划，居然还说动了霖纶。说实话，我不得不佩服你，这是一次胆大妄为的冒险行动，不过你们真的有希望能成功。我只好改变原来的打算，和黑疤碰面，重新调整我们的部署。麦门冬，你一直给我添麻烦，不过这样也好，会让事情变得更有趣些。”

“杀人一点都无趣，老家伙，你和海盗一样残暴。”

“而且更加冷酷无情。”断眉夏杜用惋惜的神情看着麦门冬，“其实你挺聪明的，可惜太容易相信别人，所以怨不得别人，是你害了自己。”

“洛卜。”麦门冬脸色苍白地说，“洛卜为什么也和你勾结在一起?”

“洛卜?”断眉夏杜皱皱眉，很快明白了麦门冬的话，“那个玉石堡的秘术师？哈哈，我忘了感谢你，乌尔塔夸你很够朋友。那家伙不麻烦但是很讨厌，如果不干掉他，他会一直盯着我，妨碍我的事，所以还是请你帮了个小忙。”

“他不是你的人?”麦门冬沉声说，“可为什么你知道我们的一切？谁是你的内奸?”

断眉夏杜大笑起来。“内奸？你说的内奸大概就是这双眼睛。”他突然做了一个骇人的动作，伸手摘下了自己的两颗眼珠。

麦门冬惊叫了一声：“珍珠眼!”

“不错。”老河络的眼眶变成了两个黑黝黝的洞，他的左右手各捧着一个白花花的球体，黑色的瞳孔盯着麦门冬，“所以玉石堡的那个小子看到的一切我都看得见，虽然不知道你们说什么，不过稍微猜一猜大致也就知道了你们想要做什么了。”

“你也是珍珠眼。”麦门冬喃喃地说，“可是你看到的东西洛卜也能看到，他为什么不知道你是珍珠眼呢?”

断眉夏杜把一双珍珠眼塞回自己的眼眶。“他看不见，所有的珍珠眼都看不见我所见到的东西，因为回魂戒的法力阻挡住了别人窥探我的这双珍珠眼，只有我能见他们的所见。”

麦门冬终于长长吐了口气，颓然地垂下头。“我现在什么都明白了。”

断眉夏杜走到窗前拉开帘子，夕阳最后的一点光芒洒进屋子里，红红的一片。“时间差不多了。”老河络说，“麦门冬，我会记得你的。”他走过去，把霹雳焰消从地上架了起来。

“你要带她去哪里?”

“我和她还要叙叙旧，我们俩是老朋友了。”断眉夏杜说，“你可真喜欢多管闲事，麦门冬，该想想你自己就要死到临头了。”

“焰消。”麦门冬喊了一声，“照顾好自己。”

霹雳焰消看着麦门冬，自从断眉夏杜开始讲述之后，她一反常态什么话都没说。

“我们很快还会在一起的。”麦门冬又喊了一声。

断眉夏杜冷冷地笑了一声，霹雳焰消的眼神中混杂着愤怒、失望、悲愤，也有关切和焦心，还有一点点的疑惑，她依旧什么都没说。

断眉夏杜拉扯着霹雳焰消走了出去，房门重新紧紧地关了起来。窗外的太阳已经完全落了下去，黑夜笼罩，不复光明。

麦门冬连带着椅子轻轻跳动，奋力把自己挪到窗户前。今晚依旧星辰闪烁，夜色中的万宁岛一片寂静，诸神教导我们良善，却为什么会允许那些如同恶魔般的家伙在世间横行？麦门冬陷入沉思，这是他一直百思不得其解的问题。他们真的会得到应有的惩罚吗？如果惩罚姗姗来迟，它是不是还有足够的意义？

时间慢慢流淌，麦门冬身后传来窸窸窣窣的声响，如果不是裙子划过地面，如同猫一般脚步不会发出任何的动静，一只手从后面轻轻抚着麦门冬的脸颊，细长的手指，柔滑的肌肤，可惜太过冰凉。

“你是来为你的姐妹报仇的吗？”麦门冬说。

女人俯下身贴着麦门冬的耳朵，轻轻地吹气，麦门冬感到一阵瘙痒。“你马上就要死了。我可以让你死得悲痛欲绝，也可以让你死得如仙如醉，你挑一个吧。”

“我当然不想悲痛欲绝。”麦门冬说，“不过拜托你可不可以不要碰我？我恶心死了。”

女人的手指僵硬了一下，然后一把拉扯住麦门冬的头发。“不知好歹的东西。”她恶狠狠地说，一柄更加冰冷的匕首贴在麦门冬的咽喉，“那么就好好享受死亡的滋味。”

“等等。”麦门冬叫道。

“现在后悔已经来不及了。”女人的声音又变得娇艳起来，她用匕首尖轻轻划着麦门冬的肌肤，“黑疤给了我很多时间让我来折磨你，你一定会喜欢的。”

“真可惜。”麦门冬叹了口气，“你有没有听到什么声音？”

“声音？”女人笑着，“这里只有死亡的声音。”

羽箭从窗外飞入，精准地扎进女人的咽喉，她甚至来不及喊叫就摔倒在地上。

“死亡的声音。”麦门冬重复着她的话语，“你说得不错。”

一个身影很快从窗外跳了进来，紧接着是第二个、第三个……五个羽人士兵毫无声息，搭着弓箭警戒四周。秋石最后一个从窗外晃了进来，拿出匕首割断绑着麦门冬的绳子。“只有你一个？”秋石问。

“霹雳焰消被断眉夏杜带走了。”麦门冬站起来，从女人的尸体上拿起她的匕首。

秋石皱起眉头。“他想干什么？”

“没时间考虑这个了，人质在哪里？”

秋石把麦门冬带到窗前，斜对面就是扇贝广场。“寡妇的旅店，海盗把人质关在那里。”秋石嘴角扬起一丝嘲笑。“荆芥带着其他人都潜进去了，旅店现在被我们控制着，海盗根本不知道。”

“他们现在也顾不过来了，一部分海盗去了内港设埋伏，准备伏击你们。其他人在准备打埋伏，等巡守府里的人出来支援的时候一举进攻进去。”

“这就是他们的计划？”秋石挑了挑眉毛，“你已经全部知道了。”

麦门冬点点头。“你带两个人去内港，离远点放几把火，让这里的海盗以为内港那边已经得手了。”他咬牙说，“现在轮到我们好好教训他们了。”

麦门冬躲在石楼窗户后面静静看着，这个角度足以俯视海盗们的埋伏。他看见了黑疤，也看见了断眉夏杜，还有二三十个穿着平民服装的家伙，海盗们打扮成了人质的模样，一旦巡守府开门支援的时候，就会一举杀进去。

所有的人都在等待。

内港方向很快亮起来火光，最初只是隐隐约约的一个光源，很快就星星点点到处都是了。埋伏的海盗们看见了的火光，开始蠢蠢欲动。过了片刻，一小群海盗大呼小叫地向内港方向奔去。

这些都是做给城堡里的人看的。

有人点燃了房屋背后的草堆，制造羽人小分队袭击海盗大本营的假象，麦门冬看了一眼远处的巡守府城堡，城门黑洞洞的，没有任何动静。

别让我失望，霖纶，麦门冬想。

几个躲在暗处的海盗发出各种喊叫声，好像受到了袭击。巡守府的城堡似乎有了动静，大门缓缓地打开了，两三个举着火把的人影走了出来，火把的光亮映照在羽人的脸上，霖纶那张宽大的脸庞比平时更加严肃，在他的身后是穿着兜帽长袍的紫苏。

麦门冬看见黑疤轻轻地挥手，那群穿着平民衣衫的海盗哭叫着向城门冲去。“救命啊。”有人高声喊叫。这帮家伙演起戏来真不赖，麦门冬感觉到手心的汗水，他目不转睛地盯着城门口的霖纶。

海盗们离城堡大门越来越近，霖纶举起了他的右手，城墙上突然亮起了风灯和火把，照亮了城门，一阵密集的箭雨瞬间射倒了如同靶子般的海盗，多数人一声不吭地倒了下去，也有几个家伙躺在地上鬼哭狼嚎。

麦门冬瞧见黑疤和断眉夏杜同时愣住了，随后黑疤朝着断眉夏杜愤怒地吼叫，老河络的神情有些茫然，下一刻他抬起头望向关押着麦门冬的那间屋子。

这是你的回报。麦门冬探出头去，笑着回应他，身旁的羽人士兵松开弓弦，羽箭如流星一般扎进黑疤的肩膀。

城门又是一阵密集的箭雨，倒下了更多的海盗。从巡守府的大门里又冲出一批羽人战士，向海盗们盘踞的位置杀来。几轮弓箭的杀伤，城堡外的海盗人数开始不再占优，他们的另一部分人还滞留在内港，等待着伏击不曾到来的小分队。

麦门冬带着身边的羽人战士离开了房间，一路清扫落单的海盗，屋子外面已是一片混乱，双方激烈地打斗在一起，海盗们都是亡命之徒，却毫无纪律可言，被训练有素的羽人士兵迎头痛击之后，已经显出溃败的迹象。

麦门冬并不担心荆芥驻守的寡妇旅店，十五个羽人战士占据有利位置足够挡住五十个海盗，现在，海盗们已经自顾不暇。麦门冬四处张望，寻找断眉夏杜和黑疤的身影。

霖纶出现在他身前。“麦门冬，好样的。”羽人军官大喊着，手起刀落劈死一个从身旁奔逃过的海盗。“人质已经开始往城堡里撤了。”

“接下来你打算怎么样？”麦门冬问。

“一鼓作气把海盗赶出去。”

麦门冬有些惊异霖纶的决定。“谁来守城？你的人够不够？”

霖纶终于露出笑脸，“海皇的援军马上就要到了，我们接到了战舰上的海鸾传书，是海武士号。”

是那位汤英棋大人，海武士号一直在追踪黑疤和血骷髅号，难怪它会这么快到来。

“我去找黑疤和断眉夏杜。”

“好，小心些。”

紫苏的声音响起来。“老板，等等我。”秘术师小跑着过来。

“走。”麦门冬大步向前走去。

跨过地上的几具尸体，他忽然看见墙角一件熟悉的东西，是霹雳焰消的一只鞋。他立刻明白是她留给他们的记号。麦门冬沿着墙角向前走去，巷子弯弯绕绕，在巷子尽头的十字街口，他又看见另一只鞋子。

幸好岔路不多，霹雳焰消总会悄悄留下一件不同的东西，这条路并不是通向内港，而是后岛的另一座外城城门，麦门冬跑得飞快，秘术师很快就跟不上他的步伐，远远落在了后面。

在敞开的城门口，昏暗的风灯摇摆着，麦门冬瞧见一个坐在地上的人影，他大步流星地奔过去，低头盯着那张仿佛被刀劈开的脸，斜长的伤疤从左眉到右嘴角，那双犹如鹰隼般凶恶的眼睛此刻已是一片涣散。

海盗的胸口一大摊的血迹，手中拿着半根折断的箭，箭上的黑色尾羽代表着死神的注视。“你来晚了。”黑疤咳嗽了两声，鲜血从嘴里喷了出来。“黄金鱼被老家伙抢走了。”

“他们去哪了？”麦门冬问。

“海边……有船……”黑疤断断续续地说，这家伙活不过今晚。

麦门冬握紧手里的匕首，他本应该割开黑疤的喉咙，为欧烈、为尤镰、为死去的铁锤号船员们报仇，可是，他已经没有了这样的想法。“天上有很多人在等你，等你去赎清所有的罪过。”麦门冬低声说。

黑疤露出狰狞的笑容。“我……从不在乎……”

麦门冬头也不回地离开了黑疤，穿过城门便是海滩，他隐约看见前面的人影。麦门冬奋力奔跑，离人影越来越近，一条划桨小船正等候在海滩边，更远处的海面上隐隐约约有一条停泊的海船，断眉夏杜拉扯着霹雳焰消跨进小船，还有一个瘦弱的男人帮着老河络。

小船离开了海滩，麦门冬用嘴咬住匕首，猛地扎进海水里，奋力向前游去。他忽然听见霹雳焰消的呼喊，来不及做出反应便感觉到手臂传来的疼痛，一支羽箭几乎贯穿了他的左小臂。他深吸一口气潜入海水中，另一支箭射进海水中，完全没有了准头。

麦门冬用匕首割断了黑色尾羽的箭，殷红的血往外冒着，他顾不得伤痛，向海面上小船的影子潜去。他很快潜到小船的底部，又沿着船底到了船头。他轻轻地浮起，把脸露出水面换了口气。船上的人大概还在到处搜寻他，麦门冬突然跃出水面，双手扒着小船的船沿奋力一撑，小船剧烈晃动起来，他看清那个瘦弱的男人是个羽人，对方转过身松开手中的弓弦，羽箭疾如闪电，这时候的麦门冬已经松开手沉入了水底，羽箭再次射入水中。

麦门冬悄然游到小船的另一端，又一次故伎重施，小船晃动得更加厉害。

“焰消。”他在沉入水中之前大喊了一声。

河络一定明白了他的意思，小船更加剧烈地摇晃，是霹雳焰消在船上捣的鬼。麦门冬最后一次跃出水面，猛地扳动小船，整个船在海面上翻了个底朝天，船上的人纷纷落入海里。

麦门冬向矮小的身影游去，霹雳焰消在水中拼命挣扎，麦门冬来到她的身旁，把河络的身子托出水面，割断绑住她的绳索。

“抓住小船。”他知道霹雳焰消不会游泳。

霹雳焰消紧紧抓住底朝天的小船边沿。“你去哪？”

麦门冬没有回答，又一次潜入水中，他隐约看见前方溅起的水花和人影。来吧，你们跑不掉的。从小在柳南海边的生活，足以让他在海里待上一整天。麦门冬游了过去，很快被正在向前游的羽人发现，羽人回转身子和麦门冬缠斗。羽人水下功夫远远不及他的箭术，麦门冬很快戳中了羽人的腰间，如果不是手臂的伤势影响了他，那一刀足以让羽人毙命。

羽人慌张地游开。

麦门冬无暇顾及那个帮凶，他要抓的人正拼命游向远处的大船，连不会游泳也是他用来骗人的伎俩。

麦门冬奋力划动水面，飞快地靠近了老河络，猛地伸出手揪住老河络的腿，老河络在水中突然转身，手中已经多了一把短剑，直刺向麦门冬，麦门冬猝不及防，短剑一下子扎进他的肩头。左肩和左臂的伤势让他整条手臂完全无法动弹，麦门冬紧咬牙关，用两条腿绞住断眉夏杜，使劲把老河络拖入海水中。老河络拼命挣扎，挥动短剑划过麦门冬的双腿，鲜血冒了出来，麦门冬咬紧牙关死死坚持，老河络的气力越来越弱，胡乱挥舞的短剑已经无法再次伤害麦门冬。

麦门冬的脚越绞越紧，老河络开始呛水，渐渐失去了反抗能力，麦门冬一把夺过他的短剑，把老河络拖出水面。

断眉夏杜颓废地耷拉着脑袋，不停往外呕着海水。

“我没有让你失望吧，老东西。”麦门冬一边咒骂，一边拖着他往回游。

断眉夏杜无力地摇头，慢慢睁开眼睛，他已经放弃了抵抗。

“告诉我……”老河络喘着气说，“你是怎么做到的……”

“你们开会决定去和海盗谈判时，你对我说会想方设法争取人质的安全，还提到了霹雳焰消，可是这之前，黑疤向我们提条件的时候，你不在城墙上，你不可能看见她被海盗们抓住了。”麦门冬说，“断眉夏杜，你在那个时候露了马脚。”

“是了。”断眉夏杜喃喃地说，“所以你提出后面的出击计划，是做了套让我们陷进去。”

“彼此彼此。”

麦门冬慢慢游回到翻掉的小船边，他猛地愣了愣，受伤的羽人站在霹雳焰消的身后，用一支羽箭的箭矢对准了霹雳焰消的脖颈。

“放开她。”麦门冬说。

羽人邪魅地笑了笑，摇摇头。

不远处传来划桨的声响，又一条小船正在慢慢靠近。“麦门冬，你很顽强，可惜还没赢。”断眉夏杜说。小船是从远处的海船那边过来的，是断眉夏杜的援兵。

“好吧，那就同归于尽。”麦门冬狠狠地说，举起手中的匕首。

“麦门冬，不要这样做。”霹雳焰消突然说，她看上去异常平静，然后她对断眉夏杜说：“不要伤害他，我会跟你走。”

“不可以。”麦门冬叫道，“他还在我手里。”

“麦门冬，这次听我的。”霹雳焰消大声说，“断眉夏杜，用你妻子和孩子的名义起誓，不会伤害这个人。”

断眉夏杜看着霹雳焰消，缓缓地说：“我起誓。”

小船来到了他们的身旁，有人从麦门冬手中拖走了断眉夏杜，把羽人和霹雳焰消也拉上了船，麦门冬呆呆地看着他们。

“麦门冬，不用担心我。”霹雳焰消注视着麦门冬，她稍稍犹豫了一下，转而大声说：“我们很快还会在一起的。舞叶组，永不分离。”

小船慢慢划入黑暗之中。

尾声

麦门冬从霖纶手中接过船牒。“等会儿闸门打开，你们就可以走了。”羽人军官停顿了一下，看着他说：“这次的战斗让人印象深刻。”

“多谢大人的信任。”麦门冬回答说，左臂上的两处伤口还在隐隐作痛，不过比起霹雳焰消的下落，这点伤无足轻重。

“你们真的现在就走?”霖纶说，“我觉得汤英棋大人很想留你们几天，到时候和海武士号一起出航。”

“岛上的善后之事繁杂，还有那么多海盗要处置，我们不打扰了。”

是他带着汤英棋、霖纶找到黑疤的尸首，听说黄金鱼被断眉夏杜掠走，这位羽人统领有些微微失望，似乎他对黄金鱼也满心好奇。海武士号在战斗最激烈时及时赶到，大部分海盗和他们的船在内港被围歼，只有血骷髅号很早就抛下黑疤逃离了，据说他们的新船长是花帽子高丁。

“很高兴和你们并肩作战。”霖纶主动伸出手，“祝你们早日找回伙伴，好运。”

麦门冬握了握对方的手。“寡妇旅馆的两个女孩就拜托阁下照顾了。”

“放心吧。”霖纶向他敬了个羽人的军礼，然后转身大踏步地离开。

麦门冬的目光从霖纶的背影移向整个万宁岛，山顶的巡守府城堡，飘扬的海皇旗帜。下一刻，他跳上船板，返回了飞翔的耳鼠号。

“起航准备。”他对着迎面而来的老烟斗说。

“是的，船长。”老烟斗大声说，“准备起航。”

甲板上站满了人，秋石、荆芥、紫苏、明青石……还有洛卜。玉石堡的秘术师情绪低落，麦门冬把所有的前因后果一五一十告诉了他，得知自己的珍珠眼被断眉夏杜利用，对年轻人的打击很大。

“你不回玉石堡？”麦门冬问。

洛卜摇摇头。“我必须跟着你们去抓断眉夏杜。”麦门冬微微露出诧异的神色，现在大家都知道，他的珍珠眼成了断眉夏杜窥探的工具。

玉石堡的秘术师伸手从怀里掏出一根银色的长针。“你们放心，我不会拖累你们的。”他脸色苍白地说，“但是我一定要跟着你们，直到抓住那个老河络，这是玉石堡交给我的使命。”

说完话，他举起长针，猛地向自己的眼睛扎去。

紫苏发出一声惊叫，长针的针尖在洛卜的眼球前停住，是秋石紧紧抓住了洛卜的手。“你又要毁了自己的眼睛？”羽人啧啧地叹息说，“你有很多双眼睛？”

洛卜皱着眉摇了摇头。

“所以嘛，年轻人，做事情之前好好动动脑筋，凡事不要太冲动。”羽人一反常态地唠叨说。

旁边的明青石递上去一根黑色的布条，洛卜起初还有些不解，慢慢双眉舒展，他接过布条紧紧地扎住自己的眼睛。“没有抓到断眉夏杜之前，我不会取下这块布的，船长。”

麦门冬点点头。“出发。”他大声说。

水手们各就各位，缆绳松开，风帆扬起，内港的闸门徐徐开启，飞翔的耳鼠号缓缓离开码头，驶向湛蓝的大海。

麦门冬站在船头，海风吹拂着脸庞，他在心中默默念道：我们会找到你的，焰消，舞叶组永不分离。

（完）

独角兽书系

九州系列

唐缺

《九州·茧语》

《九州·天空城》

潘海天

《九州·铁浮图》

《九州·白雀神龟》

《九州·死者夜谈》

《九州·地火环城》

遥控

《九州·无星之夜》

水泡

《九州·龙之寂》系列

小青

《九州·大端梦华录》系列

塔巴塔巴

《九州·澜州战争》

苏离弦

《九州·浩荡雪》

新九州系列

水泡

《九州·舞叶组》

裴多

《九州·炽血王座》

麟寒

《九州·荆棘之海》系列

荆泽晓

《九州·狂舞》

秋风清

《九州·乱离之域》

因可觅

《九州·月见之章》系列

沉水

《九州·荣耀之旅》系列

◎选题策划 / 邹　禾　◎装帧设计 / 谢颖设计工作室

新九州·舞叶组

WUYE
SQUAD